Vera C. Ritter: Ein neuer Frühling

Vera C. Ritter

Ein neuer Frühling

Sammelband:

Cäcilie und die Zwillinge Bd. 1 u. 2

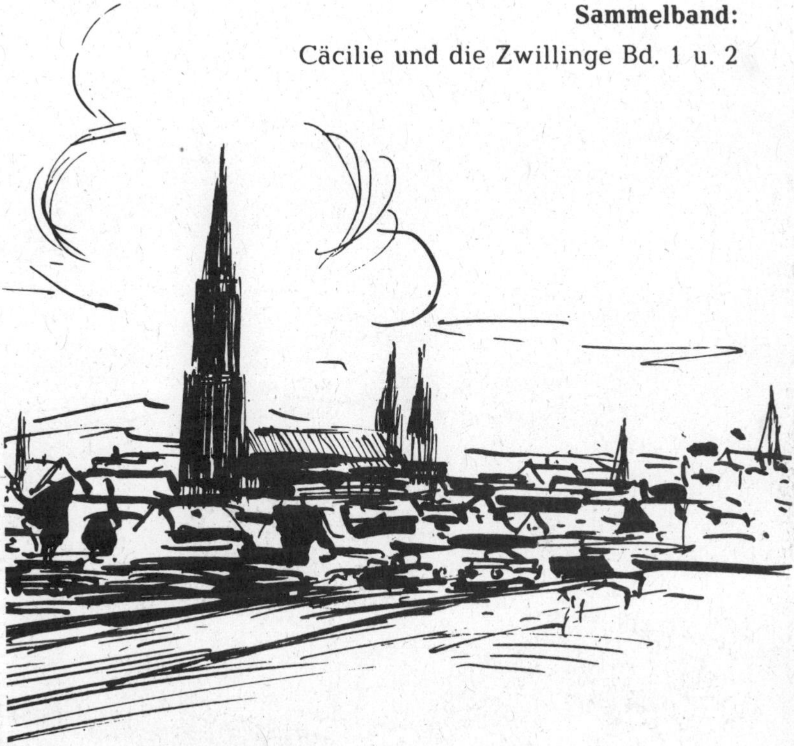

ISBN 3-933637-20-1

Teil 1

Teil 2

Teil 1

Ein Unglück kommt selten allein

Ich bin überhaupt nicht abergläubisch — zum Glück, denn an jenem Tag stand ich mit dem linken Fuß zuerst auf. Auch war der frühe Morgen nicht der passende Zeitpunkt für ein Gewitter, was jedes Gewitter, das etwas auf sich hält, wissen sollte.

Doch mit Pauken und Trompeten gewissermaßen brachte es mir ein Geburtstagsständchen zu meinem einundzwanzigsten Jahrestag. Niemand außer diesem prächtigen Gewitter nahm von meiner Volljährigkeit Kenntnis. Und niemand nahm Kenntnis davon, daß der 31. August und somit die Miete für das lächerlich kleine Mansardenzimmer fällig war und in meiner zerrupften Geldbörse genau eine Mark und dreiundneunzig Pfennig steckten.

Es war nicht weiter schlimm, daß ich kein Frühstück im Magen hatte, als ich mich endlich auf den Weg zum Bus machte. Daran war ich dank Frau Mayer gewöhnt. Bei achtzig Mark Miete für ein Zimmer in einem Einfamilienhaus weit draußen vor der Stadt konnte ich nicht auch noch Küchenbenutzung verlangen, auch kein heißes Wasser.

„In Hillers Gaststuben können Sie alles haben", hatte Frau Mayer erklärt. „Da wird ganz gut gekocht. Drei Mark das Stammessen. Billig, was?"

Also, das war es nicht, beileibe nicht. Aber daß sich mein Knirps ausgerechnet umstülpen mußte, als ich gegen den peitschenden Sturm übers freie Feld zum Bus lief, nahm ich ihm übel. Ich sah den Bus von weitem gelb und dick heranktriechen. Dann kroch er nicht mehr, sondern näherte sich beängstigend schnell der Haltestelle. Ich versuchte, es mit ihm aufzunehmen.

Er war nur noch fünfzig Meter entfernt. Ich zehn. Dann war das Verhältnis umgekehrt. Ich rannte durch Pfützen

und Schlammlöcher, den umgekrempelten Regenschirm hinter mir herzerrend, den eisigen Hagel im Gesicht.

Der Bus stand. Ich riß an dem Schirm, versuchte ihn zu schließen. Es gelang mir auch. Ich wollte es ihm sicher nicht verübeln, daß er mir dabei das aufgefangene Wasser über den Kopf goß, das langsam am Hals entlang abfloß, aber daß der Bus inzwischen einfach davonfuhr, das war zuviel.

Mit der Welt, dem Schirm, dem Bus hadernd, sank ich auf einen Kilometerstein. Den Hagel lösten eisige Regenschauer ab. Die grollenden Ausläufer des Gewitters zogen ab. Zwei Stunden hatte ich Zeit, das Unwetter zu genießen und meine augenblickliche Lage und die allgemeinen Aussichten zu überdenken. Ich spürte kaum, wie ich langsam zu Eis erstarrte.

Nach genau zwei Stunden und sechs Minuten zuckelte der nächste Bus heran. Ich bemerkte ihn erst, als er vor

mir anhielt und der freundliche Schaffner mich mit dem Schlachtruf aufschreckte:

„Nun machen Sie schon, Fräulein, wenn Sie mitfahren wollen. Wir sind sowieso spät dran."

„Ja, gleich!"

Ich sprang auf. Aber der Schirm wollte nicht zugehen. Verzweifelt und dem Heulen nahe, zerrte ich an dem störrischen Knirps.

„Das Ding ist ja ganz verbogen!" rief ein junger Mann aus dem Bus.

„Wie lange sollen wir noch warten?" rief eine schrille Frauenstimme. „Das geht zu weit! Ich muß zum Zahnarzt."

„Also, Fräulein, entweder steigen Sie ein, oder . . ."

Es goß in Strömen. Wärmer war es auch nicht geworden. Außer dem Bus und mir hatte der Sturm weit und breit niemanden zum Umpusten. Er schien sich dessen bewußt zu sein und fegte mit voller Kraft über die Stoppelfelder, und doch schwitzte ich plötzlich wie in der Sauna.

Der Fahrer startete. Entsetzt sprang ich aufs Trittbrett, stolperte die Stufe hinauf. Der Schirm sperrte sich, wollte nicht mit. Da feuerte ich ihn hinaus in den Regen, sah ihn mit grimmiger Genugtuung in einer Pfütze landen. Gut so. Er wollte es nicht anders. Ich hatte es satt, mich von allem und jedem tyrannisieren zu lassen.

Aber so einfach ging das nicht. Schon hörte ich die Stimme des Volkes — die schrille Stimme der Frau, die zum Zahnarzt mußte.

„Diese heutige Jugend", keifte sie. „Verdient zuviel Geld. Haben Sie das gesehen? Wirft einen nagelneuen Knirps weg. So einfach 'raus und — weg."

Ich biß die Zähne zusammen. Eine Mark dreiundneunzig — war das etwa zuviel? Und die Sechserkarte für den Bus, auf der noch eine einzige Fahrt war ... Für die Rückfahrt konnte ich mir keine Sammelkarte mehr leisten.

„Setzen Sie sich endlich hin", sagte ein alter Mann, der neben der schrillen Stimme saß, als ich in einer Kurve das Gleichgewicht verloren hatte und halb auf seinem Schoß gelandet war.

„Ich bin zu naß."

Grimmig hielt ich mich am Fenstergriff fest.

„Das macht doch nichts. Deswegen müssen Sie nicht stehenbleiben."

Diese Stimme gefiel mir. Sie gehörte dem jungen Mann, der meinen Schirm ein verbogenes Ding genannt hatte. Vorsichtig und doch erleichtert hockte ich mich auf den nächsten Platz.

„Doch nicht hierher", scheuchte mich die Frau wieder hoch. „Sehen Sie das Schild ‚Nur für Körperbehinderte' nicht?"

„Was macht das denn?" verteidigte mich der junge Mann. „Der Platz ist doch frei."

„Nur bis zur nächsten Haltestelle." Die Frau war ausgesprochen schlechter Laune. Vielleicht hat ihr Mann sie geärgert, dachte ich.

„Man kennt doch die Rücksichtslosigkeit der heutigen ..."

„...Jugend", beendete der junge Mann den Satz und stand auf. „Bitte, nehmen Sie meinen Platz, Fräulein."

„Danke", hauchte ich. Es war der unbequemste Platz im ganzen Bus, aber ich wollte nicht undankbar erscheinen und setzte mich. Mit angezogenen Beinen thronte ich über einem der Räder. Wahrscheinlich hatte es der junge Mann satt, so unbequem zu sitzen.

„Ich habe das Schild ‚Nur für Körperbehinderte' nicht gesehen", sagte ich in den Bus hinein, ohne jemanden anzublicken. Allerdings sagte ich nicht, daß ich kurzsichtig wie eine Eule bin und meine Brille am liebsten in der linken Manteltasche trage. Das geht ja niemanden etwas an. Etwas eitel werde ich wohl noch sein dürfen.

Die Frau lenkte ein und fragte mich, ob ich lange auf den Bus gewartet habe.

„Der vorige ist mir vor der Nase davongefahren."

„Bei diesem Wetter", meinte der alte Mann mitfühlend.

„Wo wohnen Sie denn, Fräulein?" fragte die Frau.

Was geht Sie das an? dachte ich und wollte ihr erst nicht antworten. Aber ich wußte wohl, daß sich die Leute hier im Bus mehr oder weniger kannten und zu unterhalten pflegten.

„In der Neuen Siedlung", sagte ich widerwillig.

„Bei wem?"

Ich wurde steif vor Abwehr. Diese impertinente Stimme, diese impertinente, schrille Stimme! Ich witterte eine Falle.

„Am Wiesenweg, im Jägerhaus", hörte ich mich antworten und erklären: „Es ist kein richtiges Jägerhaus. Es ist nur grün angestrichen und hat ein Hirschgeweih über dem Eingang und..."

„Ich weiß schon. Bei Frau Mayer", sagte die Frau. Sie grinste mir so unverschämt ins Gesicht, daß ich mich gleich wieder abwandte. Wie machte sie das nur, daß ihr Trachtenhut so fest an ihrem Hinterkopf klebte?

„Ja", sagte ich.

„Ah..." Pause. Ich fröstelte. Die Falle schnappte zu. Schrill und giftig kam die Stimme:

„Frau Mayer duldet keine Herrenbesuche, gelt?"

„Nein", sagte ich.

„Sie machen sich aber nichts daraus, ließ ich mir sagen", trompetete sie.

Ich spürte die Blicke sämtlicher Fahrgäste an meinem Rücken haften. Ich schloß die Augen und schwieg. Die nassen Kleider wurden mir bewußt. Eine Weile war es still. Nur das Rattern des Busses und das Poltern, wenn er über Unebenheiten fuhr.

„Ihr Freund soll kürzlich sogar bei Nacht ..."

Ich hielt den Atem an.

„Gute Frau, das geht entschieden zu weit", fuhr der junge Mann scharf dazwischen.

„Lassen Sie, sie hat ja recht, nur ..." wehrte ich schwach ab. Einige lachten schadenfroh. Am lautesten lachte die Frau.

„Das dürfen Sie sich nicht bieten lassen", sagte der junge Mann empört.

„Hört, hört, das Fräulein hat einen Ritter!" rief jemand aus den hinteren Reihen.

„Ich brauche keinen Anwalt", zischte ich wütend.

Inkonsequent, wie ich nun einmal bin, machte ich meinem Ärger auf Kosten des einzigen Menschen Luft, der mir freundlich gesinnt schien. Ich meinte, die Frau sei genug gestraft mit den roten Pausbäckchen und den wässerigen Froschaugen.

Warum mußte Norbert auch ausgerechnet kurz vor zehn Uhr abends bei mir aufkreuzen? Selbst wenn er nur zehn Minuten geblieben war — genau die Zeit, die er dazu brauchte, mir meine letzten fünfzig Mark abzubetteln.

Norbert war zwar mein Zwillingsbruder, aber schließlich und endlich ein Mann. Für die Anteil nehmenden Nachbarn ein Freund, ein Geliebter. Woher sollten sie es besser wissen? Er ähnelte mir nicht besonders, nicht auf den ersten Blick. Wir waren trotzdem Zwillinge — unser Vater hatte es uns immer wieder versichert.

Sollte ich das den Leuten im Bus erklären? Niemals! Mochten sie doch ihren Spaß haben. Sauber von Frau

Mayer, mir so was nachzusagen. Oder glaubte sie wirklich nicht, daß Norbert mein Bruder war? Einerlei. Wahrscheinlich würde ich sowieso nicht mehr zu ihr zurückkehren. Höchstens, um meine Sachen abzuholen, falls sie sie mir herausgab.

Ich seufzte abgrundtief, als meine Gedanken sich wieder der nahen Zukunft widmeten.

„Das Arbeitsamt wird bestimmt geschlossen sein, bis wir ankommen", entfuhr es mir.

„Arbeitsamt? Hat heute zu", sagte der alte Mann.

„Nein, heute nicht", rief eine andere Männerstimme hinter mir.

„Es ist bald Mittag", sagte die Frau ganz sachlich. „Um zwölf schließen sie ..."

Das wußte ich auch. Der Bus hielt am Berliner Platz. Ich stürzte zum Ausgang, drängte den jungen Mann beiseite und stolperte hinaus. Von der Georgskirche hörte ich die Glocken schlagen. Schnell über die Straße. Schnell, vielleicht schaffe ich es noch. Es hing so viel davon ab. Gerade heute. Mein linker Fuß, der, mit dem ich heute früh aufgestanden war ... Es ging so rasend schnell ... Ich sah die von links kommende Straßenbahn erst im letzten Moment, sprang entsetzt nach vorn. Dabei blieb der dünne Absatz in der Schiene stecken ...

Bevor ich wußte, was mit mir geschah, lag ich lang ausgestreckt vor der Straßenbahn. Eine Frauenstimme kreischte. Die Bremsen der Bahn quietschten mißtönend. Fünf Zentimeter vor meinem linken kleinen Finger blieb das linke Vorderrad der Bahn stehen. Ich habe ein gutes Augenmaß.

Von unten gesehen, war die Bahn sehr, sehr schmutzig.

Jemand half mir auf die Beine. Einige schimpften. Mein linker Daumen und die Knie taten mir weh. Auch das linke Ohr strahlte Schmerzen bis zu den Augen aus.

An meinem einundzwanzigsten Geburtstag schien alles, was von links kam, böse Folgen für mich zu haben.

„Haben Sie sich verletzt?" Mein edler Ritter aus dem Bus hielt mir den linken Schuh entgegen.

„Die Bahn ist sehr schmutzig", sagte ich.

Er half mir, den Schuh überzustreifen. Der Absatz war noch dran. Er neigte sich jetzt nur ziemlich stark nach außen — ich möchte nicht schon wieder „nach links" sagen, auch wenn es stimmt.

Der Wagenführer schimpfte immer noch. Als ich zu ihm aufblickte, verstummte er.

„Kommen Sie", sagte mein Ritter und führte mich wie eine Invalidin auf die andere Straßenseite.

„Richtige Lehmklumpen", sagte ich schaudernd.

„Weiter unten ist ein kleines Café. Wir sollten auf den Schreck hin ..." Er war ehrlich besorgt.

„O nein, danke. Ich habe es furchtbar eilig. Wie spät ist es?"

„Genau zwölf."

„Himmel! Das Arbeitsamt."

Ich humpelte los, so schnell es ging.

„Wollen Sie nicht wenigstens mit dem Taschentuch ..."

Was er mir da unter die Nase hielt, war ein blütenweißes, frischgebügeltes, duftendes Etwas.

„O nein, danke." Ich wehrte erschrocken ab. „Zwölf Uhr. Vielen Dank für alles."

Ich rannte ins Haus, die Treppen hinauf. Zimmer Nummer sieben — oder acht? Fräulein Hoppe. Den Namen würde ich nicht so schnell vergessen. Aber das Zimmer. War es das richtige Stockwerk? Sieben ... Sieben ... Der Flur war so dunkel, daß ich die Nummern kaum erkennen konnte. Ich kam in der Eile gar nicht auf die Idee, die Brille aufzusetzen. Ich reckte mich vor einer Tür in die Höhe, preßte meine Nase dicht unter die Nummer.

„Was tun Sie da?"

Wie eine ertappte Sünderin fuhr ich herum.

„Bitte — Fräulein Hoppe — wo ..."

„Privat?"

„Nein, nein", beeilte ich mich zu versichern.

„So — das haben wir gern. Ausgerechnet zur Mittagszeit. Bestimmt ist sie schon weg."

„Das darf nicht sein", stammelte ich. „Das darf einfach nicht sein."

„Kommen Sie nächstens früher. Wir sind auch nur Menschen."

Der Mann hatte schütteres Haar und eine lange, spitze Nase.

„Bitte, mein Herr ..."

Eine Tür öffnete sich. Ich erkannte die Frau nicht, aber ihre Stimme erkannte ich, und sie klang wie Musik in meinen Ohren.

„Fräulein Schmittchen! Wie sehen Sie denn aus? Kommen Sie herein. Sie wollten doch zu mir?"

Ich liebe es nicht, wenn man mich Schmittchen nennt. Ich heiße Schmittgen. Cäcilie Schmittgen. Fräulein Hoppe war etwa achtundvierzig Jahre alt und wohl auch in ihrer Jugend nicht schön gewesen. In diesem Augenblick aber umschwebte sie die Aureole eines lieblichen Schutzengels, der eigens dazu erkoren war, Leute wie mich vor dem Abgrund zu retten.

„Sind Sie unter die Straßenbahn geraten?" rief sie entsetzt, als ich ins Zimmer trat.

„Woher wissen Sie ..."

„Machen Sie keine Witze. Was ist passiert?"

„Sie haben es erraten: ich habe mir die Straßenbahn von unten angesehen. Lehmklumpen, so dick."

Ich zeigte ihr, wie dick sie waren.

„Fräulein Hoppe, bitte, ich brauche dringend einen Job."

„In der Aufmachung?"

Sie kramte in ihrer Schublade und reichte mir dann einen Spiegel. Als ich darin mein Gesicht erblickte, schossen mir Tränen in die Augen.

„Auch das noch."

Ich sank in mich zusammen wie ein ausgeleerter Kartoffelsack.

„Na, na. So schlimm wird es ja nicht sein, Fräulein Schmittchen. Kommen Sie morgen wieder — oder wenn der Fleck unter dem linken Auge verschwunden ist. Sie werden sehen, in ein paar Tagen ..."

„Unmöglich! Morgen ist der Erste. Frau Mayer läßt mich nicht ins Haus, wenn ich die Miete nicht bezahle."

„Wieviel ist es denn?"

„Achtzig Mark."

„Und wieviel fehlen Ihnen dazu?"

„Genau achtundsiebzig Mark und sieben Pfennig."

„Wie bitte?"

„Ich besitze noch eine Mark dreiundneunzig. Rechnen Sie nach."

„O weh. Und da kommen Sie erst heute? Warum nicht schon vor einer Woche?"

„Vor einer Woche hatte ich noch etwa sechzig Mark."

Fräulein Hoppe wurde unpersönlich und setzte eine abweisende Miene auf.

„Bedaure", sagte sie eisig, „sechzig Mark in einer Woche ausgeben, wenn man arbeitslos ist ..."

„Gestern waren es noch einundfünfzig Mark dreiundneunzig", murmelte ich. „In sieben Tagen habe ich kaum acht Mark ausgegeben. Ist das zuviel?"

Fräulein Hoppes Blick versuchte sich in mein Inneres hineinzubohren. So sehen Wahrheitsfanatiker aus, dachte ich.

„Also haben Sie wieder Ihrem Bruder, dem Nichtsnutz ..."

„Er ist kein Nichtsnutz. Er studiert an der Hochschule für Gestaltung."

Mir schlug die Hitze ins Gesicht vor Ärger und Scham.

„Er hat eine Freundin", sagte Fräulein Hoppe mit drohender Stimme. „Erst neulich sah ich ihn im Café ..."

„Ja, schon, aber ..."

Sie putzte sich umständlich die Nase.

„Lassen wir das", sagte sie. „Eine Mark pro Tag. Wie machen Sie das nur?"

„Gar nicht so schwierig. Frühstück und Abendessen habe ich glatt von der Speisekarte gestrichen. Klappt wunderbar."

„Das sieht man." Fräulein Hoppe schüttelte den Kopf. „Hier, nehmen Sie die Schlüssel zur Privattoilette." Sie reichte mir auch ein Handtuch und Seife. „Dritte Tür links."

Ich zögerte. Links? Nur nicht abergläubisch werden.

„Haben Sie etwas für mich? Ich meine — Arbeit?"

„Büroarbeit. Steno, Schreibmaschine, Sprachen", sagte sie.

„Maschineschreiben — vielleicht. Sprachen — ja. Aber Steno?"

„Also nicht", sagte sie und zog eine andere Karteikarte aus dem Kasten, steckte sie gleich wieder weg und suchte mit sorgenvollem Gesicht weiter.

Als ich hinausging, läutete das Telefon auf ihrem Schreibtisch. Später habe ich noch oft darüber nachgedacht, ob es nun gut war oder verkehrt, daß ich das Gespräch nicht belauschte.

Im Waschraum stellte ich folgende Schäden fest: an beiden Knien waren die Strümpfe zerrissen. Die Maschen liefen munter nach oben und unten, von den Hautabschürfungen und Blutverkrustungen nicht zu sprechen. Der linke

Daumen war geschwollen, ebenso das linke Ohr. Auf der linken Wange prangte ein blutunterlaufener Fleck. Die Rocknaht war aufgerissen (links unten), der Mantel noch feucht und voller Lehm, fast so schmutzig wie die Straßenbahn — von unten gesehen.

Fräulein Hoppe hatte tausendmal recht: so konnte ich mich nirgends vorstellen, ja eigentlich nicht einmal auf der Straße sehen lassen.

Die Augen brannten mir vor zurückgehaltenen Tränen. Ich durfte jetzt einfach nicht den Kopf verlieren. So gut es ging, wusch ich mich und meine Sachen, hielt sogar die Schuhe unter die Wasserleitung und rieb sie mit Toilettenpapier trocken.

Ich kam zu einem vergnügt vor sich hin strahlenden Fräulein Hoppe zurück. Sie hatte ihre Brote ausgepackt und kaute mit vollen Backen und blitzenden Augen.

So gut möchte ich es auch wieder mal haben, dachte ich. Aus der Thermosflasche stieg verlockender Kaffeeduft auf.

„Na, also. So sehen Sie schon manierlicher aus. Greifen Sie zu, wenn Sie Salami mögen", sagte die gute Fee. Sie schob mir eine belegte Doppelschnitte zu.

„Wetten, daß Sie heute noch nichts gegessen haben?"

„Gewonnen", sagte ich bereitwillig und ließ mich nicht ein zweites Mal auffordern.

„Wir haben Arbeit für Sie", sagte Fräulein Hoppe.

„Was?" Ich kaute noch schneller und verschluckte mich beinahe vor Aufregung.

„Da staunen Sie, was? Allerdings keine Büroarbeit. Kurz: Sie sollen in einen Haushalt zu Kindern."

Ich muß wohl ein bestürztes Gesicht gemacht haben, denn sie fuhr hastig fort: „Die Eltern der Kinder, ein bekanntes Forscherehepaar, befinden sich gerade auf einer Weltreise, soviel ich verstanden habe. Die Tante der Kinder ist plötzlich abgereist. Sie sind allein, die armen Würmer, und wissen sich natürlich nicht zu helfen. Notfalls müßten sie in ein Heim."

Als ich immer noch nicht begeistert zustimmte, redete sie mir zu wie einem kranken Gaul:

„Das ist genau das Richtige für Sie, Fräulein Schmittchen. Ein Zimmer für Sie allein, mietfrei, freie Kost. Natürlich außerdem Gehalt. Eine Anwaltsfirma regelt die geschäftlichen Dinge der Familie. Na? Nehmen Sie an? Es ist ja nicht für ewig. Sie können sich dann nach etwas Passenderem umsehen. Sie wollen doch auch mal wieder weiterstudieren, also?"

Ich kaute und schluckte und kaute noch einmal den letzten Bissen und schluckte.

„Wie — wie alt sind denn die Kinder?"

Ich wagte nicht direkt zu fragen, wieviel es seien, und hoffte, auf diese Weise auch die Zahl der Kinder zu erfahren. Ein Irrtum, wie sich erst viel später herausstellte.

„Oh, sechzehn, zehn und fünf", sagte Fräulein Hoppe verlegen. Ihre Miene hätte mich eigentlich stutzig machen müssen. Aber damals achtete ich nicht weiter darauf.

Also drei, dachte ich. Gar nicht so schlimm.

„Ein Einfamilienhaus mit Garten", sagte sie etwas forscher. „Die Putzfrau kommt jeden Vormittag. Grobe Arbeit brauchen Sie nicht zu machen. Waschmaschine ist vorhanden."

„Das ist ja wundervoll", frohlockte ich auf einmal — die Sonne schien auch wieder. „Wann?"

„Sofort."

„Sie meinen, ich könnte jetzt gleich . . .? Und auch bleiben?"

Die verflixte Eitelkeit

Wie ich anfangs erwähnte, bin ich durchaus nicht abergläubisch. Natürlich mit Ausnahmen. Diesmal war es gerechtfertigt, eine solche Ausnahme zu machen. Aber alles der Reihe nach.

Nachdem mir Fräulein Hoppe anhand des Stadtplanes genau erklärt hatte, wo die Grünewalds wohnten, nämlich am Kuhberg über der Donau, wagte ich mich mutig auf die sonnenbeschienene Straße.

Bei Hertie kaufte ich mir ein Paar Strümpfe für eine Mark neunzig und zog sie hinter der Tür „Nur für Damen" an. Danach fühlte ich mich ein wenig manierlicher.

Fräulein Hoppe hatte mir versprochen, die Grünewald-Kinder telefonisch auf mich vorzubereiten, damit sie bei meinem Anblick keinen Schreck bekämen.

Mein Barvermögen belief sich nunmehr auf drei Pfennige. Also mußte ich quer durch die Stadt laufen, den Kuhberg hinaufsteigen und an der Donauseite wieder hinunter. Dort irgendwo sollte das Haus sein.

Ich sah verschwommen Wege, Hecken und Bäume und ab und zu ein Wochenendhaus, aber kein solides Einfamilienhaus. Ich beschloß mannhaft, meine Brille aufzusetzen, und tröstete mich damit, daß sie, so, wie ich aussah, auch nichts mehr verderben konnte. Und überhaupt: wer Cäcilie Schmittgen — genannt Schmittchen — hieß, kurzsichtig war, nicht sehr groß und auch nicht superblond, hatte sowieso nichts Gutes zu erwarten.

Es war bereits vier Uhr nachmittags, als ich, halb verhungert und dreiviertel verdurstet, die Nummer 17 an dem schmiedeeisernen Tor entdeckte. Dahinter erstreckte sich eine breite Rasenfläche fast bis zur großen Terrasse des weißen, L-förmigen Hauses. Rechts hinter dem Haus stieg der Berg noch beträchtlich an, links davon bot sich ein weiter Ausblick über die Donau und die Iller.

Wundervoll müßte es sein, hier zu wohnen, dachte ich sehnsüchtig, und das war auch alles, was ich vorerst zusammenhängend denken konnte.

Schon nahte das Unheil, das mich seit dem frühen Morgen verfolgte. Diesmal in Gestalt eines weißen, schwarzgefleckten, ausgewachsenen Kalbes, das sich später als rassereine Dogge entpuppen sollte.

Mit gewaltigen Sprüngen preschte das edle Tier heran, als ich gerade den gepflegten Rasen erreicht hatte. Es überfiel mich so plötzlich, daß ich weder ausweichen noch zurücklaufen konnte.

Und wieder lag ich da, so lang ich war. Zur Abwechslung auf weichem Rasen und auf dem Rücken. Das präch-

tige Tier hatte sich über mir aufgebaut, und seine nasse Zunge hing wie eine rote Fahne schätzungsweise siebeneinhalb Zentimeter über meinem Hals.

Nur keine Bewegung, hatte ich einmal als Verhaltensregel für den Umgang mit wilden Tieren gelesen, denen man unerwartet und waffenlos gegenübersteht. Sozusagen Auge in Auge.

Der gewaltige Rachen näherte sich meinem Gesicht. Ich schloß die Augen und verwünschte Fräulein Hoppe. Da spürte ich eine rauhe Zunge ausgerechnet meine linke Wange entlangstreichen.

Das tat weh. Das tat sogar sehr weh. Die Hautabschürfung von heute mittag war noch nicht verschorft. Mir brach der Schweiß aus. Was mußte die Edelbestie auch erst kosten, ob ich ihr schmeckte. Hoffentlich war ich ihr zu salzig.

Mein sicheres Ende erwartend, dachte ich an Norbert. Was wird nur aus ihm, wenn ihm keiner mehr mit Geld aushilft? Das Stipendium und die Studienbeihilfe von der Versicherung reichen keine zwei Wochen. Wie konnte Fräulein Hoppe, der ich so vertraute, mich hierherlocken? Wollte sie mich auf diese Weise loswerden? Tat sie das immer mit lästigen Bittstellern?

Ein Testament hatte ich auch noch nicht gemacht. Ich war ja erst seit heute einundzwanzig. Wer erbt meine drei Pfennige? Wird Norbert davon auch Erbschaftssteuer zahlen müssen?

Meine Gedanken wurden immer konfuser. Endlich sagte ich energisch zu der Bestie:

„Mach es kurz oder laß mich gehen. Meinst du etwa, es ist angenehm, so zu liegen? Aus deinem Mund riecht es auch nicht nach Veilchen."

Da ertönte vom Haus her ein Pfiff. Nicht besonders laut und auch nicht besonders gekonnt. Aber er genügte. Das wilde Tier ließ sich ablenken und stieß einen freudigen Laut aus.

„Cleopatra, laß das! Komm sofort her."

Das Kalb gab mich frei und jagte auf das Haus zu.

Stöhnend richtete ich mich auf. Meine Brille lag irgendwo im Gras. Schließlich fand ich sie, steckte sie gewohnheitsgemäß in die Manteltasche und erhob mich ächzend. Wieder ein Fehler, das mit der Brille.

Vor mir stand ein winziger Junge. Cleopatra ragte wie ein Denkmal neben ihm auf.

„Bist du unser neues Fräulein?"

„Möglich. Wer bist du?"

„Ich bin Juanita. Wie heißt du?"

„Ich dachte, du bist Juan."

„Wieso? Nein, bestimmt nicht. Elisabeth hat mir nur die Lederhosen angezogen. Ich kann nichts dafür, wirklich. Bleibst du bei uns? Wie heißt du denn? Nun sag schon!"

„Cäcilie."

Juanita lachte nicht. Sie staunte mich an. Ganz sonderbar für ein fünfjähriges Kind, dachte ich.

„Mutti heißt auch Cäcilie", sagte sie, und dann schimpfte sie mit Cleopatra:

„Du dummer Hund! Wie oft hab' ich dir gesagt, daß du die Leute nicht umschmeißen darfst! Wie sollen wir ein Fräulein kriegen?"

Ihre Worte klangen so, als plappere sie nach, was sie oft von Erwachsenen gehört hatte.

„Ach", rief sie bekümmert, „es ist ein Kreuz mit ihr!"

Cleopatra senkte schuldbewußt ihr mächtiges Haupt und reichte mir dann ihre riesige Tatze zur Versöhnung. Als sie mir aber auch noch einmal liebevoll mit der Zunge übers Gesicht lecken wollte, wandte ich mich schnell ab.

„Deine Mutti ist nicht bei euch?"

Eine dumme Frage. Ich wußte doch, daß sie nicht da war.

„Sie ist mit Papi im Amazonas", sagte Juanita.

„Im? Da dürfte es reichlich feucht sein, meinst du nicht?"

„Ach, du weißt schon", sagte Juanita. Sie ging voran zum Haus. „Ich bin in Mexiko geboren — und du?"

„Irgendwo im Amazonasgebiet", sagte ich wahrheitsgemäß.

Juanita nahm es hin, als hätte ich von Ulm oder Stuttgart gesprochen. Bisher hatte ich mit meiner Antwort immer einen durchschlagenden Erfolg verzeichnen können. „So? Im Amazonasgebiet? Wo denn? Wie interessant!"

Bei Juanita zog das nicht. Ihre Eltern waren ja Weltreisende, und sie war in Mexiko geboren.

Riesenfenster aus verschiedenfarbigem, bleigefaßtem Glas tauchten die Halle in ein buntes Licht. Eine wunderbare künstlerische Arbeit. Norbert wäre begeistert gewesen. An den weißen Wänden hingen Bälle, graubraune Bälle an langen schwarzen Schnüren. Dazwischen Indianerschmuck, afrikanische Masken, die Uneingeweihte das Gruseln lehren konnten.

Neben dem kalten Kamin eine Urwaldtrommel, die einen hohlen Ton von sich gab, als Juanita sich auf ihr niederließ. Cleopatra legte sich auf ein braunes Bärenfell. Sie blinzelte mich an, als wollte sie sagen: ‚Bin ich nicht schön, macht sich mein schwarzgeflecktes Fell nicht gut auf dem dunklen Braun des toten Bären?'

Ich schnitt ein Gesicht, entrüstet über so viel Eitelkeit.

Sie senkte die Augen und legte ihren Kopf auf das nicht minder mächtige Haupt des Bären.

„Die Hose drückt mich. Ich mag sie nicht“, sagte Juanita. „Du mußt Elisabeth sagen, daß ich die Lederhose nicht mag. Sagst du es ihr?“ Sie sprang von der Trommel herunter und schmiegte sich an mich. „Bitte!“

„Trägst du sie oft?“

„Nein, nur heute. Und gestern auch. Da mußte ich üben.“

„Was mußtest du üben?“ fragte ich arglos.

„Du bist aber dumm. Natürlich, die Hose zu tragen.“

„Weshalb mußtest du üben, die Hose zu tragen?“

Eigentlich war ich auf die Antwort nicht neugierig. Ich hatte die Frage nur gestellt, um die Unterhaltung fortzuführen. Erst viel später kam ich darauf, daß die Antwort mir manches erspart hätte.

Aber bevor Juanita antworten konnte, öffnete sich eine Tür, und sie ließ mich los. Cleopatra erhob ihr majestätisches Haupt. Ein hübsches, braunäugiges, sommersprossiges Mädchen kam herein.

„Elisabeth, das ist Cäcilie!“ rief Juanita und hüpfte auf einem Bein hin und her. „Cleopatra hat sie umgeschmissen, aber sie ist nicht böse deswegen — wie die anderen und Tante Jola und ...“

Elisabeth schien zu erschrecken, eilte auf mich zu und streckte mir die Hand entgegen.

„Das tut mir leid, Fräulein Schmittgen“, sagte sie. „Haben Sie sich sehr weh getan? Fräulein Hoppe erzählte mir am Telefon von Ihrem Mißgeschick mit der Straßenbahn. Und nun auch noch Cleopatra ...“

„Bitte, das macht doch nichts. Cleopatra hat sich bereits entschuldigt.“

Voller Anteilnahme musterte sie mein zerschundenes Gesicht, meinen lehmbeschmierten Regenmantel und die neu hinzugekommenen Grasflecke. Elisabeth gefiel mir. Halb bedauernd, halb belustigt, blitzte sie mich mit ihren braunen Augen an. Ihr rotbraunes Haar glitzerte im Sonnenlicht. Sie war so hübsch, wie ein sechzehnjähriges Mädchen nur sein kann.

„Bitte, Fräulein Schmittgen, nehmen Sie doch Platz. Wir haben einiges zu besprechen, nicht wahr?"

Es freute mich, daß sie nicht „Schmittchen" sagte.

„Der Sessel am Fenster, ist das Antilopenhaut? Wir hatten auch einen Sessel, der so bezogen war."

„Ja? Meine Eltern haben die Häute aus Afrika mitgebracht", sagte sie. „Sind Ihre Eltern etwa auch . . ."

„Mein Vater reiste viel", sagte ich. „Seine Freunde nannten ihn ‚Mikrobenjäger'. Er war Mediziner. Er interessierte sich für seltene Krankheitserreger in tropischen Ländern."

Ich überlegte, weshalb ich ihr das alles erzählte. Im allgemeinen war ich nicht so mitteilungsbedürftig.

„Das ist ja wundervoll", rief sie begeistert, „dann müssen wir uns gut verstehen! Ist Ihr Vater auch wieder unterwegs?"

„So könnte man es nennen", sagte ich und spürte eigentlich zum ersten Male, wie allein ich doch heute an meinem Geburtstag war. „Er ist tot. An unsere Mutter können wir uns überhaupt nicht erinnern." Ich erzählte ihr auch in Stichworten von Norbert.

„Wir würden uns freuen, wenn Sie blieben", sagte Elisabeth ernst, „sonst müßten wir in ein Heim, bis unsere Eltern zurückkommen. Bitte, Fräulein Schmittgen, bleiben Sie, ja?"

„Ihre Tante . . ."

„Tante Jola hat uns plötzlich verlassen. Wir waren froh, aber . . ." Elisabeth vollendete den Satz nicht.

Irgend etwas muß da vorgefallen sein, dachte ich. Unverständlich bei zwei so netten Mädchen . . .

„Sonst habt ihr niemanden? Keine Verwandten oder Bekannte?"

„O doch. Unsere Großmutter. Sie ist achtundachtzig und lebt in einem Wohnheim für alte Leute in Blaubeuren. Ab und zu besuchen wir sie."

Plötzlich sprang Elisabeth auf.

„Ach, du meine Güte, bin ich eine schlechte Gastgeberin! Warten Sie, ich bringe Ihnen eine kleine Erfrischung."

Schon war sie draußen. Warum mochte sie nur so rot geworden sein? Nun ja, kein Wunder, die Kinder wollten einen möglichst guten Eindruck machen. In dem Alter werden Mädchen schnell rot.

Ich kam gar nicht dazu, weitere Betrachtungen anzustellen, denn schon war Elisabeth wieder da. Sie trug ein Tablett, auf dem ein Teller mit einer Unmenge belegter Brötchen stand, genug für eine Kompanie Soldaten, die einen Gewaltmarsch von vierzig Kilometern hinter sich haben.

„Der Kaffee kommt gleich", sagte sie leise.

Entgeistert starrte ich sie an und vergaß für einen Augenblick Hunger und Durst.

Sie warf mir einen unruhigen Blick zu und sagte hastig: „Die Brötchen hat unser Hausgeist, Frau Laible, heute morgen zurechtgemacht. Sie kommen aus der Tiefkühltruhe und sind noch ganz frisch."

Wieder dieser unruhige Blick, die leise Stimme. Was hätte ich dafür gegeben, meine Brille aufsetzen zu können. Aber ich wollte sie nicht unnötig erschrecken. Und doch — trotz meiner Kurzsichtigkeit hätte ich geschworen, daß Elisabeth ein geblümtes Kleid angehabt hatte, als sie vor knapp zwei Minuten hinausgeeilt war.

Aber nein, ich mußte mich geirrt haben, sie trug einen schwarzen Rock und eine rote Bluse. Sie konnte sich unmöglich so schnell umgezogen haben. Ihr Haar kam mir jetzt viel dunkler vor. Wie hatte ich mir einbilden können, daß es hellbraun sei und im Licht rötlich schimmerte?

Es kam noch schlimmer. Als sie sich nämlich zu mir herabbeugte, um den Teller vor meinem Platz auf den Tisch zu stellen, sah ich deutlich, daß ihre kleine, schmale Nase nicht eine einzige Sommersprosse hatte und die Augen nicht braun, sondern grün waren — wie Juanitas und auch wie meine Augen. Warum flüsterte sie? Ich konnte mich erinnern, daß sie vorhin ziemlich laut gesprochen hatte. Ob jemand im Haus schlief?

Juanita war hinausgelaufen. Mit einem Ball von der Größe einer Montgolfiere kam sie zurück. Nicht in Lederhosen, sondern in Blue jeans.

Als sie mich erblickte, stutzte sie, als habe sie mich noch nie zuvor gesehen. Ihre Augen waren wirklich grün. Nur kamen sie mir jetzt dunkler vor, viel dunkler. Auch hatte ich sie vorhin für rotblond gehalten, dabei war sie goldblond ...

Mir wurde schwindlig. Es flimmerte vor meinen Augen. Diese dumme Eitelkeit! Hätte ich meine Brille aufgesetzt, wäre mir das nicht passiert.

„Greifen Sie doch zu", bat mich Elisabeth mit leiser Stimme. „Sie müssen unbedingt etwas essen. Oder hätten Sie lieber etwas anderes?"

„Nein, nein. Ist schon gut. Die Brötchen sehen wirklich lecker aus."

„Ich hole jetzt den Kaffee. Komm, Juan, starr nicht so", sagte sie zu Juanita und schubste ihre Schwester vor sich her zur Tür hinaus.

Heißhungrig griff ich nach einem Brötchen. Kein Wunder, dachte ich, daß mir mein Gedächtnis solche Streiche spielt. Es war immerhin bereits nach siebzehn Uhr, und außer einer Doppelscheibe Salamibrot hatte ich noch nichts gegessen.

Elisabeth brachte eine große Kanne Kaffee, der liebliche Düfte verbreitete. Ich langte schon nach dem vierten Brötchen, obwohl ich noch am letzten Bissen des dritten kaute.

Als ich jedoch Elisabeth ansah, blieb mir der Bissen im Hals stecken. Ich blinzelte und blinzelte und rieb mir die Augen. Es war und blieb ein Kleid mit Streublümchen. Als sie mir Kaffee einschenkte, sah ich auch wieder die Sommersprossen, und — ihre Augen waren doch braun! Braun, nicht grün. Doch der Spuk war noch nicht zu Ende.

Plötzlich öffnete sich hinter mir eine Tür. Am Quietschen merkte ich, daß sie sehr vorsichtig, sehr langsam geöffnet wurde. Dabei dachte ich mir noch nichts weiter, als daß die Angeln der Tür geölt werden müßten.

Doch da lenkte bereits eine knarrende Türklinke auf der linken Seite der Halle meine Aufmerksamkeit ab. Auf einmal wurden beide Türen zugeknallt. Niemand zeigte sich, niemand war hereingekommen. Dafür knarrten und quietschten zwei andere Türen und Klinken, oder waren es drei? Hinter mir auch wieder? Ich konnte es nicht mehr unterscheiden. Und wieder knallten einige Türen gleichzeitig zu.

Niemand erschien.

Erwartungsvoll blickte ich Elisabeth an. Mit einer Tasse in der Hand kauerte sie seitlich von mir in dem Antilopensessel und zuckte bei jedem Laut zusammen. Die frische Röte ihrer Wangen war einer fahlen Blässe gewichen. Durch die bunten Fensterscheiben fiel auf ihre Nasen- und Augenpartie ausgerechnet ein grüner Lichtstreifen, der sie noch erschreckender aussehen ließ.

Mit zitternder Hand setzte sie ihre Tasse auf den polierten Tisch — neben die Untertasse.

„Wieviel Türen münden hier in die Halle?"

Ich kicherte.

„Fünf." Sie schluckte. „Wieso?"

Ich kicherte heftiger, so peinlich es mir war. Es mußten die überreizten Nerven sein. Ich konnte mich nicht beherrschen.

„Ich werde das Gefühl nicht los", gluckste ich, „daß das Haus voller Menschen oder Geister ist, daß sie uns durch jedes Schlüsselloch beobachten."

Elisabeth sagte erst gar nichts dazu. Sie lachte auch nicht. Sie sah mich nur verstört an.

„Das — das ist bestimmt nicht der Fall", stammelte sie endlich. „Ich werde gleich . . ."

„Laß nur", sagte ich und versuchte mit zitternden Lippen zu lächeln, „hattest du vorhin nicht Rock und Bluse an?" Nun lachte ich lauthals, gleichsam um Entschuldigung bittend. „Ich glaube, es war etwas viel für mich — heute . . ."

„Oh, ich — bitte . . ."

Elisabeth sprang auf und lief hinaus. Ich trank den brühheißen Kaffee bereits stehend. Meine Kehle brannte. Das war mir egal. Der Kaffee machte mich munter. Wer konnte wissen, wann ich wieder einen zu trinken bekäme.

Ich schnappte meine Handtasche und rannte zum Ausgang. Ich wollte weg, bevor mich jemand aufhalten konnte. Irgend etwas war los mit den Grünewald-Kindern. Sollte sich um sie kümmern, wer wollte. Ich hatte keinen Grund, mich in irgendeine dunkle, geheimnisvolle Sache verwickeln zu lassen.

Leider verfehlte ich die richtige Tür. Ich stand in einem dunklen Korridor. Hinter einer halb geöffneten Tür redete Elisabeth erregt auf jemanden ein. Sie sagte gerade:

„Sie hat etwas gemerkt."

„Das darf nicht sein", sagte eine andere weibliche Stimme, die ganz ähnlich klang.

Ich schlich mich näher heran. Zwei Schatten an der Wand. Beide gleich groß. Zeigte der eine Umriß nicht ein Kleid, der andere Rock und Bluse?

Welch ein Unsinn. Ich sollte wohl doch die Brille aufsetzen.

„Sie muß bleiben! Sie darf nichts merken. Wir müssen vorsichtiger sein . . ."

Einer der Schatten bewegte sich auf die Tür zu. Ich rannte zurück in die Halle. Niemand war dort. An den Wänden, in rotes, grünes, blaues, gelbes Licht getaucht, die Kriegermasken, Speere und faustgroßen Bälle.

Ich schlitterte quer durch die Halle. Kurz bevor ich die gegenüberliegende Tür erreichte, stolperte ich über einen Läufer. Ich rutschte, griff, instinktiv Halt suchend, zur Wand und hielt auf einmal einen der braunen Bälle in der Hand. Der Ball riß sich von der schwarzen Schnur los.

Erschrocken betrachtete ich ihn und spürte, wie alles Blut aus meinem Gesicht wich. Ich hielt einen Schrumpfkopf in der Hand. Die Schnüre waren nichts anderes als Haare. Menschenhaare!

Ich fiel nicht in Ohnmacht. O nein! Ich unterdrückte einen Aufschrei und ließ den Kopf angeekelt fallen. Er rollte davon. Ich sauste zur nächsten Tür.

Ich stand im Freien und rang nach Luft. Dann wankte ich die wenigen Stufen von der Terrasse hinab und hoffte, unbehelligt das Tor zu erreichen.

Ich bemerkte Juanita erst, als ich bereits an ihr vorbeigelaufen war. Ich mußte zurück, obwohl sie mich nicht bemerkt hatte. Es blieb mir nichts anderes übrig, denn Juanita weinte steinerweichend. Sie hockte in ihren Blue jeans auf dem Rasen und hielt zwei winzige Hunde fest an ihre Brust gedrückt.

„Du bringst sie um. So fest darfst du sie nicht an dich pressen!" rief ich besorgt.

„Er will sie mir wegnehmen. Er will sie ins Wasser werfen. Die anderen hat er schon ertränkt."

Juanita schluchzte und jammerte mit den armen Tieren um die Wette.

Es waren winzige Doggen. Sie waren noch blind. Sicher wären sie lieber in der Obhut ihrer Mutter geblieben, als sich von einem kleinen Mädchen totdrücken zu lassen.

„Hör auf zu weinen, Juanita, und laß endlich die Tiere los", sagte ich und kauerte mich neben sie.

„Ich bin Juan. Warum sagst du nicht Juan zu mir?"

„Schön, Juan."

Ich beschloß, mich nicht darüber zu wundern, daß sie mir bei unserem ersten Treffen gesagt hatte, sie heiße

Juanita. Ich wollte nicht schon wieder hysterisch werden. Schließlich war der Name Juan eine Abkürzung.

Bevor ich sie fragen konnte, wer ihre Welpen töten wolle, erzählte sie es selbst.

„Vorhin hat Ronny drei von Cleopatras Kindern zum Teich gebracht. Die hier wollte er auch wegnehmen. Ich bin mit ihnen weggelaufen. Ich gebe sie nicht her. Die tu' ich in mein Bett."

„Wieviel Kinder hat denn Cleopatra?"

„Na, die, die Ronny genommen hat, und die hier", sagte Juanita, offenbar erstaunt über meine Unkenntnis. „Ronny sagt, du bleibst nicht bei uns, wenn wir auch noch so viel Viehzeug haben. Die Ilse ist deswegen weg, sagt er, und die Margot auch. Na, und Tante Jola konnte die Hunde schon gar nicht leiden. Aber um die ist es nicht schade, findet Elga — und die anderen meinen das auch."

„Die anderen? Wer noch?"

„Ach, niemand", sagte Juanita und blickte mich mit feuchten Augen treuherzig an.

„Na, gut. Ilse und Margot waren wohl eure Hausangestellte und euer Kindermädchen?"

„Was?"

„Ich meine, sie waren bei euch angestellt."

„Ich weiß nicht."

„Wer ist Ronny? Dein Bruder?"

„Ja. Müssen Sie sterben?"

„Wer? — Nein, natürlich nicht. Du meinst doch die Hunde?"

Ich erfuhr noch, daß Ronny der zehnjährige Sohn der Grünewalds war, also das mittlere der Kinder.

Ein aufgeregtes Hecheln ließ mich hochblicken. Cleopatra raste mit gewaltigen Sprüngen auf uns zu. Sie hatte ihre beiden Jungen gewittert. Ich sprang auf und schrie entsetzt:

„Juan, laß sofort die Welpen los!"

Eine Hündin, der man die Jungen weggenommen hatte, konnte gefährlich werden. Mir fielen sämtliche Geschichten über Riesendoggen und zerfetzte kleine Kinder ein.

Ich riß Juanita empor, genau in dem Augenblick, als Cleopatra uns erreichte. Sie knurrte mich drohend an. Das eine Junge war Juanita entglitten. Cleopatra stürzte sich darauf und beleckte es.

„Laß das andere auch los!" stieß ich hervor.

Aber Juanita dachte nicht daran.

„Nein! Mein Kind!" schrie sie verstockt. Sie preßte den Welpen verzweifelt an sich und heulte wie eine Schiffssirene. Was sollte ich machen? Ich versuchte, das Hundebaby zu retten und auch Juanita, die sich der Gefahr nicht bewußt war. Cleopatra mißverstand mich anscheinend gründlich, denn sie ließ von ihrem im Gras piepsenden Welpen ab und zeigte mir ihr imposantes Gebiß. Ihr Knurren war nicht zu überhören. Es war aber nicht an Juanitas, sondern an meine Adresse gerichtet.

Ich ließ Juanita los, und Cleopatra hörte auf zu knurren. Sie streckte ihre lange Zunge heraus und beleckte nunmehr das Hundekind in Juanitas Armen. Dabei kam es ihr nicht darauf an, auch mal über Juanitas tränennasses Gesicht zu fahren. Juanita fand das auch durchaus in Ordnung. Sie hörte auf zu heulen.

Ich mußte einsehen, daß Cleopatra und Juanita eine Kameradschaft verband, die meine Ängste lächerlich erscheinen ließ. Die Hündin schnappte sich ihr Junges aus dem Gras und lief damit einige Schritte weit weg, blieb stehen und blickte sich mit beredten Augen nach uns um.

„Also los, Juan", sagte ich, „wollen wir ihr den Gefallen tun."

Juan leistete keinen Widerstand mehr. Wir folgten Cleopatra. Hinter dem Haus befand sich ein Hundezwinger und darin — eine zweite Cleopatra.

„Du meine Güte! Heute sehe ich einfach alles doppelt."

„Das ist Cäsar, Cleopatras Mann", sagte Juan.

Cäsar bellte und rannte in seinem Käfig hin und her und stemmte sich dann am Gitter zu imposanter Größe empor. Cleopatra würdigte ihn keines Blickes. Sie trug ihr Junges in den Käfig nebenan, und wir legten das andere neben sie ins Stroh.

Gestern ist Cäcilie zu uns gekommen. Elga und mir gefiel sie sofort. Es erging uns ganz komisch mit ihr: sie war uns nicht fremd wie andere Leute, die man zum ersten Male sieht. Eher wirkte sie wie unsere ältere Schwester, die nach langer Abwesenheit zurückgekehrt ist. Am liebsten hätten wir sie in die Arme geschlossen und gefragt, wo sie sich so lange herumgetrieben habe.

Aber wie groß war unser Schreck, als wir feststellten, daß sie etwas bemerkt haben mußte. Es war ja auch zu dumm, was sich Elga geleistet hat. Dabei hatten wir es genau besprochen. Solange Cäcilie bei uns blieb — Fräulein Hoppe hatte ja gesagt, sie sei Studentin und wolle nur für einige Monate arbeiten —, wollten wir die gleichen Sachen anziehen und die gleiche Frisur tragen. Wir wollten auch getönte Brillen aufsetzen, um unsere Augen zu verbergen — na, und außerdem, weil Elga tatsächlich ein blindes Huhn ist. Und einige braune Tupfer sollte sie sich auf die Nase malen, weil ich doch meine Sommersprossen nicht wegzaubern kann.

Aber was macht Elga? Eitel, wie sie ist, läuft sie ohne Brille herum, und neugierig, wie sie ist — ich bin es nicht, Ehrenwort! —, rennt sie mit der Sandwichplatte zu Cäcilie hinein — in Rock und Bluse! Wo ich doch das geblümte Kleid anhatte. Später machte sie *mir* Vorwürfe: wir hätten Rock und Bluse ausgemacht, sagte sie.

Also war ich wieder mal schuld. Wie immer. Aber ich bin ja nicht so rechthaberisch wie Elga und zog also heute Rock und Bluse an.

Mit Juanita und Juan klappte es auch nicht. Ich hatte Juanita die lederne Seppelhose angezogen. Es war schwer genug, ihr einzutrichtern, daß sie sich für Juan ausgeben sollte. Was kann man schon von einem fünfjährigen Kind erwarten? Warum, in aller Welt, Elga unserem Juan die Blue jeans angezogen hat, die sonst Juanita trägt, ist mir ein Rätsel.

Es ist zum Auswachsen.

Gestern sah es fast so aus, als habe Cäcilie die Flucht ergriffen. Einer der Schrumpfköpfe lag unter dem Teetisch, als ich in die Halle kam. Sicher hat dieses alberne Ding sie erschreckt. Aber hatte sie nicht erzählt, ihr Vater sei auch so etwas wie ein Forschungsreisender gewesen? Ach ja, Mikrobenjäger soll man ihn genannt haben. Verstehe nicht, wie sie wegen des Schrumpfkopfes ...

Vielleicht hatte aber auch jemand von uns — bestimmt Ronny! — den Kopf abgerissen. Na, egal. Ronny hat schon schlimmere Sachen angestellt.

Wir waren heilfroh, als wir Cäcilie im Garten entdeckten. Sie scheint Hunde zu lieben. Na, immerhin etwas. Tante Jola war entsetzt gewesen, als Cleopatra plötzlich fünf Junge bekommen hatte und Juan sich nicht von einem einzigen trennen wollte.

„Das ist zuviel. Ich packe die Koffer. Hier wird man ja verrückt. Dreimal Zwillinge, zwei Bestien, die sich Hunde nennen, und jetzt auch noch fünf junge Hunde. Mir langt es", hatte sie geschimpft.

Dann war das Telegramm gekommen. Vielleicht hat Elga recht. Sie meint, Tante Jola habe es selbst aufgegeben, um einen Vorwand für ihre Abreise zu haben.

Sie hat uns also verlassen. Na, wenn schon. Ich muß unbedingt Mutti schreiben, was vorgefallen ist. Tante Jola wird es bestimmt auch tun. Wer weiß, was sie da alles berichtet.

Ich muß ja zugeben, Ronny hat sich manchmal wirklich unmöglich benommen. Aber er ist eben ein Junge und schließlich auch erst zehn. Na ja, Bert ist auch zehn und weit ruhiger. Ein Phlegmatiker. Kann man nicht von jedem erwarten.

Warum mußte sie auch so erschrecken? In ihrem Bett lag doch nur ein Knallfrosch und keine Maus. Daß er Tante Jola ins Gesicht sprang, war natürlich Pech. Und dann hat Elga auch noch gelacht. Die arme Tante. Sie ist so dünn und nervös und hat es mit der Galle. Kein Wunder, wo sie schon zum vierten Male Witwe geworden ist.

Die dicke Ilse hat uns schon verlassen, als Ronny ihr

einen mit Wasser gefüllten kleinen Luftballon auf den Sessel legte. Zugedeckt natürlich. Sie hat sich draufgesetzt, und da ist das Ding eben geplatzt. Die Kinder haben sich krummgelacht (ich nicht). Ilse verstand keinen Spaß. Hunde mochte sie auch nicht, Cleopatra knurrte immer, wenn sie Ilse witterte.

Margot hatte einen Mutterkomplex. Immer mußte sie Juan oder Juanita auf dem Arm tragen und vor irgend etwas beschützen. Sogar nachts ließ sie sie nicht aus den Augen. Ich bin nie dahintergekommen, wann sie eigentlich schlief. Tante Jola hat ihr ganz schön eingeheizt, da ist sie gegangen.

Inzwischen waren etwa ein Dutzend Mädchen da. Sobald sie merkten, daß wir alle in doppelter Ausfertigung vorhanden sind, machten sie auf dem Absatz kehrt. Und wenn es eine doch mit uns versuchen wollte, gefiel sie uns nicht, oder Ronnys Benehmen vertrieb sie spätestens nach ein paar Tagen. Es ist ein Kreuz.

Keine hat uns je so gefallen wie Cäcilie. Sie darf nicht erfahren, wie viele wir sind. Sie m u ß bleiben. Zu Weihnachten, also in vier Monaten, kommen Mutti und Vati zurück, und länger will Cäcilie sowieso nicht bleiben.

Wie wohl ihr Zwillingsbruder aussieht? Spaßig, daß auch sie ein Zwilling ist. Vielleicht ist sie uns deswegen so sympathisch.

Ich glaube, das Zimmer hat Cäcilie gefallen. Die Totenmasken, den präparierten Kopf eines zähnefletschenden Schakals und den ausgestopften Geier mit dem nackten Hals hatten wir entfernt. Den Buddha hatte ich vergessen herauszunehmen, aber er gefiel Cäcilie. Sein Lächeln wirke beruhigend, meinte sie. Mir war das noch gar nicht aufgefallen.

Mit Ronny und Bert hat es Streit gegeben, nur weil Elga und ich ihren kleinen Transistor-Fernseher, ein Geburtstagsgeschenk der Eltern, in Cäcilies Zimmer gestellt haben. Mit Speck fängt man Mäuse, sagt Großmutter immer.

Elga opferte ihr kleines Kissen, obwohl sie bisher ohne dieses Kissen angeblich nicht einschlafen konnte. Ich spendierte das Zebrafell, das mir Vati aus Afrika mitgebracht hat, und Juanita trennte sich sogar von ihrem Mecki, den wir Cäcilie aufs Nachtschränkchen setzten.

Natürlich darf Cäcilie nichts von unseren persönlichen Opfern erfahren.

Als ich mich vergewissert hatte, daß Cäcilie bereits fest schlief, trommelte ich Ronny, Bert und die beiden Kleinen zusammen. Das Zimmer, das ich mit Elga teile, liegt im selben Stockwerk wie das Gästezimmer, in dem jetzt Cäcilie wohnt.

Wir haben drei Kinderzimmer. Uns gegenüber liegen die beiden Zimmer der Kleinen und der Jungen, getrennt durch ein gemeinsames Bad. Dann kommen zwei Gästezimmer und das Schlafzimmer der Eltern.

Die beiden Kleinen krochen zu Elga ins Bett.

„Nun paßt mal gut auf", begann ich. „Es ist uns gelungen, Cäcilie zu behalten. Es fragt sich nur, für wie lange."

„Woher sollen wir das wissen?" fragte Ronny mürrisch. Er gähnte, um zu zeigen, wie müde er war. „Brauchen wir überhaupt ein Kindermädchen?"

Ich ließ mich von ihm nicht aus der Fassung bringen.

„Solche Pannen wie heute, am ersten Tag, dürfen nicht wieder vorkommen", sagte ich streng.

„Welche Pannen?" fragte Bert verschlafen.

„Du kommst mal wieder aus dem Mustopf. Also, paßt auf. Erstens: jedes Zwillingspaar muß immer gleich angezogen sein. Zweitens: es darf sich jeweils nur einer von beiden vor Cäcilie zeigen, und zwar trotz der Verkleidung möglichst immer derselbe."

„Warum denn?" maulte Bert.

„Warum! Warum, fragt er! Weil wir uns nun mal nicht vollkommen ähneln. Darum, du Schaf!"

„Danke, Wolf."

„Cäcilie hat zuerst Juanita kennengelernt. Also muß Juan als Mädchen auftreten. Nicht umgekehrt."

„Brauch' ich die olle steife Seppelhose nicht mehr anzuziehen? Die kneift!" rief Juanita unter der Daunendecke hervor.

„Pst! Nicht so laut. — Nein, du brauchst sie nicht mehr anzuziehen."

„Was ist mit unserem Fernsehkoffer?" fragte Ronny angriffslustig und hatte seine Müdigkeit völlig vergessen.

„Im Herrenzimmer steht ein ganz großer Apparat. Den darfst du ab und zu anstellen. Vorausgesetzt, Cäcilie erlaubt es dir", sagte Elga freundlich.

„Danke, haben wir nicht nötig. Ich will unseren. Mutti hat ihn Bert und mir zum Geburtstag . . ."

„Fängt das schon wieder an!" rief ich erbost und vergaß, meine Stimme zu dämpfen.

„Meinen Mecki darf sie behalten!" rief Juanita, die sich auch nicht mehr an meine Ermahnung zu erinnern schien.

„Und ich schenke ihr meinen Tomahawk", sagte Juan.

„Weil du ihn nicht magst", grunzte Bert.

„Ist nicht wahr", krähte Juan. „Ein Junges von Cleopatra darf sie sich mit ins Bett nehmen ätsch."

Bert schnitt ihm eine Grimasse. Juan, nicht faul, krabbelte über Elga und Juanita hinweg, verwickelte sich in der Bettdecke, versuchte sich loszustrampeln und stürzte kopfüber aus dem Bett. Da er auf dem dicken Schaffell landete, konnte es nicht sehr weh tun, doch es kam, wie es kommen mußte. Juan stieß ein Geheul aus wie ein skalpierter Indianer. Ich half ihm auf die Beine, drückte ihn an mich, streichelte seine nicht vorhandene Beule und beschwor ihn, ruhig zu sein.

„Cäcilie wird dich hören, Juan. Dann ist alles verloren", redete ich auf ihn ein.

„Deinetwegen kommen wir ins Heim", zischte ihm Bert zu.

„Da wirst du eingesperrt wie Cäsar im Zwinger. Willst du das?"

„Nein", sagte Juan in ganz normalem Tonfall. Er fuhr sich mit dem Ärmel über die Augen und wischte sich die Nase.

Wir berieten weiter. Bei Tisch durfte immer nur ein Exemplar von jedem Paar erscheinen. Also insgesamt drei. Die anderen mußten heimlich essen.

„Kann Cäcilie kochen?" fragte Bert, unser Vielfraß.

„Sie kann", sagte ich im Brustton der Überzeugung. Ich hatte vergessen, sie danach zu fragen.

„Übrigens kommt es dir sowieso mehr auf Quantität als auf Qualität an."

„Klar", gab er zu, „aber kochen muß sie schon können."

Das fand offenbar sogar Juanita, denn sie erinnerte uns:

„Tante Jola konnte kochen."

Elga meinte besorgt: „Nehmen wir mal an, Cäcilie kann kochen. Wie aber, wenn sie nur für drei Kinder kocht? Und dabei ißt schon Bert allein für drei."

„Also, das ist übertrieben!" empörte sich Bert.

„Schon gut. Streitet nicht", sagte ich. „Elga hat recht. Ich kann sicher Cäcilie dazu bewegen, große Portionen zu kochen, aber irgendwann muß sie doch etwas merken."

Wir schwiegen beklommen. Bleierne Müdigkeit übermannte uns und machte das Denken schwer. Es war spät. Normalerweise schliefen wir um diese Zeit längst.

Elga hockte in ihrem Bett, links und rechts von ihr die beiden Kleinen. Bert saß mit untergeschlagenen Beinen auf dem Schaffell vor dem Bett. Ronny lag im Sessel, die Beine auf dem Tisch, und ich starrte aus dem Fenster in die Nacht hinaus, als könnte von dort die Antwort kommen. Wir fühlten uns sehr verlassen. Oder ging es nur mir so? Schließlich sagte Ronny:

„Halb so schlimm. Wir wechseln uns bei jeder Mahlzeit ab. Ich stelle einen Tagesplan auf. Einmal kommt die erste Garnitur zum Frühstück und zum Abendessen und die zweite nur zum Mittagessen. Am nächsten Tag ist es dann umgekehrt."

„Heißt das", fragte Bert ängstlich, „ich kriege meine Brötchen nur jeden zweiten Tag?"

„Du kriegst schon deine Brötchen", sagte ich beschwichtigend. „Das laß meine Sorge sein."

„Wen bezeichnest du als erste Garnitur?" fragte Elga Ronny angriffslustig.

„Keinen Streit jetzt", fuhr ich dazwischen, bevor sich eine Katastrophe anbahnen konnte. Ich kenne das Tem-

perament meiner Geschwister. „Der nächste Punkt: die Betten. Tagsüber schieben wir ja in jedem Zimmer ein Bett unter das andere. Das untere Bett muß aber wenigstens unbenutzt aussehen. Cäcilie wird wohl oder übel irgendwann einmal darauf kommen, daß sich unter jedem Bett noch ein zweites befindet."

„Das ist nicht gesagt. Aufräumen wird ja auch in Zukunft Frau Laible." Elga war die Optimistin in der Familie.

„Das kann ja lustig werden", sagte Bert.

„Ich schlafe bei Elga", erbot sich Juanita.

„Und ich bei Ronny!" rief Juan.

„Unsinn. Ihr werdet alle in euren Betten schlafen. Elga räumt morgens Juans Bett weg und ich Berts Bett."

„Warum nicht meins?" schmollte Ronny.

„Kannst ja abwechseln", sagte Bert.

„Ihr habt es noch immer nicht begriffen. Ich kann nur das Bett machen, das unter das andere geschoben wird. Also bei euch beiden das von Bert. Und da Juanita auf dem oberen schläft, macht Elga das Bett von Juan."

„Ach was, Cäcilie wird höchstens denken, wir schlafen abwechselnd mal in dem einen und dann wieder in dem anderen."

Es sah aus, als sollte unsere Debatte friedlich zu Ende gehen. Doch da mußte Bert und Ronny der Teufel oder ein anderer böser Geist zwicken. Wieder begannen sie wegen des Fernsehers zu maulen.

Juan funkte dazwischen:

„Geschieht euch ganz recht. Warum hat Ronny Cleopatras Kinder ins Wasser geschmissen!"

„Ist ja nicht wahr!" rief Ronny hitzig.

„Doch wahr. Drei kleine Kinder von Cleopatra."

„Stimmt nicht."

„Doch!"

Bert ereiferte sich: „So eine Gemeinheit hätte ich dir nicht zugetraut, Ronny."

Und schon versetzte er ihm einen Schwinger, den er neulich im Fernsehen dem Sheriff abgeguckt hatte.

Da hatten wir sie, die Keilerei. Ich griff ein und versuchte die beiden zu trennen. Umsonst. Juan rollte vom Bett und half kräftig mit, aber er unterstützte nicht mich, sondern Bert.

„So hilf mir doch, Elga!" rief ich verzweifelt.

Elga lachte. „Wer am Boden liegt, wird ausgezählt!" schrie sie und strahlte. Juanita ist keine Kampfnatur. Sie liebt kleine Blumen und Käfer. Sie verkroch sich unter Elgas Bettdecke.

Ich hatte eine Idee.

„Cäcilie kommt", zischte ich.

Im Nu war das Knäuel entwirrt. Aber da hatten wir die Bescherung: wir hörten tatsächlich Schritte auf dem Korridor.

„Was ist da los?" rief Cäcilie.

Elga riß geistesgegenwärtig die Terrassentür auf.

„Kommt, Juanita, Bert. Los, schnell."

„Kommen Sie herein!" rief ich, kaum daß die Kinder verschwunden waren.

Cäcilie riß die Tür auf. Reizend sah sie aus in Mutters Pyjama, den ich ihr geborgt hatte. So muß unsere Mutti als junges Mädchen ausgesehen haben, ging es mir durch den Sinn.

„Was war das für ein Krach?"

„Oh, haben wir Sie aufgeweckt?" sagte ich so harmlos wie möglich. „Darf ich Ihnen Ronny vorstellen? Er hatte Streit mit Juan — Juanita. Wegen der Hunde — äh — der Welpen."

Cäcilie betrachtete Ronny, als wollte sie sich sein Gesicht fest einprägen. Hoffentlich nicht zu fest, wünschte ich uns.

„Ich habe sie nicht umgebracht. Sie sind im Zwinger. Wirklich. Ich habe sie wieder zurückgebracht."

„Wirklich?" rief Juan und kletterte aus dem Bett. „Ist das wirklich wahr? Dein ganz großes Ehrenwort?"

„Klar. Du kannst dich morgen selbst davon überzeugen."

„Geht ihr immer so spät schlafen?" fragte Cäcilie.

„N-nein. Nur heute."

„Wollt ihr jetzt ins Bett gehen? Komm, Juan, ich bringe dich . . ."

„Oh, lassen Sie nur, Cäcilie, das besorge ich schon", sagte ich eifrig. Ich merkte, daß es zu eifrig klang, denn sie sah mich so sonderbar an.

Aber ich wußte, die Betten in den beiden Kinderzimmern waren bereits herausgezogen und benutzt worden. Nur das Zimmer, das ich mit Elga teile, hat ein normales Doppelbett.

Cäcilie zögerte, und ich spürte Schweißperlen auf meiner Stirn. Auf einmal drehte sie sich um und sagte:

„Also dann — gute Nacht. Aber geht auch bestimmt schlafen."

Cäcilie kommt wieder zu Wort

Der neue Tag begann zweifellos schöner als der vorangegangene. Ich mußte nicht hungrig aus dem Haus, brauchte nicht durch Hagel und Sturm, bei Blitz und Donner über Stoppelfelder zum Bus zu laufen.

Die Sonne schien, der blaue Himmel spiegelte sich in der Donau, und ich brühte eine Riesenkanne Kaffee und noch eine mit Kakao und bereitete ein üppiges Frühstück. Es war so reichlich, daß es für eine ganze Woche hätte genügen müssen.

Elisabeth hatte mir verraten, sie und ihre beiden Geschwister liebten es, schon zum Frühstück viel zu essen.

Warum nicht? Sie wollten und sollten wachsen und gedeihen. Die Berge belegter Brote, die sie zur Schule mitnehmen wollten, reichten meines Erachtens für eine Kompanie Soldaten. Aber bitte sehr. Sie sollten mir nicht nachsagen, ich ließe sie hungern.

Frau Laible kam. Eine kleine, graumelierte, adrette, flinke Frau. Um die Mitte herum ein bißchen füllig.

„Sie sind die Neue", sagte sie zur Begrüßung. „Herzliches Beileid." Es klang echt, das Mitleid.

„Danke. Bei uns ist in letzter Zeit niemand gestorben. Wollen Sie nicht erst frühstücken?"

„Keine Zeit", sagte sie mit einem Blick auf die vielen Brote, die ich noch nicht eingepackt hatte.

„Soll das etwa reichen?" fragte sie ernsthaft.

Ich lachte. Die Frau war witzig. Nicht eine Falte hatte sich in ihrem rosigen Gesicht verzogen.

„Das Einpacken überlassen Sie nur mir", sagte sie. „Ich mache das immer."

„Danke."

Ich nahm die beiden dampfenden Kannen und trug sie ins Eßzimmer. Die Geschwister saßen bereits am Tisch und kauten. Elisabeth war in ein Lehrbuch vertieft. Sie quetschte zwischen Kauen und Schlucken Brocken englischer Grammatik hervor: „He has done it, she has not done it, but it has ..."

Ronny sagte: „... von der Stirne heiß rinnen muß der Schweiß ...", und Juanita unterhielt sich mit einem Plüschesel, dem sie ihr Brötchen ins Maul stopfen wollte.

Alles sah so friedlich aus. So gewollt friedlich. Genau so, als hätten sie kurz zuvor die Köpfe zusammengesteckt und dann bei meinem Kommen geflüstert:

„Achtung, sie kommt!"

Das wird sich geben, beruhigte ich mich. Heute ist der erste Tag. Wir müssen uns aneinander gewöhnen.

„Rechtsanwalt Helmrich hat vorhin angerufen", sagte Elisabeth. „Er möchte mit Ihnen über Ihr Gehalt sprechen und auch wegen des Haushaltsgeldes, das Sie von ihm monatlich erhalten und verwalten sollen."

„Können Sie kochen?" fragte Ronny — besorgt, wie mir schien. Er wirkte heute anders als gestern nacht. Voller und frischer. Morgens sehen die meisten Menschen anders aus, redete ich mir ein.

„Ich denke schon", sagte ich. „Hast du einen besonderen Wunsch?"

„Den hätte ich!" rief er begeistert und klappte sein Schulbuch zu.

„Bert, beherrsche dich!" Elisabeth warf ihm einen eisigen Blick zu.

„Wieso Bert? Ich denke, er heißt Ronny?" fragte ich. Ich konnte mich doch nicht so sehr verhört haben.

„Er heißt ..." rief Juanita.

„Sei still", fuhr Elisabeth sie an. Sie hatte heute eine getönte Brille auf der Nase.

„Natürlich heißt er Ronny", sagte sie zu mir. „Das heißt, er heißt Robert."

„Verstehe", sagte ich. „Ihr kürzt seinen Namen mal so und mal so ab."

„Genau", sagte Ronny mit jovialem Grinsen. „Ich muß zur Schule. Höchste Zeit." Er trank noch einen Schluck Kakao und erhob sich.

„Ich muß mich auch beeilen", sagte Elisabeth. „Sei artig, Juan, und höre auf Fräulein Schmittgen."

„Sie heißt Cäcilie", sagte Juanita.

„Sie hat recht. Für euch heiße ich Cäcilie. Ihr könnt auch du zu mir sagen."

Die Kinder fanden das durchaus in Ordnung.

„Darf ich zu Cleopatras Kindern, Cäcilie?"

„Natürlich darfst du."

Ich blieb allein und aß, was übriggeblieben war. Viel war es nicht, obwohl es für meinen Bedarf durchaus reichte. Aber in Anbetracht der Menge . . . Sie mußten sich wie ausgehungerte Wölfe daraufgestürzt haben. Dabei sah nur Ronny, alias Bert, wohlgenährt aus. Gestern nacht war er mir viel dünner vorgekommen — und vitaler. Heute wirkte er beinahe rundlich und recht phlegmatisch. Komisch.

So schnell lernt man eben Leute nicht kennen. Sie haben viele Seiten.

Ich räumte den Tisch ab, trug das Geschirr in die Küche und spülte es gleich. Durch das Küchenfenster hatte ich einen Blick in den Gemüsegarten hinter dem Haus, auf die Teppichstange und den Trockenplatz. Dahinter erhob sich der Berg. Eine schmale Steintreppe führte hinauf zu dem oberen Weg.

Und diesen Weg entlang radelte Elisabeth. Es war bestimmt Elisabeth. Aber wer mochte das Mädchen sein, das dicht hinter ihr fuhr? War nicht das Elisabeth?

Fing ich schon wieder an, alle und alles doppelt zu sehen? Das konnte doch nicht sein. Wo war denn nur wieder meine Brille? Immer, wenn ich sie brauche, ist sie nicht da. Sicher war es ein Mädchen aus der Nachbarschaft.

Ich war fest entschlossen, mich nicht wieder verwirren zu lassen. Heute hatte ich gut gefrühstückt, und die Sonne schien, und ein Mittagessen würde ich auch haben. Also bestand kein Grund dafür, hysterisch zu werden.

„Cäcilie, kann ich eine Banane haben?" Juanita blickte mich erwartungsvoll an.

„Willst du damit sagen, daß du schon wieder hungrig bist?"

„Ich hab' nicht viel gegessen", versicherte mir Juanita, „die anderen haben alles weggegessen. Ich hab' nur ganz we . . ."

„Das ist nicht schön von den anderen. Es war genug für alle da", sagte ich.

„Bekomme ich die Banane?"

„Sicher. — Aber habt ihr überhaupt welche hier?"

Juanita lachte mich aus.

„Da, in der Schale neben dir auf der Anrichte. Siehst du?"

„Ich bin etwas kurzsichtig", sagte ich unsicher.

„Elga ist auch kurzsichtig. Sie will ihre Brille auch nie tragen."

Komisch, noch eine, die zwei Namen hatte, einmal wurde sie Elisabeth, einmal Elga genannt. Aber für ein fünfjähriges Kind war es bestimmt leichter, Elga zu sagen, als das lange Wort Elisabeth auszusprechen. Ich mußte endlich aufhören, Gespenster zu sehen.

Juanita trollte sich mit ihrer Banane. Ich beobachtete durchs Küchenfenster, wie sie in den Sandkasten kletterte.

Auf der Suche nach Frau Laible kam ich schließlich in die Kinderzimmer. Das erste schien Bert zu gehören, den Bildern von Boxern und Fußballgrößen nach zu urteilen, die die Wände zierten. Gegenüber der Tür stand ein Bett mit einem Bettkasten darunter. Aber Frau Laible hatte Kissen und Decke aufgeschüttelt und auf dem Bett liegen lassen.

Durch ein Bad kam ich ins nächste Kinderzimmer, das Juanita gehören mußte. Hier stand das gleiche Bett. Neugierig zog ich an dem Kasten. Er rührte sich nicht. Komischerweise ließ er sich aber an der Schmalseite herausziehen, und da sah ich, daß es gar kein Bettkasten war, sondern ein Bett mit allem Drum und Dran. Fertig zum Benutzen.

Ich eilte zurück ins andere Kinderzimmer. Genau das gleiche. Nun lief ich in Elisabeths Zimmer, das ich mir am Vorabend nicht so genau angesehen hatte. Dort stand ein Doppelbett, aber mit einem einzigen Kissen in der Mitte. Nein, ein zweites Kissen lag noch darunter. Aber es gab nur eine Daunendecke. Nein, doch nicht. Die andere lag zusammengerollt am Fußende.

Fange ich schon wieder an zu spinnen?

„Frau Laible!"

Ich lief auf den Korridor hinaus. „Frau Laible!"

Wo steckte sie nur? Was ging hier vor? Durch ein Fenster sah ich Juanita weltvergessen im Sandkasten spielen. Ich lief hinaus, um das Haus herum, am Zwinger vorbei.

Cleopatra blinzelte mir zu und genoß Mutterfreuden. Es stimmte: alle fünf Welpen krabbelten über, neben und unter ihr herum. Juanita war auch da! Sie stellte eine Schale mit Wasser vor die Hündin.

Hatte sie nicht gerade Sandkuchen gebacken? Vom Zwinger aus konnte ich nicht in den Gemüsegarten schauen. Eine hohe Hecke war dazwischen.

Das Grundstück war weit größer, als ich vermutet hatte. Hinter dem Zwinger lag, zwischen Gebüsch und Bäumen versteckt, ein kleiner Teich. Ein Miniatursee von seltener Schönheit. Auf der gegenüberliegenden Seite ragte Schilf empor, und ich glaubte Wasserrosen zu erkennen. Gleich vorn stand eine Hollywoodschaukel und weiter hinten etwas, das wie ein Badehäuschen aussah. Sehr idyllisch.

Doch wo war Frau Laible? Der Vormittag war noch nicht vorbei. Sie konnte unmöglich mit der Arbeit fertig sein. Ich rannte zurück. Cleopatra kam mir schweifwedelnd entgegen. Cäsar bellte im Zwinger. Irgendwer hatte den Hunden etwas zu fressen hingestellt. Frau Laible?

Juanita war nirgends zu entdecken. An der Haustür stieß ich mit der Putzfrau zusammen. Sie atmete schwer und sah abgehetzt aus.

„Ich war beim Kaufmann", sagte sie, bevor ich den Mund auftat. Sie hatte keine Einkaufstasche bei sich. Als sie meinen suchenden Blick bemerkte, erklärte sie:

„Ich habe nur die monatliche Bestellung aufgegeben. Die Ware kommt am Nachmittag. Wir machen das immer so am Monatsanfang."

„Brauchen wir nicht Fleisch zum Mittagessen?" fragte ich. Und wieder antwortete sie für meinen Geschmack viel zu hastig, zu aufgeregt:

„Ja, natürlich. Ich hole es. Soll ich gleich . . ."

„Nein. Ich möchte gern mit Ihnen über Ihre und meine Pflichten sprechen. Damit wir uns nicht ins Gehege kommen."

Frau Laible vergaß ihre Aufregung und betrachtete mich neugierig.

„Sie waren wohl noch nie in einem elternlosen Haushalt, Fräulein Schmittchen? Schmittchen heißen Sie doch, nicht wahr?"

„Schmittgen", sagte ich geduldig. Ich war das schon gewöhnt. „Ehrlich gesagt, ich war noch nie in einem Haushalt beschäftigt."

„Oh, Sie sind keine Perfekte", sagte Frau Laible hochnäsig. „So, na ja. Freilich, in diesem Fall . . ."

Sie verschluckte den Rest und erzählte dafür ausführlich von ihren diversen früheren Herrschaften, bei denen sie die Haushaltsführung gründlich erlernt hatte. Dabei kam die Wendung „Ich bin nämlich eine Perfekte" außerordentlich häufig vor. Als ich immer noch nicht in Ehrfurcht erstarrte, wiederholte sie eindringlich:

„Alles, was recht ist, ich habe von der Pike auf gelernt. Ich kann mit Fug und Recht sagen, daß ich ein perfektes Dienstmädchen bin. Diese modernen Ausdrücke wie ‚Raumpflegerin' will ich nicht hören. Was ein perfektes Dienstmädchen ist, hat so was nicht nötig. Ich hatte mal eine Herrschaft, also . . ."

Allmählich versuchte ich, gar nicht mehr zuzuhören. Ihre Worte plätscherten an meinem Ohr vorbei. Währenddessen führte sie mich in die Waschküche, zeigte mir die Waschmaschine, den großen Bügler, den Heizungskeller, die Kammer, in der die schmutzige Wäsche aufbewahrt wurde.

„Hier ist sicher seit einem halben Jahr nicht mehr gewaschen worden", entfuhr es mir beim Anblick dieses Wäscheberges.

„Das würde ich nicht sagen", meinte sie pikiert. „Bei so vielen Personen kommt schon was zusammen."

Sie reckte die Nase hoch und zog einen Schmollmund. Anscheinend hatte ich ihren Lebensnerv getroffen.

„Ich kann allein nicht alles schaffen", fuhr sie mich plötzlich an, daß ich zusammenzuckte.

„Sicher", sagte ich beschwichtigend. So wanderten wir durch das ganze Haus. Hier und da erklärte sie lang und breit, was sowieso klar war, und was ich gern wissen wollte, verschwieg sie. Eine Perfekte versteht so dumme Fragen nicht.

Ronny kam erhitzt hereingesaust, warf die Schulmappe auf den Fußboden und schrie nach Essen. Es war mittlerweile Mittag geworden.

Ich hatte noch nicht einmal mit den Vorbereitungen begonnen.

„Ich backe dir schnell ein Omelett", sagte ich.

„Oh, fein! Mein Lieblingsgericht. Das heißt ..." Er verbesserte sich: „Eines meiner Lieblingsgerichte. Ich habe noch mehr auf Lager."

Ich machte mich sofort an die Arbeit. Ronny wich nicht von meiner Seite. Mit hungrigem Blick verfolgte er alle meine Bewegungen, die sein Omelett herbeizaubern sollten.

Nach einer Weile meinte er nachdenklich:

„Sag mal, Cäcilie, warum ..." Er stockte und blickte verlegen zum Fenster hinaus.

Was mochte nun kommen? Es mußte eine schwerwiegende Frage sein, die ihn die Stirn runzeln ließ und ihn stottern machte.

„Warum willst du mir nur ein Omelett machen?" sagte er schließlich zögernd. „Wenn man bedenkt, daß ich seit Ewigkeiten keins mehr hatte ..."

„Darüber läßt sich reden", sagte ich ernsthaft. „Gib mir bitte mal die Schüssel mit den Eiern herüber."

Nach dem zehnten Omelett hatte ich endgültig genug. Ronny schlich sich aus der Küche. Zum Glück brutzelte bereits das Fleisch, das Frau Laible inzwischen gebracht hatte, und das Gemüse hatte sie auch schon aufgesetzt. Ich beeilte mich, das Mittagessen fertigzumachen.

Kaum eine Stunde nach Ronnys üppigem Mahl setzten wir uns zu Tisch. Elisabeth saß am Ende des Tisches im Schatten und verbarg sich hinter einer Zeitung. Ronny las in einem Heft und blickte ebenfalls nicht auf.

Er kam mir merkwürdig blaß und ausgesprochen schmal vor.

„Bist du schon wieder hungrig, Ronny?" fragte ich ihn, weil mir das ganz unwahrscheinlich erschien.

„Ich? Wieso? — Ja, ein bißchen."

Wir begannen zu essen. Für Juanita hatte ich das Fleisch und die Kartoffeln in kleine Stücke geteilt.

Elisabeth war hinter ihrer Zeitung hervorgekommen und schnupperte begeistert. Dankbar strahlte sie mich an.

Aber als ich ihr voll ins Gesicht blickte, fiel mir vor Schreck die Gabel aus der Hand, auf die Tischkante und von da auf den Teppich.

Sie hatte wieder grüne Augen. Ich bückte mich nach der Gabel, stieß unter dem Tisch mit Ronny zusammen, der sie gerade aufhob, und war noch mehr verblüfft, als ich feststellte, daß er eine Beule an der Stirn hatte. Eine schöne, blaurote Beule.

Ich hätte wetten können, daß sie vor einer Stunde noch nicht dagewesen war. Schon wollte ich ihn danach fragen, doch irgendein Gefühl hielt mich zurück, und ich schwieg.

Verstohlen blickte ich ans andere Ende des Tisches. Elisabeth hatte das Kleid von heute früh an, aber ich hätte wieder einmal trotz meiner Kurzsichtigkeit geschworen, daß ihre kleine Nase keine Sommersprossen schmückten.

„Schmeckt es euch?" fragte ich in die allgemeine Stille hinein, die mir irgendwie unheimlich vorkam. Ich wollte Elisabeths Stimme hören, aber sie murmelte nur: „Hm . . ." Ronny aß schweigend und, wie ich zugeben mußte, nicht gerade heißhungrig. Kein Wunder, nach zehn Omeletts.

„Hattest du Streit, Ronny? Oder bist du hingefallen?" Nun waren mir die Fragen doch entschlüpft.

„Och, das ist nichts weiter. Wir hatten eine kleine Balgerei nach der Schule", sagte er.

Also gleich nach der Schule, dachte ich zutiefst verwirrt, nicht erst, nachdem er die Küche mit zehn Omeletts im Magen verlassen hatte.

„Du siehst blaß aus", sagte ich. „Sicher hast du Kopfschmerzen. Ich werde dir Umschläge machen."

„Nein. Ich glaube, das ist nicht nötig. Ich muß sowieso gleich wieder weg."

Ich wollte ihn nicht so ohne weiteres gehen lassen, doch da klingelte es auf einmal an zwei Stellen zugleich: an der Haustür und in der Wohnhalle.

„Ich gehe ans Telefon", rief Elisabeth. Hörte sich ihre Stimme nicht dunkler an als heute morgen? Ich lief zur Haustür und riß sie auf. Niemand war da.

„Es ist an der Hintertür!" rief Juanita fröhlich und hüpfte mir voran. Richtig. Eine stämmige Frau und ein schmächtiges Mädchen, beide in weißen Kitteln, brachten die Lebensmittel in zwei großen Kisten.

„Sie sind die Neue", begrüßte mich die Frau mit denselben Worten wie Frau Laible. „Fassen Sie mit an."

Mich ärgerte ihre Art. Noch ehe ich darauf reagieren konnte, kam Elisabeth vom Garten her und sagte so hochnäsig, wie eine Sechzehnjährige nur sein kann:

„Das ist Fräulein Schmittgen, unsere Haushälterin. Fräulein Schmittgen ist Studentin. Sie vertritt unsere abwesenden Eltern."

Ich lachte. Ich fand das einfach großartig von Elisabeth. Ich fand es auch großartig, ja geradezu beruhigend, daß sie, wie ich jetzt aus der Nähe feststellte, doch braune Augen hatte, und nicht grüne, und daß ihre lustigen Sommersprossen auf der kecken Nase noch alle vollzählig versammelt waren.

Aber schon wieder zwickte mich das Mißtrauen: wieso kam sie vom Garten her? War sie nicht gerade zum Telefon in der Wohnhalle geeilt?

Während Elisabeth mit den beiden Verkäuferinnen verhandelte, rannte ich in die Wohnhalle. Sie war leer. Der Telefonhörer lag neben dem Apparat.

Ich hob den Hörer auf und fragte: „Ist da jemand?"

Eine sympathische Jungmännerstimme fragte zurück, ob ich Fräulein Schmittgen sei.

Es war Rechtsanwalt Helmrich. Er bat um Verständnis dafür, daß er nicht sofort gekommen war und erst in zwei bis drei Tagen erscheinen würde, weil er sogleich irgendeine unaufschiebbare Reise antreten müßte.

„Es wäre nett von Ihnen, Fräulein Schmittgen, wenn Sie inzwischen das Geld für die fälligen Rechnungen auslegen würden. Es wird ja nicht viel sein." Er war offenbar sehr weltfremd und ahnte nicht, welchen Schock er mir versetzte. „Elga sagte mir gerade, der Kaufmann habe soeben die Lebensmittel geliefert. Ach ja, die Telefonrechnung sei auch überfällig."

Er lachte jungenhaft, doch mir gefiel seine Stimme gar nicht mehr. „Sie kriegen alles zurück, keine Sorge." Wieder dieses unbekümmerte Wiehern. Ich entfernte den Hörer auf Armlänge von meinem empfindlichen Ohr. Bloß nicht in Ohnmacht fallen! Ich mußte ihm unbedingt sagen, daß sich mein Barvermögen nur noch auf ganze drei bundesdeutsche Pfennige belief, aber er gab mir keine Gelegenheit dazu.

„Sie werden sich schon einleben!" rief er mir frohgemut zu. „Sehr liebe Kinder, diese Grünewalds. Vor allem sind Sie Ihnen außerordentlich sympathisch. Gratuliere. Bis auf bald, Fräulein Schmittgen. Hat mich sehr gefreut, Ihre Stimme zu hören."

„Herr Rechtsanwalt! Hallo . . ."

Die Leitung war tot. Aus. Elisabeth stand hinter mir.

„Du bist so blaß, Cäcilie", sagte sie, „hast du schlechte Nachrichten? Ist etwas mit deinem Bruder?"

„Wieso? Nein. Nur . . ."

Ich wankte und setzte mich auf die Urwaldtrommel, die dumpf protestierte. Bis zum nächsten Sessel hätten mich die Beine nicht mehr getragen.

„Du weißt doch, mit wem ich gesprochen habe", sagte ich müde.

„Nein. Das heißt — ja, natürlich."

„Hör mal, Elisabeth, ich muß es dir sagen. Es hat keinen Zweck, drumherum zu reden."

„Nein, bitte nicht!" rief sie ängstlich.

„Doch, Elisabeth. Ich ... Nun, also ..." Ich atmete kurz durch. „Mein Etat beläuft sich auf genau drei Pfennige. Ich kann unmöglich die Rechnung für die Lebensmittel bezahlen, die eben angekommen sind. Es ist ja eine Monatsration für eine größere Familie. Und die Telefonrechnung, so überfällig sie sein mag — wirklich, tut mir leid, ich kann nicht."

„O weh", hauchte Elisabeth. Doch kam es mir vor, als habe sie erleichtert aufgeseufzt. Aber was sollte ich erst dazu sagen, daß sie gleich darauf lauthals herausplatzte und sich vor Lachen ausschütten wollte? Nicht nur das. Sie stürzte auf mich zu, schloß mich in ihre Arme und küßte mich auf beide Wangen.

Na, so was! Man müßte noch mal sechzehn sein, dachte ich beinahe neidisch.

„Da mach dir nur keine Sorgen!" rief sie. „Helmrich ist Junggeselle. Er hat keine Ahnung, was ein Haushalt kostet, und außerdem hat er immer Geld. Weißt du, er ist enorm reich — eigentlich sein Vater, aber das macht keinen großen Unterschied, nicht wahr? Die Anwaltsfirma gehört seinem Vater. Ein Onkel ist auch daran beteiligt, aber nur ganz wenig."

„Ich hoffte, heute etwas von ihm zu bekommen", sagte ich, noch nicht so ganz getröstet. „Ich muß meinen Koffer von Frau Mayer abholen. Du siehst selbst, wie mein Kleid aussieht. Ich müßte mich umziehen, und meine Zahnbürste brauchte ich auch und . . ."

„Das ist kein Problem." Elisabeth strahlte. „In der Garage steht Muttis Sportwagen. Tante Jola durfte ihn benutzen. Wenn du vielleicht einen Führerschein . . ." Sie blickte mich hoffnungsvoll an.

„Fahren kann ich", sagte ich vorsichtig. „Einen Führerschein habe ich auch. Seit zwei Jahren. Aber . . ."

„Ja?"

„Mein Führerschein liegt im Koffer bei Frau Mayer."

Ich lebe gefährlich

„Zu dumm", sagte Elisabeth. „Ach was. Du fährst ganz vorsichtig, dann fällst du nicht auf, und keiner fragt nach deinem Führerschein. Es wird schon klappen. Ist ja nur der Hinweg. Zurück hast du dann den Führerschein. Ist es weit?"

„Hinter Böfingen", sagte ich. „Eine ziemlich neue Siedlung."

„Diese Gegend kenne ich nicht. Wir leben ja erst seit

zwei Jahren in Ulm. Weißt du was? Du nimmst Bert mit. Ich kann leider nicht mitkommen. Ich — ich habe noch Unterricht." Sie wurde rot und drehte sich weg. „Ist der Koffer schwer?"

„Es geht. Mach dir keine Sorgen. Ich schaffe es auch allein."

„Nein, warte. Ich hole Bert."

Bert war begeistert. Auf seiner Stirn prangte malerisch ein Pflaster, das das halbe Auge verdeckte. Und wieder spielte mir die Kurzsichtigkeit einen Streich. Ich hätte schwören können, daß unter dem Pflaster keine Beule war.

Frage: Wie schnell verschwinden Beulen von der Größe einer Kinderfaust? Ich vergaß die Frage gleich wieder. Eine wichtigere fiel mir ein: Wo war meine Brille? Ich konnte unmöglich ohne Brille ein Auto steuern.

Wir suchten die Brille: Elisabeth, Bert, Juanita und ich. Es war nichts zu machen. Sie blieb verschwunden. Bert rannte hinaus, kam gleich wieder zurück und raunte Elisabeth zu:

„Er ist nicht da." Dabei zuckte er bedauernd die Schultern.

Was heißt das schon wieder? dachte ich nervös. S i e ist nicht da, die Brille nämlich. Immer diese Geheimniskrämerei. Hoffentlich gibt sich das bald.

„Kannst du gar nicht — ich meine, wenn du vorsichtig fährst . . ."

„Unmöglich", sagte ich.

„Es ist halb vier", sagte Bert. „Wenn wir gleich losfahren, ist noch nicht viel Verkehr. Ab vier Uhr schließen die Fabriken, dann kommen wir kaum vorwärts."

Von schlechtem Gewissen geplagt, nahm ich mein ungewisses Schicksal auf mich. Mit einfachen Worten: ich holte den Wagen aus der Garage. Ein Traum von einem blauen Sportwagen der gehobenen Klasse.

Elisabeth drückte auf einen Knopf, und das Verdeck schob sich zurück. Ich startete. Bert saß erwartungsvoll neben mir. In dem Augenblick, als sich der Wagen in Bewegung setzte und Elisabeth uns zurief: „Fahrt vorsichtig,

Hals- und Beinbruch!", stürzte ein riesiger Schatten auf uns zu und landete mit einem Satz auf den rückwärtigen Polstern, daß der Wagen einen Luftsprung machte.

Erschrocken trat ich auf die Bremse. Bert lachte, und Elisabeth, genauso erschrocken wie ich, entschuldigte sich.

„Cäsar fährt leidenschaftlich gern Auto. Aber er war doch im Zwinger eingeschlossen. Ich weiß wirklich nicht, wie ... Bert, hast du ihn etwa freigelassen?"

Berts gedehntes „Ich ...?" ließ keinen Zweifel an seiner Unaufrichtigkeit aufkommen.

Cäsar stieß seinen gewaltigen Kopf an meine Schulter. ‚Nun fahr schon', sollte das wohl heißen.

„Laß ihn mitfahren, Cäcilie", bat mich Bert. „Er wird dich bestimmt nicht stören."

„So siehst du aus!" rief Elisabeth. „Los, Cäsar, aussteigen!"

Cäsar murrte unwillig und machte es sich bequem.

Ich resignierte. „Meinetwegen", sagte ich, „soll er mitfahren."

Seinem Schicksal kann man nicht entgehen, dachte ich bitter. Diese Fahrt mußte ja zu einer Katastrophe führen: ohne Führerschein, ohne Brille und eine fremde Ulmer Dogge hinter mir, so groß und dickköpfig wie ein ausgewachsener Maulesel.

Wir fuhren los. Bert holte ein Päckchen Kaugummi aus der Hosentasche, riß das Papier auf und sagte:

„Bitte, bediene dich."

Er hielt mir in Mundhöhe einen Kaugummi hin. Bevor ich ablehnen konnte, hatte Cäsar ihn sich geschnappt.

„Macht nichts", sagte Bert gelassen, „ich habe noch mehr davon."

„Danke, ich möchte nicht, Bert."

Bert kaute und quetschte zwischendurch Anweisungen für mich hervor, wie etwa: „Zebrastreifen. Links einbiegen, rechts einbiegen. Achtung, Fußgänger. Vorfahrt beachten. Achtung, Ampel steht auf Rot."

Im Rückspiegel bemerkte ich, daß sich Cäsars Kaugummi in seinem Gebiß festgeklemmt haben mußte. Mit wachsen-

der Besorgnis verfolgte ich seinen Kampf mit dem tückischen Fremdkörper. Er wurde nervös. Ab und zu knurrte er, zwischendurch jaulte er leise, endlich nahm er eine Pfote zu Hilfe. Es nutzte nichts. Auf einmal schrie Bert aus Leibeskräften:

„Paß auf, Cäcilie!"

Instinktiv trat ich auf die Bremse. Als wir mit dem Kühler schon halb unter einem parkenden Fernlaster waren, blieb unser Wagen stehen. Welch ein Glück, daß es ein niedriger Sportwagen war! Vorsichtig versuchte ich, im Rückwärtsgang freizukommen. Im gleichen Moment ruckte der Fernlaster an. Mir brach der Schweiß aus. Wenn er jetzt rückwärts fuhr, waren wir verloren.

Cäsar bellte verstört, riß seinen Rachen auf und knurrte böse. Der Kaugummi klebte am Gaumen.

„Was hat er?" fragte Bert.

„Kaugummi", sagte ich kurz und konzentrierte mich auf den Fernlaster, dessen Fahrer sich anscheinend immer noch nicht entscheiden konnte, ob er nun vorwärts oder rückwärts fahren sollte.

Endlich war ich weit genug von ihm abgerückt, wagte aber nicht, ihn zu überholen, bis er sich schließlich — im Zeitlupentempo, wie mir schien — in Bewegung setzte und ich die Straße überblicken konnte, soweit es meine Kurzsichtigkeit erlaubte.

Gebannt starrte ich nach vorn, daß mir die Augen weh taten. Mir wurde heiß wie in einer Sauna.

Wir fuhren die Olgastraße entlang, als Cäsar plötzlich aufheulte, so laut und verdrossen, daß ich zusammenzuckte. Ausgerechnet an der Kreuzung Neutorstraße und während vor mir ein Bus zum Eselsberg abbog.

Mit dem Mut der Verzweiflung steuerte ich auf seine breite Flanke zu. Ich weiß nicht mehr, wie, aber wir kamen über die Kreuzung. Erschöpft fuhr ich an den Bordstein und hielt an.

„Wir müssen Cäsar den Kaugummi herausnehmen, bevor er ganz durchdreht."

„Gut gebrüllt", sagte Bert. „Aber wie?"

Er stellte sich so dumm an, daß mir nichts anderes übrigblieb, als selbst die Samariterin zu spielen. Im Nu umringten uns Passanten. Einige wollten wissen, was los sei, andere gaben Ratschläge oder schimpften über die Tierquälerei. „Sollte man anzeigen." — „Polizei!"

Ich versuchte, nicht hinzuhören. Todesmutig, wenn auch mit zitternden Händen, riß ich Cäsar den Rachen auf und fuhr mit der Rechten blitzschnell zwischen sein mächtiges Gebiß. Ich zog den Kaugummi von seinem Gaumen und schleuderte ihn in der Aufregung weit von mir.

Irgendwer aus der Menge schrie auf. Eine Schimpfkanonade ergoß sich über uns, und ich glaubte, die Masse wolle uns lynchen. Ich blickte nicht links noch rechts, startete und gab Gas.

„Polizei! Niemals ist Polizei zur Stelle, wenn sie gebraucht wird", war das letzte, was ich hörte.

„Das hast du prima hingekriegt!“ rief mir Bert zu. Meinte er die Flucht vor der Lynchjustiz oder die Sache mit Cäsar?

Im Rückspiegel zeigte mir Cäsar, wie zufrieden er wieder mit sich und der Welt war.

Ich war froh, wenn wir wenig Autos vor uns hatten und schneller vorwärts kamen, denn ich wagte nur selten, jemanden zu überholen.

Vom Berliner Platz an zuckelte ein alter Klapperkasten vor uns her, sonst war weit und breit kein Fahrzeug zu sehen.

„Na, los, Cäcilie, gib Gas, den kannst du leicht überholen“, meinte Bert.

„Lieber nicht“, sagte ich.

„Sei kein Angsthase.“

„Nein, Bert. Ein andermal.“

„Mit so einem Sportwagen“, seufzte er. „Wir verlieren ja unser Gesicht.“

„Wir sind nicht in Asien.“

Die langweilige Nuckelpinne bog ab, womit das Thema erledigt war. Ich konnte wieder schneller fahren.

Vor uns war die Eisenbahnüberführung. Dahinter ging es in einer Kurve bergan. Plötzlich raste ein Porsche älterer Bauart heran und überholte uns in dem Moment, als ich den Bus aus Böfingen auf uns zukommen sah.

Geistesgegenwärtig riß der Fahrer des Porsche sein Steuer herum und setzte sich so genial vor unsere Nase, daß ich wieder einmal scharf bremsen mußte. Unser Wagen machte einen erschreckten Sprung, als wolle er zu einem Salto ansetzen, und Cäsar landete mit voller Wucht auf meiner Schulter. Als er sich hochrappelte, rissen seine Krallen Fleischstücke aus meinem Nacken. Jedenfalls kam es mir so vor.

Der schnittige Porsche aber war wie ein Pfeil davongeschossen.

„Ich hätte mich nicht ans Steuer setzen dürfen“, sagte ich zitternd.

„Du bist doch nicht schuld. Anzeigen sollte man den

Kerl." Bert war kreidebleich, seine Augen glänzten verstört. Er schrie nach hinten:

„Cäsar, Platz!"

„Auf ein neues", sagte ich, ließ den Motor an und umklammerte das Lenkrad mit feuchten Handflächen. Wir kamen nicht weit.

Nach einigen hundert Metern stießen wir auf eine Fahrzeugkolonne, und ein Polizist stoppte uns. Diesmal glaubte ich nicht mehr daran, ungeschoren davonzukommen.

„Die Straße ist vorübergehend gesperrt", sagte der Mann in Blau. „Wo wollen Sie hin?"

Ich sagte es ihm.

„Und wo kommen Sie her?" wollte er noch wissen, obwohl mir das völlig überflüssig erschien.

„Ein Porsche hat einen Unfall gebaut", sagte er dann und wies nach vorn. „Sind Sie ihm begegnet?"

Ich kniff die Augen zusammen. Mit Brille hätte ich sicher etwas gesehen, was ich jetzt nicht sah. Doch die Erwähnung des Porsche sagte mir bereits genug. Jetzt kam es darauf an, was ich antwortete.

Gab ich zu, den Wagen gesehen zu haben, und schilderte sein rücksichtsloses Fahren, würde ich irgendwann als Zeugin vor Gericht aussagen müssen. Das bedeutete, daß der Wachtmeister jetzt meinen Namen notieren und mich um meinen Führerschein bitten würde.

Ich sah mich schon mit Bert und Cäsar über die Landstraße tippeln. Bis zu Frau Mayer waren es vielleicht noch fünf Kilometer, aber zurück?

Da sagte Bert:

„Der Kerl hat ..."

Erschrocken trat ich ihm auf den Fuß. Er verstummte. Doch der Polizist beugte sich in den Wagen.

„Was hast du gesagt?"

„Ich? Nichts", sagte Bert.

„Du hast doch eben ..."

„Ja, schon", gab Bert zu. „Ich sagte etwas, aber nicht zu Ihnen. Ist er tot?"

„Wer?"

„Der im Porsche."
„Niemand ist tot. — Sie wissen also nichts?" fragte er mich noch einmal. Ich saß wie auf glühenden Kohlen. Ein zweiter Polizist erschien.
„Sie können vorsichtig vorbeifahren", sagte er und dirigierte mich an den beiden demolierten Autos vorbei und an der Schlange der Wagen, die stadteinwärts wollten.

Alle wollen Geld von mir

Frau Mayer machte große Augen. Sie saß in ihrem Gemüsegarten und klaubte Raupen vom Rosenkohl.
„Da sind Sie ja", begrüßte sie mich. „Ist das Ihr Sohn? Der darf aber nicht bei mir wohnen. Das dulde ich nicht. Wir sind ein anständiges Haus."
„Frau Mayer, ich bin gestern einundzwanzig Jahre alt geworden. Der junge Mann hier ist zehn. Glauben Sie, daß ich mit elf Jahren ..."
„Schon alles vorgekommen", sagte sie ungerührt und rieb ihre Hände an der erdfarbenen Schürze ab.
„Ich möchte meine Koffer abholen", sagte ich.
„Ihre Koffer?" Sie blickte ungläubig erst mich, dann den Wagen an. Cäsar thronte auf dem Rücksitz wie eine Gipsstatue.
„Wollen Sie ausziehen?"
„Allerdings."
„Da müssen Sie erst einmal kündigen, Fräulein Schmittchen. Auf jeden Fall kriege ich achtzig Mark Miete für September."
Komme ich aus den Aufregungen nicht mehr heraus? Ich zählte bis drei, um mich zu beruhigen, und verkündete dann mit fester Stimme:
„Das Geld bekommen Sie nicht, Frau Mayer."
„Sie haben nicht gekündigt", keifte sie.
„Ich nicht, aber Sie haben mir gekündigt. Sie sagten zu mir vor Zeugen — Frau Bäuerle war dabei —, daß ich am

einunddreißigsten August ausziehen müsse, falls ich bis dahin die Miete für September nicht auftreiben könnte." Ich freute mich, daß mir im richtigen Augenblick Frau Bäuerle eingefallen war. Zuversichtlicher fügte ich hinzu: „Nun, das Geld habe ich nicht. Dafür habe ich eine Stellung."

Frau Mayer blickte zumeist trübe in die Welt, um so mehr überraschte mich das Lächeln, das sie jetzt ihren dünnen Lippen abquälte, als sie in sanftem Ton sagte:

„Also — so war es ja nicht gemeint, Fräulein Schmittchen. Alles, was recht ist, ich werde Sie doch nicht so mir nichts, dir nichts auf die Straße setzen. Wofür halten Sie mich? Bin ich ein Unmensch? Wenn Sie Arbeit haben, ist ja alles in Ordnung. Ich warte gern ein paar Tage, wenn es sein muß. Aber das muß ich Ihnen sagen: Herrenbesuche kommen mir nicht wieder vor, und der Kleine da darf auch nicht . . ."

Ich ging an Frau Mayers wogendem Busen vorbei auf die offene Haustür zu.

„Ich hole jetzt meine Koffer. Du wartest unten, Bert."

„Moment mal, Fräulein. Wenn Sie ausziehen wollen, kriege ich immerhin noch zwanzig Mark für die beiden Koffer."

Ich traute meinen Ohren nicht. Langsam drehte ich mich zu der Frau um, die mir dicht auf den Fersen gefolgt war.

„Zwanzig Mark für die Koffer? Was soll das denn nun wieder heißen?"

Da stand auf einmal Cäsar neben mir und knurrte mit gesenktem Kopf in Richtung Frau Mayer.

„Schaffen Sie die Bestie weg. Sofort! Was hat er in meinem Garten zu . . ."

Cäsar knurrte nachdrücklicher.

„Schon gut, Cäsar." Ich strich ihm über den imposanten Kopf. „Bert, bitte, bring ihn in den Wagen."

Würdevoll trottete Cäsar neben Bert zum Auto zurück. Dann saß er wieder wie eine Statue auf dem Rücksitz, aber seine Augen glitzerten noch gefährlich.

„Also, Frau Mayer?"

„Zehn Mark“, sagte sie fest.

„Wofür, in aller Welt?“

Mit roten Wangen, aber ungerührt und unerbittlich, erklärte sie:

„Mein Haus ist keine Gepäckaufbewahrung. Sie haben die Miete nur bis gestern bezahlt. Ihre Koffer sind unrechtmäßig bis heute nachmittag in meinem Hause geblieben und — nehmen Platz weg. Zehn Mark sind wenig. Eigentlich müßte ich auch noch Zimmermiete für die letzte Nacht verlangen.“

Sie zuckte zusammen, als Cäsar etwas geräuschvoll gähnte.

Ich ballte die Fäuste. Frau Mayer setzte ein saures, starres Lächeln auf.

„Ich habe kein Geld“, sagte ich. „Keine zehn Mark, keine zehn Pfennig.“

„Keine zehn Mark, keine Koffer“, konterte Frau Mayer. Sie vermied es, zu Cäsar hinüberzuschauen.

In meinen Fingern kribbelte es. Es mußte eine Wonne sein, sich einmal wie in einem Wildwestfilm zu benehmen. Bis drei zu zählen, half mir diesmal auch nicht, also zählte ich weiter.

Bert, der bisher still dabeigestanden hatte, sagte auf einmal:

„Cäcilie, ich habe fünf Mark bei mir. Mein Taschengeld. Willst du es?“

Die Worte trafen mich wie Sonnenstrahlen aus finsteren Gewitterwolken.

„Lieb von dir, Bert. Es sollen aber zehn sein.“

„Na, schön“, sagte Frau Mayer, „ich will mal nicht so sein, also fünf.“

Endlich durfte ich hinauf in die Dachkammer und meine Sachen holen. Eine alte Brille fand ich auch. Den Führerschein steckte ich in die Handtasche und hinterließ bei Frau Mayer auf alle Fälle meine neue Adresse.

„Du warst großartig“, sagte ich auf dem Heimweg zu Bert.

Er erwiderte im Tone eines Weltmannes: „Ein Kavalier

zahlt und schweigt", worauf er sich prompt in Schweigen hüllte.

Cäsar gähnte laut und legte eine Pfote auf meine Schulter.

„Du hast Cäsars Freundschaft gewonnen", sagte Bert. „Tante Jola und die anderen Mädchen hat er nur angeknurrt."

Ich war glücklich über meine beiden neuen Freunde.

Cäsar als unerwünschter Lebensretter

Ich durchstöberte seufzend den großen Flickkorb. Er quoll buchstäblich über. Hätte mir Frau Laible nicht ausdrücklich gesagt, ich solle mich seiner annehmen, hätte ich die Sachen sicher bei der nächsten Altwarensammlung abgegeben.

Nachdem ich auch noch den Nähkasten obenaufgestellt hatte, stemmte ich den schweren Korb hoch und trug ihn zur Terrasse. Auf dem Weg dorthin überholte mich Juanita.

„Wir gehen zum Teich", rief sie mir zu, „schwimmen!"

„Schwimmen? Kannst du schon schwimmen? Du bist doch erst fünf Jahre alt."

„Klar!" rief sie. „Bert, sag ihr, daß ich schwimmen kann."

Ich blickte sie über den Korb hinweg erstaunt an.

„Sie kann", sagte Bert. „Wir haben es alle gelernt, bevor wir laufen konnten." Er war offenbar sehr stolz darauf.

Solange ich zurückdenken konnte, waren auch Norbert und ich mit dem Wasser vertraut gewesen. Unser Vater pflegte uns zu erzählen, wie wir als Kleinkinder im Wasser herumgepaddelt waren, ohne unterzugehen. Wir hatten gedacht, so etwas sei eine Ausnahme.

Juanita hatte ein rosa Spielhöschen mit Rüschen an. Bert trug eine Badehose und unter dem Arm ein dickes Buch.

„Gut", sagte ich, zu allem entschlossen. „Ich komme mit. Solange ich bei euch angestellt bin, muß ich auf euch aufpassen. Bert, kannst du den Nähkasten tragen?"

Eigentlich erwartete ich einen zweistimmigen Protest. Kinder lieben im allgemeinen keine erwachsenen Aufpasser. Aber ich irrte mich gründlich.

„Oh, fein", war ihr Kommentar. Bert ergriff wie selbstverständlich eine Trageschlaufe des Flickkorbes.

Juanita rief: „Ich komme gleich nach!" und lief davon.

Der Teich war vorn mit Steinplatten eingefaßt und auf der gegenüberliegenden Seite so dicht von Polsterpflanzen, Schilf und Gras gesäumt, daß er eben wie ein Teich und nicht wie ein künstliches Wasserbecken wirkte. Winzige Fische schwammen darin herum, und Seerosenblätter bedeckten fast ein Viertel seiner Oberfläche.

Ich machte es mir auf der bunten Hollywoodschaukel bequem. Ein Stück weiter stand, halb im Gebüsch versteckt, ein Miniaturhaus aus Drahtglas und weißen Steinen. Eine Art Umkleidekabine, die auch zum Abstellen von Gartengeräten benutzt wurde, wie mir Bert erzählte.

Cäsar trabte heran, gefolgt von Cleopatra und Juanita, die alle fünf Doggenkinder in den Armen hielt. Sie setzte ihre Last zu meinen Füßen ab, was Cleopatra als Aufforderung verstand, sich dazuzulegen. Meine Beine dienten ihr als Rückenstärkung. Wie schwer doch so eine Dogge ist!

Cäsar beobachtete unterdessen Bert, der sich bemühte, einer Luftmatratze die nötige Rundung zu geben. Er bellte entzückt bei jedem Quietschton, den der Blasebalg von sich gab.

Ich setzte meine Sonnenbrille auf und fühlte mich pudel-, nein, doggenwohl. Nicht einmal die Flickarbeit schreckte mich mehr. Juanita planschte im Wasser herum und schrie alle Augenblicke:

„Guck mal, Cäcilie!"

Bert brachte seine rote Matratze aufs Wasser, legte sich darauf und begann eifrig, ein Gedicht aus seinem dicken Buch zu lernen.

Der Teich glitzerte in der Sonne. Nicht die kleinste Wolke verunzierte den Himmel. Cäsar lag jetzt dicht am Wasser und tat, als schliefe er. Berts Stimme klang tiefer als gewöhnlich und übertönte das Gezwitscher der Vögel, als er zu rezitieren anfing:

„Urahne, Großmutter, Mutter und Kind
in dumpfer Stube beisammen sind..."

Im Augenblick konnte ich mir eine dumpfe Stube beim besten Willen nicht vorstellen. Juanita ließ mir keine Zeit, weiter darüber nachzudenken. Wieder rief sie begeistert:

„Guck mal, Cäcilie!"

Ich unterbrach zum hundertsiebzigsten Male meine Arbeit und — erschrak:

Juanita hielt sich die winzige Nase zu und tauchte. Doch bevor ich aufspringen konnte, war sie wieder oben und schrie: „Noch einmal!" Schon wieder war sie untergetaucht. Ich wartete und schalt mich innerlich, daß ich ängstlicher sei als eine leibliche Mutter. Doch Juanita kam nicht wieder hoch.

Mit wenigen schnellen Schritten war ich am Teich. Noch schneller war Cäsar. Er sprang ins Wasser, und sein dicker Kopf tauchte genau an der Stelle unter, wo ich Juanita zuletzt gesehen hatte. Bevor ich noch einen vernünftigen Gedanken fassen konnte und bevor Bert wußte, worum es ging, hatte Cäsar eine zappelnde, triefende, schreiende Juanita am Hosenboden gepackt und trug sie erhobenen Hauptes aufs Trockene.

Er legte das nasse Bündel neben seine Kinderschar. Cleopatra fand das durchaus in Ordnung und begann sofort mit ihrer Reinigungsprozedur. Doch Juanita schien die rauhe Zunge der Hündin nicht zu behagen. Sie brüllte, was die Lunge hergab.

Ich hob das Kind auf, trocknete Juanitas zitternden Körper mit einem weißen Etwas aus dem Flickkorb und — ließ sie plötzlich wie eine heiße Kartoffel los: Juanita — Juanita war ein Juan. Es bestand nicht der mindeste Zweifel: sie war ein Er. Ein kleiner Junge.

Ich ließ mich auf die Schaukel fallen und stemmte die Füße ins Gras, um den Schwung abzufangen. Wie war das doch gewesen? Wie war ich auf den Gedanken verfallen, es müsse sich um ein Mädchen handeln? Riefen ihn nicht alle Juan? Und er selbst hatte doch zu mir gesagt: „Ich bin Juan", als ich ihn Juanita nannte. Also, woher ...

Ich hab's! Ja, so war es: als ich ihn zum ersten Male im Garten traf, sagte er: „Ich bin Juanita."

Oder bilde ich mir das nur ein? Aber so ein rosa Spielhöschen mit Rüschen tragen doch bloß Mädchen ...

Ich kam wieder zu mir, als Bert, der immer noch sein Gewittergedicht lernte, sich unterbrach und herüberrief:

„Hört denn dieses Geschrei nicht bald auf? Juan, sei still, sonst kannst du was erleben!"

Die Worte wirkten augenblicklich. Juan sagte nur noch leise und kläglich: „Tut weh." Er rieb seine Sitzfläche. „Böser Cäsar, dummer Hund."

Cäsar beachtete ihn nicht. Undank war der Welt Lohn. Er kannte das schon.

Ich hatte keine Lust mehr, noch länger das Idyll zu genießen, das mir doch etwas unheimlich geworden war. Ich legte die Flicksachen in den Korb zurück und rief Bert zu:

„Es wird Zeit, das Abendessen vorzubereiten."

„Prima!" schrie Bert. „Ich habe vielleicht einen Kohldampf!"

Daran erkannte ich meinen Omelettesser. Sogleich ließ er seine schwimmende Matratze im Stich.

„Du hast einen Sonnenbrand. Zieh dir mal den Pulli an", sagte ich. Ich warf ihm einen bunten Nylonpulli zu.

Ohne zu widersprechen, nahm er ihn und streifte ihn über. Dabei löste sich das Pflaster von seiner Stirn.

„Wozu trägst du ein Pflaster, wenn du keine Beule mehr hast?" fragte ich argwöhnisch.

Bert griff sich an den Kopf. Nicht nur die Sonne ließ sein Gesicht so rot werden. Ich wandte mich schnell ab, nahm den Korb und ging zum Haus zurück. Die Kinder und Cäsar folgten mir. Auf der Terrasse stellte ich den Korb ab und wischte mir die feuchte Stirn.

„Was ist mit Cleopatras Kindern?"

„Ich bringe sie in den Zwinger!" rief Juan und eilte zurück.

Ich machte keine großen Augen mehr, als ich beim Abendessen Juan in einem weißen Kleidchen mit Vergißmeinnicht-Muster erblickte. Doch eine unerklärliche Eingebung veranlaßte mich, zu fragen:

„Was hast du heute nachmittag gemacht, Juan?"

„Ich?" Juan sah mich so unschuldig an, daß ich verlegen wurde. „Na — gespielt", sagte er.

„Wo denn?" bohrte ich weiter.

Bert schaltete sich hastig ein.

„Das weißt du doch, Cäcilie. Warum fragst du?"

Ich sah zu Elisabeth hinüber, unsere Blicke begegneten

sich. Ihre Wangen schienen zusehends blasser zu werden, während mir das Blut ins Gesicht stieg. Ich stand auf und fragte unsicher:

„Wer hilft mir beim Geschirrspülen?"

„Oh", bedauerte Elisabeth, „ich muß noch mal dringend weg." Hastig setzte sie hinzu: „Zu Karina, meiner Schulfreundin. Ich habe es ihr versprochen. Wir schreiben morgen eine Klassenarbeit. Sie ist schwach in Mathe, und ich lerne mit ihr ... Es tut mir leid. Aber morgen helfe ich dir bestimmt."

„Schon gut", sagte ich. Ihr Gestammel war mir peinlich. Ich glaubte ihr nicht und wußte nicht, warum. Ich hätte mich selbst ohrfeigen können. Elisabeth war so ein liebes Ding.

„Ich kann mein Gedicht noch nicht!" rief mir Bert entschuldigend nach, während ich einen Stoß Teller in die Küche trug.

Nur Juan kam hinter mir hergetrippelt und sagte:

„Ich helfe dir, Cäcilie."

Plötzlich hatten es auch Elisabeth und Bert nicht mehr ganz so eilig, beide räumten das restliche Geschirr ab, und Bert konnte sich anscheinend nicht entschließen, die Küche zu verlassen.

„Ich wasche ab!" rief Juan begeistert.

„Ja, gleich", sagte Bert. Kurzerhand zog er Juan aus der Küche.

Schon nach wenigen Augenblicken kam der Kleine zurück. Ich schüttelte den Kopf.

„Dein Haar ist noch feucht", sagte ich. „Habt ihr einen Fön im Haus?"

Juan zeigte mir, wo der Fön lag, und ich trocknete ihm das Haar. Vorhin bei Tisch war es trocken und locker gewesen — wenn mir nicht meine Augen oder mein Gedächtnis wieder einmal einen Streich spielten.

Es war schon ziemlich dunkel draußen, als ich mit der Arbeit fertig war und mein Zimmer betrat.

Mein altes Leiden: ich suchte wieder einmal meine Brille. Die alte, die ich von Frau Mayer mitgebracht hatte, war inzwischen unter Cleopatras Gewicht zerbrochen, und die gute Brille war nicht zu finden, obwohl ich das ganze Zimmer auf den Kopf stellte. Ich wollte noch einmal in die Wohnhalle gehen und hatte schon das Licht ausgeknipst, als mich leise Schritte auf der Veranda ans Fenster lockten.

Draußen huschte ein Schatten vorbei. Ich beugte mich vor. Elisabeth in Blue jeans. Sie bog in den Weg ein, der zum Teich führte. Was suchte sie am Teich? Traf sie sich etwa dort mit ihrer Freundin, um ihr Nachhilfeunterricht in Mathematik zu geben? Wohl kaum.

Ich wandte mich ab. „Was geht das mich an", schimpfte ich vor mich hin. Wütend packte ich ein Kissen und schleuderte es in die Ecke. Wo ist meine Brille? Was sind das für Heimlichkeiten? Warum ziehen die Kinder Juan Mädchenkleider an? Was ist mit Berts Beule?

Da — ich rannte zum Fenster zurück. Wieder sah ich Elisabeth. Wieder lief sie zum Teich. Aber diesmal trug sie ein Kleid. Wann hat sie sich umgezogen? Oh, diese Kurzsichtigkeit! Wenn ich nicht bald meine Brille finde, zerspringe ich ...

Da lief ja noch jemand zum Teich. Das mußte Bert sein, und hinter ihm her rannte Juan. Ich preßte die Hände gegen die Schläfen und trat ins dunkle Zimmer zurück. Aber da knirschte der Kies, und meine Neugierde zog mich wieder ans Fenster.

In meinem Kopf schien jemand einen Dolch herumzudrehen — schon wieder liefen Bert und Juan zum Teich hinunter. Wann waren sie in der kurz Zwischenzeit zurückgekommen?

Ich blieb am Fenster stehen und starrte hinaus in die Finsternis. Der Dolch in meinem Kopf bohrte sich immer tiefer.

Aber es kam niemand mehr. Wenn sie noch einmal in derselben Richtung gelaufen wären, ohne vorher zurückzukommen, hätte ich mich freiwillig in die Obhut einer Irrenanstalt begeben.

Glücklicherweise fiel mir etwas Besseres ein. Schnell zog ich einen dunkelblauen Faltenrock und einen schwarzen Pulli an, der leider zwei blanke weiße Knöpfe hatte. Aber daran dachte ich erst später — zu spät.

So leise wie vor mir die Kinder huschte ich zum Teich. Hinter einem großen Strauch ging ich in Deckung — es war die riesige Berberitze, ich erkannte sie an den Stacheln in meinen Handflächen und den Kratzern auf meinem linken Arm.

Vor mir ein Stimmengewirr wie bei einem Schulausflug.

„Nicht so laut!" Das war unverkennbar Elisabeths Stimme.

„Hier kann sie uns nicht hören." Das war Bert.

„Vielleicht hat sie doch etwas bemerkt und ist uns nachgeschlichen", sagte jemand. Bert konnte es nicht sein, und doch kam mir die Stimme merkwürdig bekannt vor.

„Quatsch!" Das war bestimmt Bert.

Statt mich meinen Wahnvorstellungen zu überlassen, zerrte ich vorsichtig, aber doch beharrlich an meinem Pulli, befreite mich von der aufdringlichen Berberitze und schlich dann — unnötigerweise — auf Fußspitzen über einen freien Grasfleck zur nächsten Latschenkiefer.

Ich erhob mich aus meiner gebückten Stellung, reckte den Hals und — erstarrte. Wäre ich fünfzig Jahre älter gewesen, hätte mich bestimmt der Schlag getroffen.

Das konnte einfach nicht wahr sein. Das war nicht zu fassen. Ich vergaß, mich zu verstecken, und zählte. Zählte, schluckte und zählte noch einmal.

„Schaut lieber nach." Elisabeth lachte — oder hieß sie Elga? Die vielen Köpfe drehten sich nach links und rechts wie die scheuer, witternder Waldtiere, und das veranlaßte mich, wenigstens den Hals einzuziehen.

„Unsinn!" rief Bert — nein, Ronny. — Mir ging langsam ein Licht auf, und dazu brauchte ich nicht einmal den

Mond, der inzwischen seine Nachtwächtertätigkeit aufgenommen hatte.

„Sie ist bestimmt nicht hier. Übrigens kann sie auch gar nichts sehen. Ich habe doch ihre Brille geklaut."

„Ronny!"

Elisabeth — Elga schien ehrlich empört.

„Wie konntest du nur? Fängst du schon wieder damit an? Hast du vergessen, weshalb es Cäcilies Vorgängerinnen nicht länger als zwei, drei Tage bei uns ausgehalten haben?"

„Helga nur zwei Stunden!" Die andere Ausgabe der Elisabeth lachte unbekümmert.

„Du hast vor Zeugen versprochen, dich zusammenzunehmen, Ronny."

„Was willst du denn? Mit Brille hätte sie längst erkannt, was hier gespielt wird. Und du hast doch selbst gesagt, daß heutzutage niemand bei sechs Kindern bleiben will", sagte Ronny gekränkt.

„Ronny hat ganz recht." Das war die dunklere der beiden Elisabeth-Stimmen.

„Du hilfst ihm noch, Elga! Eine feine Stütze bist du mir."

Wenigstens wußte ich jetzt, wer Elga und wer Elisabeth war. Das ruhige, besonnene und auch etwas versponnene Mädchen, das mit den braunen Augen und den lustigen Sommersprossen, war Elisabeth.

Das Mädchen in den Blue jeans, das so gern lachte, war Elga. Zu Elga paßte Ronny, der hagere Junge, der ständig zu Dummheiten aufgelegt schien und eine Beule über dem linken Auge hatte.

Bert hingegen war mein Kavalier, der mich zu Frau Mayer begleitet hatte. Der rundliche Junge mit dem unersättlichen Appetit. Er hatte heute nachmittag auf der Luftmatratze das Gewittergedicht gelernt und sich dabei einen Sonnenbrand geholt.

Juan und Juanita mochten am leichtesten auseinanderzuhalten sein. Vorausgesetzt, sie tauschten nicht die Kleider.

Mein Herz zog sich zusammen. Ich bekam Angst. Nackte Angst. Sechs Kinder! Welche Verantwortung!

„Frau Laible will kündigen", unterbrach Elisabeth die allgemeine Diskussion über meine Person.

Betroffenes Schweigen.

Bert rief ängstlich: „Warum denn?" Alle schrien aufgeregt durcheinander.

„Scht", machte Elisabeth. „Es ist noch nicht endgültig entschieden. Es war heute etwas zuviel für sie. Erst mußte sie Juanita in den Kindergarten bringen, ohne daß Cäcilie etwas merkte. Na, und Juanita machte Schwierigkeiten."

„Ich wollte bei Cäcilie!" rief Juanita.

„Es heißt: zu Cäcilie", sagte Bert.

Die gelehrige Juanita rief triumphierend: „Ich wollte zu Cäcilie bleiben!"

„Bei", fuhr Bert sie an.

Die anderen Kinder lachten. Juanita wurde böse:

„Dummer Bert." Sie bearbeitete seine Brust mit ihren kleinen Fäusten. Bert ließ es sich gefallen und lachte nur, bis Elisabeth alle wieder zur Ordnung rief.

„Zweitens", sagte sie, „hat sich Ronny wieder einmal mit der Pauli-Bande herumgeschlagen. Gerhard Pauli hat sich beim Lehrer beschwert. Der will morgen herkommen und, wie er sagte, nach dem Rechten sehen. Mit anderen Worten: er will uns ... Cäsar, wo kommst du denn her? Wer hat ihn herausgelassen?"

„Ich!" rief ein dünnes Stimmchen, das Juan gehörte.

„Weiter, Elisabeth", drängten die Kinder angstvoll.

„Also: Er will uns in ein Heim einweisen lassen, bis unsere Eltern zurückkommen."

„Damit hat er schon oft gedroht", sagte Elga. „Was hat das mit Frau Laible zu tun?"

„Herr Blache traf zufällig die Laible und machte ein Theater, als sei sie für uns verantwortlich", schimpfte Ronny.

„Sei du mal still", schimpfte nun auch Elga. „Wer hat uns das eingebrockt? Und so was passiert nicht zum ersten Male."

„Alle hacken auf mir herum", heulte Ronny. „Von mir aus kann Frau Laible gehen, und Cäcilie soll sie gleich mitnehmen."

„Du bist ja nicht gescheit. Eher sperren wir dich in den Zwinger. Da kannst du mit Cäsar ‚Mensch, ärgere dich nicht' spielen."

Elisabeths Stimme bebte.

„Und außerdem — außerdem ist mir Cäcilie ausgesprochen sympathisch", sagte sie schluchzend.

„Mir auch!" rief Bert. Und die beiden Kleinen riefen: „Mir auch!"

Ich kämpfte mit den Tränen und wollte mich gerade der allgemeinen Rührung anschließen, als ein riesiger Schatten durch das Gebüsch auf mich zuschoß, und plötzlich saß ich in der Krone einer Eberesche, ohne zu wissen, wie ich so schnell hinaufgekommen war.

Unter mir tanzte Cäsar um den Baum herum. Cäsar liebte mich, also würde er mich wohl nicht angreifen, hoffte ich. Doch das machte meine Lage nicht weniger gefährlich. Ich spürte an meinen nackten Füßen den heißen Atem des Hundes, der sich am Stamm aufgerichtet hatte und zu mir emporhechelte.

Und da hatte ich den Salat...

„Was hat er denn?" hörte ich Elga rufen. „Cäsar, komm sofort zurück."

Ich rutschte aus und griff nach einem Halt. Das Astwerk knackte, und Cäsar begann wütend zu bellen. Auf Elgas Rufe reagierte er überhaupt nicht. Was dann kam, war vorauszusehen: die Kinderschar nämlich.

Plötzlich waren sie vollzählig unter meinem Baum versammelt.

Aus meiner angstvoll geballten Faust tropfte der Saft der roten Beeren.

„Es regnet", hörte ich Juan dicht unter mir sagen. Ich sah, wie er sich die Nase rieb. „Schon wieder."

Unter dem Baumstamm standen die Kinder im bleichen Licht des Mondes. Oben saß ich im Schatten einer Fichte, die zwanzig Meter entfernt aufragte. Das hatte mich gerettet — bis jetzt.

„Ich will 'rein!" rief Juan.

„Unsinn, es regnet nicht", sagte Elga. „Guck mal nach oben. Keine einzige Wolke."

Vor Schreck ließ ich die zerquetschte Dolde der Eberesche fallen. Es platschte leise, als sie unten ankam.

„Hast du die Taschenlampe bei dir?" fragte Ronny.

„Nein, wozu?" Bert schien gelangweilt. „Es wird ein Eichhörnchen sein. Cäsar ist ganz wild darauf."

„Ja — kommt, Kinder, die Kleinen müssen ins Bett", meinte Elisabeth. „Hoffentlich hat Cäcilie unsere Abwesenheit nicht bemerkt. Es ist schon ein Kreuz. Cäsar, komm sofort her!"

„Cäsar! Eichhörnchen kannst du auch bei Tage jagen. Nun mach schon! Wer weiß, ob Cäcilie nicht doch was merkt."

„Wir sind noch zu keinem Entschluß gekommen", sagte Elga.

Alle blieben stehen, gerade als ich anfing aufzuatmen. Da bemerkte ich, daß ein schmaler Lichtstreifen durch die Zweige direkt auf meine weißleuchtenden Knöpfe fiel, und ich versuchte, sie mit einer Hand zuzudecken.

„Stimmt. Aber ich mag nicht mehr. Mir brummt der Schädel. Uns wird schon etwas einfallen."

Sie setzten sich wieder in Bewegung.

„Vor allem müßt ihr mir versprechen, Cäcilie zu gehorchen. Das gilt hauptsächlich dir, Ronny. — Juan, nimm Cäsar am Halsband."

„Wenn nun aber doch kein Eichhörnchen im Baum saß? wagte Ronny zu bemerken.

„Wer denn sonst, du Angsthase!" rief Bert. „Ich habe Hunger. Ob ich noch mal in die Küche kann?"

„Ich bin kein Angsthase. Du bist einer. Und ein Vielfraß obendrein."

Ich wartete, bis alle im Haus verschwunden waren. Mit zerrissenen Kleidern, zerschundenen Knien und klebrigen Händen erreichte ich den sicheren Boden. Wäre ich doch gleich ins Haus gegangen . . .

Ich gehe ins Wasser

Ich lehnte am glatten Stamm der Eberesche und atmete schwer. Ich spürte die drückende Last der Bürde, die ich unwissentlich bereits seit zwei Tagen trug.

Sechs! Sechs elternlose Kinder — nicht drei . . .

Welche Verantwortung für mich, die ich von Kindererziehung keine Ahnung hatte!

Welche Verantwortungslosigkeit der Eltern!

Ich hatte noch nie ein Kind versorgt. Von Haushaltsführung ganz zu schweigen. Zwei Jahre Studium an der

Musikhochschule in Berlin, bevor Vater starb. Und dann — Essig. Kein Geld, kein Studium.

Vater hatte Versicherungen abgeschlossen, die mir nichts nutzten: für Norbert eine Ausbildungsversicherung, von der er jetzt profitierte, und für mich eine Aussteuerversicherung, zahlbar bei Eheschließung.

Sechs — sechs Kinder . . .

Eine Sechs tanzte vor meinen Augen auf der dunklen Oberfläche des Teiches. Alle drei Kinder doppelt vorhanden. Fräulein Hoppe hätte es mir sagen müssen. Sie hat mich belogen . . .

Ich starrte ins Wasser. Vielleicht hatte sie doch nicht gelogen. Ich hatte ja nur nach dem Alter der Kinder gefragt und nicht danach, wie viele es seien. ‚Ein Glück, daß es keine Drillinge sind', hätte Vater, der Optimist, gesagt.

Ich entschloß mich, ins Wasser zu gehen. Die Lage war hoffnungslos — und der Teich flach. Zu flach zum Ertrinken. Aber ich beschloß, mich notfalls flach hineinzulegen und den Tümpel auszutrinken, mitsamt der Seerosen-Garnierung und der Kaulquappen.

Der Mond gab sein Versteck hinter der Fichte auf und besah sich den Teich nebst meiner künftigen Leiche. Wie auf Kommando quakten die Frösche los. Ein Lärm war das auf einmal — daß man seine eigenen Gedanken nicht mehr hörte.

Unversehens stand ich bis zu den Knien im Wasser. Die Luftmatratze, die Bert vergessen hatte, schwamm neben mir.

Etwas scheu blickte ich mich um. Die Kinder sind im Haus, beruhigte ich mich. Fremde werden wohl um diese Zeit hier nicht eindringen.

Zu allem entschlossen, zog ich den Pulli aus, streifte den Rock und die übrigen Sachen ab und legte alles fein säuberlich auf die Luftmatratze.

Ich watete bis zum Bauchnabel ins Wasser. Tiefer ging es nicht. Das Wasser erfrischte mich ungemein. Ich konnte wieder klar denken und fühlte keine Angst, keine Beklemmung mehr, nur noch wohliges Behagen in dem silbrigen

Geglitzer des Teiches. Das Froschkonzert lieferte die Begleitmusik. Bis ...

Ja, bis das Quaken der Frösche plötzlich abbrach und mich eine forsche Männerstimme in die rauhe, überaus böse Wirklichkeit zurückrief. Ich hatte kaum die ersten Worte vernommen — etwas wie „Venus im Mondlicht" —, als ich auch schon untertauchte. So lange ich konnte, hielt ich den Atem an. Leider war es nicht sehr lange. Vorsichtig brachte ich meine Nase an die Oberfläche und — erschrak noch heftiger.

Der Mann stand dicht vor mir am Ufer. Er wirkte unheimlich groß. Da das Mondlicht ihn von hinten traf, konnte ich sein Gesicht nicht erkennen.

„Verzeihen Sie, Venus, ich wollte Sie nicht stören ..."

„Verschwinden Sie", keuchte ich.

„Ja, natürlich, aber ..."

„Machen Sie, daß Sie fortkommen! Wie können Sie es wagen ..."

„Was denn wagen?" Seine Stimme klang amüsiert. Ich hatte Lust, ihm mit sämtlichen Fingernägeln ins Gesicht zu fahren. Aus naheliegenden Gründen unterließ ich es.

„Bleiben Sie nicht zu lange im Wasser", sagte dieser Unhold. „Sie werden sich erkälten." Er lachte. Irgendwie kam mir seine Stimme bekannt vor. Ich hatte aber keine Herrenbekanntschaften in Ulm. Das wußte ich genau, trotz aller anders lautenden Gerüchte, die Frau Mayer verbreitete. Norbert hatte mich natürlich besucht, aber das war kein Herr, das war mein Bruder.

Dieser Mann, der so frech lachte, war ein Fremder mit bekannter Stimme. Etwa noch ein Grünewald?

„Heißen Sie Grünewald?" fragte ich angriffslustig.

„Nein."

„Der Teich gehört den Grünewalds, oder?" forschte ich.

„Sicher."

„Also dann ..."

„Ich will Sie doch nur etwas fragen."

„Sie haben mich nichts zu fragen. Sie haben zu verschwinden. — Halt!" schrie ich erschrocken.

„Sagten Sie nicht gerade, ich solle verschwinden?"

„Ja, aber die Luftmatratze ..."

„Die hat Bert mal wieder im Wasser schwimmen lassen. Ich weiß. Er erzählte es mir. Sie werden nichts dagegen haben, wenn ich sie ..."

Mehr hörte ich nicht, denn er war währenddessen um den Teich herumgegangen und mühte sich nun, die Luftmatratze mit einem Stock an Land zu ziehen. Dabei kam er mir so bedenklich nahe, daß ich mich nur noch durch völliges Untertauchen retten konnte.

Als ich nach einiger Zeit vorsichtig den Kopf heraussteckte, war der unheimliche Mann verschwunden. Die Luftmatratze mit meinen Kleidern auch. Eine Weile kauerte ich noch abwartend im Wasser. Es schien, als sei wirklich niemand mehr in meiner Nähe.

Vorsichtig nach allen Seiten spähend, schlich ich an Land. Weit und breit keine Luftmatratze, keine Kleider, kein Mensch.

Halblaut vor mich hin fluchend, durchsuchte ich das Gartenhäuschen und entdeckte endlich eine Zeitschrift. Ich faltete sie auseinander, bedeckte meine Blöße, so gut es eben ging, und schlich, alle Augenblicke zusammenzukkend, dem Haus zu.

Aus einem halb offenen Fenster drang flackerndes Kerzenlicht. Im Zeitlupentempo reckte ich mich hoch und blickte in das Arbeitszimmer des Herrn Prof. Grünewald. Auf seinem Schreibtisch stand ein Totenkopf. Sinnigerweise wurde er nicht als Aschenbecher benutzt, sondern als Leuchter — das Licht einer Kerze in dem hohlen Schädel zeigte, wo sich einstmals die Augen und der Mund befunden hatten. Das Gebiß war bis auf eine Zahnlücke vollständig.

Bei dem lächerlich winzigen Lichtschein konnte ich unmöglich erkennen, ob jemand im Zimmer war. Vorsichtshalber machte ich mich wieder klein und kroch unterhalb der anderen Fenster bis zur Küchentür an der Rückseite des Hauses.

Die Küchentür war glücklicherweise nicht abgeschlossen. Unbehelligt kam ich bis zum Korridor. Die Tür zur Wohnhalle stand einen Spalt breit offen. Ein Lichtschein drang in den dunklen Korridor, und ich hörte die Stimme des Ungeheuers vom Teich und die Elisabeths. Ich war so wütend, daß ich einige Schritte auf die Tür zu machte, um dem fremden Wütsling und Dieb gründlich meine Meinung zu sagen.

Ich kam noch rechtzeitig zur Besinnung, als ich im Rükken einen kalten Zugwind spürte, der mich auf meine spärliche Bekleidung aufmerksam machte. Ich zog es also vor, in mein Zimmer zu schleichen. Doch die Aufregungen waren noch nicht zu Ende.

Als ich die Tür öffnete, prallte ich zurück. Licht flutete mir entgegen. Die Deckenbeleuchtung brannte, die Leselampe, die Nachttischlampe, mit einem Wort: Festbeleuchtung. Der Kofferfernseher spielte, und auf meinem sauberen Bett lümmelte sich — Norbert.

„Schwesterlein, bist du ins Wasser gefallen?"

„Freiwillig", zischte ich wütend, „dreh dich weg."

Während ich mich anzog, berichtete ich ihm von meinen letzten Erlebnissen.

Gerade wickelte ich das dicke Frotteehandtuch um meinen nassen Kopf, als es an der Tür klopfte. Bevor ich etwas sagen konnte, schob sich Elga herein. Jetzt sah ich es deutlich, daß es Elga sein mußte, nicht Elisabeth.

„Störe ich?"

Sie machte nicht den Eindruck, als wollte sie nicht stören.

„Verzeih, Cäcilie, ich habe deinen Bruder hier einquartiert. Es ist dir doch recht? Warst du baden? Ich habe dich überall gesucht. Helmrich ist da. Er möchte dich sprechen."

„Helmrich?" Mir schoß das Blut ins Gesicht. „Du meinst doch nicht euren Anwalt?"

„Aber ja, natürlich. Wieso? Hast du etwas gegen ihn?"

„Und ob! Ich meine, natürlich nicht. Er sagte doch gestern am Telefon, er wolle für einige Tage verreisen."

Elga sah mich gedankenverloren an, bevor sie erwiderte:

„Ach so — irgend so was sagte er vorhin. Ich glaube, das hat sich von selbst erledigt. Ich weiß es nicht genau."

„Gut. Ich komme sofort. Ich will nur noch einige Worte mit Norbert sprechen."

„Kapiert! — Ich soll mich verdrücken." Sie bedachte Norbert mit einem koketten Blick. „Ich gehe schon. Kommen Sie bald wieder, Herr Schmittgen?"

Er lachte. „Wenn Sie es wünschen."

„Hoffentlich kratzt dir Christine nicht die Augen aus", bemerkte ich bissig. Ich liebte klare Fronten.

„Oh ..." machte Elga, bevor sie die Tür hinter sich schloß. Sie öffnete sie schnell noch mal und rief: „Ist sie hübsch?"

„Und wie!" antwortete ich für Norbert.

Die Tür knallte zu.

„Das hättest du dir verkneifen können, Cäcilie."

„Warum, Casanova? Für Elga bin jetzt ich verantwortlich. Sie ist erst sechzehn. Halte dich also zurück, wenn ich bitten darf."

Norbert stellte den Fernseher ab.

„Nett hast du es hier. Einfach toll."

„Wenn du nur gekommen bist, um mich wieder anzupumpen — meine Barschaft beläuft sich seit Tagen auf ganze drei Pfennige. Außerdem habe ich fünf Mark Schulden."

Norbert lachte unbekümmert, und ehe ich mich dessen versah, packte er mich um die Taille und wirbelte mich herum. Früher hatte mir so was immer Spaß gemacht, aber heute war ich nicht zu Späßen aufgelegt und riß mich los. Nicht ohne Pathos sagte er:

„Wie schlecht du deinen einzigen Bruder einschätzest. Ich kam nur, um dir nachträglich zu unserem Geburtstag zu gratulieren."

„Danke, ebenfalls."

„Ich habe dir ein Geschenk mitgebracht."

Er nahm ein Paket vom Stuhl und reichte es mir.

„Das soll für mich sein?" Ungläubig sah ich ihn an und machte mich erwartungsvoll ans Auspacken. Schon immer hatte ich gern Päckchen geöffnet, die für mich bestimmt waren.

„Oh — Norbert!"

Mehr konnte ich vor Glück nicht sagen. Es war die Handtasche, die ich seit Wochen heimlich bewunderte. Ein Traum aus einem Schaufenster in der Hirschstraße. Ich wäre nie auf die Idee gekommen, mir dieses teure Stück ernsthaft zu wünschen.

„Hast du dafür die fünfzig Mark von mir gebraucht?" fragte ich gerührt. „Du bist doch der beste aller Brüder", seufzte ich und meinte kleinlaut: „Leider kann ich dir gar nichts zum Geburtstag schenken. Vielleicht kriege ich bald Geld. Der Anwalt, der die Finanzen der Grünewalds verwaltet, ist gerade hier. — Ach, du Schreck, jetzt kann ich ihn aber nicht länger warten lassen."

„Ich wollte sowieso gleich gehen. Christine wartet auf mich. Laß mich bitte zur hinteren Gartenpforte hinaus. Über die Treppe kürze ich meinen Weg ganz beträchtlich ab."

„Woher weißt du das schon wieder?"

Ich ging mit ihm zur Küchentür hinaus und durch den Gemüsegarten. Gleich hinter der Pforte führten hohe Stufen den Berg hinauf zum Sonnenweg. Norbert hatte recht. Auf diese Weise kürzte er seinen Weg zum oberen Kuhberg beträchtlich ab. Oben auf dem Weg brannte eine einsame Laterne. Norbert winkte noch einmal zurück, bevor er meinen Blicken entschwand.

Ich eilte zum Haus zurück und zuckte plötzlich zusammen. In einem der Kinderzimmer stand jemand halb verborgen hinter der Gardine und beobachtete mich. Ein Lichtschein aus dem Nebenzimmer drang in den Raum, so daß ich die Umrisse der Gestalt sehen konnte. Es war ein Mann, also wohl dieser Rechtsanwalt Helmrich.

Ich hätte nicht behaupten können, daß mich sein Verhalten entzückte. Dennoch nahm ich mir vor, meinen Ärger zu unterdrücken und ihm so sachlich wie möglich entgegenzutreten. Es hing nicht zuletzt von ihm ab, ob ich hierbleiben durfte. Ich sah ein, daß ich in meiner jetzigen

Lage notfalls bereit sein müßte, auch ein ganzes Dutzend Kinder zu beaufsichtigen.

Andererseits mußte ich zugeben, daß mir die Kinder bereits so ans Herz gewachsen waren wie einer Glucke die Enteneier, die man ihr untergeschoben hat.

Eine unerfreuliche Überraschung

Wir stießen im dunklen Korridor zusammen. Ich war gerade von draußen hereingekommen, als er wie ein Geschoß aus dem Kinderzimmer sauste.

Er entschuldigte sich überschwenglich. Bevor ich jedoch die passenden Worte fand, kam Elga aus dem erleuchteten Nebenzimmer und dirigierte uns in die Wohnhalle.

„Darf ich Sie bekannt machen ..." begann sie, kam aber nicht weiter.

Helmrich stieß einen spitzen Schrei aus. Bestimmt waren seine Augenbrauen nicht immer so nahe am Haaransatz beheimatet. Schließlich rief er: „Oh!" Mein nicht weniger überraschtes „Oooh!" klang wie ein langgezogenes Echo.

„Was ist euch denn?" fragte Elga.

„S i e sind Rechtsanwalt Helmrich?" erkundigte ich mich überflüssigerweise.

„Wer soll es sonst sein?" fragte Elga ungeduldig. „Kanntet ihr euch schon?"

„Das ist der Mann", sagte ich und wandte meinen Blick nicht von ihm, „der mich unter der Straßenbahn hervorgeklaubt hat."

„Schick!" rief Elga begeistert. Sie befand sich gerade in der Schick-und-himmlisch-Periode. „Also dein Lebensretter. Das finde ich himmlisch."

„Keinesfalls", wehrte Helmrich bescheiden ab.

„Und im Omnibus ..." fing ich an und machte gleich wieder den Mund zu. Mir war nicht nur eingefallen, wie ritterlich er sich da verhalten hatte, sondern auch, wie peinlich die Szene vorhin am Teich war.

„Ich lasse euch jetzt allein.“ Elga verließ die Halle.

„Ihr Haar ist noch feucht“, sagte Helmrich. „Es war purer Leichtsinn, Ihren Freund bis zur Gartentür zu begleiten und noch zu warten, bis er oben an der Straße angelangt war. Sie werden sich erkälten.“

Ich starrte ihn entgeistert an. Er gab also ganz schamlos zu, mich vom Fenster des Kinderzimmers aus beobachtet zu haben. Er erteilte mir Lehren, als sei ich eines der Grünewald-Kinder.

„Sollte es S i e etwas angehen?“

„Entschieden, meine Dame. Ich bin gewissermaßen stellvertretend für die Grünewald-Eltern hier.“

„Und was hat das mit mir zu tun?“

Er holte umständlich ein Zigarettenpäckchen aus der Tasche.

„Rauchen Sie?“

„Danke. Ich warte ...“

„Na, schön.“

Viel zu lange dauerte es, bis die Zigarette brannte, bis er sich dazu herbeiließ, eine lange Rede zu halten:

„Ich möchte zwar nicht in Frau Mayers Fußstapfen treten ...“ Ein langer Blick auf die Spitze der Zigarette. „Aber meinen Sie nicht auch, daß es in moralischer Hinsicht im Interesse der Kinder liegt, Ihren Liebha — äh — Ihren Freund nicht schon nach so kurzer Zeit heimlich in Ihrem Zimmer zu empfangen? Und — na ja, ich meine, es war ja dunkel. Trotzdem könnten es die Kinder einmal merken. Ich denke da nur an die Kinder, sonst ...“

„Sonst“, schnaubte ich, „sonst fällt Ihnen nichts ein? Und der Überfall am Teich? Und meine Kleider? Ist das moralisch? Erklären Sie mir doch bitte mal Ihr Verhalten am Teich!“

„Ich — ich verstehe Sie nicht, Fräulein Schmittgen.“

Das langte mir. Ich fauchte ihn an:

„Wo sind meine Sachen, Herr Rechtsanwalt? Mein Rock, mein Pulli und — und so weiter?“

„Sie glauben doch nicht im Ernst, daß ich Ihre Sachen habe ...“

„Sie lagen auf der Luftmatratze, die Sie an Land zogen."

„Ganz recht", sagte er. „Ich legte sie auf die Hollywoodschaukel, bevor ich die Luft aus der Matratze ließ und sie ins Badehaus brachte — die Matratze", sagte er betont.

„Was geht hier vor? Ihr streitet euch doch nicht etwa?" Elisabeth war hereingekommen. „Hans-Jörg, vergräme uns Cäcilie nicht. Wir sind so froh, sie zu haben."

„Keinesfalls, keinesfalls."

Ich spürte, trotz meiner eigenen Erregung, wie er die seine zu unterdrücken suchte.

Zum Glück blieb Elisabeth bei uns, so konnten wir unseren Privatkrieg nicht fortsetzen. Wenn er meine Sachen tatsächlich auf die Schaukel gelegt hatte? Ich zweifelte kaum mehr daran. Wie peinlich für mich.

Der geschäftliche Teil wurde schnell, sachlich und zur beiderseitigen Zufriedenheit geregelt. Jedoch beim Abschied konnte er es sich nicht verkneifen, mir zuzuraunen: „Sind Sie wirklich so ganz ohne... vom Teich ins Haus?"

„Ich fand im Badehaus eine Illustrierte", raunte ich zurück. Welch ein Kobold ließ mich immer die Wahrheit sagen, wenn Schweigen besser gewesen wäre? „Was gibt es da zu lachen?" fragte ich laut und verspürte wieder eine unbezähmbare Wut.

Er sollte nicht lange etwas zu lachen haben.

„War ihr Gelieb — ich meine, war Ihr Freund bereits bei Ihnen, als Sie in diesem — diesem Kostüm..."

„Er war", zischte ich und freute mich, wie er erstarrte. „Er lag auf meinem Bett, als ich hereinkam. Sämtliche Glühlampen brannten."

„Bekleidet mit der Illustrierten", lallte er und übersah Elisabeths ausgestreckte Rechte.

Elisabeth blickte ihm mit großen Augen nach. Sie hatte von unserem kurzen Geplänkel nichts verstanden.

„Sag mal, Cäcilie, kanntet ihr euch von früher her? Es machte ganz den Eindruck."

Ich lachte. Hätte ich nicht gewußt, daß Elisabeth nicht

Elga war, wäre ich über ihre Frage erschüttert gewesen und vielleicht auch endlich, endlich mißtrauisch geworden. So meinte ich nur scheinheilig:

„Aber das erzählte ich dir doch bereits vorhin. Hast du es vergessen?"

„Ah — entschuldige", murmelte Elisabeth und flüchtete.

„Macht nichts." Ich lachte hinter ihr her. Mochte es ihr Elga erklären.

Rache ist immer süß

Ich atmete auf, als ich endlich allein in meinem Zimmer war. Die Kinder waren versorgt und schliefen wohl schon. Spät genug war es ja. Ich drehte meine Haare auf Lockenwickler, wusch mein Gesicht und kremte es so dick ein, daß ich wie der Teich im Mondschein glänzte.

Ich stellte das Radio auf Zimmerlautstärke, suchte mir einen Krimi aus dem Regal, schlug die Bettdecke im seligen Vorgefühl der völligen Entspannung zurück und — stieß einen gellenden Schrei aus.

Etwas Grünes sprang vom weißen Laken hoch und direkt an meiner Nase vorbei in die Mitte des Zimmers. Entgeistert wartete ich auf die Fortsetzung des nächtlichen Spuks. Nach einer Weile merkte ich, daß nichts weiter geschah.

Mißtrauisch suchte ich das Zimmer ab. Da — da lag er. Mitten in der blauen Blumenschale, auf der weißen Seerose, die diesen Angriff aus der Luft sichtlich übelgenommen hatte, so hübsch der grüne Springfrosch auch aussah.

Vorsichtig hob ich das Ding auf, als könnte es mir wieder entschlüpfen. Aber es rührte sich nicht mehr. Ich überlegte:

Norbert hatte den Frosch wohl kaum hingelegt. Er war aus diesem Alter heraus. Elisabeth war zu ernst für so etwas, Elga traute ich es ebenfalls nicht zu, wenn sie auch schon eher in Frage kam. Die beiden Kleinsten schieden aus; Bert war zu ritterlich und zu phlegmatisch.

Blieb Ronny. Ja — es konnte nur Ronny gewesen sein. Leise öffnete ich die Tür zum dunklen Korridor. Ich lauschte. Täuschte ich mich, oder waren die beiden Jungen im Badezimmer? Ihr Bad lag zwischen ihrem Zimmer und dem der Jüngsten.

Mit meinem Racheplan beschäftigt, dachte ich nicht mehr an meine Wickler im Haar und das Fett im Gesicht und die Shorts, die ich trug. Der Boden des Korridors war kalt unter meinen nackten Sohlen. Der schwache Lichtschein, der aus der halb offenen Tür meines Zimmers fiel, reichte nicht weit, doch ich fand die Tür, die zum Zimmer der Jungen führte. Es stimmte: nebenan im Bad plätscherten die beiden munter herum.

Im Zeitlupentempo öffnete ich ihre Zimmertür und steckte vorsichtig spähend meinen Lockenwicklerkopf in den Raum.

Die Nachttischlampe brannte. Das Bett, das tagsüber unter dem oberen verborgen stand, war herausgezogen. Sie fühlten sich sicher vor mir. Natürlich wußte ich nicht, welches Bett Ronny und welches Bert gehörte. Das war mir auch egal.

Hastig stellte ich die Sprungfeder am Frosch ein und schob ihn unter die nächste Bettdecke. Ich wollte mich schon zurückziehen, als mir meine Brille einfiel. Im ersten Schubfach des Nachtschränkchens herrschte ein heilloses Durcheinander, keine Brille war zu sehen. Im zweiten war es nicht ordentlicher, aber die Brille lag obenauf.

In dem Moment hörte ich die Badezimmertür quietschen. Mit einem Satz war ich an der Tür und sprang auf den dunklen Korridor. Dem ersten Impuls folgend, wollte ich davonlaufen. Aber ich zwang mich zur Ruhe und schloß leise die Tür hinter mir.

Ich war noch nicht in meinem Zimmer angelangt, als einer der beiden Jungen laut aufschrie, und gleich darauf begann ein ohrenbetäubender Lärm.

Eine Tür wurde aufgerissen. Elisabeth oder Elga stürzte heraus und zu den Streitenden ins Zimmer. Schnell zog ich meine Tür hinter mir zu. Nach dem Krach zu urteilen, der

über den Korridor zu mir drang, mußte es zu einer Schlägerei gekommen sein. Ich warf mich lachend aufs Bett, aber ich weiß nicht, ob ich nur vor Lachen am ganzen Körper zitterte.

Alle Tage ist kein Zirkus ...

Beim Frühstück hatte ich meine Brille auf der Nase, und ein unschuldsvolles Lächeln spielte um meine Lippen. Ich war auch nicht gewillt, beides so schnell wieder aufzugeben. Die Brille schon gar nicht — aller Eitelkeit zum Trotz.
Beflissen übersah ich die besorgten Blicke der ersten

Grünewald-Garnitur, bestehend aus Elisabeth, Ronny und Juan. Diesmal war ich sicher, wen ich vor mir hatte. Es gab nichts Unheimliches mehr um mich her, eine Tatsache, die mir ungemein das Rückgrat stärkte.

Ich übersah nicht nur ihre betretenen Gesichter, ich übersah auch Ronnys geschwollene Nase. Elisabeth war blaß, Besorgnis verdunkelte ihre Augen, und Appetit hatte sie auch nicht.

Ronny kaute trotzig vor sich hin, und sobald ich mich abwandte, spürte ich, daß er mich beobachtete. Nur Juan löffelte unbekümmert seine Haferflocken in Milch.

„Möchtest du noch Kaffee?" fragte ich Elisabeth.

„Oh — wie bitte? Nein, danke."

Angewidert schob sie ihre Tasse zurück.

„Hast du schlecht geschlafen?" Ich versuchte, einen aufmunternden Ausdruck in mein Lächeln zu zaubern. „Du siehst so blaß aus. Vielleicht solltest du heute nicht zur Schule gehen. Was meinst du?"

Elisabeth schoß das Blut ins Gesicht. Ungläubig starrte sie mich an, wie ein Kind, das eine Rüge erwartet und Lob erntet.

„Ich — oh, mir ist nichts. Nur etwas Kopfweh." Sie erhob sich. „Ich gehe jetzt. Tschüß, Cäcilie."

Sie kam auf mich zu und küßte mich so innig auf die Wange, daß mir Tränen der Rührung in die Augen traten.

Liebes, dummes Ding, dachte ich, warum sagst du mir nicht die Wahrheit? Andererseits waren ihre Befürchtungen durchaus berechtigt. Wer will schon sechs Kinder versorgen?

Ich eilte zur Tür. Ich war entschlossen, den ersten Schritt zu tun und ihr zu sagen, daß ich alles wußte und doch bleiben würde. Aber da sah ich sie bereits davonradeln.

Kurz darauf kam Bert traurig in die Küche geschlichen. Schweigend setzte er sich an den Tisch. Auch seine Nase hatte etwas abbekommen, nur lag die Schwellung mehr links. Bei Ronny war sie direkt auf der Nasenspitze.

Ohne erst zu fragen, gab ich ihm ein Glas Milch und schob ihm Butter, Honig und den Korb mit Brötchen hin.

Gierig verschlang er alles. Eigentlich hätte ich erstaunt fragen sollen: ‚Warum hast du dich vorhin bei Tisch nicht satt gegessen?'

Aber mir wurden diese Lügen immer peinlicher. Ich wünschte nur, sie würden endlich den Mut finden, mir alles zu sagen.

Bert merkte nichts.

„Danke", sagte er nach dem fünften Brötchen und stand auf, während er den letzten Bissen herunterwürgte. „Ich muß mich beeilen. Wir haben heute in der ersten Stunde Deutsch. Ich darf bestimmt mein Gedicht aufsagen. Ich kann das von allen am besten."

Mittags kam Ronny erhitzt und aufgeregt in die Küche gefegt.

„Mann, Cäcilie, das sieht toll aus auf dem Wielandplatz! Sie richten gerade ein Zirkuszelt auf. Stell dir vor, Löwen! Und Tiger und ein Dromedar und Affen. Also Affen, sage ich dir, und . . ."

„Guten Tag, Ronny", sagte ich und rührte im Kochtopf. „Du hast mir doch einen guten Tag gewünscht, als du hereinkamst, nicht wahr?"

Ronny verstummte und machte ein dummes Gesicht. Verlegen kratzte er seine blaumelierte Nase, was ihm sichtlich weh tat, denn er ließ die Hand schnell sinken.

„Also — guten Tag, Cäcilie." Er hatte sich wieder gefangen.

„Du möchtest gern in den Zirkus?" fragte ich.

„Der ist nur zwei Tage da", sagte Ronny eifrig. „Samstag und Sonntag."

Am Mittagstisch saßen diesmal Elga, Bert und Juanita.

„Übrigens", sagte ich, „wer möchte denn noch von euch in den Zirkus?"

„In den Zirkus?" Bert fiel offensichtlich aus allen Wolken.

Ich verkniff mir ein Lachen.

„Nun ja", sagte ich mit Unschuldsmiene. „Vorhin in der Küche warst du so begeistert, und nun tust du, als hättest du keine Ahnung, worum es geht."

„Ach so, der Zirkus." Hinter Berts gefurchter Stirn mußten sich die Gedanken jagen wie Fohlen auf der Weide. Ihrer Abmachung gemäß hätte ihm Ronny von unserem Gespräch berichten müssen. Vielleicht waren sich die beiden vor dem Mittagessen noch nicht begegnet.

Juanita quietschte vor Freude und klatschte in die kleinen Hände. „Zirkus! Zirkus!"

„Mit vielen kleinen, lustigen Affen", erzählte ich ihr.

„Oh, fein! Ich darf doch mit, ja?"

„Natürlich darfst du mit. Und du, Elga?"

Elgas Augen waren vor Freude ganz groß geworden. Aber als sie antworten sollte, erlosch das Leuchten in ihrem Blick. Vorsichtig meinte sie:

„Ich weiß nicht. Ich hatte mir eigentlich etwas anderes vorgenommen." Doch dann rief sie: „Ach, dummes Zeug, natürlich möchte ich mitgehen!"

„Ich muß später sowieso in die Stadt. Da bringe ich die Karten gleich mit."

„Bemühe dich nicht", sagte Elga schnell. „Ich kann sie auch besorgen."

Das würde euch so passen, dachte ich und sagte:

„Nein, nein, laß nur. Du hast doch heute deine Musikstunde. Und morgen kann es zu spät sein."

„Wann fährst du in die Stadt?" fragte Elga.

„Nach dem Geschirrspülen. Hilft mir jemand?"

„Ja, ich", sagte sie bereitwillig.

Bert machte sich anscheinend nicht so viel aus dem Zirkus wie Ronny. Hoffentlich täuschte ich mich nicht. Offiziell durfte ich ja nur für drei Kinder Karten besorgen.

Beim Zwinger traf ich Juan und erzählte ihm vom Zirkus. Auch er war begeistert und wollte unbedingt mit.

Was sollte ich tun? Ich überlegte hin und her. Endlich entwarf ich einen Plan, der mir so großartig vorkam, daß ich begeistert zu pfeifen begann. Zwei Fliegen mit einer Klappe . . . Die beiden Jüngsten kämen in den Genuß der Zirkusvorstellung, und außerdem könnte ich den Älteren einen Schreck einjagen, der sie zwingen würde, mir endlich die Wahrheit zu sagen.

Das Wasser zum Abwaschen kochte noch nicht. Also lief ich in die Wohnhalle zum Telefon. Aber da saßen Elisabeth und Ronny.

Zu dumm. Aber im Herrenzimmer war auch ein Telefonanschluß. Hoffentlich merkten die beiden nichts. Vorsichtig spähte ich in das Zimmer des Hausherrn. Die Luft schien rein zu sein. Schnell und geräuschlos schloß ich die Tür hinter mir und rief Norbert an.

Wenn er nur nicht gerade unterwegs war! Seine Wirtin meldete sich und sagte tatsächlich, er sei nicht da. Ich wollte schon den Hörer auf die Gabel legen, als sie rief: „Moment mal, Fräulein! Da kommt er gerade."

Ich fragte ihn aufgeregt, ob ich ihn in etwa anderthalb Stunden im Café Gindele treffen könne.

„Muß das sein?" Es klang nicht gerade begeistert. „Ich bin mit Christine verabredet."

„Wo?"

„Bei Gindele."

„Na, also, das trifft sich gut. Dann bis später."

„Wie du befiehlst", sagte er grämlich.

„Hör gut zu, Norbert. Laß mich nicht im Stich. Ich brauche dich dringend. Christine übrigens auch."

„Schon gut. Bis dann."

In der Küche spülte Elga schon das Geschirr.

„Kommt Norbert heute her?" fragte sie.

„Norbert? Wie kommst du darauf?"

„Du hast doch gerade mit ihm telefoniert", sagte sie unschuldig.

Ich hustete. Elga ließ sich in ihrer Arbeit nicht stören. Ich nahm ein Handtuch und trocknete ab.

„Sag mal", begann sie nachdenklich, „wieso kann Norbert studieren und du nicht? Du warst doch auch schon auf der Uni."

„Auf der Musikhochschule." Ich seufzte. Das war der wundeste Punkt in meinem Dasein. „Daran ist unser Vater schuld. Er war so furchtbar weltfremd und altmodisch. Das heißt, er hat zwei komische Versicherungen abgeschlossen."

„Versicherungen? Was war so komisch daran? Komm, erzähl schon."

„Da gibt es nicht viel zu erzählen. Unser Vater hat für Norbert eine Ausbildungsversicherung abgeschlossen und für mich eine Aussteuerversicherung. Als er noch lebte, war ja alles in Ordnung, weil er mein Studium finanzierte. Nach seinem Tode ..."

„Wann ist er gestorben?"

„Vor einem Jahr. — Ja, da stellten wir also fest, daß er zwar kein Bargeld hinterlassen hatte, aber dafür um so mehr Schulden. Wir mußten das Haus in Frohnau ..."

„Wo ist denn das?"

„In Berlin. Ein Vorort ..."

„Ach so, weiter."

„Wir mußten das Haus verkaufen. Norbert erhält jetzt in regelmäßigen Abständen einen Scheck von der Versicherung, mit dem er nicht auskommt, weil er nicht rechnen kann — und ich bekomme nichts. Gar nichts."

„Aber wieso? Du bekommst doch die Aussteuerversicherung."

„Ja — wenn ich heirate."

„Aha. Natürlich. Also heirate doch."

„Das sagst du so. Erst mal haben — ich meine ..."

Ich hatte Hemmungen, mit dem jungen Ding darüber zu sprechen, aber dann entfuhr es mir doch:

„Glaubst du, ein Mädchen wie ich, das Cäcilie Schmittchen genannt wird und eine Brille trägt und sonst auch keine Vorzüge aufzuweisen hat, kann so einfach einen Mann angeln? Übrigens will ich auch nicht irgendeinen heiraten, nur um das Versicherungsgeld zu bekommen."

„Verstehe ich vollkommen", sagte Elga. Sie drückte mir den letzten nassen Teller in die Hand. „Wie wär's mit Doktor Helmrich? Ich finde, ihr würdet großartig zueinander passen."

Ich war sprachlos. Ausgerechnet der!

„Was du für Einfälle hast! Der ist doch ein — ein ..."

Rüpel wollte ich sagen, verschluckte das Wort aber und meinte nur:

„... ein unhöflicher, sehr von sich eingenommener Mensch. Nein, danke. Dann lieber allein bleiben und Kinder hüten. Übrigens kann er mich genausowenig leiden wie ich ihn."

„Unsinn", sagte Elga. „Ich lade ihn für Sonntag zum Mittagessen ein. Er soll sehen, wie gut du kochen kannst."

„Untersteh dich!" rief ich erschrocken.

Aber Elga lachte unbekümmert. „Laß mich nur machen", sagte sie und verließ fluchtartig die Küche. Wahrscheinlich wollte sie mir keine Möglichkeit geben, ihr etwas an den Kopf zu werfen.

Ich ging in den Garten, wo ich Elisabeth traf und sie fragte, ob ich den Sportwagen benutzen dürfe.

„Aber natürlich. Er steht zu deiner Verfügung, solange du bei uns bist", sagte sie. Sicher wollte sie mir eine Freude machen.

Ich liebte Elisabeth, aber nicht, weil sie sich bemühte, meine Wünsche zu erfüllen. Ich spürte, wie sehr die Verantwortung für ihre Geschwister auf ihr lastete. Sie war die Ruhige, Besonnene — im Gegensatz zu Elga, die, auf ihre Art liebenswert, das Leben von der leichten Seite nahm. Für Elga gab es kaum Probleme, und wenn, dann nur solche, die sich einfach lösen ließen. Für Elisabeth gab es nur Probleme, schwere, zermürbende Probleme.

Ein Plan mit Fußangeln

Ich fuhr schwungvoll zum Tor hinaus und — stieß frontal auf einen schwarzen Mercedes-Sportwagen. Zum Glück trat ich noch rechtzeitig auf die Bremse. Ich stieg aus. Mein Gegenüber stieg aus. Ich schimpfte und besah mir den Tatort. Er schimpfte und besah sich den Tatort.

„Na, Gott sei Dank", sagte ich.

Die beiden Stoßstangen funkelten sich im Abstand von einem Zentimeter grimmig an. Um es genau festzustellen, klemmte ich meine Hand dazwischen — und bekam sie nicht mehr heraus.

Ich zeterte und zerrte. Als ich die Hand freibekam, blieb der fast neue Handschuh als Trophäe zwischen den Stoßstangen hängen.

Jemand lachte schadenfroh. So konnte nur einer lachen ... Ich fuhr hoch.

„Ah, Herr Helmrich. Ich beginne abergläubisch zu werden", sagte ich sarkastisch. „Sobald Sie in mein Blickfeld treten, habe ich nichts wie Pech."

„Wer kommt denn auch schon auf den Gedanken, seine Hand da hineinzustecken! Wollen Sie mich dafür verantwortlich machen? Nicht genug damit, daß Sie im Raketentempo aus dem Tor geschossen kamen ..."

Ich holte tief Luft und begann ihm auseinanderzusetzen: „Das Grundstück befindet sich am Ende einer Sackgasse. Ich konnte ja nicht ahnen, daß auf dieser kaum befahrenen Straße ausgerechnet Sie auftauchen würden. Guten Tag!"

Wütend setzte ich mich hinters Steuer, und weil sein Wagen mir den Weg versperrte, drückte ich eigensinnig auf die Hupe.

Helmrich beeilte sich nicht etwa, seinen Mercedes zurückzusetzen, wie es ein Kavalier getan hätte. Er strahlte übers ganze Gesicht und steckte seinen Kopf durch das offene Wagenfenster.

„Was soll das Konzert?" fragte er. „Ich bin ja schon hier."

„Das sehe ich. Verfügen Sie sich in Ihren Wagen und versuchen Sie mal, den Rückwärtsgang einzulegen. Falls Sie das gelernt haben sollten."

„Wozu?" fragte er naiv.

„Weil ich fort muß, das sehen Sie doch — oder?"

„Aber doch nicht jetzt. Ich habe meine Klienten im Stich gelassen, nur um ein nachmittägliches Plauderstündchen mit Ihnen zu genießen."

„Am trauten Kamin", sagte ich.

„Ja. Wieso? Ach so. Warum nicht?"

„Tut mir leid. Ich bin verabredet und muß mich beeilen. Falls Sie etwas mit mir zu besprechen haben — nur nach vorheriger telefonischer Anmeldung."

Ich startete. Der Motor heulte auf und verschluckte seine Antwort. Langsam und geduldig steuerte ich meinen Wagen um seinen herum. Ob ich wollte oder nicht, ich sah ihn im Rückspiegel, wie er breitbeinig dastand, die Hände in den Hosentaschen, und mein Manöver gelassen beobachtete.

Ich merkte, daß ich rot wurde, und ärgerte mich darüber. Weder nach links noch rechts blickend, fuhr ich an ihm und seinem Mercedes vorbei. Ich lasse mich nicht gern auslachen. Schon gar nicht von einem jungen Mann, der so nett (leider) und gut (leider) aussieht wie Hans-Jörg Helmrich.

„Ich weiß, daß ich häßlich bin", murmelte ich vor mich hin. „Ich weiß, daß ich kein Typ bin, in den sich Männer Hals über Kopf oder überhaupt verlieben." Ich starrte auf die Fahrbahn und tat mir so leid. Aber ich blinzelte so lange, bis keine einzige Träne mehr an meinen Wimpern hing und mir die Sicht versperrte.

Ich fand Norbert im hintersten Raum des Cafés allein am Tisch. Er machte ein verdrießliches Gesicht.

„Wo ist Christine?"

„Weiß ich nicht. Weiber können nie pünktlich sein. Zigarette?"

„Danke. Hör mal, Norbert, ich muß dich um einen Freundschaftsdienst bitten. Ich will morgen mit drei von den Grünewald-Kindern in den Zirkus gehen. Offiziell kenne ich ja nur drei Kinder."

„Was soll ich dabei?"

„Du sollst mit Christine in den Zirkus gehen. Zu einer anderen Vorstellung, versteht sich."

„Habe nichts dagegen, wenn du bezahlst. Aber warum?"

„Ihr sollt Juanita mitnehmen, weil ich mit Juan gehen will. Na, und auch aus anderen Gründen."

Ich erläuterte ihm die Gründe.

„Wäre es nicht vernünftiger", meinte Norbert, „du sagtest den Kindern, daß du hinter ihre Schliche gekommen bist?"

Das sah Norbert ähnlich. Phantasielos, wie alle Männer sind.

„Nein. Ich denke nicht daran. Sie haben mich belogen. Ich verstehe zwar die Gründe, aber sie sollen freiwillig kommen und es mir sagen."

„Darauf kannst du bis zum Jüngsten Tag warten."

Plötzlich beugte er sich vor und sagte:

„Schau mal da, kennst du den?"

Er wies mir mit beredten Blicken die Richtung. Mir stieg heute bereits zum zweiten Male das Blut in die Wangen: Helmrich stand zwischen den Tischen und sah sich suchend um. Nur an unserem Tisch war noch ein Stuhl frei. Ich fürchtete bereits, er würde herüberkommen, aber da drängte sich Christine an ihm vorbei und steuerte auf unseren Tisch zu.

Helmrich sah mich vieldeutig an. Ich grinste erfreut. Er machte kehrt und entschwand meinen Blicken.

Christine war von meinem Plan weit mehr begeistert als mein Bruder. Sie fand es reizend, mit einem fünfjährigen Mädchen in den Zirkus zu gehen.

„Wir werden wie eine richtige kleine Familie aussehen", schwärmte sie.

Norbert war nur noch in ihren Anblick vertieft. Trotzdem wollte ich noch die Einzelheiten mit ihnen besprechen. Mit anderen Worten: ich sprach, und die beiden hörten nicht zu. Ich sagte, sie sollten die erste Vorstellung besuchen und wir die zweite. Sie sollten beim Hinausgehen darauf achten, mit uns nicht zusammenzustoßen ... Dann gab ich es auf.

Ich verabschiedete mich, wofür ich von beiden ein dankbares Lächeln erntete.

Zirkus, nichts als Zirkus ...

Beim Mittagessen an diesem denkwürdigen Samstag begann mein Herzklopfen. Zugegeben, mein Herz klopfte auch zuvor. Nur tat es das diskret und störte mich nicht mit seiner Klopferei. Während des Essens, nein, eigentlich bereits, als ich das Zimmer betrat und die drei Kinder sitzen sah, begann mich das Klopfen zu stören.

Es kam so weit, daß ich es nicht nur in der Herzgegend spürte, sondern auch im Kopf, am Hals, an den Handgelenken. Es war tatsächlich sehr störend. Da saßen sie also, harmlos dreinblickend wie immer: Elisabeth, Ronny und — Juan.

Das war es nämlich, was mich beunruhigte. Wohin hatten sie Juanita verfrachtet? Etwa zu Frau Laible? In eineinhalb Stunden sollte ich Juanita frisch gewaschen, gekämmt, angezogen und — versteht sich — heimlich an Christine abliefern.

Wie wäre es, dachte ich erbittert, wenn ich sie einfach fragte? Das gäbe etwas ... Lieber nicht. Es blieb mir nichts anderes übrig, ich mußte die Dinge auf mich zukommen lassen.

„Also", sagte ich zu der Tischrunde, „um halb vier gehen wir. Spätestens bis dahin müßt ihr angezogen sein. Juan, du läufst mir doch nicht weg, nicht wahr? Gegen drei Uhr komme ich in dein Zimmer und helfe dir beim Anziehen."

„Das brauchst du nicht", sagte Elisabeth eifrig, „ich ziehe Juan an."

„Nein", rief Juan, „Cäcilie soll mich anziehen!"

„Unsinn!" rief Elisabeth.

„Ich will Cäcilie!" schrie Juan störrisch. „Sonst gehe ich nicht mit."

„Dann stecke ich dich ins Bett!" rief Elisabeth erbost.

Ich merkte jedoch, daß sie eher erleichtert aussah. Wenn Juan freiwillig oder zur Strafe zu Hause blieb, konnte sie Juanita mitnehmen. Wenn sie dagegen einen von beiden ohne Anlaß zu Hause lassen müßte, würde es das betroffene Kind als ungerecht empfinden.

„Laß nur, Elisabeth", sagte ich, „Juan übernehme ich. Du wirst genug zu tun haben."

Ich stellte das Geschirr aufs Tablett, freute mich, daß dabei nichts zerbrach, und balancierte alles hinaus. Ich hatte kaum die Klinke in der Hand, um die Tür hinter mir zu schließen, als die Debatte im Eßzimmer von neuem entbrannte.

Frau Laible war in der Küche, fertig zum Gehen.

„Haben Sie eine Ahnung, wo Juanita steckt?" fragte ich.

„Oh", hauchte Frau Laible und bekam einen Hustenanfall. Dabei war sie emsig bemüht, etwas hinter die Küchentür zu schubsen.

Üblicherweise hätte ich so getan, als bemerkte ich nichts. Mir lag aber diesmal sehr viel an Juanitas Gegenwart. Also machte ich zwei lange Schritte auf die Tür zu und hatte mit einem geübten Griff Juanita am Kragen gepackt, bevor sie ausreißen konnte.

„Husten Sie sich nur gut aus", sagte ich mitfühlend.

„Wer lange hustet, lebt lange", sagte Frau Laible und hatte Tränen in den Augen.

Juanita blickte wie ein verschrecktes Kaninchen von einem zum anderen. Sie verstand offenbar nicht, was hier vorging.

„Ich soll mit Frau Laible . . ." begann sie.

„So. Ich dachte, du wolltest in den Zirkus mitkommen, oder nicht?"

„Doch. Zu den Affen — und zu den Elefanten und zu ..."

„Na, also."

„Fräulein Schmittgen, Sie wissen doch nicht etwa ..." Frau Laibles Miene war ein einziges Fragezeichen, sie schwebte offensichtlich zwischen Bangen und Hoffen. Ich grinste von einem Ohr zum anderen.

„Behalten Sie es für sich", sagte ich. „Wenn Sie mir einen Gefallen tun wollen, bringen Sie bitte Juanitas Sonntagsstaat in mein Zimmer."

„Aber ja, gern."

Ich schärfte Juanita ein, daß sie ihren Geschwistern nichts erzählen sollte, und schlich mit ihr in mein Zimmer. In dem kleinen Bad nebenan steckte ich sie in die Wanne. Vorsorglich hatte ich auch die Tür abgesperrt, die das Bad mit einem zweiten Zimmer verband.

Gedankenverloren kämmte ich Juanitas rötlichblonde Locken, als ich Christines verabredungsgemäßen Pfiff vernahm.

„Das nenne ich pünktlich", murmelte ich. Ganz ungewöhnlich bei Christine. Ich wurde nervös, und das bekam Juanita zu spüren.

„Au, du ziepst", piepste sie.

„Entschuldige. Hör mal gut zu, Juan."

„Ich heiße doch Juanita."

„Ach ja, natürlich. Weißt du, ich habe einen Bruder ..."

In diesem Augenblick kam Frau Laible ins Zimmer, und gleich darauf fuhr ich zusammen, als Christines Pfiff wieder ertönte, noch lauter und noch drängender. Und gleichzeitig hörten wir Elisabeths Stimme im Korridor.

Hastig erklärte ich Frau Laible meinen Plan mit Juanita.

„Hören Sie, Frau Laible", flüsterte ich, „ich möchte doch, daß beide Kinder in die Vorstellung gehen können. Deshalb soll Juanita mit meinem Bruder und seiner Braut mitgehen. Ich nehme dann Juan mit."

Die Gute strahlte. „Das ist aber nett von Ihnen."

„Sie nehmen also Juanita mit zum hinteren Ausgang? Oben wartet bereits ein blondes, hübsches Mädchen. Sie heißt Christine Au."

„Mache ich. Aber was sagen wir Elisabeth?"

„Oh ... Ich hab's. Sie warten hier. Ich lotse Elisabeth in die Wohnhalle. Dann verschwinden Sie mit Juanita schnell durch die Küchentür."

Ich brauchte Elisabeth nicht zu lotsen. Sie war inzwischen bereits dort, wohin ich sie haben wollte. Als erstes fragte sie mich:

„Hast du Juanita gesehen?"

„Ich? Nein."

„Ich habe sie schon überall gesucht."

„Doch, warte, ich habe sie mit Frau Laible weggehen sehen", sagte ich und verkniff mir eine Zeitangabe.

Weil ich an der angelehnten Tür stand, hörte ich Frau Laible mit Juanita in die Küche schleichen. Meinen aufkeimenden Lachreiz verwandelte ich in einen Hustenanfall. Ich hustete so lange und laut und blieb auch so lange an der Tür stehen, bis ich sicher sein konnte, daß beide das Haus verlassen hatten.

„Mit Frau Laible?"

„Wir haben ja noch Zeit", sagte ich scheinheilig. Wenn schon gelogen wurde, warum sollte ich da nicht mitmachen?

„Ja, schon."

Elisabeth schien noch etwas auf dem Herzen zu haben, aber sie wagte nicht, weiter nach Juanita zu fragen.

„Ich laufe mal schnell 'rüber", sagte sie plötzlich.

Wohl oder übel mußte ich die Tür freigeben.

„Wo willst du hin?"

„Na, zu Frau Laible. Sie wohnt ja nicht weit."

Das paßte mir nun gar nicht in meinen Kram. Ich überlegte noch, wie ich sie zurückhalten könnte, als Juan durch den Haupteingang hereinstürmte.

„Da ist sie ja!" rief ich freudestrahlend.

Widerstrebend drehte sich Elisabeth um.

„Das ist doch Juan", sagte sie enttäuscht und wollte auf den Korridor hinaustreten.

„Ja, aber — ich verstehe dich nicht, Elisabeth. Den suchst du doch, oder?"

Langsam kam Elisabeth zurück.

„Natürlich", sagte sie und ließ sich erschöpft in den nächsten Sessel fallen.

„Ziehst du mich an, Cäcilie?" Juan klammerte sich an mich wie ein Äffchen an einen Baumstamm.

„Hast du deine Hunde schon gefüttert?"

„Ja, eben."

„Ich sagte dir doch ..." fing Elisabeth mit grollender Stimme an. Sie hatte denkbar schlechte Laune, die sie zu gern an jemandem ausgelassen hätte. Juan kam ihr da gerade recht. Ich fiel ihr ins Wort.

„Komm, Elisabeth, wir ziehen Juan gemeinsam an."

Sie rührte sich nicht.

„Nun mach schon", sagte ich.

Im Zeitlupentempo erhob sie sich, und wir gingen in Juans Zimmer. Ich legte auch für Ronny frische Wäsche heraus und hätte gern gewußt, wo Bert steckte. Anscheinend war er weder im Haus noch im Garten. Auch Elga hatte sich unsichtbar gemacht. Bis zuletzt wußte ich nicht, wer außer Juan mitkäme. Ich war überzeugt, daß Elga lieber in den Zirkus gegangen wäre als Elisabeth.

Aber Elisabeth ging mit. Sie, Ronny und Juan. Es sollte mein Glück sein, daß es Elisabeth war. Als ich den Wagen aus der Garage holte, kam Ronny aus dem Haus gelaufen:

„Seht euch mal den Himmel da drüben an. So schwarz habe ich ihn noch nie gesehen."

„Hol den Familienschirm", rief ihm Elisabeth zu.

Es war ein großer schwarzer Herrenschirm, der für die drei Kinder bestimmt reichte. Erst jetzt fiel mir mein Knirps ein, den ich so leichtsinnig aus dem Bus gefeuert hatte. Ob er noch immer dort lag?

Als wir am Zirkuszelt vorfuhren, war es so dunkel geworden, als sei plötzlich die Nacht hereingebrochen. Es blitzte und krachte, und dann ergoß sich eine Sturzflut über unser Autodach.

Und keine Möglichkeit zum Parken. Ich fuhr immer im Kreis herum, und die Kinder hielten vergeblich Ausschau nach einer Lücke zwischen den parkenden Autos.

„Ihr müßt allein hineingehen", sagte ich schließlich. „Ich werde so lange herumfahren, bis die Vorstellung beendet ist. Dann hole ich euch ab."

„Kommt nicht in Frage!" rief Elisabeth.

„Du mußt mit, sonst machen mir die Affen keinen Spaß", sagte Juan. Nur Ronny wurde ungeduldig.

„Wenn ihr nicht wollt, steige ich allein aus. Gib mir meine Karte, Cäcilie."

Da kam er bei Elisabeth aber schlecht an. Die Debatte drohte in einen lautstarken Krach auszuarten, der schlimmer zu werden versprach als das Gewitter draußen. Auf einmal rief Juan aufgeregt:

„Da — da fahren zwei Autos ab!"

„Schnell, Cäcilie!" rief Elisabeth. „Nun mach schon."

„Du mußt den Rückwärtsgang nehmen", drängte Ronny. „Hat man schon so was Langsames gesehen", maulte er. „Da kommt ein schwarzer Mercedes. Der nimmt uns bestimmt den Platz weg."

„Halt endlich deinen Mund. Du machst Cäcilie ganz nervös", fuhr ihn Elisabeth an.

Zusammenstöße mit schwarzen Sportwagen schienen heute meine Spezialität zu sein. Es knirschte bedenklich am linken Kotflügel, als sich unser Wagen neben den Mercedes schob.

„Nun aber nichts wie 'raus!" schrie Ronny. Ob er wirklich nichts gemerkt hatte? Er riß die Tür auf — glücklicherweise die rechte, die linke wäre gegen den schnittigen Mercedes geschlagen — und prallte zurück. Dicke Hagelkörner bremsten seinen Freiheitsdrang.

Elisabeth mühte sich mit dem Familienschirm ab, und als er endlich aufgespannt war, trabten die drei Kinder los, ohne sich noch einmal umzublicken. Ich war froh, daß sie keine Fragen gestellt hatten.

Den Schaden am Wagen würden sie früh genug entdecken. Ob ich je die Rechnung abarbeiten könnte? Oder ob er ausreichend versichert war? Ich gelobte mir, den Wagen nur noch einmal zu fahren, nämlich zurück nach Hause. Nein, zweimal: auch zur Werkstatt, und vielleicht

sogar ein drittes Mal: von der Werkstatt zurück nach Hause. Aber dann war Schluß damit. Sonst würde ich für den Rest meines Lebens nur noch für Reparaturen und Schadenersatzansprüche arbeiten können.

Nicht einmal meinen Mantel oder ein Kopftuch hatte ich mitgenommen. Nach dem Hagel kam wieder Regen — es goß in Strömen. Von weitem sah ich die Kinder im Zelteingang stehen. Natürlich konnten sie nicht hinein — ich hatte die Eintrittskarten. Auf einmal wurde die Wagentür aufgerissen. Die Stimme kannte ich bereits zur Genüge:

„Wie lange wollen Sie da noch sitzen bleiben, Fräulein Schmittgen?" Helmrich hielt mir etwas Buntes, Langes vor die Nase, das mir irgendwie bekannt vorkam. „Darf ich Ihnen Ihren Schirm anbieten?"

„Meinen was? Ja — das ist doch mein Knirps!"

Ich vergaß, mich zu bedanken, und ich vergaß, ihn wegen des Zusammenstoßes auszuschimpfen, was ich normalerweise bestimmt getan hätte.

Hans-Jörg Helmrich zerrte an meinem Schirm und bekam ihn endlich auch auf. Er half mir aus dem Wagen, und — Wunder über Wunder! — ich nahm seinen Arm, den er mir ritterlich anbot. Ich ließ mich widerstandslos, von ihm beschirmt, zum Zirkuszelt geleiten. Dabei hatte ich das mir völlig neue Gefühl, beschützt zu werden.

„Ständig muß ich auf Sie aufpassen", sagte Helmrich kopfschüttelnd. „Ich komme zu keiner ordentlichen Arbeit mehr, wenn ich dauernd hinter Ihnen her sein muß."

Das hätte er nicht sagen dürfen. Sofort ließ ich seinen Arm los. „Habe ich Sie darum gebeten?"

„Schon wieder patzig. Kaum beschirmt, der Gefahr entronnen — und schon wieder frech. Wo haben Sie das her?"

Kurzerhand nahm er meinen Arm und hakte sich bei mir ein.

„Ich bin noch ganz sicher auf den Beinen, Herr Helmrich. So fest brauchen Sie mich nicht zu halten."

„Bei Ihnen bin ich auf alles gefaßt."

Ich weiß nicht, warum ich rot wurde. Jedenfalls wechselte ich das Thema und fragte, wie er zu meinem Schirm gekommen sei.

„Er lag genau da, wo Sie ihn weggeworfen hatten", sagte er. „Dort habe ich ihn wenige Stunden später aufgehoben."

„Und erst jetzt geben Sie ihn mir zurück?"

„Ich habe Sie überall gesucht, angefangen bei Frau Mayer im Jägerhaus", sagte er.

„Sie wissen seit beinahe einer Woche, daß ich bei den Grünewald-Kindern lebe."

„Und Sie gaben mir noch keine Gelegenheit, Ihnen den Schirm abzuliefern. Kaum sehen Sie mich, schon fauchen Sie mich an."

Unsere fruchtlose Debatte nahm ein natürliches Ende, als wir unter dem Zeltdach mit den Kindern zusammentrafen. Die Vorstellung hatte bereits angefangen. Wir drängelten uns unter protestierendem Zischen und bissigen Bemerkungen zu unseren Plätzen durch.

Als die dressierten Pudel ihre Kunststücke zeigten,

quietschte im ganzen Zirkus nur noch ein Kind so laut wie Juan — und das war Juanita, die genau uns gegenüber saß.

Sie rutschte auf ihrem Platz zwischen Norbert und Christine aufgeregt hin und her und hieb ihnen mit ihren kleinen Fäusten auf die Knie. Mit einem Male war meine gute Laune hin. Was dachten sich die beiden da drüben eigentlich? Hatte ich ihnen nicht ausdrücklich eingeschärft, daß sie die nächste Vorstellung besuchen sollten?

Vorsichtig schielte ich zu Elisabeth hinüber — und da hatte ich den Salat. Sie hatte keinen einzigen Blick mehr für die reizenden Pudel übrig. Über diese lustigen Vierbeiner hinweg starrte sie genau dorthin, wo ihre kleine Schwester sich offenbar vor Freude nicht zu fassen wußte.

Eilig begann ich in meiner neuen Handtasche zu kramen. Ich hatte doch da irgendwo ... Ja, hier. Ich zog den Beutel mit Schokoladenplätzchen heraus und hielt sie Elisabeth ganz dicht unter die Augen.

„Elisabeth, möchtest du vielleicht ..."

„Ja — danke."

Sie ließ sich nicht ablenken. Sie wußte offenbar nicht einmal, was sie da in den Mund steckte. Sie hatte die Augen zu schmalen Schlitzen zusammengekniffen und wandte keinen Blick von Juanita.

„Kann ich zwei haben?" fragte Juan und zupfte mich am Ärmel.

„Sei nicht unverschämt", sagte Elisabeth. Sie blickte immer noch in dieselbe Richtung.

Ronny bediente sich aus meiner Tüte, ohne ein Dankeschön an mich zu verschwenden.

Wohl oder übel mußte ich auch Helmrich den Beutel hinhalten. Er saß links neben mir. Rechts neben mir saß Juan, dann kamen Elisabeth und Ronny.

Plötzlich spürte ich Helmrichs Atem an meinem Ohr.

„Ist das da drüben nicht Ihr Freund?"

Ich kniff meinen Mund zusammen.

„Die hübsche Blonde ist nicht zufällig seine Schwester?"

„Nein", stieß ich zwischen zusammengebissenen Zähnen

hervor und wartete auf die nächste Frage, die unvermeidlich kommen mußte.

„Ah, ist das nicht ..."

Aber da zischte hinter uns jemand, der anscheinend noch wütender war als ich.

„Halten Sie endlich Ihren Mund! Liebesgeflüster im Zirkus! Muß man sich das bieten lassen? Diese heutige Jugend! Kriegt nie genug davon. Turtelt und turtelt, und man versteht den Clown nicht."

„Selber Clown", murmelte Helmrich. Ich mußte wider Willen lachen — trotz meiner roten Ohren.

Als die Vorstellung zu Ende war, sprang Elisabeth als erste auf. Sie machte einen fahrigen, ratlosen Eindruck. Im Gegensatz zu Elga kannte sie Norbert nicht. Aber sie konnte mir ja nichts sagen, ohne sich zu verraten. Immerhin drängte sie eilig zum Ausgang.

Ich konnte mir denken, was sie da wollte. Aber was würde sie tun, wenn Juanita sie erkannte und auf sie zulief?

„Laß uns noch warten, Elisabeth", sagte ich. „Warum sollen wir uns von der Menge herumschubsen lassen? Wir haben doch Zeit."

„Ja, schon."

Aber es war umsonst. Entschlossen drängelte sie sich an Helmrich und mir vorbei.

Ich weiß nicht, ob es die vielen Menschen waren, die sich um uns herum stauten. Mir war auf einmal so ängstlich zumute, bunte Ringe tanzten vor meinen Augen, und mir wurde heiß. Erschrocken rief ich:

„Ein Glas Wasser! Ein Königreich für ein Glas Wasser."

Im gleichen Augenblick sah ich Christines Weißblond aufleuchten, kaum drei Schritte von uns entfernt.

„Ist Ihnen nicht gut?" Helmrich schien ehrlich besorgt zu sein. Er erwischte Elisabeth gerade noch am Ärmel.

„Warte, Elisabeth, ich glaube, wir sollten wirklich abwarten, bis sich die Menge verlaufen hat. Fräulein Schmittgen ist übel. Hoffentlich wird sie uns nicht ohnmächtig."

Elisabeth seufzte unmutig, aber sie blieb doch stehen.

Norberts erstaunter und mein zorniger Blick trafen sich. Norbert schnitt eine Grimasse, die Bestürzung ausdrücken sollte und doch die reinste Clownerie war. Aber er handelte blitzschnell. Er zerrte Christine und wohl auch Juanita, die wir in dem Gewühl nicht sehen konnten, hinter einen Bretterverschlag.

Ich spürte, wie sich Helmrichs Arm schützend um meine Taille legte, wie er mich plötzlich an sich preßte.

„Was fällt Ihnen ein?"

„Ist Ihnen nicht mehr schlecht?"

Diese harmlos dreinblickenden Augen! Warum mußte ich lachen, statt empört zu sein? Helmrich war schlau. Er hatte meinen Blickwechsel mit Norbert verfolgt und bestimmt die richtigen Schlüsse gezogen. Nur den einen nicht: daß Norbert mein Bruder war.

Elisabeth lud Helmrich zum Abendessen ein. Freute ich mich etwa darüber? Ich spürte, wie er von meinen Gedanken und Gefühlen Besitz ergriff, so wenig ich es wünschte. Ich wollte, ja, ich durfte mich nicht verlieben. Das konnte nur Komplikationen heraufbeschworen, denen ich nicht gewachsen sein würde.

Ich war sicher, daß sich ein Mann wie Helmrich für einen braunen Spatz wie mich nicht ernstlich interessieren würde. Mit solch einem unscheinbaren Vogel trieb er allenfalls seine Scherze. Also Vorsicht, Cäcilie!

Der Zirkus geht zu Hause weiter

Seit einer geschlagenen Stunde trödelte ich in der Küche herum und versuchte, einen günstigen Augenblick zu erwischen, um unbemerkt durch den Küchenausgang zur hinteren Gartenpforte zu gelangen.

Das Abendbrot mit allem Drum und Dran war fertig, der Tee aufgegossen. Ronny und Helmrich saßen in Ronnys Zimmer, dessen Fenster auf den Gemüsegarten ging. Unbeobachtet konnte ich also das Haus nicht verlassen, und oben auf der Straße warteten Christine und Juanita.

Zwar konnte ich sie vom Küchenfenster aus nicht sehen, aber Christines Pfiff: „Üb immer Treu und Redlichkeit . . ." war schon einige Male an mein Ohr gedrungen.

Da fiel mir ein, daß ich noch auf einem anderen Weg zu ihr gelangen könnte. Alle Zimmer auf der Gartenseite hatten Türen, die auf die Terrasse führten, auch das Herrenzimmer. Ich könnte hinter dem Teich über die Mauer steigen und . . .

Ja, das war d i e Möglichkeit. Aber ausgerechnet jetzt mußte Elisabeth hereinkommen.

„Hast du vielleicht zufällig Juanita — ich meine, Juan gesehen?"

„Nein", sagte ich. „Vielleicht ist sie bei den Doggen."

„Ach wo. Sie . . ." Elisabeth stockte, wie so oft. Es war auch nicht leicht, immer vor mir auf der Hut zu sein und trotzdem darauf zu achten, daß sich keins der Kinder verirrte und abhandenkam.

„Das Essen ist fertig. Wir könnten anfangen", sagte ich, so gern ich die Mahlzeit auch noch hinausgezögert hätte.

„Ja, ja", sagte Elisabeth zerstreut. „Könnten wir nicht noch etwas warten?"

„Sicher."

Aus Ronnys Zimmer drang wieherndes Gelächter. Helmrich kopierte wohl den Clown, was ihm bestimmt prächtig gelang. Elisabeth entschlüpfte mir, bevor ich fragen konnte, wann gegessen werden sollte.

Mir war der Aufschub durchaus recht. Ich schlich an der angelehnten Tür zu Ronnys Zimmer vorbei und huschte unbehelligt ins Herrenzimmer.

Aber bis zur Terrassentür kam ich nicht mehr, denn auf einmal wurden Schritte im Korridor laut, die sich eilig näherten. Die Tür wurde aufgerissen. Es blieb mir gerade so viel Zeit, mich in die Nische neben dem Kaminvorsprung zu quetschen.

Ich erkannte die Stimmen von Helmrich, Ronny und Elisabeth. Helmrich sagte gerade:

„Mach dir doch keine unnötigen Sorgen. Juanita wird schon zurückkommen."

„Du vergißt, daß sie erst fünf Jahre alt ist", jammerte Elisabeth.

„Juanita ist weg?" Das war ja Berts Stimme.

„Wo kommst du denn her?" fragte Ronny.

„Ich? Ich sitze schon den ganzen Nachmittag hier und lese. Hast du mich vorhin nicht bemerkt, als du hinter meinem Sessel vorbeigegangen bist, Elisabeth?"

„Ich? Wann?"

Mir kroch es kalt den Rücken herauf.

„Na, eben ..." sagte Bert ungeduldig. Wahrscheinlich wollte er weiterlesen. „Vorhin, bevor ihr alle mit so viel Getöse ..."

„Ich war nicht hier. Und Elga ist noch nicht zu Hause."

„Bist du sicher? — Das ist ja merkwürdig."

„Wann gibt es endlich etwas zu essen?" fragte unser Ehrengast Helmrich.

„Ach, verzeih! Ich bin ganz durcheinander wegen Juanita. Stell dir vor, Hans-Jörg, ich glaubte tatsächlich, sie im Zirkus gesehen zu haben."

„Haha, Elisabeth spinnt!" rief Ronny, und in sein Gekicher mischte sich Helmrichs sonniges Lachen.

„Darf man mal euren neuen Fernseher einstellen?" fragte Helmrich.

Der Apparat stand dicht neben mir. Wer sich ihm auf Schrittlänge näherte, mußte mich unbedingt bemerken. Wie sollte ich nur erklären, warum ich mich in der Ecke versteckt hielt? In welch peinliche Situationen würde ich hier noch kommen? Allmählich hatte ich es satt. Einfach satt, immer Versteck spielen zu müssen.

Wenn sie mich jetzt und hier entdeckten — so schwor ich mir —, würde ich unverzüglich in mein Zimmer gehen, meine Sachen packen und für immer verschwinden.

Das Blut hämmerte in meinen Schläfen, ich glaubte, ersticken zu müssen. Helmrichs Schritte hörte ich trotz des dicken Teppichs, der sie dämpfte. Dann sah ich seine ausgestreckte Hand. Sie blieb regungslos in der Luft hängen. Eine Sekundenewigkeit lang stand er so da, ohne etwas zu sagen.

Dann war die Hand weg. Kurz darauf hörte ich ihn sagen:

„Immer in die Röhre gucken, macht stumpfsinnig. Los, kommt alle mit."

„Du bleibst im Kinderzimmer, Ronny. Bei Tisch bin jetzt ich an der Reihe", sagte Bert.

„Ja, ja. Schon gut. Bring mir einen Rollmops mit und eine saure Gurke."

Plötzlich war es still im Raum. Ich zählte bis zehn, um sicherzugehen, blinzelte um die Ecke — und erstarrte vor Schreck. In der Tür stand Helmrich und kniff ein Auge zu, wie ein Verschwörer. Ich holte mit der Hand aus, als wollte ich ihn ohrfeigen. Er duckte sich und strahlte. Dann flog die Tür zu.

Ich verlor keine Zeit mehr. Schnell riß ich die Terrassentür auf, lief am Hundezwinger vorbei, wo wie immer Juan hockte und seine Welpen zählte.

Ungehindert erreichte ich den Teich, die Mauer dahinter, und — ja, die Mauer war zu hoch. Unweit davon stand die Eberesche, meine nächtliche Verbündete. Ich turnte hinauf, und bevor der Ast unter mir brechen konnte, schwang ich mich über die Mauer und landete glücklich in einer Kompostgrube, die nur kniehoch gefüllt war, wie ich sogleich feststellen konnte.

Sie gehörte zu der Gärtnerei, die sich an Grünewalds Grundstück anschloß. Wenn ich Pech hatte, kam ich da nicht heraus. Das riesige Grundstück war rundherum umzäunt. Von den Treibhäusern her hörte ich wütendes Bellen. Es mußten mehrere Wachhunde sein. Waren die kläffenden, unsichtbaren Ungeheuer etwa auf Menschenfleisch dressiert? Jeden Moment konnte auch der Besitzer oder ein Gehilfe der Gärtnerei mich hier erwischen. Was sollte ich dann sagen?

Meine schwarzen Pumps waren jetzt braungestreift, die Strümpfe zerfetzt, der blaue Rock braun gesprenkelt, und der linke Knöchel schmerzte beim Auftreten.

Humpelnd erreichte ich — immer bergauf — den Drahtzaun der Gärtnerei.

Der Gang zur offiziellen Pforte blieb mir jedoch erspart. Einige Meter weiter war ein Loch im rostigen Zaungeflecht. Es gelang mir, todesmutig, wie ich nun mal geworden war, mich hindurchzuwinden, ohne die gesamte Bekleidung zu opfern. Ein Teil blieb mir noch und verbarg notdürftig meine Blöße.

Ob mich Helmrich beobachtete? Nicht unmöglich. Welch ein erhebender Anblick für seine schadenfrohe Rabenseele.

Keuchend erreichte ich die Straße. Ein Idyll bot sich meinem Blick: drei im Gras neben der Straße krabbelnde menschliche Wesen, die entzückte Schreie ausstießen, „huch" und „hach" quietschten und sich überkugelten.

Christine, Norbert und Juanita. Juanitas Sonntagsstaat sah kaum besser aus als der meine. Der Unterschied bestand in der Farbe. Statt Braun hatte sie Grasgrün gewählt. Machte sich gut auf Rot und Weiß. Norbert hatte Gras in den Haaren und im Mund und Christine einen welken Gänseblümchenkranz im Haar.

„Was riecht denn hier so

impertinent?" rief Norbert zu meiner Begrüßung. „Wo bist denn du hineingefallen? Man könnte meinen, du . . ."

„Ganz recht. Genau da hinein."

„Puh, du riechst aber nach Landluft", freute sich Christine.

„Cäcilie!" krähte Juanita. „Cäcilie s-tinkt."

„Ihr macht auch keinen viel besseren Eindruck. Komm, Juanita, wir müssen uns beeilen. Elisabeth hat sich lange genug um dich gesorgt."

„Kommt ihr auch mit?" fragte Juanita ihre Spielgefährten.

„Natürlich nicht", sagte ich schnell.

„Dann bleibe ich auch", entschied Juanita.

„Sie besuchen dich ein andermal. Nun komm schon."

„Nein. Das sagen die Erwachsenen immer."

Norbert lachte schallend und suchte seine Brille im Gras.

„Schau dir Juanita an!" rief er mir zu. „Schau sie dir genau an. So hast du mit fünf Jahren ausgesehen. Wir haben noch ein Foto von dir. Ich suche es dir heraus."

„Ich?"

„Wer sonst? Christine kannte ich damals noch nicht."

Er baute Juanita vor sich auf.

„Sie könnte deine Zwillingsschwester sein."

„Wie gescheit! Der Altersunterschied stört dich nicht, wie?"

Aber er schien recht zu haben. Ich erinnerte mich an das Bild, das ganz groß im Album klebte.

„Bring das Album demnächst mal mit", sagte ich. Komisch, was für dumme Gedanken einen manchmal beschleichen.

Ungesehen schlüpften wir in die Küche und in mein Zimmer. So gut ich konnte, säuberte ich Juanitas Kleid, wusch und kämmte sie und versuchte ihr klarzumachen, daß sie niemandem erzählen dürfe, wo sie gewesen war und in wessen Begleitung.

Dann duschte ich kurz, aber gründlich und zog mir saubere Sachen an.

Im Eßzimmer wäre Juanita beinahe Juan in die Arme gelaufen, den Elisabeth geistesgegenwärtig zur Terrassentür hinausschob. Elisabeth strahlte, trotz der Panne, die wieder einmal ihren Plan gefährdet hatte.

Helmrich und Bert saßen noch beim Abendessen. Juans Gedeck war benutzt, also hatte er bereits gegessen. Elisabeth nahm das Gedeck und trug es hinaus. Sie tat es so auffällig harmlos, daß ich auch ohne Brille bestimmt stutzig geworden wäre.

„Sie machen einen abgehetzten Eindruck, Cäcilie", sagte Helmrich in seiner impertinenten Art.

„Schmittgen", sagte ich.

„Stimmt. Cäcilie Schmittgen. Ich entsinne mich."

„Für Sie immer noch Fräulein Schmittgen."

„Wie Sie wünschen, Gnädigste. Wollen Sie nicht Platz nehmen? Sie erinnern mich an jemanden." Er tat, als denke er angestrengt nach. „Ah — ich hab's: ich fand einmal eine streunende Katze. Ein süßes Ding. Wirklich. Braungetigert, aber dünn, dünn, sage ich Ihnen. Die Ärmste hatte Pech, es gab keine Mäuse in der Umgegend."

Ich unterdrückte meine Wut und kümmerte mich um Juanitas Essen. Bert vergaß weiterzukauen. Seine Augen wanderten hin und her, von mir zu Helmrich und wieder zurück.

Wenn schon. Als Angestellte mußte man sich eben viel gefallen lassen. Schicksal. Da hieß es nun mal, die Zähne zusammenbeißen. Es wird schon eine Gelegenheit kommen, es ihm heimzuzahlen, dachte ich grimmig.

Helmrich ist schockiert

Ich weiß bis heute nicht, wie das gekommen war: auf einmal befand ich mich mit Helmrich allein in der Wohnhalle. Ich knipste die drei Tischlampen an — die auf dem Kamin und die auf den beiden sonderbar geschnitzten Tischchen. Draußen war es noch nicht dunkel und nicht mehr taghell.

„Warum machen Sie so viel Licht?" fragte Helmrich.

„Sie sagten mir nicht, daß ich damit sparsam umzugehen habe."

„Unsinn. Sie wissen, was ich meine."

„Nein."

„Lieben Sie die Dämmerstunde nicht, Cäcilie?" Wie weich seine Stimme sein konnte! Wie gefährlich weich.

„Schmittgen", sagte ich. „Ich liebe sie nicht, die Dämmerstunde", log ich. Das hätte mir noch gefehlt, mit Hans-Jörg Helmrich im Halbdunkel herumzusitzen! Er brachte mich sowieso schon reichlich durcheinander.

„Übrigens" — er hustete in die hohle Hand —, „ich irre mich doch nicht, wenn ich annehme, daß dieser junge Mann im Café Gindele derjenige war, der Sie nächtlicherweise zu besuchen pflegt?"

Ich zuckte zusammen, als habe er mich geschlagen. Mußte ich mir das bieten lassen?

„Genau", sagte ich forsch.

„Ein interessanter Typ", bestätigte er, nachdem er etwa fünf Minuten lang an seiner Unterlippe gekaut hatte. „Frauen haben oft den ausgefallensten Geschmack. Nun ..." Er warf sich in die Brust. „Was sein muß, muß sein. Es fällt mir schwer, es Ihnen zu berichten, denn selten wird einem Dank zuteil für derartige Mitteilungen. In diesem speziellen Fall jedoch will ich gern warten, bis Sie sich eines Tages bei mir bedanken. Ja, Sie werden sich bedanken, dessen bin ich sicher. Ein Fall für einen Chirurgen. Ein undankba ..."

„Nun quetschen Sie sich schon aus, Herr Rechtsanwalt."

„Ja. Also — ist er nicht sehr jung? Ich meine, zu jung für Sie, Cäcilie?"

„Ich heiße Schmittgen", sagte ich bereits wie ein Automat. „Er ist so alt wie ich, zu Ihrer Information, obwohl Sie das gar nichts angeht."

„Da haben wir's", sagte er rechthaberisch. „Ein Mann muß älter sein. Eine Frau wie Sie braucht einen Beschützer und nicht einen unausgegorenen Jungen, der mit allen Mädchen ..."

„Beherrschen Sie sich, Herr Rechtsanwalt.“ Ich war wirklich ärgerlich. Auf Norbert ließ ich nichts kommen.

„Verzeihen Sie. Aber trotzdem muß ich es Ihnen sagen. Ein Mann muß unbedingt einige Jahre älter sein ...“

„Schon recht. Für die Zukunft werde ich es mir merken.“

„Ja, bitte, tun Sie das. Sie sehen, was Sie davon haben, mit einem ...“

Mich plagten Ahnungen. Ich war mir nur nicht sicher, ob ich darüber weinen oder lachen sollte. Etwas wie Wut mischte sich auf jeden Fall in meine Gefühle. Denunzianten kann ich so wenig ausstehen wie Wanzen und Skorpione.

Da sagte er auch schon:

„Sie kennen, wie ich bemerkt habe, die blonde Dame, die an Ihren Tisch kam?“

„Im Café? Ja, wieso?“

„Fassen Sie sich, Cäcilie. Ihr Galan betrügt Sie. Ja, glauben Sie mir. So weh es mir tut, Ihnen Schmerzen bereiten zu müssen ...“

„Fassen Sie sich kurz“, sagte ich so ernst wie möglich. Vorsichtshalber wandte ich mich von ihm ab und trat ans Fenster.

„Ja, also ...“ Er stieß einen Laut aus, der Ergebung ins Unvermeidliche und heroische Entschlossenheit zugleich ausdrücken sollte. „Kaum hatten Sie sich von den beiden verabschiedet und ihnen den Rücken gekehrt, da legte dieser Jüngling ...“ — Mit wieviel Verachtung er das Wort Jüngling aussprach! — „... der blonden Maid seinen Arm um die Schulter und zog sie an sich.“

„O weh, und das bei der Hitze, die dort herrschte“, versetzte ich und starrte gebannt das Fensterglas an.

„Da Ihr Platz an dem Tisch frei geworden war, setzte ich mich zu ihnen. Sie bemerkten es nicht einmal. Übrigens nannte er sie andauernd Püppi. Abgeschmackt, nicht wahr? Ich würde Sie nie Püppi nennen, Cäcilie. Nennt er Sie etwa auch so?“

Ich unterdrückte ein Glucksen, und bevor ich es verhindern konnte, sagte ich: „N-nein. Jetzt nicht mehr.“

Tatsache war, daß er mich früher, als ich noch klein war, so genannt hatte. Er und Vater und unsere Haushälterin. Das ging aber den Herrn Rechtsanwalt nichts an.

„Übrigens küßte er seine Püppi aufs Ohrläppchen."

Helmrich stand jetzt dicht hinter mir — ich sah sein Spiegelbild in der Fensterscheibe — und breitete seine Arme aus, wahrscheinlich in der Annahme, es sei Zeit für mich, nunmehr ohnmächtig zusammenzubrechen oder an seiner Brust einen Weinkrampf zu kriegen.

Ich drehte mich schnell zu ihm um und rief freudig überrascht:

„Wie süß! Finden Sie das nicht entzückend?"

„Aah!"

Er riß theatralisch die Arme hoch und hielt sich den Kopf. Mit der Welt und mir zerfallen, wandte er sich schaudernd zum Fenster, öffnete einen Flügel und beugte sich hinaus, um sogleich mit einem Laut des Abscheus zurückzufahren.

„Da — da haben wir's", keuchte er. „Fräulein Schmittgen, das geht zu weit!"

„Was geht zu weit?" Ich trat ans Fenster und schaute an seinem Zeigefinger entlang hinaus. Ich biß mir vor Freude auf die Zunge. Es hätte wirklich nicht besser klappen können.

Genau im richtigen Moment turnte Norbert durch das Fenster in mein Zimmer. Elga drängte sich auf einmal zwischen uns und erspähte gerade noch ein langes Hosenbein, das aus meinem Fenster ragte.

„Oh, was ist das?" rief sie neugierig.

„Norberts Bein", sagte ich.

„Oh!" schrie Elga und begann lauthals zu lachen und hörte nicht mehr auf damit. Das war natürlich zuviel für Helmrich. Er stürmte zur Garderobe, riß seinen Hut vom Haken, bellte: „Guten Abend!", was sich anhörte wie: ‚Hol euch der Teufel!', und stürzte hinaus.

„Er liebt dich! Er liebt dich!" schrie Elga entzückt. Sie packte mich ungestüm und wirbelte mit mir durch das Zimmer.

„Unsinn! Er ist ein ausgemachter Philister. Ein Ekel, wie es im Buche steht. Ein — ein Ungeheuer!"

Ich weiß nicht wieso, aber ich fühlte mich so leicht, so glücklich wie — nun, wie noch nie zuvor.

Elga stürmte hinaus und geradewegs in mein Zimmer. Bis ich dort anlangte, hatte sie Norbert alles haarklein und phantasievoll ausgeschmückt berichtet.

In das aufgeregte Geschnatter hinein riet ich Norbert, in Zukunft doch lieber die Tür zu benutzen, sonst würde ich die Stellung schnell wieder verlieren.

„Du hast mein Stativ mitgenommen", sagte er. „Ich habe hier schon überall herumgekramt, aber ..."

„Das sehe ich." Meine Sachen lagen in kunterbuntem Durcheinander im Zimmer verstreut. „Es liegt auf dem Stuhl, direkt vor dir."

„Fotografieren Sie viel?" fragte Elga, womit sie etwas anbahnte, das beinahe zum Bruch zwischen Norbert und Christine führen sollte.

„Fotografieren ist für mich mehr als nur eine Liebhaberei", sagte Norbert. „Zu dumm, daß ich keine Möglichkeit habe, selbst zu entwickeln. In Berlin hatten wir zu Hause einen Raum dafür."

„Hier haben wir auch einen", rief Elga spontan. „Wenn meine Eltern von einer Expedition zurückkommen, entwickeln sie ihre Filme immer selbst. Kommen Sie, ich zeige Ihnen das Zimmer. Es ist mit allem Nötigen ausgestattet. Bestimmt hat Eli ... Ich meine — äh — bestimmt ..."

Der Redestrom versiegte. Natürlich hatte sie sagen wollen: ‚Bestimmt hat Elisabeth nichts dagegen.' Um ihre Verlegenheit zu verbergen, packte sie Norbert am Ärmel und zerrte ihn zur Tür: „Kommen Sie."

So kann man sich nur mit sechzehn Jahren benehmen, dachte ich etwas neidisch.

Draußen war es jetzt völlig dunkel. Es mußte bestimmt schon zehn Uhr sein, und Norbert war sicher noch im Hause. Jedenfalls konnte ich wohl erwarten, daß er nicht gehen würde, ohne sich von mir zu verabschieden.

Ich hatte die Küche in Ordnung gebracht und mich gerade mit dem Flickkorb in mein Zimmer gesetzt, als es kurz und energisch klopfte und gleich darauf Elisabeth den Kopf zur Tür hereinsteckte.

„Cäcilie, du wirst am Telefon verlangt", sagte sie. „Später hätte ich dich auch noch gern gesprochen, wenn es dir nichts ausmacht."

Schon war sie draußen. Da hatte ich also die Bescherung! Wer sonst als Helmrich konnte am Apparat sein? Was sonst als meine Kündigung würde er mir mitteilen? Elisabeth mußte es wohl bereits erfahren haben, sie schien sehr aufgeregt gewesen zu sein und hatte ängstlich meinen Blick gemieden. Natürlich wollte sie dann noch mit mir sprechen ... Ich hoffte inbrünstig, daß ich wenigstens noch diese Nacht über bleiben dürfte. Wo sollte ich so kurzfristig ein Dach über dem Kopf finden? Ob Christine mich für eine Nacht aufnehmen könnte?

Mich schauderte. Draußen regnete es, wie ich jetzt erst bemerkte. Wenigstens meinen Knirps hatte ich wieder. Auch ein Trost. Aber wieviel Geld würden sie mir für die eine Woche geben? Das Haushaltsgeld, das ich verwaltete, mußte ich natürlich abrechnen. Glücklicherweise hatte ich bereits alle Rechnungen und Belege eingeheftet und die Beträge im Haushaltsbuch eingetragen.

Das Haushaltsbuch war in Ordnung. Mein eigenes Budget war es nicht. Café Gindele und der Zirkus gingen auf meine Rechnung. Das mußte ich von dem Lohn für eine Woche bezahlen — nach Abzug der „Unterkunft und Verpflegung". Der Vorschuß war praktisch aufgebraucht. Vielleicht mußte ich sogar noch etwas zurückzahlen. Prost Mahlzeit!

Mit diesen trüben Gedanken beschäftigt, näherte ich

mich widerstrebend dem Telefon. Ich hätte heulen können. Ich erwog ernsthaft, Helmrich zu sagen, daß Norbert mein Bruder ist. Wenn ich nur nicht diese Dickköpfigkeit geerbt hätte — ich wußte nicht einmal, von wem. Aber es kam eigentlich nur meine Mutter in Frage, die ich nicht kannte, denn unser Vater war es bestimmt nicht.

Zaghaft hob ich den Hörer ans Ohr.

„Ja?" hauchte ich ängstlich und gab mir einen Ruck. Nur nicht heulen, Cäcilie! Wäre ja gelacht. Dann gehst du eben als Putzfrau. Diese Damen sind gesucht und werden gut bezahlt.

„Cäcilie, bist du es?" Alles andere hätte ich erwartet, nur nicht diese Stimme, die genauso zaghaft klang wie meine.

„Ja. Was ist los, Christine?"

„Kannst du mir sagen, wo Norbert steckt?"

„Norbert?" Ich mußte mich erst besinnen, mit meinen Gedanken war ich noch bei Helmrich und meiner Kündigung. „Sag mal, Christine, was ist mit Norbert?"

„Das wollte ich gerade von dir wissen", wisperte die Stimme, wie von Tränen erstickt. „Ich habe geschlagene zwei Stunden auf ihn gewartet. Oben, am Sonnenweg. Er sagte zu mir, er wolle nur das Stativ holen und würde sofort zurück sein. Er ist doch sicher längst weg, nicht wahr? Bitte, Cäcilie, sag mir die Wahrheit. Ich bin auf alles gefaßt. Schon seit Tagen ist er so komisch."

„Ja, warte", begann ich ungeschickt, „das ist nämlich so ..." Ich verlor den Faden. War Norbert noch im Haus oder nicht? Was sollte ich ihr nur sagen?

„Bleib am Telefon!" rief ich und legte den Hörer hin.

Elisabeth kam mir im Korridor entgegen. Ohne zu überlegen, fragte ich sie nach Norbert.

„Norbert? Wer soll das sein?"

„Mein Bruder. Er war vorhin noch ..."

„Ach, verzeih, wie dumm von mir, natürlich."

„Er ... Wo ist die Dunkelkammer?" fragte ich, um die Situation nicht noch komplizierter zu gestalten.

„Was?"

„Der Raum, wo eure Eltern ihre Filme zu entwickeln pflegen." Ich wurde ungeduldig.

„Im Keller."

„Danke", sagte ich, während ich schon den Korridor entlanglief. Ich fand den Raum. Eine geräumige Kammer ohne Fenster. Sah aus wie ein Fotolaboratorium. Die beiden hockten auf Kanistern und fachsimpelten. Sie bemerkten mich erst, als ich sie anredete. Da fuhren sie herum wie zwei ertappte Sünder.

„Das hast du ja fein gemacht, Norbert", schimpfte ich gleich drauflos. „Christine legst du auf Eis für unbestimmte Zeit und hoffst, daß sie frisch bleibt, wenn du dich in den nächsten hundert Jahren . . ."

„Ach, du liebe Zeit!" Norbert sprang erschrocken auf. „Wo ist sie?"

„Am Telefon. Wenn du die Güte haben solltest . . . Ich führe dich gern hin."

„Sie bleiben aber noch, nicht wahr?" fragte Elga, während wir uns auf den Weg in die Wohnhalle machten.

„Wann mußt du morgen früh zur Schule gehen?" erkundigte ich mich.

„Um acht muß ich dort sein. Warum?"

„Es ist nach halb elf. Vielleicht wäre es besser, für heute Schluß zu machen. Norbert kommt bestimmt bald wieder."

Elga zog einen Flunsch. „Ich bin nicht müde", versicherte sie.

Norbert drehte sich zu ihr um und lachte sie an. „Cäcilie hat recht. Ich muß gehen. Morgen abend komme ich wieder."

„Bestimmt?"

„Vielleicht bringst du vorsichtshalber Christine mit?" schlug ich vor.

„Christine? Das ist doch nicht dein Ernst, Schwesterlein. Sie hat fürs Fotografieren nichts übrig. Und vom Entwikkeln hat sie keine blasse Ahnung. Sie würde sich nur langweilen. Du wirst einsehen, daß ich ihr das nicht antun kann."

„Was du nicht sagst!"

So ein Heuchler! Christine war Fotolaborantin und verstand mehr von dem Fach als er und Elga zusammen.

Er wich meinem vorwurfsvollen Blick aus und ergriff den Hörer. Im nächsten Augenblick war er nur noch der zerknirschte Liebhaber, der sich seiner Auserwählten zu Füßen wirft und um Vergebung winselt.

Diese Männer! Mich beruhigte nur, daß Elga, die danebenstand, seine zwiespältige Seele mit Gelassenheit und Humor zur Kenntnis zu nehmen schien. Sie war doch noch ein Kind. Vielleicht aber sogar ein weises Kind.

Ich vergaß, daß Elisabeth mich noch sprechen wollte, und nachdem Norbert sich verabschiedet hatte, ging ich schlafen — erschöpft und froh, diese Nacht noch in einem richtigen Bett liegen zu dürfen, ohne dafür extra bezahlen zu müssen.

Wie würde es morgen weitergehen? Alles hing von Helmrich ab. Sollte ich unter diesen Umständen nicht netter zu ihm sein? Es kostete doch nichts. Ich sah deutlich sein Gesicht: dunkelblondes, leicht gewelltes Haar und Augen — Augen, von denen eine Frau träumen konnte.

Das Gesicht wurde größer und größer. Es näherte sich, schwebte neben mir, über mir. Jetzt sah ich auch, daß sein Körper geschuppt war, er glänzte in Gold und Rot. Ein Drache mit dem schönen Kopf Hans-Jörg Helmrichs. Nein, kein Drache, ein Ritter. Die goldroten Schuppen: eine Ritterrüstung. Ritter Helmrich mit blitzendem Schwert ... Drache Helmrich ... Zu dumm. Ritter und Drache, immer abwechselnd. So etwas konnte ich doch nur träumen ...

Aber nein! Weder Drache noch Ritter. Er hatte ja Fangarme, wie ein Tintenfisch. So viele Arme, und alle, alle, einer nach dem anderen, legten sich um mich, wickelten mich ein, zogen mich immer näher.

„Laß mich los! Laß mich sofort los!"

Ich wachte von meiner eigenen Stimme auf. Ich saß im Bett, mit feuchter Stirn und fliegendem Atem. Der Vollmond schien ins Zimmer. Lachte er mich aus?

Die Fangarme ... Eigentlich war das schön — so dicht — so fest umschlungen.

Niemand störte mich in der Küche, als ich das Sonntagsfrühstück zubereitete. Anfangs fiel mir nicht auf, wie ungewöhnlich das war. Ich stellte nur erleichtert fest, daß mir nicht dauernd jemand vor den Füßen herumtanzte.

Drei Kannen dampften auf dem Tablett: die mit dem Kakao für die Kleinsten, die mit heißer Milch für Bert und Elisabeth (gibt einen so guten Teint) und eine dritte mit Tee für Ronny und Elga.

Nanu? Warum kommt keiner? Normalerweise schlichen sich nacheinander die drei in die Küche, die bei Tisch nicht an der Reihe waren. Ich hörte doch draußen Türen auf- und zugehen. Dann wurde es wieder still.

Frau Laible hatte mich gestern wissen lassen, daß sie sonntags nie vor zehn Uhr zu kommen pflegte. Sollte ich noch warten? Wollten drei der Kinder heute kein Frühstück? Abmagerungskur und so?

Es wurde mir zu dumm. Ich nahm also das Tablett und balancierte es zum Eßzimmer hinüber. Die Tür stand einen Spalt offen. Summte es nicht wie in einem Bienenkorb? Da wisperten doch bestimmt mehr als drei Stimmen aufgeregt durcheinander.

Mit dem Fuß stieß ich die Tür auf und hörte deutlich:

„Pst — sie kommt!"

Was ich dann zu sehen bekam, brachte auf meinem Tablett alle drei Kannen ins Wanken. Rund um den Tisch standen, stramm wie die Zöglinge eines Internats und genauso verschüchtert, alle sechs Grünewald-Kinder. Nicht eins fehlte. Ängstlich und gespannt starrten sie mir entgegen.

Nur Bert sprang hinzu und rettete seine Frühstücksmilch. Leider rollten die gekochten Eier vom Tablett und zerschellten auf dem Perserteppich, wodurch die feierliche Enthüllung jäh unterbrochen wurde.

Nun redeten alle gleichzeitig. Elisabeth schwamm in Tränen und behauptete, alles sei ihre Schuld. Elga erbot sich, den Wischlappen zu holen. Statt dessen hielt sie sich den Bauch vor Lachen. Bert holte die beiden anderen Kannen von meinem wankenden Tablett. Juanita quietschte vor Vergnügen. Ronny lachte und kugelte sich auf dem besagten Teppich. Und Juan, der fünfjährige Juan, rief eilfertig: „Ich hole die Hunde! Cleopatra frißt so gern gekochte Eier", womit er bewies, daß er nicht nur praktisch zu denken verstand, sondern dereinst auch ein sparsamer Familienvater sein würde.

Kurz darauf stürmten die beiden gefleckten Doggen herein. Ihnen folgte Juan, der alle fünf Welpen im Arm hielt. Bevor es jemand verhindern konnte, hatten Cäsar und Cleopatra wahrhaftig die Eier mitsamt den Schalen verspeist. Es knirschte beängstigend zwischen ihren mahlenden Kiefern.

„Ha-habt ihr einen Tierarzt zur Hand?" stotterte ich, und das war alles, was ich zur Rettung der edlen Viecher beitrug.

Elga beruhigte mich. Sie meinte, das würde ihnen nichts ausmachen, sie hätten auch schon Glasscherben probiert und rostige Nägel. Wichtiger sei es, den Tepich zu reinigen. Sein Muster und das Gelb der weichen Eidotter harmonierten nicht so recht, wenn man es genau nahm.

Wie ein guter Geist erschien Frau Laible. Es dauerte allerdings eine Weile, bis sie sich gefaßt hatte.

„Ach, du meine Güte!" sagte sie fünfmal hintereinander. Bert behauptete später sogar, sie habe es siebenmal wiederholt, er habe mitgezählt. Außerdem tue sie es nie darunter.

Während Frau Laible die Hunde aus dem Zimmer vertrieb und sich dann mit dem Teppich abmühte, schrie ich mir den Hals wund, um mir Gehör zu verschaffen.

„Setzt euch an den Tisch! Wir wollen endlich frühstükken. Die Milch wird kalt, der Kakao wird kalt, der Tee wird kalt — Eier gibt es allerdings nicht mehr."

„Sowieso alles kalter Kaffee", sagte Ronny.

Es erstaunte mich einigermaßen, daß mein Aufruf schließlich doch Erfolg hatte und die Gemüter sich etwas beruhigten. Ich goß die Getränke ein und machte für die beiden Kleinsten die Brötchen zurecht, als sei es immer so gewesen.

„Kommt Christine heute?" rief mir Juanita munter zu. „Sie hat es versprochen. Kommt sie gleich?"

„Ich weiß nicht."

„Du hast es auch versprochen. Ich will mit ihr spielen. Sie hat gesagt, sie wird mit mir spielen."

„Halt den Mund und iß endlich!" schnitt ihr Elisabeth das Wort ab.

„Hat Juanita es dir gesagt?" fragte ich überflüssigerweise.

„Ja."

„Damit hätte ich rechnen müssen."

„Wir sind froh, daß der Spuk zu Ende ist."

„Ich auch."

„Du bleibst doch bei uns, Cäcilie?"

„Wenn . . ."

„Bitte, kein Wenn."

Juanita kletterte auf meinen Schoß. Daraufhin schrie Juan: „Meine Cäcilie!" und zerrte sie herunter. Die Auseinandersetzung wurde auf dem Teppich fortgesetzt, vorwiegend auf der feuchten Stelle, bis es Elisabeth und mir gelang, die beiden zu trennen.

„Du bist auch ein Zwilling. Elga erzählte mir von deinem Bruder."

„Ja."

„Komisch."

„Wieso?"

„Sie meint", sagte Bert, mit vollen Backen kauend, „wir sollten eigentlich vier Zwillingspaare sein. Die beiden Ältesten haben meine Eltern in Brasilien verloren."

„Interessant", sagte ich. „Wir sind im brasilianischen Urwald geboren worden."

Elga rief begeistert: „Vielleicht seid ihr es?"

„Wir? Bestimmt nicht. Unser Vater hieß Schmittgen, das weiß ich genau."

„Ach so . . . Wäre auch zu schön."

„So etwas kommt nur im Roman vor", sagte ich.

Mir war viel leichter zumute, seit die Geheimniskrämerei ein Ende gefunden hatte. Allerdings wäre mir nie eingefallen, welche Konsequenzen man daraus ziehen konnte. Aber Ronny.

Ich überraschte ihn in meinem Zimmer, als er sich damit abmühte, den Kofferfernseher anzuheben und ihn zum Abtransport in die richtige Lage zu manövrieren. Dummerweise störte ich ihn mit der überflüssigen Frage:

„Was machst du denn da?"

Natürlich schob er später mir die Schuld dafür zu, daß er den für einen Zehnjährigen zu schweren Apparat zu Boden gleiten ließ.

Es knallte entsetzlich, und irgend etwas schien im Innern des Kastens zu zersplittern. Wir blickten uns verstört an. Er faßte sich schneller als ich.

„Das ist mein Apparat", maulte er.

„Und Berts vermutlich", sagte ich stirnrunzelnd.

„Na ja", gab er zu.

„Jetzt ist er hin."

„Ja. — Wir haben ihn zum Geburtstag geschenkt bekommen."

„Ich habe nicht um ihn gebeten", sagte ich.

„Elga und Elisabeth meinten ..."

„Ich weiß."

„Aber jetzt, wo du sowieso bleibst, kann ich ihn doch zurückhaben."

„Ach, so ist das."

Der Apparat lag zu unseren Füßen und schien auf eine Entscheidung zu warten.

Da hörten wir Elisabeths Schritte. Ronny begann zu zittern. Gleich darauf stürmte sie in mein Zimmer, ohne anzuklopfen. Vielleicht war das jetzt auch gar nicht mehr nötig.

„Himmel! Was ist hier los? Ronny, wie konntest du nur!"

„Meine Schuld", sagte ich heroisch. „Vielleicht läßt er

sich noch reparieren. Ich werde ihn zur Reparatur schikken."

Ronny widersprach nicht. Still schlich er sich hinaus — ohne Apparat. Elisabeth kam auf mich zu.

„Das war fein von dir, Cäcilie. Aber ich weiß, daß das Ronnys Schandtat war. Es ist typisch für ihn."

„Nein, wirklich nicht", protestierte ich, und das nicht nur, um Ronny zu helfen. Schließlich hatte ich ihn erschreckt, sonst wäre es vielleicht nicht passiert. Elisabeth war anscheinend Gedankenleserin. Sie sagte:

„Der Apparat ist viel zu schwer für Ronny. Ich hatte zusammen mit Elga Mühe, ihn in dein Zimmer zu transportieren. Es war bestimmt nicht deine Schuld. Mit Ronny wirst du viel Geduld haben müssen. Seinetwegen haben uns bisher alle Mädchen verlassen — und sogar Tante Jola, die doch die Schwester meines Vaters ist."

„Wenn es nicht viel schlimmer kommt als bisher, halte ich schon durch", tröstete ich sie. „Eure Eltern kommen Weihnachten zurück, nicht wahr? Noch etwa dreieinhalb Monate."

„Was hast du vor, wenn du uns dann verläßt?"

„Ich weiß es noch nicht. Vielleicht sollte ich Steno und Schreibmaschine lernen und ins Büro gehen."

„Liegt dir das?"

„Keine Ahnung. Ich glaube nicht."

„Warum willst du dein Studium nicht wieder aufnehmen?"

Frau Laible steckte ihren runden Kopf zur Tür herein. „Ich gehe jetzt", sagte sie, und dann: „Ach, du meine Güte!"

Ich zählte mit. Bert hatte recht. Siebenmal hintereinander sagte sie es, jedesmal in einer neuen Tonart. Dann:

„Wie ist denn das passiert?"

„Heruntergefallen", sagte ich.

„Ist er kaputt?"

„Irgend etwas hat darin geknallt."

„Die Birne", sagte sie. „Mein Sohn kennt sich da aus. Er arbeitet bei Telefunken. Ich schicke ihn mal vorbei."

Es war ja nett von ihr, und beleidigen wollte ich sie auch nicht. So fragte ich erst einmal vorsichtig:

„Was ist er von Beruf?"

„Techniker. Elektrotechniker. Na ja, also — mehr Monteur. Er wird Techniker. Genau genommen: er ist im dritten Lehrjahr. Aber sehr geschickt. Wirklich! Sein Meister lobt ihn andauernd. Dagegen sind seine Kollegen die reinsten Dummköpfe. Das erzählt mein Sohn jeden Abend. Ich schicke ihn noch heute — ach, heute ist ja Sonntag, da ist er auf dem Fußballplatz. Vielleicht am Abend, wenn Sie wollen?"

Ich sah Elisabeth an. Elisabeth sah mich an. Zögernd nickte sie.

„Wir können es mal versuchen. Am besten, er sieht ihn sich unverbindlich an."

„Ich gehe jetzt den Tisch decken", sagte Elisabeth.

„Die Kartoffeln sind bald gar", sagte Frau Laible. „Passen Sie auf den Braten auf."

Ich eilte in die Küche. Elga kam, um mir zu helfen, und ich bat sie, den Rasensprenger aufzudrehen.

„Vergiß auch den Gemüsegarten nicht", rief ich ihr nach. „Es ist heiß heute."

„Kommt Norbert?"

„Weiß ich nicht. Christine hat auch gewisse Rechte."

Eifersucht ist eine Leidenschaft . . .

Ich muß schon sagen, ich verstehe Christine durchaus. Was sich Norbert mit Elga und Elga mit Norbert geleistet hatte, konnte sich eine offizielle Freundin nicht bieten lassen.

Es ist auch kein so großes Wunder, daß Christine Elisabeth für Elga hielt und also auf diese losgehen wollte, mit sämtlichen zehn wohlgefeilten Fingernägeln ihrer gepflegten Hände.

Elisabeth richtete gerade den Wasserschlauch auf die Beete, an die der Rasensprenger nicht so richtig herankam.

Diesem Umstand hatte sie es wohl zu danken, daß Christines Fingernägel nicht in Aktion treten konnten und ihr pfirsichzartes Gesicht verschont blieb.

Auch die Worte, die Christine ihr entgegenschleuderte, verstand sie glücklicherweise nicht oder doch nur unvollkommen.

Als Christine jedoch „Frühreifes Früchtchen!" rief und: „Steck deine sommersprossige Himmelfahrtsnase in die Schulbücher und laß meinen Verlobten in Ruhe, sonst . . .", wurde Elisabeth doch aufmerksam.

„Wer sind Sie überhaupt? Was erlauben Sie sich auf unserem Grundstück? Das ist ja Hausfriedensbruch, würde unser Anwalt sagen. Was geht mich Ihr komischer Verlobter an? Stecken Sie sich den Verlobten an den Hut, sonst . . ." antwortete sie empört.

„Mein Verlobter ist nicht komisch!" schrie Christine noch wütender. „Sie sind es! Ich rate Ihnen . . ."

„Und ich habe keine Himmelfahrtsnase!"

Elisabeth war für gewöhnlich sehr, sehr schüchtern, aber in dieser ersten Eifersuchtsszene ihres Lebens wuchs sie über sich selbst hinaus. Sie gab sich keine Mühe, ihren Zorn zu zügeln, da sie nicht im entferntesten wußte, was Christine eigentlich von ihr wollte. Bedrohlich näherte sich der Wasserstrahl Christines erhitztem Gesicht.

Ich stand am offenen Fenster und besah mir die Szene. Sollte ich hinauseilen? Mich einmischen? Aufklären? Es wäre meine Pflicht gewesen. Im Fensterglas spiegelte sich auf einmal eine Gestalt, die lautlos ins Zimmer getreten war und sich jetzt ebenso lautlos wieder zurückziehen wollte.

„Elga! Hiergeblieben!"

Ich wandte mich ihr zu. Sie grinste verlegen.

„Und so was Hysterisches will Norbert heiraten", sagte sie.

„Warte ab, meine Liebe, bis du an der Reihe bist. Vielleicht wirst du noch viel hysterischer reagieren. Los, geh endlich hinaus und kläre die beiden auf."

„Fällt mir nicht ein."

„Feigling."

„Was heißt hier Feigling! Elisabeth hat den Wasserschlauch. Soll ich die Hyäne mit bloßen Händen angreifen?"

„Wer spricht von angreifen? Aufklären sollst du ..."

Von einem neuen Ton in der Garten-Sinfonie aufgeschreckt, schluckte ich die weiteren Worte hinunter und eilte zurück zum Fenster. Auch Elga wagte es, über meine Schulter hinweg hinauszuspähen.

Der mir bereits bekannte Sportwagen, schwarz und spiegelblank, mit weißen Rädern, hielt vor dem Haus. Helmrich sprang heraus und stürzte sich auf die streitenden Mädchen, als gelte es, einen Mord zu verhindern.

Nun redeten alle drei auf einmal. Es war sehr laut, und wir konnten doch nichts verstehen. Aber wir sahen, daß Helmrich versuchte, Elisabeth ihren wassersprühenden Schlauch zu entwinden.

Und dann blieb mir fast das Herz stehen. So ist es also, wenn man eifersüchtig wird, stellte ich im stillen fest. Helmrich hatte Christine um die Schulter gefaßt und führte sie mit sanfter Gewalt zu seinem Wagen. Christine wehrte sich anfangs kaum, dann überhaupt nicht mehr. Als sie im Wagen saßen, warf sie ihm einen dankbaren Blick zu und erntete ein liebevolles Lächeln. Ein Lächeln, das ich nur zu gut kannte — ja, von dem ich sogar nachts träumte.

„Elga, lauf! Tu doch etwas. So kannst du sie doch nicht ..."

Elga rannte wirklich los. Doch da fuhr der Wagen bereits rückwärts hinaus, wendete draußen, und ehe Elga bis zur Einfahrt gelangt war, brauste Helmrich mit seiner blonden Beute davon.

Warum bin ich nicht imstande, wenigstens einmal in Ohnmacht zu fallen? Warum kann ich mich nicht ein einziges Mal gehenlassen und schreien, heulen, trampeln, mir die Haare ausreißen?

Ich stand nur da und starrte den einsamen Stamm einer Birke an und hörte Worte, längst verklungene böse Worte wie: Brillenschlange. Wer hatte mich mal so genannt? Ja, Christine, der blonde Traum, von dem alle Männer bewegte Lieder singen könnten. Ungleichere Rivalen gab es nicht. Christine war mir haushoch überlegen. In allem. Sie war witzig, scharmant, hatte Haare von der Farbe reifer Ähren und Augen wie Vergißmeinnicht.

Und Helmrichs Augen: sie schimmerten wie ein verborgener Waldsee, in dem sich die Fichten und die Sonne spiegeln. Wie konnte ich je so dumm sein und glauben oder hoffen, daß gerade er — und ich ...

Mutlos wandte ich mich vom Fenster weg und überdachte meine Lage. Vor einem Jahr wäre ich noch nicht auf die Idee gekommen, in einem Haushalt zu arbeiten, noch dazu einem mit sechs Kindern. Drei Monate lang.

Und dann? Zurück nach Berlin zur Musikhochschule? Unmöglich. Ich war hergekommen, um bei Norbert zu sein. Er war mein einziger Halt. Nach Vaters Tod war unser Leben so völlig anders geworden. Wie sollte ich je weiterstudieren, wenn ich länger als ein Jahr keine Klaviertaste anrührte? Ein hoffnungsloser Fall. Ich mußte endlich einen Schlußstrich unter die Vergangenheit ziehen und einen Beruf ergreifen, der mich ernähren konnte. Ich sprach doch Spanisch, Portugiesisch und Englisch. Notfalls auch Französisch.

„Cäcilie! Schläfst du neuerdings im Stehen?"

Norbert war mit der lachenden Elga und der wütenden Elisabeth hereingekommen.

„Christine war hier?" fragte er mich. Die Mädchen mußten ihm bereits einiges erzählt haben.

„Sie ist mit Helmrich weggefahren." Meine Lippen zitterten.

Je mutloser ich mich fühlte, um so lebhafter entfaltete Elga ihren Charme.

„Sie bleiben zum Kaffee, Norbert. Ich habe eine wunderbare Torte gebacken. Ganz allein — fast ganz allein", gurrte sie. Sie bemühte sich rührend um den Casanova Nummer zwei. Nummer eins war Helmrich. Er hatte sich meiner Meinung nach noch schändlicher benommen.

„Cäcilie hat ja nur den Teig angerührt", bemerkte Elisabeth trocken, „und die Füllung."

„Sei still! Du verdirbst mir alles. Ich stelle schnell die Kaffeemaschine an!" rief Elga und lief hinaus, bevor Norbert protestieren konnte.

„Wo könnten sie hingefahren sein?" Norbert schwankte zwischen Braut und Torte, und Elga wußte es und beeilte sich mit dem Kaffee.

„Cäcilie, hilf mir bitte. Wir wollen auf der Terrasse Kaffee trinken."

Ich deckte den Tisch auf der Terrasse. Dieser Einfall Elgas war ein taktischer Fehler. Draußen wurde Norbert unruhig und wäre gern davongerannt, die verwischten Spuren seiner Braut zu suchen. Elga mußte es bemerkt haben. Eilends holte sie die Torte und setzte sie vor Norberts Nase.

„Na?“ fragte sie lockend.

„Eine macht es mit dem Apfel, die andere mit Torte“, sagte Elisabeth strafend. Elga sah nur Norbert, sonst nichts — und hatte gewonnen. Wenigstens fürs erste. Er entspannte sich und wurde geradezu übermütig.

„Wo ist die Schlagsahne?“ fragte er frech.

„Im Kühlschrank“, versetzte ich. „Aber nicht für dich bestimmt, mein Lieber.“

„Warum nicht für Norbert?“ Elga war nicht mehr aufzuhalten. Sie rannte zur Küche, als gelte es ihr Leben.

Jetzt versammelten sich auch die anderen Kinder, wie Bienen um eine Schale Zuckerwasser. Norbert schwelgte. Ich gönnte es ihm. Er ist so selten verwöhnt worden. Die Kinder überboten einander in Liebesbeweisen. Juan schleppte — wie konnte es anders sein — seine fünf piepsenden Welpen an und bemühte sich, sie alle auf Norberts Knien zu deponieren. Cleopatra stand mit hängenden Ohren dabei und protestierte nur mit Blicken.

Wer dann zuerst vom Münsterturm zu reden anfing, weiß ich nicht mehr. Das Thema blieb jedenfalls auf der Tagesordnung, und endlich wurde ich gezwungen, den Wagen aus der Garage zu holen (ihn zierten noch immer die Kratzer, die er sich bei unserem Zirkusbesuch geholt hatte) und die gesamte Grünewald-Brut hineinzustopfen. Mitsamt Norbert und meiner Wenigkeit waren wir acht Personen in dem sportlichen Zweisitzer mit Notsitz. Die Hunde mußten zu Hause bleiben, sosehr Juan auch protestierte. Wir kannten Juan nicht ...

„Ist das wirklich der höchste Kirchturm der Welt?“ fragte Ronny.

„Klar. Hab's doch gelesen“, sagte Bert.

„Wer zuerst oben ist, bekommt ein Eis extra“, versprach Norbert. Hoffentlich pumpt er mich nicht wieder an, dachte ich besorgt. Seine Großzügigkeit konnte krankhafte Formen annehmen, solange er Kredit bei seiner Schwester hatte.

Ich parkte den überquellenden Wagen und blickte zum Münster empor. Der Gedanke, bis ganz oben hinaufzuklettern, behagte mir überhaupt nicht. Immerhin hatte ich einen anstrengenden Vormittag und einige Aufregungen und seelische Depressionen hinter mir. Ich überlegte noch, ob ich die Gesellschaft nicht von diesem Wahnsinnsunternehmen ablenken und in eine Eisdiele führen könnte, als mein Blick auf einen schwarzen Sportwagen fiel, der nicht weit von uns parkte. Ich wandte mich schnell weg. Hoffentlich würde meine Gesellschaft den Wagen zwischen den vielen anderen nicht bemerken.

„Los, los, aussteigen", kommandierte ich Juan, der als letzter im Wagen herumbummelte und die Ungeduld der anderen durchaus vermissen ließ. Er schien irgend etwas unter dem Notsitz zu suchen, aber erst als Elga losschrie: „Er hat Cleopatras Jüngsten mitgenommen!", wußte ich, daß er einen Welpen vor unseren Augen verbergen wollte. Die Jüngeren lachten schadenfroh und freuten sich mit Juan, aber Elisabeth sagte energisch:

„Er bleibt im Wagen. Kommt gar nicht in Frage, ihn auch noch auf den Turm mitzunehmen. Was denkst du dir eigentlich, Juan? Ich habe es dir doch ausdrücklich verboten."

Juan fing an zu heulen. Elisabeth blieb fest.

„Er bleibt im Wagen! Kommt!"

Juan steigerte sich in seinen Kummer hinein und brüllte, daß es über den ganzen Münsterplatz schallte. Leute strömten herbei.

„Wie kann man nur einen so süßen kleinen Jungen mißhandeln?" sagte ein Opa, der seinen fetten Dackel hinter sich herzog.

Norbert nahm sich des süßen Jungen an. Er hob die künftige Riesendogge auf den Arm, ergriff Juans Hand und ging voran.

„Kommt schon. Sonst haben wir hier bald den schönsten Auflauf, und das Turmbesteigen findet im Kinderheim statt."

In mein Blickfeld kam wieder der schwarze Mercedes.

Vielleicht sind die beiden im Café Tröglen gegenüber vom Münster und beobachten uns? Welch ein lächerlicher Anblick für Christine und Helmrich! Ich zerrte Juanita hinter mir her und kommandierte alle zum Seiteneingang.

Norbert besorgte die Karten. Um Komplikationen zu vermeiden, verbarg er den Welpen vorsichtshalber in seiner Blazer-Jacke.

So weit, so gut. Die Kinder begannen die Stufen zu zählen, und ich kam nicht auf den Gedanken, daß Helmrich mit Christine ebenfalls den höchsten Turm der Welt bestiegen haben könnte.

Auf der ersten Plattform versuchte ich, die Gäste auf der Terrasse des Cafés auszumachen. Gerade glaubte ich, Christines Weizenblond entdeckt zu haben, als Norbert erschrocken seine Jacke aufriß und der piepsende Welpe zu Boden glitt. Norberts kariertes Hemd war völlig durchnäßt und strömte einen strengen Geruch aus. Dem Häufchen Elend zu seinen Füßen, das sich bereits Hund nannte, war nichts weiter geschehen. Eingekrallt in Norberts Hemd, dann Hose, dann Socke, war er im Zeitlupentempo zu Boden geglitten. Aber unten war es ihm zu kalt, und er winselte empört. Juan riß seinen Liebling an sich und gab ihn nicht wieder her.

„Kommt weiter“, drängte Elisabeth, der es peinlich war, von so vielen Fremden angestarrt zu werden. Elga versuchte Norbert zu trösten und lachte nicht einmal so schallend, wie sie es normalerweise getan hätte.

Uns trennten nur noch wenige Stufen von der letzten Plattform, als diesmal Juan seinen Liebling mit Protestgeschrei fallen ließ.

„Hundele regnet!“ quiekte er.

Damit purzelte der Liebling die steilen Stufen hinunter und, da ich den Abschluß bildete, mir vor die Füße.

Und wieder einmal war die Hölle los. Der Welpe quietschte, Juan weinte, weil ihm so naß um die Brust war, Juanita fühlte sich verpflichtet, ihrem Zwillingsbruder zu assistieren, nur einige Töne höher, sozusagen Sopran, und Bert schrie Ronny an:

„Du hast ja 'nen Knall! Tausend Stufen! Der ganze Turm hat höchstens sechshundert."

„Quatsch! Ich wußte ja schon immer, daß Zählen deine schwache Seite ist. Weiter als bis sechshundert kannst du gar nicht zählen. — Ich habe genau aufgepaßt. Diese Stufe hier ist die tausendste."

Unsere Karawane kam ins Stocken. Die Jungen wollten sich unbedingt prügeln, und mir reichte es endgültig. Ich keuchte vor Anstrengung und Ärger und Mißmut und kam nicht los von dem Gedanken an Helmrich und Christine, die ich im Café Tröglen wähnte und die — davon war ich überzeugt — uns gesehen haben mußten und sich nun köstlich über uns amüsierten. Warum eigentlich, das hätte ich nicht sagen können.

„Schluß jetzt!" rief ich verbittert. „Wir machen kehrt."

„Ganz recht, Cäcilie", rief Elisabeth, ebenso angestrengt vor sich hin keuchend. „Mit euch kann man nirgends hingehen, ohne sich zu blamieren. Komm, Cäcilie, wir können ja ein andermal, ohne die dummen Gören . . ."

Die Jungen unterbrachen ihre Auseinandersetzung, die Kleinen hörten auf zu weinen, und sogar der Hund verstummte, denn er war auf meinem Arm eingeschlafen. In die wohltuende Stille, die nur vom Sausen des Windes unterbrochen wurde, sagte ich:

„Der Turm hat genau siebenhundertachtundsechzig Stufen. Also hört endlich auf, euch zu streiten." Ich mußte es ihnen ja nicht auf die Nase binden, daß meine Weisheit erst einige Minuten alt war. Ich hatte es unten gelesen.

„Kommt herunter. Elga! Norbert!"

Elga bildete die Spitze. Sie stolperte einige Stufen herunter und zischte uns etwas zu, das ich nicht verstand. Ihre Armbewegungen verstand ich um so besser. Irgend etwas war auf der obersten Plattform los. Resigniert beugte ich mich der Mehrheit, die weiter hinaufstieg.

Ich überholte die Kinder und auch Norbert und betrat hinter Elga und Elisabeth die Plattform.

„Was ist denn?" fragte ich Elga, die sich schnell zu mir umwandte und mir zuraunte: „Da — schau nur genau hin!"

Ich schluckte. Nur ein Pärchen weit und breit. Ein Pärchen, das so ineinander vertieft war, daß es nichts anderes wahrnahm.

Wer sollte es schon sein, wenn nicht Helmrich, und der leuchtend blonde Kopf, der an seiner linken Schulter lag, konnte nur Christine gehören.

Er hielt sie umfangen, fest und so innig, daß ich einen Schmerz verspürte wie noch nie zuvor. Christine hörte nicht auf, ihre Stirn an seinem Hals zu reiben, und hielt unbegreiflicherweise ein Taschentuch unter ihre Nase.

Sosehr mich dieser Anblick betäubte, drängte ich doch instinktiv zurück zur Treppe. Ich mußte unter allen Umständen meinem geliebten Bruder den peinlichen Anblick ersparen.

Zu spät! Norbert sprang wie ein wildgewordener Panther vor und auf das Paar zu. Er machte Othello alle Ehre, als er Christine von Helmrich losriß und sie, Verwünschungen zwischen knirschenden Zähnen hervorstoßend, zur Treppe zerrte. Bestimmt muß er auch die Marlitt gelesen haben, sonst wäre ihm die Szene nicht so gut gelungen. Auch ich kannte mein Stichwort, als Helmrich mit blitzenden Augen auf einmal vor mir stand.

„Starren Sie mich nicht so an!" schrie ich. „Nun laufen Sie schon, Herr Rechtsanwalt. Laufen Sie ihr nach!"

Meine Knie wurden weich. Nicht allein vom ungewohnten Treppensteigen: Helmrich wandte sich wortlos ab und stürzte tatsächlich den beiden nach.

Ein merkwürdiger feuchter Nebel verschleierte meinen Blick. Mit aller Macht versuchte ich mich zusammenzureißen. Die nachdrängenden Kinder hatten wohl nichts bemerkt, denn freudestrahlend bestaunten sie die Aussicht, und Bert vermeinte den Säntis und sonstige Alpengipfel zu sehen. Ich glaube, es waren nur Wolken.

Elga stand blaß und schwer atmend hinter ihm und sagte:

„Es ist föhnig, sonst könntest du ihn nicht sehen."

Elga, die kleine, liebe Elga! Ihr ging es kaum besser als mir, und doch wahrte sie ihr Gesicht.

Wir bestaunten also pflichtschuldigst die Gegend um Ulm. Abwechselnd hob ich Juan und dann Juanita hoch, damit auch sie den Säntis sehen konnten.

Juanita bemerkte auf einmal, daß Norbert nicht mehr bei uns war, verzog den kleinen Mund und tat das, was Elga und ich gern getan hätten. Sie weinte anklagend und wies mit dem winzigen Zeigefinger zur Treppe:

„Norbert weg!" Wildes Schluchzen. „Kein Eis!"

Daraufhin machten auch die Jungen traurige Gesichter.

„Doch", sagte ich entschlossen. „Doch. Nun gerade. Jetzt gehen wir alle in die Eisdiele."

Etwas Merkwürdiges fiel mir auf, als wir am Fuße des Münsters angelangt waren. Ob es die beiden Mädchen auch merkten? Sie sagten nichts, und ich dachte mir meinen Teil — besorgt und aufs höchste alarmiert.

Es schien mir, als löse sich gerade ein Menschenknäuel auf, eine Menschenmenge, die zusammengeströmt war, um einem ungewöhnlichen Ereignis beizuwohnen.

Eine Frau sagte empört:

„Und direkt vor dem Münster. Das ist doch wirklich unerhört."

„Wie der Kleinere ..."

„Ja, der mit der Brille ..."

„Eben der. Wie er auf den Größeren losging ..."

„Aber nein, der Große war es. Das war doch nicht fair von ihm, den Kleineren so zu verprügeln."

Ich hörte die Frauen auch noch etwas von einem Ambulanzwagen sagen und: „Alles wegen dem Mädchen."

Juanita drängte zur Eisdiele, und Juan wollte unbedingt wissen, ob seine Miniaturdogge auch eine Portion Eis bekäme. „Nur so eine klitzekleine, bitte, ja, Cäcilie?"

Elisabeth wies ihn zurecht, und Elga hängte sich liebebedürftig in meinen Arm. Der schwarze Sportwagen war weg. Wir gingen genau über die Stelle, wo er gestanden hatte. Es zuckte um meine Mundwinkel.

„Ich muß unbedingt Norbert anrufen", sagte ich nach einer Weile zu Elga. „Ich habe so ein ungutes Gefühl, als ..."

„Genau", raunte sie mir zu. „Hast du das gehört? Ein Ambulanzwagen?"

„Glaubst du, daß . . ." Ich wagte es nicht auszusprechen.

„Ihr meint, ob es die beiden waren, die sich geprügelt haben?" fragte unvermittelt Elisabeth.

Ausgerechnet Ronny bekam es mit und wollte wissen, wer mit wem, wo und warum. Bert lenkte ihn ab und zeigte auf irgendeinen rothaarigen Günther, den sie vermöbeln mußten. Ehrensache!

Die letzte Klassenschlacht war zu Günthers Gunsten entschieden worden. Das durften die Zwillinge nicht auf sich sitzen lassen.

„Wollt ihr euch prügeln, oder wollt ihr Eis essen?" fuhr ich in letzter Sekunde dazwischen. Daß Männer aller Altersstufen solche Kampfhähne sind!

Irgendwie kam unsere ins Stocken geratene Prozession wieder in Gang und zwängte sich endlich in den überfüllten kleinen Eissalon.

Die Wirklichkeit ist oft schlimmer . . .

Das Telefon gehörte an diesem Abend mir. Immer wieder und unverdrossen drehte ich die Scheibe des Apparates, der mich mit meinem Bruder verbinden sollte. Niemand meldete sich.

Das bedeutete, daß weder Norbert noch seine Wirtin, Frau Schaible, Reichsbahnuntersekretärswitwe, zu Hause war.

Ich kannte die Dame gut, nicht nur ihre Telefonstimme, ohne sie je gesehen zu haben. Norbert verstand es ausgezeichnet, sie zu charakterisieren.

Ich wußte, daß sie abends immer zu Hause war. Wieso an diesem Abend nicht?

„Wir müssen sämtliche Krankenhäuser anrufen", sagte neben mir Elga mit zitternder Stimme.

„Zieh dir die Strickjacke an", sagte ich und klapperte mit den Zähnen, „du frierst."

„Ich friere nicht. Ich zittere nur."

Sie diktierte mir die Nummern der Krankenhäuser und Kliniken. Auch ein Säuglingsheim und eine Frauenklinik waren dabei. Dann riefen wir das Rote Kreuz an, die Ambulanz, Erste Hilfe, Bahnhofsmission, Betreuungsstelle für Gastarbeiter, Samariterbund und andere.

Mittlerweile zitterten wir nicht mehr. Der Schweiß tropfte uns von den erhitzten Stirnen.

„Ruf doch noch mal seine Wirtin an."

„Ja."

Der Zeigefinger tat mir schon weh, und der Mittel- und Ringfinger hatten auch schon Blasen. Mit dem Daumen erwischte ich immer die falschen Telefonnummern. Mit dem kleinen Finger klappte es dann.

„Norbert? Norbert Schmittgen? Ja, der ist hier. Er liegt im Bett. — Ob er krank ist? Das möchte ich nicht direkt sagen. — Ob er schläft? Nein. Er stöhnt. Hören Sie nichts? Er stöhnt, daß es einen Stein erweichen könnte. Das halte ich nicht mehr lange aus. — Sie wollen herkommen? Jetzt, mitten in der Nacht? Aber, Fräulein, das geht nicht. Damenbesuche . . ."

„Ich bin keine Dame. Ich bin seine Schwester."

„Ja, ich weiß. Andere Untermieter haben auch Schwestern, nur nennen die sich Kusinen, das ist sozusagen landläufiger. — Jo mei, wie der stöhnt! Also gut, ausnahmsweise. Es soll nicht heißen, daß ich einem Sterbenden den letzten Willen versagt habe."

Das reichte mir. Ich knallte den Hörer auf die Gabel und stürzte in die Nacht hinaus zur Garage. Elga stürzte hinter mir her. Sie hatte sich vom Schwitzen wieder aufs Zittern verlegt. Wir zitterten im Duett.

„Sollen wir ihm nicht ein paar Blumen . . ."

„Keine Blumen", schnitt ich kategorisch ihr Gestammel ab.

„Vielleicht ein Stück Torte? Wir haben noch was im Tiefkühlfach", wimmerte sie.

„Hör auf, Elga, wir fahren zu einem Sterbenden."

Ich drückte auf den Starter.

„Er darf nicht sterben!“ schrie sie auf. „Glaubst du wirklich . . .“

„Nein. Man darf nie die Hoffnung aufgeben, solange der Patient lebt, hat mein Vater gesagt.“

Wir rasten durch das nächtliche Ulm, voller Angst und Hoffnung, Hoffnung und Angst.

„Zwei Schwestern?“ begrüßte uns die Reichsbahnuntersekretärswitwe Schaible. „Er erzählte mir immer nur von einer Schwester und einer Braut.“

„Na, also“, sagte Elga.

„Die Braut soll weizenblond sein.“

„Ist doch egal“, rief ich verzweifelt. „Wo ist er?“

Frau Schaible wies uns über ihre Schulter mit dem Daumen den Weg. Wir ließen uns keine Sekunde länger aufhalten.

Vier Mädchenarme streckten sich nach Norbert aus, legten sich um seinen Hals, um seinen Kopf, klammerten sich an seine Hände und brachten den Todwunden noch mehr zum Stöhnen. Ja, er heulte auf vor Schmerzen und schrie gequält:

„Dem hab' ich es gegeben!“ Er versuchte, sich loszureißen. „Einen Kinnhaken, sag' ich euch! Nicht von schlechten Eltern“, prahlte er zähneknirschend und japsend wie ein verendender Krieger.

Meine Angst um Norbert schwand, meine Sorge um Hans-Jörg Helmrich nahm erheblich zu.

„Ich habe meinen berühmten Judogriff angewandt“, lachte und heulte er zugleich. Elga lachte mit und schnitt unbewußt Grimassen, wenn er stöhnte.

„Lebt Helmrich noch?“ wagte ich endlich zu fragen.

„Woher soll ich das wissen?“ staunte mein geliebter Bruder.

„Ruf ihn doch an“, riet mir Elga.

Davon wollte ich nichts wissen. Dafür war ich nicht zuständig. Ich werde ihm doch nicht nachlaufen. Wäre ja noch schöner.

„Gibt es hier ein Telefonbuch?“

Ich wollte nur wissen, ob Frau Schaible eins hatte.

Elga suchte die Nummer heraus und wählte für mich. Frau Schaible sagte: „Macht zwanzig Pfennig. Zahlbar netto Kasse."

Eine fremde Männerstimme meldete sich und verriet mir, daß Hans-Jörg nur eine einzige Flasche irischen Whisky — nein, nicht schottischen — getrunken habe. Nein, nicht mit Soda. Pur.

Er sei ohne fremde Hilfe ins Bett gewankt. Er schlafe fest, laut und fest. Ob er etwas bestellen solle? Für morgen früh zum Katerfrühstück, sozusagen? Wer am Apparat sei?

Ich hängte ein, erleichtert, erschöpft, todmüde.

„Komm, Elga, wir müssen gehen."

„Da habet Se recht", sagte Frau Schaible. „Ganget Se noo hoim. Der wird scho wieder g'sund. Bei zwoi so schene Schweschtre, die der hot."

Sie bugsierte uns mit sanfter Gewalt zur Glastür hinaus.

Verliebe dich oft, verlobe dich selten, heirate nie

War das Helmrichs Wahlspruch? Merkwürdigerweise dachte ich daran, als er neben dem Spülbecken in der Küche stand und mir auf die Finger sah.

Mit pedantischer Genauigkeit — eine Eigenschaft, die ich zum ersten Male an mir entdeckte — bürstete ich an dem weißen Teller mit dem mehrfach unterbrochenen blauen Rand herum, der schon längst sauber sein mußte, auch wenn man den strengsten hygienischen Maßstab anlegte.

„Der Teller gehört in den Abfalleimer", sagte ich.

„Lenken Sie nicht ab, Cäcilie. Ich will ernsthaft mit Ihnen reden."

„Aber er gehört Bert", sagte ich, „Bert will sich von diesem Teller einfach nicht trennen."

„Cäcilie!"

„Fräulein Schmittgen", sagte ich automatisch, „so viele Sprünge und drei Ecken ausgeschlagen."

Ich war wütend. Nicht auf Bert, der seinen Teller verteidigte, wenn seine großen Schwestern oder ich ihn wegwerfen wollten. Ich war wütend auf Hans-Jörg Helmrich, der sich wieder an mich erinnerte, nachdem die superblonde Christine sich mit ihrem Verlobten ausgesöhnt und somit für einen Helmrich keine Verwendung mehr hatte.

Die blauen Flecke unter seinem linken Auge und neben dem Kinn beachtete ich nicht. Norbert hatte jedenfalls nicht übertrieben. Warum nur, fragte ich mich, freut mich das nicht? Eigentlich möchte ich diese schrecklichen Flecke streicheln, küssen und mit heilenden Salben und Pflaster bedecken. Sie tun mir weh, als verunzierten sie mein eigenes Gesicht.

„Sie können mir doch nicht in alle Ewigkeit wegen Christine ..."

„Au!" sagte ich, weil mir die Zinken der Gabel unter den Nagel des Zeigefingers gekommen waren. Es war ein kurzer, stechender Schmerz.

„Stimmt", sagte er. „Fräulein Christine Au."

Ich lachte gequält, weil es so komisch zusammenpaßte. Helmrich hatte natürlich den Zusammenhang oder Zusammenklang nicht bemerkt. Ich könnte vor seinen Augen verbluten, dachte ich in grimmigem Selbstmitleid, er würde nur an sich denken.

„Können Sie nie verzeihen, Cäcilie?"

„Können Sie nicht endlich verschwinden?" fauchte ich ihn plötzlich an, selbst überrascht von meiner Heftigkeit. „Wann arbeiten Sie eigentlich, Herr Rechtsanwalt?"

„Vielleicht nachts?" gab er ungerührt zu bedenken.

„Nachts trinken Sie Whisky pur und schnarchen hinterher, daß das Haus zittert", sagte ich verächtlich.

Statt gekränkt zu sein, brach er in Gelächter aus.

„Also Sie waren es", rief er erfreut. „Sie haben mich letzte Nacht angerufen? Wie lieb von Ihnen, Cäcilie. Nein, nein, wenden Sie sich nicht ab. Ich wußte es doch, daß unter Ihrer rauhen Schale ein guter Kern steckt", sagte er salbungsvoll. „Reizend. Schade, daß ich nicht selbst ans Telefon kommen konnte."

„Schon recht. Ich wollte ja nur wissen, ob mein Bruder zum Mörder geworden war, weiter nichts."

„Sie wollen sagen, daß Sie im übrigen an seinem Opfer nicht interessiert sind? Habe ich Sie richtig verstanden?"

„Vollkommen."

Ich begann, die Küchenmaschine auseinanderzunehmen.

„Also, jetzt reicht es mir", fuhr er mich plötzlich an. „Sie hätten mir gleich sagen können, daß Ihr Freund Ihr Bruder ist."

„Hatte ich gar nicht nötig", fauchte ich. „Außerdem hatten Sie deshalb noch lange nicht das Recht, mit Christine den Eiffelturm zu besteigen. Ich meine ..."

Ich konnte nicht weitersprechen. Deutlich sah ich das Bild wieder vor mir, das sich uns auf der obersten Plattform des Münsters geboten hatte. Ich spürte einen Kloß in meiner Kehle und Helmrichs Atem an meinem Hals und bebte dem Augenblick entgegen, da er seine Arme um mich legen, mich herumdrehen, mich an sich ziehen würde.

Ich sehnte mich so sehr nach seiner Berührung, daß ich steif wie eine Statue aus Gips dastand, die Augen schloß — und mit einem Wehlaut auffuhr, als plötzlich Elisabeth in die Küche stürzte und den süßen Bann zerriß.

Eine kalte Dusche

So aufgeregt, wie ich sie noch nie erlebt hatte, schwenkte sie ein Telegramm vor meiner Nase und rief mit vibrierender Stimme:

„Unsere Eltern kommen! In zwei Tagen kommen sie schon, per Flugzeug. Dabei reisen sie viel lieber mit dem Schiff. Was ist nur in sie gefahren? Verstehst du das, Hans-Jörg?"

Hans-Jörg verstand es nicht und ich noch weniger. Ich verstand nur, daß aus den drei Monaten, die ich hier hätte bleiben können, nicht mehr als — höchstens — drei Tage geworden waren. Mir sank der Mut, die Hochstimmung, in die mich Helmrichs Werben versetzt hatte, ging unter in der Ungewißheit über meine nähere Zukunft.

Aus und vorbei! Wieder auf Zimmersuche gehen, wieder zum Arbeitsamt. Stellungen gab es genug, wenn man einen Beruf erlernt hatte. Andernfalls hieß es, als ungelernte Arbeiterin in die Fabrik gehen oder in den Haushalt. Wo gab es schon wieder eine Stellung wie diese? Mit drei reizenden Kindern in doppelter Ausführung?

„Vielleicht haben eure Eltern eine Spur von ihren ältesten Zwillingen entdeckt. Ihre jetzige Reise nach Brasilien sollte doch vor allem diesen Nachforschungen dienen, soweit ich unterrichtet bin. Sie wollten doch in die Gegend des Urwaldhospitals fahren, wo sie die Zwillinge damals zurückgelassen hatten."

Helmrichs Worte vernahm ich nur halb. Was gingen sie mich noch an?

„Du meinst, sie hätten etwas über die beiden erfahren? Nach so vielen Jahren?" Elisabeth wollte es nicht glauben.

„Wieso haben sie die Kinder dort gelassen und dann nicht wiederbekommen?" fragte ich ziemlich uninteressiert.

Ich hatte andere Probleme. Aber Helmrich merkte natürlich nicht, welche Katastrophe sich für mich anbahnte. Er lebte ja in geordneten Verhältnissen. So begann er denn in belehrendem Ton zu berichten:

„Im Sommer 1939 wurde das Forscherehepaar Grünewald aus dem Amazonasgebiet nach Deutschland zurückbeordert. Seine beiden Kinder hatten gerade die ersten Kinderkrankheiten zu bestehen und durften nicht mitreisen. Grünewalds ließen die Zwillinge im besagten Urwaldhospital zurück, unter der Obhut ihres Schwagers — Tante Jolas Mann —, der dort Chefarzt war.

Dann brach der zweite Weltkrieg aus. Sie konnten Deutschland nicht verlassen. Nach dem Krieg erfuhren sie, daß das Krankenhaus abgebrannt war. Das Personal und der größte Teil der Kranken war dabei umgekommen. Von den Zwillingen keine Spur. 1953 konnten sie endlich hinfahren und sich selbst davon überzeugen. Das Hospital war eine Ruine, fast völlig im Urwalddickicht verschwunden.

Vor einem halben Jahr aber erhielten sie unvermutet die Nachricht, die Zwillinge habe eine alte Indianerin an sich genommen und nach Rio gebracht. Dort verlor sich die Spur. Jedenfalls bestand eine neue Hoffnung, die Kinder lebend zu finden. Also fuhren sie noch einmal hinüber."

„Haben sie neue Spuren gefunden?" fragte ich höflich.

„Spuren schon", sagte Elisabeth. „Eine ganze Menge. Gerüchte und Lügen. Zumeist erzählt, um meinen Eltern Geld aus der Tasche zu locken."

„Vielleicht haben sie endgültig erfahren, daß die Zwillinge nicht mehr am Leben sind, und brechen deshalb die Nachforschungen ab", vermutete ich.

„Das kann sein", sagte Elisabeth, „aber ich verstehe diese überstürzte Rückreise trotzdem nicht. Sie sind ja auch zu Forschungszwecken unterwegs und sollten eher länger als vorgesehen bleiben. Nur uns zuliebe versprachen sie, das Weihnachtsfest zu Hause zu feiern."

Noch mysteriöser wurde es, als zwei Stunden später ein weiteres Telegramm eintraf. Diesmal von Tante Jola, die ebenfalls ihre Ankunft in zwei Tagen anmeldete. Auch ohne Begründung.

Auf einmal war ich überzeugt davon, daß das alles meinetwegen geschah. Sie trauten mir, einer Einundzwanzigjährigen, nicht zu, mit sechs Kindern fertig zu werden, zumal es bisher niemand geschafft hatte. Nicht einmal die eigene Tante.

Mein Verdacht verstärkte sich, als ich beim Kaffee Elga fragte:

„Habt ihr euren Eltern etwas über mich geschrieben?"

„Natürlich", sagten Elga und Elisabeth wie aus einem Munde. „Jede Einzelheit. Auch, welche Angst wir hatten, dir zu gestehen, daß wir sechs und nicht drei sind."

„Tante Jola dürfte ihnen auch geschrieben haben", vermutete ich.

Sie blickten sich betreten an.

„Ja. Sicher."

„Etwas Unangenehmes?"

Sie nickten verschüchtert.

„Ich gehe jetzt meinen Koffer packen", sagte ich und stand auf. Es war gut, daß Helmrich nicht mehr zugegen war. So fiel mir der Entschluß leichter.

„Aber nein, Cäcilie, das ist doch nicht dein Ernst."

Elisabeth sprang erschrocken auf, und Elga rief: „Das ist unmöglich! Du kannst uns jetzt nicht im Stich lassen."

„Wer redet denn davon?" wandte ich ein. „Es war ausgemacht, daß ich so lange bei euch bleibe, bis eure Eltern zurückkommen."

„Unsere Eltern werden froh sein, wenn du bleibst. Sie haben doch keine Zeit, sich um uns zu kümmern."

Meine Kräfte verließen mich. Mit dieser Wendung hatte ich nicht gerechnet. Sie führten mich wie eine Kranke zum nächsten Sessel.

„Meint ihr?" hauchte ich. Mein Kinn zitterte. Ich konnte nichts dagegen tun. Eine Gnadenfrist. Für wie lange? Einerlei. Nur nicht darüber nachdenken.

Frau Laible wurde alarmiert. Wir entwarfen einen Schlachtplan, wie das Haus innerhalb von vierundzwanzig Stunden auf den Kopf zu stellen sei und wieder zurück auf die Füße. Mit einfachen Worten: wir teilten unter uns die Arbeit zum Generalputz auf.

Den Kofferfernseher holte ich von Frau Laibles Sohn zurück. Er war vollständig auseinandergenommen worden, aber nicht wieder zusammengesetzt. Das hatte der hoffnungsvolle Möchtegern-Elektriker noch nicht gelernt. Ich brachte das Gerät in ein Fachgeschäft und hoffte im stillen, daß nicht zu viele Teile fehlen würden.

Beim Großputz stellte sich heraus, daß unter dem Dach noch ein saalartiger Raum war, zu dem nur Frau Laible den Schlüssel hatte. Es war der Damensalon, das Musikzimmer der Hausherrin.

Ein großer, aber niedriger Raum, in dessen Mitte ein elfenbeinfarbener Blüthner-Flügel stand. Die gemütliche Sitzecke mit den chintzbezogenen Sesseln und der Liege, den kleinen, reizenden Damenschreibtisch beachtete ich nur am Rande. Ich durfte den Raum saubermachen, nachdem Frau Laible mich unzählige Male ermahnt hatte, ja alles wieder genau so hinzustellen und hinzulegen, wie es gestanden und gelegen hatte, und ja keine Figur umzuwerfen oder gar eine der kostbaren Vasen; den Deckel des Flügels nur vorsichtig anzuheben, um darunter den seit Monaten angesammelten Staub zu entfernen, die elfenbeinernen Tasten ansonsten aber in Ruhe zu lassen. Die gnädige Frau sei in dieser Hinsicht äußerst empfindlich.

Ich verstand sie gut, die gnädige Frau, die bei sechs lebhaften Kindern einen Flügel wie diesen unter Verschluß halten ließ.

So etwas gibt es ja gar nicht!

Ich putzte also und bürstete und wischte an den Möbeln herum, und mein Herz schlug immer heftiger, sooft mein suchender Blick den herrlichen Flügel streifte. Unwillkürlich kam ich dem begehrten Möbel immer näher, wie sehr ich mich auch bemühte, ihm zu widerstehen.

Plötzlich saß ich auf der gepolsterten Bank, öffnete den Deckel und probierte die Tasten. Ganz zart, ganz vorsichtig, als könnte es ihnen wirklich schaden, berührt zu werden. Ich dachte nicht mehr an Frau Laible, die jeden Moment heraufkommen konnte, um mich von dem Traum eines Flügels zu verjagen.

Ganz von fern hörte ich Türen zuschlagen — Autotüren —, aber darüber dachte ich nicht weiter nach. Ich spielte. Ich spielte wirklich. Meine Finger gehorchten mir noch, als hätten sie nicht über ein Jahr lang keine Taste mehr berührt. Ich war berauscht und beglückt von dem herrlichen Klang des Instrumentes und davon, daß ich noch spielen konnte, und begriff nicht, was auf einmal los war. Was diese fremde Frau wollte, woher sie kam, weshalb sie so laut war und so schrecklich aufgeregt.

Dann zerriß der Schleier, die Wirklichkeit hatte mich wieder. Ich sprang auf und starrte die kaffeebraunge-

brannte Frau in dem weißen Kostüm an, die die Hände rang und etwas mir Unverständliches rief, die weinte, flehte und feuchte, gar zu feuchte Augen hatte.

„Cäcilie, meine Cäcilie! Mein Kind! Mein geliebtes Kind! Ich habe dich sofort erkannt, sofort. Du siehst mir ja so ähnlich ..."

So ein Schmus, dachte ich nach dem ersten Schock. Aber die Frau verwirrte mich. Im stillen mußte ich zugeben, daß wir uns ähnelten, sehr sogar. Sie war eine reife Ausgabe meiner selbst.

Hat sie mich mit ihrer lächerlichen Behauptung hypnotisiert? Mit ihrer Aufregung angesteckt? Oder ist es die Hitze? Sie ist voller als ich, mußte ich denken, und hat tief eingeprägte Lachfalten um die Augen. Eine sympathische Frau. Schade, daß sie nicht ganz ...

Aber als der Mann, der hinter ihr sichtbar wurde, auch noch behauptete, mein Vater zu sein, hatte ich plötzlich genug von dem Affentheater. Das war einfach zuviel. Dabei hatten sie mich bereits so weit beeinflußt, daß ich in diesem Mann eine ältere Ausgabe Norberts zu sehen glaubte und das Grübchen in seinem Kinn genauso aussah wie meins.

Behalte deinen klaren Kopf, Cäcilie. Du bist unter die geistig Verwirrten geraten. Eine Mutter hatte ich nie und hätte nichts dagegen, wenn . . .

Ich richtete mich steif auf, streckte mein Kinn vor und sagte zurechtweisend:

„Ich heiße Schmittgen. Mein Vater hieß Schmittgen."

„Schmittgen!" schrie ein dritter unbekannter Geist auf.

Das muß Tante Jola sein, dachte ich und erinnerte mich an die Beschreibung der Kinder.

Nun begann der Kitsch, der immer kitschiger wurde.

„Schmittgen, Doktor Gustav Schmittgen, hieß mein verschollener Mann", schrie Tante Jola völlig aufgelöst. „Daß ich das noch erlebe!"

„Oh . . ." Ich war enttäuscht. Frau Cäcilie Grünewald hätte ich mir als Mutter gewünscht, aber Tante Jola? Das darf nicht wahr sein. Das mache ich nicht mit.

„Ich verstehe das nicht", sagte ich verzweifelt, „warum haben mir die Kinder nicht gesagt, daß ihre Tante Jola Schmittgen heißt?"

„Ach, die", rief sie und lachte — zu schrill für meine empfindlichen Ohren. „Sie wissen es nicht. Vor fünfzehn Jahren habe ich zum zweiten Male geheiratet. Damals waren Elisabeth und Elga ein Jahr alt. Jetzt heiße ich Wölfle."

Wieder schrie sie so ekstatisch auf, daß ich zusammenfuhr. Die anderen schienen an ihre spontane Art gewöhnt zu sein.

„Wo ist er? Wo ist er, Cäcilie? Sag es doch endlich!"

„Wer?" fragte ich verständnislos.

„Na, Schmittgen, mein Mann."

„Vor einem Jahr gestorben."

„So . . ." hauchte sie. „Dann bin ich also Witwe", klagte sie, sah aber ganz vergnügt aus.

„Sei froh, daß er tot ist", sagte Dr. Grünewald. „Du warst jahrelang Bigamistin."

Ich konnte vor Enttäuschung kaum sprechen.

„Sind Sie meine Mutter?" fragte ich Tante Jola.

„Wo denkst du hin? Wir hatten keine Kinder. Du bist eine Grünewald."

„Aber Vater ... Ich meine — Herr Schmittgen" — mir zog sich die Kehle zusammen — „hätte es uns doch gesagt. Warum hat er uns seinen Namen gegeben?"

Es wurde still im Raum. Mein neuer Vater räusperte sich.

„Das kann ich dir sagen. Er mußte Brasilien verlassen. Um euch mitnehmen zu können, ohne Schwierigkeiten mit den Behörden zu bekommen, gab er euch als seine Kinder aus. Die Papiere waren verbrannt ..."

„Aber", nahm ich einen letzten Anlauf, „er sagte, unsere Mutter sei tot."

„Er glaubte das. Bestimmt hat er in Deutschland versucht, uns zu finden. Wir galten nach dem Krieg eine Zeitlang für tot, nachdem ein Volltreffer unser Haus in Berlin-Pankow zerstört hatte und einige unkenntliche Leichen geborgen worden waren. Aber wir waren zu der Zeit in Stuttgart. Es gab eine Menge Laufereien zu den Behörden, bis sie uns amtlich wieder auferstehen ließen."

Ich konnte es immer noch nicht fassen, daß mein Leben so ein Kitschroman aus der Serie „Wahre Geschichten" sein sollte. Da fühlte ich mich auf einmal gepackt und an eine breite Männerbrust gezogen.

Feuchte Lippen preßten sich auf meine Lockenpracht, und meine Brille drückte sich in meinen Nasenrücken. Kaum hatte ich mich damit abgefunden, zeitlebens eine zerquetschte Nase zu haben, als mich eine unbekannte Macht von hinten packte, von der starken, schwitzenden Männerbrust wegzerrte, mich herumwirbelte und — schon kuschelte ich mich an einen Busen, unverkennbar einen weiblichen, weichen, mütterlichen.

Irgend etwas Neues ergoß sich über mein Gesicht. Es waren beileibe nicht meine eigenen Tränen. Ich hatte noch keine Gelegenheit gefunden, den Kopf zu heben, um festzustellen, woher die Sintflut auf mich herabstürzte, als sich der eben geschilderte Vorgang wiederholte und mein armer Kopf an eine neue Brust gebettet wurde. Sie war auch weiblich, aber weit knochiger.

Mein linkes Brillenglas stieß gegen einen mächtig glitzernden Modeschmuck. Es knirschte, und ich spürte bereits die tausend winzigen Glassplitter in meinem empfindlichen Auge.

Fazit: eine eingedrückte Nase, ein verlorenes Auge.

„Ach, du liebe Zeit, Cäcilie, was machen sie mit dir?"

Elisabeths Stimme klang süß in meinen Ohren.

„Diese Urwaldriesen", rief Elga lachend, „ihr bringt sie ja um, bevor wir uns richtig über unsere neuen Zwillinge freuen können."

Tante Jola ließ mich augenblicklich los, und ich wankte benommen wie ein Betrunkener. Wieder redeten und schrien alle durcheinander. Ich hielt es nicht mehr aus.

Mein Kopf brummte, meine Nase schmerzte. Ich tastete nach dem Brillenglas. Es war nicht zerbrochen. So ein Wunder. Das Auge war auch heil.

Ich rannte hinaus, verstört, verwirrt, mit aufgelöstem Haar, und wußte nur eines: ich mußte unbedingt allein sein. Wenn auch nur für kurze Zeit. Aber allein.

Das alles war zu plötzlich über mich hereingebrochen. Ich lief und lief und befand mich auf einmal am Teich, und — oh — schon wieder hielt jemand seine Arme auf, um mich aufzufangen, zu umschließen, an sich zu ziehen, zu streicheln, zu beruhigen wie ein verirrtes Kind.

Ich wehrte mich nicht. Es war sogar angenehm und — ja, so beruhigend, in Helmrichs Armen zu liegen.

Ich wehrte mich überhaupt nicht — und er nutzte es gründlich aus.

Teil 2

Es geschah ja nicht so, daß ich mit einundzwanzig Jahren einfach volljährig wurde und damit erwachsen war. Und vielleicht gar das geliebte, aber langweilige Vaterhaus verlassen konnte, um endlich der Welt zu zeigen, wie selbständig ich sein wollte.

O nein! Bei mir und meinem Zwillingsbruder Norbert rollte das ganz anders ab. Kaum waren wir volljährig geworden, bekamen wir schon Eltern.

Ganz recht: wir bekamen Eltern. Nicht etwa Pflegeeltern oder Adoptiveltern oder gar Schwiegereltern. Nein, ganz richtige, leibliche, und eine Menge Geschwister dazu, sozusagen als Draufgabe.

Die ersten zwanzig Jahre unseres Lebens verlebten wir in dem Glauben, Halbwaisen zu sein und Schmittgen zu heißen, wie unser uns wohlgesinnter Vater.

Dann starb er, viel zu früh, und ließ uns allein und ziemlich hilflos zurück. Ein Jahr lang quälten wir uns mehr schlecht als recht durchs Dasein. Norbert studierenderweise an der Hochschule für Gestaltung und ich als Möchtegernmusikstudentin i. R. (in Reserve), Gelegenheitsbüroangestellte und Mädchen für alles. Vorwiegend für Kinder.

Und gerade als ich glaubte, wieder einmal meine Stellung verloren zu haben, geschah es, daß wir unseren Eltern buchstäblich in die Arme fielen, wie es nach dem zweiten Weltkrieg hier und da vorkam.

Unser von uns betrauerter Vater Schmittgen entpuppte sich nachträglich als unser Onkel, die dreifachen Zwillinge der Sippe Grünewald als unsere leiblichen Geschwister und deren Tante Jola als Witwe unseres beweinten Vater-Onkels.

Auf einmal war alles eitel Freude. Auch das Weihnachtsfest. Bis zum dritten Weihnachtsfeiertag.

Am ersten Weihnachtstag verlobte ich mich mit Herrn Dr. rer. pol. Hansjörg Helmrich im Schoße meiner Familie. Mit feuchten Augen saß ich unterm Weihnachtsbaum, dessen echte Wachskerzen leise vor sich hin tropften und Flackerlicht und Weihnachtsduft verbreiteten.

Ein erhebender Abend. Ein Abend voller Glück. Der Höhepunkt meines jungen Daseins. Wie könnte ich ihn je vergessen. Dann folgte der zweite Feiertag. Mit erwartungsvollem Herzen wachte ich auf, fühlte mich beschwingt und zum Tanzen aufgelegt, umarmte meine jüngsten Geschwister, küßte den Hund Cäsar auf die gefurchte Stirn, streichelte überschwenglich dessen Hundefrau Cleopatra und trällerte vor mich hin.

Und dann wurde ich zum Telefon gerufen.

„Liebling, bist du es? Wie schön, daß du anrufst. Kommst du bald? Ich kann es kaum erwarten.“ Das war ich.

„Schatz, Schätzchen, heute kann ich nicht. Leider. Ein paar Freunde, du verstehst. Sie sind alle noch Junggesellen.“

Hansjörgs Stimme klang wehleidig, gepreßt.

„Wo?“ fragte ich ernüchtert.

„Auf dem Oberberghof. Norbert ist dabei.“

„Soll das ein Trost für mich sein?“

„Cäcilie, bitte!“

„Schon gut.“

Nichts war gut. Am dritten Feiertag erzählte mir Norbert, wie sich mein Zukünftiger aufgeführt hatte. Also einfach unmöglich! Ich regte mich durchaus nicht über die ungezählten Flaschen Riesling auf, welche die frohgestimmte Herrengesellschaft getrunken hatte, und auch nicht darüber, daß es spät geworden war. Aber dieser Satz, dieser einzige Satz, den mein Zukünftiger angeblich immer wieder gelacht, geweint, gelallt und geseufzt hatte:

„Meine Junggesellentage sind gezählt. Sie sind wirklich gezählt. Prost!“ Nichts weiter als diesen stupiden Satz. Den ganzen feuchtfröhlichen Abend lang. Am Ende mußten sie Hansjörg gemeinsam nach Hause fahren und ins Bett bringen.

„Wenn er so unglücklich darüber ist, mit mir verlobt zu sein, dann soll er mich gefälligst in Ruhe lassen. Habe ich es nötig, einem Mann nachzulaufen?" fauchte ich Norbert an. Drehte mich auf dem Absatz um und rannte in mein Zimmer.

Mit trübem Sinn und feuchten Augen sah ich den tänzelnden, federleichten Schneeflocken vor meinem Fenster zu. So also sieht es aus, wenn man verlobt ist. Eine glückliche Braut? Braut ja, aber nicht glücklich. Nein, ganz und gar nicht.

Es tröstete mich auch nicht, als er mir am nächsten Tag, noch blaß um die Nasenspitze, mit zerknirschten Blicken eine Blume überreichte (eine einzige!). Na ja, es war eine immerhin ungewöhnlich schöne Orchidee. Und wenn schon, Veilchen wären mir lieber gewesen.

Ich vergaß meine Enttäuschung wenigstens vorübergehend, als unsere Eltern uns eröffneten, sie müßten wieder verreisen. Müßten, sagten sie ganz ernsthaft. Ihr Forschungsauftrag war noch nicht beendet. Sie hatten ihn nur unterbrochen, als sie plötzlich von unserer Existenz erfahren hatten und Norbert und mich aufnahmen.

Nun war Weihnachten, das Fest der Familie, vorbei, und auch das Neujahrsfest lag bereits hinter uns. Länger konnten sie unmöglich bleiben. Vier Monate hatten sie es bei ihren Kindern ausgehalten. Für Reisende aus Leidenschaft eine lange Zeit. Es wäre unverantwortlich und lieblos von uns Kindern, sie noch länger zurückzuhalten.

„Diesmal nur noch für drei Monate", versicherten sie uns. Mutter hatte ein ängstliches, kleines Lächeln aufgesetzt, das sie ungemein verschönte und uns Kinder entzückte. Dann kam die kalte Dusche:

„Cäcilie wird euch so lange betreuen und versorgen. Sie kann es ja schon so gut."

Buh! Das saß. Was hatte ich nur verbrochen, daß sie mich zum Familienvorstand ernannten? Und mein Musikstudium, das ich vor einem Jahr unfreiwillig unterbrechen mußte?

„Warum willst du noch Musik studieren, wenn du doch heiratest?" fragten die Eltern und meine sieben Geschwister, ja sogar Hansjörg, dieser Säufer. Warum wohl? fragte ich mich selbst.

Als Trost übergab mir Mutter feierlich einen kleinen Schlüssel. Den Schlüssel, den Frau Laible bisher in Verwahrung gehabt hatte und mit dessen Hilfe ich den wunderbaren Blüthner-Flügel öffnen konnte.

„Du darfst so oft und so lange darauf spielen, wie du Lust hast", sagte Mutter großzügig. Bisher war es niemandem außer ihr gestattet gewesen, diesen Wunderkasten zu berühren. Doch undankbar und verbittert, wie ich nun mal war, entgegnete ich:

„Wann soll ich wohl spielen, wenn ich einen Haushalt mit vier Zwillingen zu versorgen habe? Kann mir das mal jemand verraten?"

„Frau Laible wird in Zukunft nicht nur vormittags zum Aufräumen kommen, sondern bis zum Abend bleiben. Außer sonntags und mittwochs nachmittags natürlich."

Ein schwacher Trost. Was verstand denn unsere gemeinsame Mutter und Weltreisende schon davon? Ihr genügte es, von Zeit zu Zeit in irgendeinem entlegenen Erdteil Zwillinge in die Welt zu setzen. Damit waren für sie die mütterlichen Pflichten auch schon erfüllt.

Ich will nicht ungerecht sein. Sie liebte uns wirklich.

Sie weinte echte Tränen, wenn sie ihre Kinder verließ, und schrieb regelmäßig jeden Monat einen sehnsuchtsvollen Brief. Außerdem brachte sie uns von den Expeditionen immer etwas Schönes mit, seien es nun Schrumpfköpfe, vergiftete Pfeile, ausgestopfte Alligatoren oder dämonische Masken, bei deren Anblick wir das Fürchten lernen konnten. Auch Urwaldtrommeln für die Kleinsten waren dabei, und Felle von selbsterlegten Löwen mit präpariertem Kopf fanden helle Begeisterung.

Wir fuhren noch einmal gemeinsam nach Blaubeuren zur Großmutter. Ich versuchte sie liebevoll, wie ich glaubte, und schmeichelnd dazu zu bewegen, in unser elternloses Heim zu ziehen. Sie stellte sich taub. Legte ihr Hörgerät weit von sich und lächelte weise.

„Sie hat ja so recht", sagte ich resignierend zu Elisabeth, und diese meinte:
„Keep smiling, Cäcilie. Wird schon alles schiefgehen. Ich helfe dir jedenfalls."

Cäcilie und die wilden Schier

Es war inzwischen Februar geworden. In Ulm regnete und schneite es, dann trocknete die Sonne alle Pfützen und zeigte sich von der wärmsten Seite. Bis es wieder anfing zu regnen, zu regnen, zu schneien, zu schneien.
Eines Tages brachten Juan und Juanita schwarzbraune Faßdauben in die gute Stube. Je ein Pärchen.
„Cäcilie, wir wollen Schi laufen."
„Auf diesen krummen Brettern?"
„Klar", rief ausgerechnet der phlegmatische Bert begeistert. „Bin ich auch gelaufen, als ich sechs Jahre alt war."
„Im März werden wir erst sechs", trompetete Juanita. „Cäcilie, wann ist März?"
„In einem Monat."
„Wie lange ist das noch?" wollte Juan wissen.
O weh. Sie konnten einem schon mit ihren ständigen Fragen zusetzen; wie eine Kettenreaktion zogen sie immer neue nach sich.
„Frag doch Norbert."
„Norbert, wann . . ."
„Später, Juan. Hör mal, Cäcilie, warum gehst du mit den Kindern nicht Schi laufen? Wer weiß, wie lange der Schnee liegenbleibt."
Auf einmal war die Wohnhalle voller Geschwister, und alle bestürmten mich:
„Cäcilie, wir wollen Schi laufen."
„Ich kann nicht. Laßt mich zufrieden."
„Du willst nicht", sagten sie. „Spielverderberin", rief Ronny. „Dann gehen wir eben allein."
„Allein lasse ich euch nicht gehen", rief ich wie eine

ängstliche Glucke, die Enten ausgebrütet hat. „Eislaufen kann ich, doch Schilaufen habe ich nicht gelernt."

„Hach, das ist doch kinderleicht", rief Juan, und der Chor der übrigen Geschwister unterstützte schnatternd seinen weisen Ausspruch. Genau wie besagte junge Enten, die den Dorfteich stürmen und nicht verstehen wollen, weshalb die Henne nicht mitmacht.

In diesem dramatischen Augenblick klingelte es, aber niemand wollte sich dazu bequemen, die Haustür zu öffnen.

„Laßt mich los, ich muß die Tür aufmachen." Ich zerrte meinen Pulloverärmel aus Juans eingekrallten Händen und schob Juanita beiseite, die meine Beine umklammert hielt, doch Ronny bequemte sich dann, die Tür zu öffnen. Norberts bester Freund und Studiengenosse Bhabani Roy kam herein, ein gutaussehender Inder, dreiundzwanzigjährig, schmächtig, mit schwarzglänzenden Augen und glattem Haar, das wie poliert aussah. Er sah auch im Rollkragenpullover aus wie ein Prinz aus dem fernen Osten. Es fiel schwer, ihn nicht anzustarren.

„Da ist ja Bhaba", rief Elisabeth entzückt und wurde rot wie ihr geranienfarbener Pulli.

„Das ist ja ausgezeichnet", sagte Norbert. „Bhaba kann phantastisch Schi laufen. Im letzten Jahr hat er in Cortina Preise eingeheimst, sage ich euch. Seine möblierte Bude sieht seitdem aus wie ein Palast, so blitzt es da vor Gold. Wie wäre es, Bhaba, wenn du Cäcilie das Laufen beibringen würdest?"

Bhabani lachte schallend, warf der verlegenen Elisabeth glühende Blicke zu und wandte sich dann an mich.

„Wie, du kannst nicht laufen?" fragte er naiv.

„Ach, du Dummer, Schi laufen", quietschte Juanita von unten her. Sie saß auf dem Teppich und spielte mit ihren Faßdauben.

Ich wußte ja, daß Bhabani sich viel lieber Elisabeth gewidmet hätte, und zwar mit Haut und Haaren. Doch er konnte nie nein sagen, und so fügte ich mich eben.

Wir fuhren in dem roten Sportwagen, den mir die Eltern als Trostpflaster geschenkt hatten, schnell in die Stadt: ich am Steuer, Bhaba und Elisabeth im Fond. Im Sportgeschäft kauften mir die beiden Fachleute die ganze Ausrüstung. Ich hatte dabei nichts anderes zu tun, als Mannequin zu spielen, das heißt, die Sachen anzuprobieren, ob sie mir paßten. Ob sie mir auch gefielen, danach wurde gar nicht gefragt. So bekam ich zur kanariengelben Schihose einen lila Schipullover und grüne Fausthandschuhe. Die Schistiefel waren zwar teuer, doch von unauffälligem Braun, und die Schier waren am billigsten von allem. Bhaba meinte, zum Kaputtmachen seien sie gerade gut genug.

Bhabani besaß eine enorme Menschenkenntnis.

Noch rechtzeitig vor Sonnenuntergang waren wir wieder zurück und am Hang hinter der Hochschule. Der Unterricht konnte also beginnen.

Es war ein erhebendes Gefühl: unter mir, über mir und neben mir am Berg wimmelte es von Schiläufern. Und alle konnten es so gut. Unsere beiden Kleinsten rutschten auf den Faßdauben den steilsten Hang hinunter. Es war ein Vergnügen, ihnen zuzusehen. Na also, dachte ich erleichtert.

Sieht kinderleicht aus. Schließlich bin ich auch nicht ganz unsportlich.

Aber ich dachte nicht daran, daß ich ja nicht auf ebenem Boden stand, als ich die Schier anzuschnallen versuchte. Niemand sagte es mir, und es half mir auch niemand dabei. Bhabani und Elisabeth standen zwar in Rufweite von mir; sie waren jedoch vollauf damit beschäftigt, sich gegenseitig tief in die Augen zu blicken.

Elga war auch da. Sie wedelte elegant den Hang hinunter, im Schlepptau ihren Freund Uli Häberle, seines Zeichens Leader einer Amateurbeatband, was man ohne Schwierigkeiten an seiner Frisur erkennen konnte, die einem roten Mop glich. Elga fand das sehr schick.

Schilaufen konnte Uli Häberle jedenfalls. Elga auch. Bei

mir fingen die Schwierigkeiten bereits mit dem Anschnallen der Schier an.

„Nur Mut, Cäcilie", sagte ich zu mir. „Wenn du sie erst an den Stiefeln hast, kannst du es genauso gut wie die anderen."

Leicht gesagt. Immer wieder rutschten sie mir weg, machten sich selbständig, als könnten sie es nicht mehr erwarten, und ich hatte alle Hände voll zu tun, sie wieder einzufangen.

Die untergehende Sonne brannte mir ins Gesicht. Vielleicht brannte sie auch nicht, aber mir war heiß wie im August an der Adria.

Irgendwie bekam ich die störrischen Bretter mit List und Tücke an die Schuhe. Und dann hatte ich einfach keine Zeit mehr, diesen schwer errungenen ersten Sieg über die Bretter zu genießen.

Ich konnte mich nicht mehr ganz aufrichten, da stoben sie schon davon in wilder Panik, wie ungezähmte Pferde mit einem unbeholfenen Reiter auf dem Rücken. Ob ich wollte oder nicht, ich mußte einfach mitmachen. Verzweifelt versuchte ich, mit den Schistöcken zu bremsen oder wenigstens mein Gleichgewicht zu halten. Aber leider vergeblich. Die Bretter wurden noch eiliger, noch ungestümer. Wild rasten sie mit mir talwärts. Und da passierte es auch schon:

Ein Stein oder ein Baumstumpf mochte den letzten Anstoß gegeben haben. Es ging ja so schnell. Ich spürte meine Beine nicht mehr. Ein Salto mortale vorwärts. Und dann der Rücken. Mein armer Rücken. Ein Schi schlug noch mit aller Kraft an mein rechtes Ohr, als ich mich bereits in der Horizontalen befand. Das fand ich ja nun nicht fair. Es war tatsächlich wie bei einem Wildpferd, das seinen Reiter abgeworfen hat und noch einmal mit den Hinterbeinen ausschlägt.

In komischer Verdrehung, mit dem Kopf nach unten, kam ich wieder zu mir. Meine vollzählige Geschwisterschar sowie einige andere Leute standen herum und beobachteten mich mit entsetzt aufgerissenen Augen. Ich hatte Muße, sie der Reihe nach zu betrachten. Warum nur lachte keiner? Es muß doch komisch ausgesehen haben.

Am meisten schien Bhabani erschrocken zu sein. Er hatte sogar Elisabeth für den Moment vergessen.

„So etwas Dummes", kam es von meinen gefrorenen Lippen. Ich verzog sie mit einiger Anstrengung zu einem versöhnlichen Grinsen und blickte die Meute wieder reihum an. Aber keiner erwiderte meine freundlich gemeinte Geste. Da versuchte ich es mit Lachen. Meine Familie blieb stur. Es half mir auch niemand auf die Beine. Erst als ich es eine Zeitlang selbst versucht hatte, sprangen auf einmal gleichzeitig Bhaba und Uli hinzu und zerrten mich hoch.

„Nichts gebrochen?" zitterten ihre Stimmen. „Wirklich nichts?"

„Nein, wirklich nichts. Was habt ihr denn nur?"

„Du mußt mir verzeihen, Cäcilie. Ich hätte besser auf dich aufpassen sollen", stammelte Bhabani mit schuldbewußter Stimme.

„Ach was."

Ich war vollauf damit beschäftigt herauszufinden, weshalb ich den rechten Fuß nicht richtig auf den Boden setzen konnte. Dabei tat er mir gar nicht weh, und der Schi hing auch nicht mehr daran. Also was mochte es sein?

Endlich bückte ich mich vorsichtig, doch schon rutschte ich wieder ab. Bhabani griff noch rechtzeitig nach mir. Der Schnee unter mir war glatt wie eine Eisbahn. Ich humpelte mit Bhabas Hilfe zu einer Bodensenke. Ronny kam mit meinen Schiern von unten heraufgekraxelt und rief schon von weitem:

„Deine Schier sind in Ordnung. Du kannst gleich weitermachen."

Ja, sie waren in Ordnung. Nur nicht mein rechtes Ohr, meine rechte Gesichtshälfte, nein, mein ganzer Kopf, meine verbogene Brille und dann der rechte Stiefel.

Da war nämlich die ganze dicke Sohle ab. Die doppelt

genähte Sohle, von den teuren Stiefeln, die wir gekauft hatten. Die Stifte waren sauber vom Schaft gerissen und lachten mich mit gelben, spitzen Zähnchen schadenfroh aus.

Aus! Mir wollten die Tränen kommen, so enttäuscht war ich. Neiderfüllt sah ich unsere beiden Jüngsten, die wieder auf ihren Faßdauben den Hang hinabrutschten, und wenn sie mal fielen, so waren sie im Nu wieder auf den Beinen. Und Ronny und Bert im besten Slalom. Für sie war dieser Berg natürlich kein Berg, allenfalls ein winziger Hügel, aber in der Not ... Wie sie an mir vorbeifegten! Elga und Uli sah ich weit unten, und dann sah ich nichts mehr, weil dann doch noch die dummen Tränen kamen und mein Kopf zum Bersten schmerzte. Ich spürte Bhabas Arm und hörte seine tröstenden Worte:

„Wir bringen dich zum Arzt. Es könnte eine Gehirnerschütterung sein." Dann gab er mir sein Taschentuch.

Zusammen mit Elisabeth führten sie mich zum Wagen. Noch einmal blickte ich wehmütig zurück und sah gerade Elga, die inzwischen wieder den Berg heraufgekommen war und graziös wedelnd den seitlichen Hang hinunterfuhr. Die Mulde, auf die sie zusteuerte, konnte ich trotz meiner schiefsitzenden Brille (ein Bügel war gebrochen) sehr gut sehen, aber Elga, genauso kurzsichtig wie ich und genauso eitel, hatte gar keine Brille auf und ...

Uli schrie ihr noch etwas zu, doch da lag sie bereits und rieb sich den Rücken, dort, wo er aufhörte.

„Elga", rief ich erregt. „Ihr müßt ihr helfen."

„Ach was", sagte Bhaba lachend, und sogar Elisabeth stimmte in sein Lachen mit ein. „Siehst du? Sie steht schon wieder auf. Was meinst du, wie oft sie noch fallen wird."

„Auch das Fallen will gelernt sein", sagte ich bitter.

Bhaba setzte sich ans Steuer, und ich hockte zusammengesunken neben ihm. Elisabeth war zu Fuß nach Haus gegangen. Sie wollte mein Bett zurechtmachen.

Der Arzt untersuchte mich und sagte: „Da haben Sie Glück gehabt. Legen Sie sich trotzdem gleich ins Bett. Falls es Ihnen nicht vorher übel wird, können Sie beruhigt schlafen."

Wir fuhren noch zum Schuhmacher, der die Stiefelsohle festklopfte. Auf den überstandenen Schrecken hin lud mich Bhaba dann in seiner netten Art ein, bei Tröglen eine Tasse Kaffee zu trinken. Der Arzt würde bestimmt nichts dagegen haben.

Und so saßen wir im überfüllten Café und aßen Schwarzwälder Kirschtorte. Weil sie so frisch war, aßen wir ein Stück nach dem anderen, bis mir übel wurde. Ich konnte wirklich nicht mehr sagen, ob die Gehirnerschütterung, falls sie tatsächlich bestand, oder die Torte daran schuld war.

Ich lag bereits im Bett, konnte aber nicht einschlafen und überlegte immer noch, was daran schuld war, daß ich mich immer noch sterbenselend fühlte. Vielleicht war es gar etwas ganz anderes? Folgendes war nämlich passiert:

Als wir das Café verlassen hatten und über die Straße zum Wagen gingen, den wir auf dem Münsterplatz abgestellt hatten, wären wir fast von einem schwarzen Mercedes angefahren worden. Es war ja schon dunkel draußen, aber die Auslagen waren hell erleuchtet, und die Straßenbeleuchtung war auch nicht gerade dunkel. Immerhin war ich sicher, daß es Hansjörg war, der hinter dem Lenkrad saß. Ich hätte wetten können, daß auch er mich erkannt hatte.

Trotz des Schreckens, der mir in die Glieder gefahren war, als mich Bhaba kurz vor dem Auto zurückriß, hob ich die Hand und winkte. Zu meinem Erstaunen funkelten die Augen Hansjörgs vor Wut. Und schon war er weg. Einfach weitergefahren. Bhabani hatte nichts bemerkt. Fest hielt er seinen Arm um mich, weil ich mich doch so elend fühlte. Nachdem der Wagen vorbei war, verstärkte Bhabani den Druck seines Armes noch und meinte, es seien ja nur noch zwei Schritte bis zu unserem Parkplatz. Erst als ich bereits im Wagen saß, spürte ich, wie ich am ganzen Körper zitterte.

„Wir sind bald zu Hause", sagte Bhaba. „Ich hätte dich doch nicht zu dem Kaffee überreden sollen."

Zu Hause angelangt, legte ich mich gleich ins Bett. Da lag ich also, haderte mit meinem Schicksal und kämpfte gegen die aufsteigende Übelkeit. Ich spürte immer noch das geschwollene Ohr, und als ich endlich hinüberzudämmern begann, wurde unsanft die Tür aufgerissen. Ronny brüllte herein:

„Cäcilie, Telefon für dich."

„Laß mich in Ruhe, ich schlafe. Wer ist es denn?"

„Na, wer schon. Dein Goldstück natürlich!"

Plötzlich war ich wieder hellwach. Was wollte Hansjörg mitten in der Nacht?

„So eine Rücksichtslosigkeit", sagte ich und war doch froh, bald seine Stimme zu hören. „Mitten in der Nacht anzurufen", brummte ich trotzdem noch hinterher.

„Nacht ist gut", sagte Ronny im Davoneilen. „Es ist knapp neun Uhr."

Ich griff im Dunkeln nach meinem Morgenmantel. Warum schlug mein Herz wieder bis zum Hals?

„Hallo", hauchte ich in den Hörer und hörte eine mir viel zu liebgewordene Stimme poltern:

„Kann man seine Braut nicht mal einen einzigen Nachmittag allein lassen?"

„Guten Abend", sagte ich noch ziemlich verschlafen.

„Wann beabsichtigst du auszuwandern?" fragte mein Sonnenschein.

„Wie bitte?"

„Wann du nach Kalkutta ziehst", brüllte er in mein geschwollenes Ohr. „Oder willst du in den Dschungel?"

Aus Vaters Arbeitszimmer hörte ich Bhabani und Elisabeth lachen. Auch die Stimmen von Elga und Uli tönten fröhlich herüber.

„Hast du schon wieder zuviel getrunken?" fragte ich besorgt.

„Nein, bis jetzt noch nicht. Aber ich habe doch Augen im Kopf."

„Ach nein, was du nicht sagst."

„Wie innig er dich umschlungen hielt. War das nötig vor aller Welt?"

Bevor mein Trommelfell platzen konnte, legte ich auf und schritt erhobenen Hauptes zurück. Dann kroch ich in mein warmes Bett.

„So ein Idiot", schluchzte ich in meine Kissen. „Und den wollte ich auch noch heiraten."

Geschüttelt von körperlichem und seelischem Schmerz, biß ich ins Kissen und weinte noch heftiger.

„Und so was liebt man nun", heulte ich. „Warum nur liebe ich diesen Kerl noch?"

Aber niemand antwortete mir. Nur von weitem hörte ich fröhliches Plaudern und Lachen. Und als ich gerade eine Tränenpause einlegte, hörte ich das Telefon wieder läuten.

Ich wußte sofort, daß es wieder Hansjörg war. Diesmal holte mich Elga.

„Sag ihm, ich schlafe."

„Komm schon, Cäcilie. Was ist denn eigentlich los?"

„Er ist so bösartig, ich will nichts mehr mit ihm zu tun haben. Und ich bin krank", weinte ich wieder los.

„Soll ich einen Arzt rufen?" fragte Elga besorgt.

„Nein, geh schon."

Elga ging zurück ans Telefon und redete und redete. Da stand ich auf. Stöhnend vor Selbstmitleid warf ich den Morgenmantel über und rannte in die Wohnhalle. Mit letzter Kraft und bebend vor Wut riß ich Elga den Hörer aus der Hand.

„Was willst du noch?" schrie ich.

„Kannst du mir noch einmal verzeihen?" lallte Hansjörg.

„Du hast wieder getrunken."

„Vor lauter Kummer."

„Du hast keinen Kummer."

„Doch. Elga erzählte mir gerade . . ."

„Ach was."

„Und deine Gehirnerschütterung?"

„Unsinn."

„Ich bin schlecht", lallte Hansjörg zerknirscht. „Ich muß meinen Kummer ersäufen."

„Ich sagte dir doch, du hast keinen Kummer. Wiederhole."

„Ja, Cäcilie."

„Wiederhole."

„Du hast keinen Kummer", wiederholte er gehorsam und zahm wie ein Lämmchen.

„Nein. D u hast keinen. Also: ich habe keinen . . ."

„Ich . . ."

„In Ordnung. Gute Nacht."

Auf dem Weg in mein Zimmer hörte ich von weitem Elisabeths eifrige Stimme: „Elga und ich", sagte sie gerade, „sind in der australischen Wüste zur Welt gekommen, Juan und Juanita in Mexiko, Bert und Ronny in den USA, Cäcilie und Norbert am Amazonas. Nur aus Indien haben meine Eltern noch keine Zwillinge mitgebracht."

Im Garderobenspiegel sah ich Bhabanis interessiert lauschende Miene. Ich glaube, Elisabeth hätte ihm den größten Unsinn erzählen können, er hätte interessiert gelauscht.

Ich fand auf einmal die Welt wieder schön.

Elga wird Mannequin

Elga lag vor dem Kamin, in dem Buchenholzscheite knisterten, und las die Donau-Zeitung. Draußen schneite es, doch niemand dachte ans Schifahren. Vielleicht, weil es draußen so stürmte und drinnen nach frischgebackenem Kuchen roch.

Elga las am liebsten Inserate. Plötzlich sprang sie auf, als gelte es ihr Leben und rannte in die Küche.

„Cäcilie, sieh dir das an. Hier, nicht weit von uns, eine Mannequinschule. Was sagst du dazu?"

Ihre Wangen glühten. Die Bluejeans spannten sich straff um ihren knabenhaften Körper. Und der dottergelbe Rollkragenpullover paßte gut zu ihrem dunkelbraunen Haar, das neuerdings so kurz wie das von Mia Farrow war.

„Willst du Herrenanzüge vorführen?" fragte Elisabeth und stellte die eben abgetrocknete Tasse in den Hängeschrank.

„Wie kommst du denn darauf?"

„Na ja, ich meine natürlich Knabenanzüge."

„Pah!"

„Bei deiner Figur und dem Herrenschnitt glaubt dir doch keiner, daß du eine Frau bist."

„Aber Twiggy . . ." konterte Elga.

„Ach so, Twiggy."

Elisabeth verstand es so wunderbar, die Mundwinkel herabzuziehen. Das wirkte mehr als Worte.

„Mit deinem Zopf laufen doch alle jetzt herum", schimpfte auch schon Elga los. „Ich bin eben Individualistin."

„Aha."

Stirnrunzelnd betrachteten Elisabeth und ich unsere Individualistin, blickten uns dann gegenseitig dumm an und lachten.

„Geh, Elga, sei lieb und decke bitte den Tisch. Wir wollen Kaffee trinken. Die Jungen müssen jeden Augenblick hier sein."

Ich versuchte, meine Lachmuskeln wieder unter Kontrolle zu bekommen, um Elga nicht ernsthaft zu verärgern.

„Ja, aber . . . ich meine . . . ich möchte doch gern . . ." Sie wurde ganz rot vor Eifer, und das wollte bei Elga schon etwas heißen.

„Darf ich, Cäcilie? Bloß mal versuchen."

„Was denn?"

„Ich meine die Mannequinschule."

„Ausgerechnet jetzt vor dem Abitur? Wie stellst du dir das vor?"

„Was braucht eine Frau wie ich Abitur", empörte sich Elga.

„Aha, also kein Abitur. Darüber kann ich nicht entscheiden. Das mußt du verstehen. Ich werde bei den Eltern anfragen müssen."

„Meinetwegen", sagte Elga bockig. „Das heißt", sie wand sich wie ein Regenwurm an der Angel. „Du könntest doch damit einige Tage warten, nicht wahr?" Sie drehte sich auf dem Absatz um und enteilte. Meine kleine Diplomatin. Sie kannte mein nachgiebiges Gefühl.

Und so besuchte sie mit wachsender Begeisterung die Mannequinschule und vernachlässigte ebenso begeistert ihre Schulaufgaben.

Bereits seit zehn Tagen gab ich mir jeweils noch einen Tag Frist. Nun also nur noch diesen einen Tag, dann mußte ich unbedingt die Eltern verständigen und um Anweisungen bitten. In den ersten Tagen hatte ich gehofft, daß Elga von selbst wieder zur Besinnung käme. Es sah nicht so aus. Und schließlich ging es um Elgas Zukunft.

Wie konnte ich allein darüber entscheiden? Überhaupt mußte hier so manches entschieden werden, das mir Kopfzerbrechen machte und mich so manche Nacht nicht richtig schlafen ließ. Da war zum Beispiel Ronnys Rauflust und Berts ungesunde Gefräßigkeit.

Ronny, der abwechselnd mit blauen Flecken und blauen Briefen aus der Schule kam, und Bert, der immer dicker und phlegmatischer wurde. Zum Glück fiel gerade Bert das Lernen leicht. Für Mathematik hatte er nicht nur eine natürliche Begabung, sondern geradezu eine Schwäche.

Von den beiden Jüngsten machte mir Juan Sorgen, der sich von den beiden letzten Jungdoggen nicht trennen wollte. Sie waren bereits sechs Monate alt, und es wurde höchste Zeit, für sie einen neuen Herrn zu finden, wenn sie sich noch an diesen gewöhnen sollten.

Uns blieben dann noch immer die Eltern: Cäsar und Cleopatra. Drei der Welpen waren bereits untergebracht, sosehr Juan auch jeden einzelnen zeternd und schreiend verteidigte. Mit allerlei List und Tücke mußten wir sie ihm entlocken und waren froh, wenn er sich nach einiger Zeit tröstete. Die beiden letzten, Gog und Magog, gab er jedoch nicht her. Den ganzen Tag über ließ er sie nicht aus den Augen. Überallhin mußten sie ihm folgen.

Aber so ging das nicht auf die Dauer. Vier gefleckte riesige Doggen waren wohl doch zu viel für einen Haushalt voller Kinder. Und dann hatte ich noch Kummer mit Elisabeth.

Sie war zwar die Vernünftigste und für ihr Alter vielleicht ein wenig zu ernsthaft, aber wohin sollte ihre so offensichtliche Liebe zu Bhabani Roy führen?

Eines Tages würde er in seine Heimat zurückkehren. Sie war viel zu sensibel, um diesen ersten Liebeskummer ohne Schaden zu überwinden, meine kleine Schwester Elisabeth.

Mit Hansjörg konnte ich über meine diversen Kümmernisse nicht sprechen. Immer wenn er uns besuchte, waren wir umringt von der gesamten Kinderschar. Die wenigen Minuten beim Abschied am Gartentor konnte ich unmöglich dazu benutzen, meinen seelischen Ballast auf seine männlichen Schultern abzuwälzen.

Und nun war er auch noch auf Bhabani eifersüchtig. So etwas! Als ob sich überhaupt ein anderer Mann in mich verlieben könnte. Warum eigentlich Hansjörg Gefallen an mir gefunden hatte, würde ich wohl nie ergründen.

Mit dem Staubwedel ging ich von Zimmer zu Zimmer. In Vaters Zimmer flegelte sich Bert im bequemsten Clubsessel und schmökerte. Die belegte Semmel in seiner Linken fehlte auch jetzt nicht.

„Wo ist Elga?" fragte ich.

„Wo soll sie schon sein? In ihrem Zimmer natürlich."

„Natürlich."

Seit sie die Mannequinschule besuchte, stand sie jede freie Minute in ihrem Zimmer vor dem großen Spiegel und probierte die gewagtesten und komischsten Stellungen aus.

Da stand sie breitbeinig, den Kopf weit nach hinten geneigt, die Arme wie dürre Äste verrenkt nach allen Himmelsrichtungen. So starrte sie sich selbst dämonisch in die Augen.

Dicht davor ihre Miniaturausgabe: Juanita, in Bluejeans, bemüht, es ihrer großen Schwester gleichzutun. Und weil sie sich so klein vorkam mit ihren noch nicht sechs Lenzen, balancierte sie auf den Zehenspitzen und verlor andauernd das Gleichgewicht.

„Du mußt fest auf den Füßen stehen", sagte gerade Elga zu ihr. Da gewahrte sie mich im Spiegel.

„Cäcilie", jauchzte sie. „Ich muß dir etwas Wichtiges mitteilen. Stell dir vor: der Unterricht hat sich gelohnt."

„Meinst du für dich oder Juanita?"

„Also paß auf . . ." Elgas Wangen glühten vor Eifer.

„Hör mal, Elga", unterbrach ich sie. „Ich muß mit dir reden. Ich muß . . ."

„Nein, bitte, Cäcilie, hör mich an . . ."

„Aber es geht um . . . "

Da schrie sie mir ins Gesicht:

„Cäcilie, nun hör doch, ich bin engagiert! Hörst du? Engagiert. Mit vier anderen Mädchen. Wir sollen bei Hertie die ‚Junge Mode' vorführen. Und eine Menge Geld bekommen wir dafür."

Ihre Augen leuchteten, und ihre Wangen glänzten.

„Morgen schon fängt es an. Ich muß gleich zur Probe. Übermorgen steigt die Modenschau. Was sagst du nun?"

Ich kam nicht mehr dazu, etwas zu sagen. Elisabeth rief vom anderen Ende des Korridors: „Cäcilie, Telefon."

Juanita hängte sich an meinen Arm und beschwor mich: „Ich will auch vorführen. Ich kann auch mannequinen."

Juan kam von draußen mit Gog und Magog hereinspaziert, ohne Rücksicht auf deren nasse Pfoten.

„Wische ihnen sofort die Pfoten ab, sonst dürfen sie nicht herein!" rief ich ihm zu.

An der Vordertür klingelte es auch, und Frau Laible kam aus der Küche gesaust und kündigte mal wieder zum nächsten Ersten, weil ihr der Krach den letzten Nerv tötete.

Alles in allem war es mal wieder ein ganz normaler Tag bei uns.

Und auch der nächste Tag begann normal. Draußen schneite es nicht, es taute zur Abwechslung, und der Rundfunk meldete Glatteis. Die Wolken hingen tief, und der Wind brachte Frühlingsahnen. In allen Zimmern brannten die Lampen, weil der Tag verschlafen hatte. Vielleicht ist er krank, meinte Juanita, und kommt heute gar nicht.

Elga war mit klopfenden Pulsen, wie sie uns immer wieder versicherte, und allen guten Wünschen zu ihrer ersten Geld und Ruhm bringenden Tätigkeit aufgebrochen.

Wir übrigen Geschwister scharten uns in der Halle vor den wärmenden Kamin und unter den baumelnden Schrumpfköpfen und geisterbeschwörenden Masken.

Wer damit angefangen hatte, weiß ich nicht mehr. Jedenfalls waren sie sich alle einig, daß das eine gute Idee war. Schließlich mußten die Grünewaldkinder in allen Lebenslagen zusammenhalten.

Also auf zu Hertie.

Frau Laible, die Gute, dachte wohl an einen Ausflug nach Übersee und wollte uns unbedingt ein Paar belegte Brote mitgeben. Nur Bert war damit einverstanden. Aber es gelang uns schließlich, ihm das auszureden.

Wir entschieden uns für das Familienauto, einen altersschwachen Daimler-Benz, der den Vorzug hatte, uns alle auf einmal aufnehmen zu können. Trotzdem war kein Platz für Tiere übrig. Schon gar nicht für zwei ausgewachsene Jungdoggen. Juan mußte sie wieder in den Zwinger zurückbringen und schmollte deshalb. Als wir aber abfahren wollten, kam er doch angerannt und wurde von seinen Geschwistern in den Fond gezerrt.

Juanita wollte ausgerechnet auf meinem Schoß sitzen. Da fühlte sie sich am sichersten, meinte sie und verstand nicht, daß ich nicht der Meinung war, weil ich doch das Lenkrad halten mußte und die überfüllte Kutsche durch die Straßen zu lenken hatte, die vor Glatteis starrten.

So ratterten wir endlich los, und Frau Laible schlug vorsorglich ein Kreuz hinter uns. Ich war mir nicht im klaren darüber, ob sie uns segnen wollte, oder sich nur freute, endlich mal allein sein dürfen. Ihre diesbezüglichen Gedanken würden uns wohl ewig ein Geheimnis bleiben.

Wir zuckelten die Zinglerstraße hinunter, die abreißreife Zinglerbrücke hinüber und wären kurz vor Hertie noch beinahe von einem schleudernden Wagen erfaßt worden. Fast hätten wir eine schwarze Katze dabei überfahren. Mit einem verzweifelten Satz rettete sich das scheue Tier auf den überfüllten Bürgersteig, wurde von einem Passanten getreten und verschwand fauchend in einer Einfahrt. Juanita war drauf und dran, der Katze nachzuspringen und deren bedrohtes Leben zu retten.

„Bitte, bitte, Cäcilie, ich nehme sie mit nach Hause."

Mit vereinten Kräften wurde sie von den übrigen Geschwistern festgehalten. Bert meinte:

„Vielleicht willst du sie in den Zwinger zu den Doggen stecken?" Und Ronny setzte hinzu: „Die werden sich freuen."

Im richtigen Augenblick kamen wir bei Hertie an. Als hätten sie auf uns gewartet, kamen sie gerade die gewundene Treppe herabgeschwebt, im Mini-Mini, vier lebende Reklamefiguren. Mit bunten Plakaten warben sie für die morgige Modenschau.

Juan vergaß, daß er wegen seiner beiden Doggen schmollte. Entzückt und durchdringend schrie er: „Elga!"

Juanita riß sich von meiner Hand los und drängelte sich energisch durch dichtgepreßte Einkaufstaschen und Muttis mit ihren Babys an ihre schöne Elga heran, die noch nie so viele schwarze Haare auf dem Kopf gehabt und so hoch aufgetürmt frisiert hatte. Wo die wohl alle her kamen? Auch Juanita rief:

„Elga, Elga."

Aber Elga blickte starr an ihrer kleinen Lieblingsschwester vorbei und über die Köpfe der anderen Zuschauer hinweg. Im letzten Moment erwischte ich Juanita und riß sie zurück.

„Ich will zu Elga", rief sie bockig und sehnsüchtig. „Ich will zu ihr auf den Arm."

„Was fällt dir ein, Juanita. Und gerade jetzt. Du siehst doch, daß Elga keine Zeit hat."

„Wo die wohl alle her sind?" fragte Juanita und konnte ihren Blick nicht von Elgas kunstvoller Frisur wenden.

Nur noch wenige Schritte trennten uns von Elga, als Juanita wieder unruhig wurde.

„Laß mich, Cäcilie. Ich will zu Elga."

Plötzlich hielt sie inne. Deprimiert blickte sie zu mir auf und zupfte an meinem Ärmel.

„Oder ist das nicht Elga?"

„Doch, natürlich."

„Sie hat nur eine Perücke auf", trompetete Ronny ungalant.

Die Umstehenden lachten schallend.

Elgas Wangen glühten unnatürlich unter dem kunstvollen Make-up. Sie ging gerade an uns vorbei und zischte, ohne das obligatorische Lächeln aufzugeben:

„Haut ab!"

„Was hat sie gesagt?" fragte Bert hinter mir laut und übermäßig deutlich.

„Haut ab, hat sie gesagt", röhrte Ronny, „und das will unsere Schwester sein. Habt ihr ihre komischen Beine gesehen? Warum verdreht sie sie so nach innen? Versteht ihr das?"

„Wie die abgesägten Äste von unserem Apfelbaum sehen sie aus", kommentierte Bert, nicht ganz so laut wie Ronny.

„Tolle Biene", meinte da ein Jüngling mit Mädchenfrisur in unserer Nähe und meinte nicht Elga, sondern die Blonde, die wie eine schlechte Kopie von Francoise Hardy aussah. Nur das Kinn war doppelt so breit und auch der Mund, aber die Mähne verdeckte genauso die Augen, so daß sie mehr stolperte als ging.

„Warum habt ihr mir das angetan?" weinte Elga wenige Stunden später. Wir lagerten längst wieder am heimeligen

Kamin. Juan turnte zufrieden zwischen Gog und Magog. Juanita tänzelte, mit spitzen Fingern ihr Minikleid glattstreichend und Mannequin spielend, den Mund ganz spitz vor Konzentration.

Bert und Ronny lagen auf dem Teppich und spielten mit gefurchten Stirnen Schach. Elisabeth saß sittsam in ihrem Antilopensessel Bhabani gegenüber. Ich war gerade aus der Küche gekommen und beschäftigte mich, wie fast jeden Abend, mit dem Flickkorb, der wieder berstend voll war.

„War doch nur Spaß", sagte Bert abwesend, und zu Ronny: „Nun mach schon. Hast lange genug überlegt."

„Schöner Spaß", schluchzte Elga. „Ich bin gefeuert worden."

Ihr Taschentuch war zum Auswringen. „Nimm das hier", sagte ich und hielt ihr ein frisches hin. Die Jungen hörten gar nicht mehr zu. Ronny verlor wie immer beim Schach, und Bert lachte vor Wonne.

„Ich darf morgen nicht auf den Laufsteg. Der Geschäftsführer war so wütend. Na, ich war noch wütender", schnaufte sie in das neue Taschentuch, „ich habe die Tür hinter mir zugeknallt, das kann ich euch sagen."

Sie tupfte die letzten Tränen ab und setzte sich zu mir.

„Das tut mir leid für dich", sagte ich. „Soll ich dir ein Stück Sandtorte holen?"

„Nein, danke."

Ich stutzte. Sandtorte liebte sie doch in allen Lebenslagen. Da stimmte etwas nicht, und es handelte sich bestimmt nicht um den verlorenen Job. Aber fragen wollte ich nicht, weil sie mir in diesem seelischen Zustand eine direkte Frage nicht beantwortet hätte. Also stopfte ich weiter an Juans Pullover. Ich brauchte nicht einmal lange zu warten.

„Da ist ein . . ." begann sie stockend, und nach einigen Atemzügen nahm sie einen neuen Anlauf:

„Da ist ein Gesangspädagoge", sagte sie, vorsichtig um sich blickend. „Gar nicht teuer", wisperte sie mir zu. „Und gut soll er sein, weißt du? Andrea erzählte es mir. Ganz in der Nähe wohnt er." Sie seufzte vor Erleichterung, ihr neues Geheimnis losgeworden zu sein.

Verspielt zerrte sie einen Wollhandschuh aus dem Flickkorb und steckte ihre Finger durch die Löcher.

„Wenn ich mit dem Mannequinkursus fertig bin, könnte ich doch ..." Sie hatte einen Klumpen in der Kehle, den sie erst heraushusten mußte.

„Also — so gut wie die Kilius bin ich auch."

„War sie nicht ein Eisstar?" fragte Bhabani.

„Ja, schon, aber gesungen hat sie auch."

Und schon trällerte Elga und piepste in hohen Tönen und hustete dazwischen, weil die Stimmbänder nicht mitmachen wollten, bis wir uns alle die Ohren zuhielten.

„Wartet nur ab", rief sie uns zu, „bis ich erst mal einige Gesangstunden hinter mir habe, dann lacht keiner mehr." Zuversichtlich und selbstbewußt schaute sie in die Runde.

„Du solltest dich lieber auf dein Abitur konzentrieren", rief ihr Elisabeth zu.

„Abitur, pah! Was braucht ein Mädchen wie ich Abitur?"

„So schön bist du auch wieder nicht", sagte Ronny, und Elisabeth meinte:

„Es soll auch Schönheitsköniginnen geben, die eine Universität besucht haben."

Bhabani lachte versöhnlich. Er blickte Elisabeth in die Augen und freute sich, weil sie immer so schön unsicher dabei wurde. Doch ausgerechnet, als endlich Hansjörg Helmrich kam, war Bhabani mit mir in der Küche und half mir, den Tee zuzubereiten.

Niemand konnte es so gut wie Bhabani. Nur Hansjörg wollte das nicht einsehen und starrte den Rest des Abends finster vor sich hin.

Bert und Ronny hatten ihre Boxhandschuhe geholt und spielten Mildenberger gegen Cassius Clay. Sie versuchten vergeblich, Hansjörgs Aufmerksamkeit zu erregen. Dafür aber interessierten sich Gog und Magog um so mehr für die boxenden Zwillinge. Und so artete der Wettkampf in eine Rauferei aus: Boxer gegen Doggen.

Elga saß wieder neben mir und wühlte nervös in meinem Flickkorb herum. Ihre innere Spannung übertrug sich wie ein körperliches Mißbehagen auf mich. Als dann endlich das Telefon läutete, war ich nicht erstaunt, daß gerade sie aufsprang und den Hörer von der Gabel riß.

Alle sahen sie erwartungsvoll an. Sogar die Doggen hoben ihre Köpfe zu ihr auf. Und wirklich: so kurz das Gespräch auch war, als Elga auflegte, strahlte sie wie ein Frühlingsmorgen.

„Ich darf doch mitmachen", jubelte sie und riß mich vom Stuhl. „Hurra! Das Personalbüro konnte in so kurzer Zeit keinen Ersatz finden. Jedenfalls keinen, der meine Maße hat, hat er gesagt." Wie ein Pfau auf dem Laufsteg stolzierte sie vor uns auf und ab.

Juan betrachtete merkwürdig andächtig seine große Schwester und schrie dann mit seinem dünnen Stimmchen, sich fast überschlagend:

„In Gottes Namen, hat er gesagt. Aber ohne Familie, wenn ich bitten darf."

„Du Bengel!" Mitten in ihrer schönsten Verrenkung hielt sie inne und versuchte, ihn zu stupsen, aber er entwich ihr und schrie um so grimmiger:

„Hat er gesagt. Ich habe doch neben dir gestanden beim Telefonieren. Ich habe alles genau gehört."

Die Familie wollte sich nicht abwimmeln lassen. Nun gerade nicht. „Wer kann uns das verbieten?" fragte Ronny unseren Rechtsbeistand Hansjörg.

Mein Verlobter wollte sich nicht festlegen. Vorsichtig meinte er:

„Wenn ihr euch ordentlich aufführt."

„Was heißt das?"

„Nun, kein öffentliches Ärgernis seid oder hervorruft."

„Wir?" riefen meine Geschwister empört im Chor.

Nur Elga rang die Hände und lief wie ein gefangener Löwe auf und ab, bis in ihren Augen ein Gedanke aufblitzte, der die Stirnfalten glättete und sie stillvergnügt vor sich hinsingen ließ.

Wie gern hätte ich gewußt, was sie da wieder ausgebrütet hatte, doch sie danach zu fragen, fiel mir nicht ein.

Am frühen Nachmittag des großen Tages, als wir uns endlich dazu durchgerungen hatten, nicht zur Modenschau zu gehen, um unsere Schwester Elga nicht zu kompromittieren oder auch nur nervös zu machen, rief sie aus der Stadt zu Hause an und sagte:

„Ich habe die Stelle doch nicht bekommen."

„Das heißt, du machst nicht mit?"

„Natürlich nicht. Sagte ich doch gerade. Sie haben ein anderes Mannequin gefunden."

„Wie schade für dich. Du hast dich so darauf gefreut", sagte ich mitfühlend.

„Ach", meinte Elga wegwerfend, „macht nichts. Ich will heute sowieso zu dem Gesangspädagogen, von dem ich dir erzählte. Ich habe ihn vorhin angerufen. Wahrscheinlich bekomme ich meine erste Gesangstunde heute."

Ihre Worte klangen so überzeugend, und doch fühlte ich mich beunruhigt, als Elisabeth meinte: „Dann dürfen wir ja zur Modenschau gehen." Auch Juanita wollte mitgehen. Elisabeth lächelte versonnen vor sich hin.

„Wenn ihr wollt, gehen wir drei. Die Jungen sind daran ja doch nicht interessiert", gab ich nach.

Aber da hatte ich mich verrechnet. Ronny witterte einen Spaß, und sogar Bert, der Phlegmatiker, war nicht aufzuhalten. Warum mir diese Begeisterung nicht zu denken gab, weiß ich nicht. Vielleicht kam es daher, daß ich meine Geschwister noch kein volles Jahr kannte.

Norbert war in der Hochschule, Bhabani auch, und Hansjörg hatte seinen Beruf.

Also waren wir sechs, die zu Hertie pilgerten. Gog und Magog mußten bei ihren Eltern im Zwinger bleiben, und Frau Laible freute sich auf einen ruhigen Nachmittag. Nur Juan verkroch sich im Zwinger und wollte mal wieder ohne seine Lieblinge nicht weggehen. Er war der einzige, den wir wider Willen mitnehmen mußten.

Im Erfrischungsraum fanden wir einen Tisch ganz hinten

am Fenster, ziemlich weit vom Laufsteg entfernt. Und weil es in dem überfüllten Raum so heiß war, bestellte ich für uns alle Eiscreme.

Ich saß zwischen den beiden Kleinsten, was sich als taktisch richtig erweisen sollte. Bert und Ronny saßen mit dem Rücken zum Laufsteg und würden sich umdrehen müssen, wenn sie etwas von den Vorführungen sehen wollten. Elisabeth hatte den besten Platz. Im Augenblick spielte eine Kapelle, und wir löffelten unser Eis. Erwartungsvolle Spannung lag in der Luft und ein Stimmengewirr wie in einer Schulklasse, in der der Lehrer Verspätung hat. Die meisten Gäste stellten Teens und Twens; es waren nur wenige Mütter und Rentner darunter.

Auf einmal verstummte die Musik. Vom Publikum blieb diese Tatsache vorläufig noch unbeachtet. Ein Ansager sprach witzig ins Mikrofon. Er wiederholte den Satz noch einige Male, immer im selben launigen Tonfall. Er selbst hatte gute Nerven.

Endlich hörte man ihm zu. Der Lärm verstummte. Und dann kamen sie, eine nach der anderen. Als zweite unsere Elga, in einem Mini-Bikini. Und da schrie auch schon Juanita, ehe ich es verhindern konnte: „Elga!"

So schnell ist meine Hand noch nie auf einem Kindermund gelandet. Entschlossen hielt ich mit eisernem Griff meiner kleinen zappelnden Schwester den vorlauten Mund zu. Um weitere Störungen zu vermeiden, legte ich meinen andere Arm um Juan und hielt auch ihm den Mund zu.

Sie wehrten sich kaum, so fasziniert waren sie von ihrer großen Schwester Elga. Der Ansager oder Conférencier, wie er auf den Plakaten genannt wird, erläuterte die Modelle und machte dazu seine diversen Scherze, die pflichtschuldig belacht wurden. Dazu spielte die Kapelle, und zu all diesen Geräuschen gesellte sich die Stimme Berts so laut, daß alles mithören konnte:

„Ich wußte nicht, daß sie ein Muttermal am Nabel hat."

Ob auch Elga diesen ungehörigen Satz gehört hatte, weiß ich nicht, aber den anderen Ausspruch bestimmt, nämlich den vom Nebentisch. Da saßen einige Teens und riefen ungeniert durch die Gegend:

„Das ist doch ein Schönheitspflaster, du Depp."

Ein ängstliches Mädchen wollte wissen, ob sich das nicht im Wasser auflöst.

„Damit geht man doch nicht ins Wasser", rief ein Jüngling mit Kaugummi zwischen den Raubtierzähnen. „Der ist doch aus Papier."

„Wer?" rief jemand von einem anderen Tisch herüber, und unterdrücktes Kichern unterstrich die Frage.

„Der Bikini natürlich."

„Quatsch. Die Kleider sind aus Papier, nicht der Bikini."

„Woischt dees gwiß?"

Allgemeines Gelächter. Nun schon lauter, ungenierter. Elgas Lächeln wirkte verzerrt. Sie mußte aber noch dreimal über den Laufsteg.

Beim nächsten Mal wirkte sie ganz bezaubernd in einem dottergelben Frottee-Strandkleid mit einem breitrandigen himmelblauen Sonnenhut und langen, roten Ohrringen. Aber sie warf uns einen vernichtenden Blick zu und konnte sich nicht mehr zu einem Lächeln aufraffen.

„Sie sieht uns doch gar nicht", beschwichtigte uns Ronny.

„Sie hat doch keine Brille auf." Aber auch ihm schien es in seiner Haut nicht mehr ganz behaglich zu sein.

„Hoffentlich verfehlt sie den Laufsteg nicht", sagte Bert und verstand es, eine besorgte Miene aufzusetzen. Was verschiedene Jugendliche in unserer unmittelbaren Nachbarschaft zu neuem Kichern veranlaßte.

In gewollt froher Laune und scheinbar gehobener Stimmung fuhren wir nach Hause zurück. Und doch bin ich sicher, daß nicht nur ich mit klopfendem Herzen und schlechtem Gewissen auf Elgas Rückkehr wartete.

„Nie wieder", fauchte uns Elga an. „Nie wieder, das schwöre ich euch."

Der Personalchef soll ausnahmsweise ihrer Meinung gewesen sein. Wutentbrannt war sie zu Hause hereingestürmt, hatte ihren Mantel in die Ecke geworfen. Handschuhe, Mütze und Schal flogen hinterher. Harmlos wie die Engel blickten ihr sechs Geschwister entgegen und sagten nichts.

Mir tat sie unendlich leid, und es war keine fromme Lüge, sondern meine feste Überzeugung, als ich zu ihr sagte:

„Süß hast du ausgesehen, Elga. Wirklich."

„Ja, wirklich", versicherten die anderen, so ernst sie konnten. Frau Laible brachte den Tee und selbstgebackene Kekse herein und konnte gar nicht verstehen, warum wir alle so bedrückt herumsaßen. Gog und Magog versuchten vergeblich, Elga mit ihren großen Zungen die Wangen zu lecken. Aber Appetit hatte sie, das mußte man ihr lassen.

„Ich esse nur vor Kummer", mümmelte sie.

Elga sprüht weiter vor Tatendrang und produziert sich als Beatsängerin

„Stellt euch vor", sagte Elga zwei Tage später abends im trauten Familienkreis: „Herr Sänger will einen Operettenstar aus mir machen. Es würde nur einige Jahre dauern, meint er."

„Operette, so was Langweiliges", sagte ausgerechnet Norbert.

„Wer ist Herr Sänger?" fragte Elisabeth.

„Mein Gesangspädagoge."

„Drollig."

„Was ist drollig?"

„Na, daß er ausgerechnet Sänger heißt."

„Ja, nicht wahr? Ist mir noch gar nicht aufgefallen. So was kommt eben vor."

„Haha, ein Sänger, der Sänger heißt", freute sich Ronny.

„Übrigens", wandte sich Elga an Norbert, „das habe ich ihm auch gesagt. Ich meine, daß Operette langweilig ist. Er meinte, ich könnte auch Oratoriensängerin werden, aber die Ausbildung dauere da noch etwas länger. Aber das kriegten wir schon hin, hat er gesagt."

Mit einem Schwung verdrehte sie ihre eckigen Hüften. Eine Angewohnheit aus ihrer kürzlich abgeschlossenen Mannequinzeit.

Beifallheischend blickte sie in die Runde.

„Was sagt ihr dazu? Ich sei ein Naturtalent, hat er gesagt. Aber es sei höchste Zeit, mit den Übungen anzufangen."

„Er braucht wohl dringend Geld?" fragte Norbert.

Das war nicht schön von Norbert. Dafür nickte ich ihr um so freundlicher zu, doch mich blickte sie gerade nicht an, um so mehr die vier Doggen, die vorhin noch nicht da waren und sich nun behaglich vor dem Kamin wälzten, wobei sie ihre riesigen Pranken in die Luft streckten. Nur Cleopatra hob den Kopf und gähnte gelangweilt, als sie Elgas Ausruf vernahm:

„Wer hat die Viecher hereingelassen? Juan!"

„Ja?"

Juan konnte mitunter piepsen wie eine Maus, vor allem dann, wenn er ein schlechtes Gewissen hatte und doch seinen Kopf durchsetzen wollte.

Solange er konnte, hielt er Elgas strengem Blick stand. Als jedoch der Ausdruck ihrer Augen nicht freundlicher werden wollte, verkroch er sich zwischen seine Vierbeiner, die ihm liebevoll Platz machten.

Es klingelte an der Haustür. Die vier Doggen setzten sich in Positur und knurrten gefährlich. Uli Häberle, Elgas augenblicklicher Favorit, kam hereinspaziert. Ängstlich hielt er sich an der Türklinke fest, fasziniert von dem Anblick, den ihm die vier knurrenden Bestien boten.

Es beruhigte ihn auch keineswegs, daß der winzige Juan mitten unter ihnen lag.

„Du bist so blaß, Uli", sagte ich. „Es ist kalt draußen, nicht wahr? Nun komm schon herein und mach die Tür zu."

„Wärme dich etwas am Kamin auf", rief ihm Ronny aufmunternd zu. Er grinste diabolisch vor sich hin. „Macht mal

Platz da", fuhr er die Doggen an und schob sie beiseite. Sie ließen es sich gefallen, und es entstand für kurze Zeit eine Gasse bis zum Kamin.

Doch Uli brauchte glücklicherweise das nette Angebot nicht anzunehmen, denn Elga lief mit einem Freudenschrei auf ihn zu.

„Du kommst gerade richtig", sagte sie erregt.

Sie zerrte ihn an seinen langen Armen quer durch die Halle. Alles an Uli war lang: das rote Haar, die dünnen Beine in engen, grünen Hosen und die noch dünneren Arme im zu engen schwarzen Rollkragenpullover. Sogar seine dünne Nase war lang.

Was Elga so entzückend an ihm fand, konnten wir anderen einfach nicht begreifen.

„Uli ist Beatbandleader", erklärte Elga eifrig. Dabei wußten wir es schon längst. „Das ist genau das, was ich zur Zeit brauche."

Mit erwartungsvoll glänzenden Augen schien sie ihn hypnotisieren zu wollen.

„Wann steigt der Wettbewerb?" fragte sie und schob ihn, weil er die ganze Zeit noch nichts gesagt hatte. „Nun, sag schon."

„Deswegen bin ich ja hier", bequemte er sich endlich zu näseln. Seinen Blick konnte er immer noch nicht von den Doggen lassen. Dabei hatten sie sich längst mit ihm abgefunden und räkelten sich verschlafen.

„Was für ein Wettbewerb?" fragte ich.

„Och . . ." sagte Elga, „. . . der Amateurbeatbands."

Gemacht gleichgültig warf sie sich in einen Sessel, streckte ihre Beine von sich und rief Uli zu:

„Nun hock dich schon hin. Die Viecher tun dir nichts. Ehrlich."

Uli war nicht zum ersten Mal bei uns, und er kannte auch die Doggen. Aber er hatte sie nur im Zwinger gesehen und nur einzeln mal draußen. In dieser Ansammlung vor dem Kamin, ausgerechnet da, wo es am wärmsten war, war er mit ihnen noch nicht konfrontiert worden.

„Am Samstag sind die Vorentscheidungen", sagte Uli ungewohnt leise und setzte sich sehr langsam auf die nächstbeste Sitzgelegenheit. Es war ausgerechnet die Urwaldtrommel, auf der Juan so gern herumturnte. Sie gab einen dumpfen Ton von sich, und der arme Uli sprang erschrocken hoch.

„So bald schon?" Elga unterdrückte ein Kichern.

„Liest du denn keine Zeitung?" sagte Uli bissig. Es ärgerte ihn allmählich, daß er eine so komische Figur abgab, nachdem er doch so gern imponiert hätte. Es gelang ihm auch, mit dieser simplen Frage Elga einen Augenblick lang in Verlegenheit zu bringen. Versöhnlich und wieder einigermaßen im Gleichgewicht sagte er zu ihr:

„Wir brauchen eine Solistin. Eine Beatsängerin. Ich dachte an Andrea. Und da wollte ich dich fragen, ob du nicht mal mit ihr reden könntest. Ihr versteht euch doch so gut. Ich kann sie ja nicht leiden. Die ist immer so eingebildet und kommt sich wichtig vor, weil ihr Vater Unteroffizier oder so was bei der Bundeswehr ist."

„Leutnant", sagte Elisabeth.

„Na, wenn schon. Tust du mir den Gefallen, Elga?"

„Nö — warum sollte ich." Sie stand auf und stellte sich dicht vor ihn hin. „Hör mal, Uli, ich habe dir doch erzählt, daß ich Gesangunterricht nehme. Herr Sänger hat mir großes Talent bestätigt, ehrlich."

Schon schmetterte sie los, daß die Schrumpfköpfe an den Wänden zitterten und die Masken schepperten. Eine neue Angewohnheit von ihr, die unsere Nerven reichlich strapazierte. Sogar die Doggen hielten sich die Ohren zu.

„Hör schon auf", fauchte Ronny. „Ich sage dir doch, der will nur dein Geld."

Elga schoß auf ihn zu: „Ach ..."

Er duckte sich lachend, und ihre Rechte sauste über seinen Kopf hinweg, ohne auf Widerstand zu stoßen.

Sie wandte sich wieder an Uli.

„Ich will bei euch als Beatsängerin mitmachen. Was sagst du dazu?"

„Du? Na, prima. Komm morgen zur Probe. Weißt du, wir sind arg in Verlegenheit. Hannelore sollte singen, aber gerade jetzt hat sie Grippe bekommen, und Gerda hat sich beim Schilaufen den Knöchel verstaucht oder gebrochen. Jedenfalls hat sie ihr Bein bis zum Knie in Gips."

„Na, prima", rief Elga gemütvoll. „Da kann ich es ja versuchen. Ihr werdet staunen."

Was wir nicht glauben wollten, trat ein: die Jungens der Band waren begeistert, und bei der Vorentscheidung ging auch alles ganz gut. Das Mikrofon dicht vor dem Mund, als wollte sie hineinkriechen, sang Elga ganz leidlich und für eine Amateurband nicht schlecht.

„Bis zu dem Wettstreit in der Donauhalle nehme ich noch einige Gesangstunden", beruhigte sie den Teil der Jungen, der nicht so überzeugt von ihren gesanglichen Vorzügen war, wie zum Beispiel Uli und sein Freund Pit, der Drummer.

Sie wußte zwar, daß Herr Sänger von dieser Art Gesangskunst nichts hielt, aber darüber verlor sie kein Wort. Was wußte schon Herr Sänger mit seinen dreißig Jahren und darüber. Er war ja viel zu alt, um mitreden zu können.

Und dann war es so weit: der große Auftritt in der riesigen Donauhalle.

„Ich bin so aufgeregt", gestand Elga zum hundertsten Mal und rieb sich die feuchten Hände. „Ich fürchte, ich kriege keinen Ton heraus", krächzte sie und strich zur Abwechslung über ihren schlanken Hals.

Weiß der Himmel, das glaubte ich auch und spürte meine eigene Erregung. Wenn es nur klappte.

„Du mußt rohe Eier schlürfen", riet ihr Bhabani.

„Brrr."

Wie reizend sie aussah in dem weißen Minikleid und den Stiefeln aus rotem Lack. Ihr dunkles Haar war kurz und wie angepreßt an den schönen Kopf.

„Hoffentlich fällst du nicht vom Podium", sagte Bert, wenn du ohne Brille da herumstolperst."

„Das wird eine Gaudi", freute sich Ronny. Elga gab ihm eine Ohrfeige, der er nicht rechtzeitig ausweichen konnte. Er schrie: „Aua, das will meine Schwester sein. Ein Star, haha." Dem zweiten Schlag wich er geschickter aus.

Ich fuhr Elga im roten Sportwagen zur Donauhalle und holte dann erst die Kinder ab. Eintrittskarten hatten wir uns schon im Vorverkauf geholt. Zum Glück, denn es war nunmehr ausverkauft.

Der Saal war auch bereits voll. Wir saßen schon auf unseren Plätzen, hatten drei Beatbands gehört, ohne daß uns das Trommelfeld gerissen wäre, da mußte Ronny noch einmal unbedingt hinaus. Die Bands waren nicht schlecht, um so ängstlicher fieberten wir dem Auftritt Ulis mit seinen Mannen und Elga als Gesangstar entgegen.

Meine Hände waren eiskalt. Wenn ich es recht überdachte, konnte es nicht gutgehen. Elga konnte doch nicht singen. Wie war ich nur dazu gekommen, ihr diesen Auftritt zu erlauben. Ich konnte eben schlecht nein sagen. Sie hatte sich so sehr darauf gefreut. Ich hatte es einfach nicht übers Herz gebracht, ihr diese Freude zu verwehren. Und doch, das spürte ich jetzt, in diesem Augenblick, daß ich allein schuld war, wenn Elga sich und damit auch uns unsterblich blamierte. Arme Elga, ich bin nicht fähig, junge Menschen zu führen, sie auf dem richtigen Kurs zu halten. Nie werde ich mir Kinder anschaffen, nie. Ich kann sie ja nicht erziehen. Sie tanzen mir auf dem Kopf herum. Oh ...

Wie es Elga zumute war, erzählte sie uns noch am selben Abend. Der Einfachheit halber will ich es anschließend tun.

Wie ich schon erwähnte, war sie so erregt, daß sie allen Ernstes glaubte, nicht auftreten zu können. Die vielen Menschen im Saal, das Stimmengewirr in den kurzen Pausen, die Bands, die bereits gespielt hatten und ihrer Meinung nach weit besser waren als Ulis Band, machten sie vollends unsicher. Aber sie mußte auftreten. Sie mußte einfach. Sie konnte die Jungens doch nicht im Stich lassen. Wo sollten sie jetzt noch Ersatz hernehmen?

Hatte sie ihnen nicht versprochen, ihnen zum überlegenen Sieg zu verhelfen? „Haushoch werden wir siegen, laßt mich nur machen." So eine Aufschneiderei. Ihr jugendlicher Übermut rächte sich nun. Was nutzte nun alles, ihre Knie zitterten, wurden weicher und weicher.

Und dann war es soweit. „Los, los, auf die Bühne. Trödelt nicht so herum. Es sind noch mehr da."

Vereinzelt wurde geklatscht. Vorschußlorbeeren. Um so schlimmer. „Na, wenn ich hier lebend herauskomme . . ." wimmerte Elga im stillen und klammerte sich an das Mikrofon.

Mit gehetzten Blicken musterte sie die Meute Publikum, der sie sich ausgesetzt hatte. Und da — ausgerechnet im kritischen Moment — kam Ronny den mittleren Gang herabgeschlendert, das enfant terrible der Familie Grünewald.

So kurzsichtig sie sonst ohne Brille war, Ronny erkannte sie sofort an seinem Gang, an der Art, wie er die Hände in den Hosentaschen vergraben hatte.

Ihre Band hatte zu spielen begonnen, und sie versuchte, sich auf ihren Einsatz zu konzentrieren. Die Scheinwerfer erfaßten ihre schmächtige Gestalt, und sie kam sich vor wie auf dem Rost gebraten.

Leider gelang es ihr nicht, Ronny aus den Augen zu verlieren, der näher und näher kam. Von weitem hatte sie seine Miene nicht erkennen können, aber dann war er fast bis an das Podium herangekommen. Und nun sah sie die Miene, die Grimasse, die Ronny schnitt und die sie so unmöglich und gemein fand, daß sie diese nicht einmal Ronny zugetraut hätte.

Dabei hatte Ronny ausnahmsweise gar nicht die Absicht gehabt, Elga aus der Fassung zu bringen. Gedankenlos, wie nur er sein konnte, war er so weit vorgedrungen. Er sah nicht einmal Elga an, wie sie sich einbildete. Vielmehr blickte er an ihr direkt vorbei auf Pit, den Drummer, der auf einem Podest vor seinem Instrument hockte und im Beatrhythmus trommelte und dazu Grimassen schnitt. Unbewußt ahmte Ronny diese Grimassen nach.

Also davon hatte Elga keine Ahnung. Hingegen war sie von Ronny manches gewöhnt, nur nichts Gutes. Und das hier war einfach zu viel für ihr gequältes Gemüt.

Wie ein hypnotisiertes Kaninchen starrte sie ihn an, ihren Bruder, den Filou, den Hallodri, und plötzlich konnte sie es nicht mehr ertragen. Ganz plötzlich und unerwartet stieß sie einen markerschütternden Schrei aus. Dann brüllte sie sich die ganze Premierenangst von der gemarterten Seele, das Lampenfieber, die Wut auf Ronny.

Sie merkte nicht, wie die Band immer wilder, immer konfuser versuchte, den Rhythmus zu halten und ihre wilden Schreie zu untermalen. Sie merkte auch nicht, wie das Publikum erschrak ob der Urgewalt ihrer Töne (Mißtöne wäre besser), dann aber zu toben und zu johlen begann, wie die jugendlichen Zuschauer von den Stühlen aufsprangen und vor das Podium drängten, sich im Takt wiegten, verrenkten, Yeah, Yeah schrien.

Mit einem Wort: es war ein Hexenkessel. Besorgte Hüter der Ordnung standen sprungbereit, um nötigenfalls einzugreifen. Die ersten Mädchen fielen in Ohnmacht und wurden hinausgetragen.

Kurz: es war der Erfolg. Wenn auch ihre Band nicht auf die Temperamentausbrüche ihrer Sängerin vorbereitet war und mancher Takt und Ton danebenging. Im allgemeinen Geschrei gingen diese kleinen Mißgriffe unter.

Das jugendliche Publikum hatte ihre Band gewählt. Blitzlichter blendeten Elga und machten ihr auf einmal klar, was sie tat und wo sie sich befand. Abrupt verstummte sie. Auch das wurde als gekonnt angesehen.

Ronny war längst in der Masse untergetaucht. Aber Elga wurde von ihren neugewonnenen Fans auf Händen hinausgetragen und in Ulis Oldtimer gesetzt.

„Mann, hat die geschrien“, sagte Ronny anerkennend, als wir auf dem Weg nach Hause waren. Den beiden Kleinsten hatte der Rummel am wenigsten behagt. Juanita waren vor Schreck über den tosenden Krach die Tränen gekommen.

Aber ihr kindliches Heulen war in diesem Getöse untergegangen wie ein Becher voll Wasser im Ozean.

Elisabeth hielt sie im Fond des Wagens in ihren Armen. Nun fühlte sie sich endlich geborgen und schlief ein. Bert saß eingepfercht neben ihnen und döste vor sich hin. Er hatte Hunger.

Nur Ronny, der neben mir saß, sang begeistert eine undefinierbare disharmonische Melodie und hieb mit dem Fuß den Takt dazu, daß unser Familienvehikel auseinanderzufallen drohte.

„Sie hat es geschafft“, sagte Elisabeth anerkennend.

„Bin gespannt, was sie uns erzählen wird.“

Eine gute Stunde später waren Elga und Uli bei uns, und sie schienen keinesfalls so begeistert, wie wir erwartet hatten. Schon im Vorraum, während sie sich den nassen Schnee aus den dicken Wollschals und von den Schultern klopften, hörten wir sie heftig diskutieren.

Ich hatte bereits Teewasser aufgesetzt und war dabei, eine Menge Semmeln zu belegen. Elisabeth deckte den Tisch, und Juan zwängte sich gerade mit Gog und Magog sowie deren Elternpaar herein. Genau vor den Kamin legte er sich mit seinen platzfüllenden Lieblingen hin, und wir anderen hatten wiedermal das Nachsehen.

„Welch ein Glück, daß es im Hause auch noch Zentralheizung gibt“, sagte Elisabeth. Sie meldete, der Tisch sei gedeckt, und Bert rief verbittert, wann wir endlich mit dem Essen anfangen würden.

„Sei doch nicht immer so verfressen“, sagte Ronny. „Schau doch mal in den Spiegel. Wie kann man nur so dick sein!“

Na ja, Ronny war ein dünnes Bürschchen. Oft schien es als ernähre er sich lediglich von seinen diversen Streichen.

„Zehn Minuten warten wir noch auf Norbert", sagte ich und wandte mich an Elga:

„Du kannst stolz sein", sagte ich, „eure Band hat es dir zu verdanken, daß ihr als Sieger ..."

„Ach, hör auf", fauchte sie und schrie Ronny an: „Laß du dich nur nicht mehr blicken. Ich mache Frikassee aus dir."

Ehrlich erstaunt starrte Ronny in ihre zornfunkelnden Augen. Dann tippte er sich an die Stirn.

„Heiß, was?" meinte er anzüglich. Vorsichtshalber verzog er sich aber ins Eßzimmer und achtete sorgfältig darauf, daß zumindest eine Tischbreite zwischen ihm und seiner strengen Schwester Elga blieb.

„Was ist denn los?" fragte ich.

„Na, was wohl?" konterte Elga. „Habt ihr wirklich mein Geschrei für Gesang gehalten?"

„Aber ..."

„Aber was?"

„Ich denke, das gehört zum Beat?"

Ich strich ihr einige Haarsträhnen glatt, die sich am Hinterkopf aufgetürmt hatten. So glich sie weniger einem streitsüchtigen Hahn. „Du weißt, ich halte nicht viel vom Beat, aber die Geschmäcker sind eben verschieden. Ich verlange auch nie, daß jemand ausgerechnet meinen Geschmack hat. Für mich ist rhythmisches Geschrei eben Beat. Beat heißt übersetzt ‚schlagen'. Na, und ihr habt doch kräftig genug auf die Pauke gehauen, will ich meinen."

Ich war auch tatsächlich nur meiner Geschwister zuliebe in die Donauhalle mitgegangen.

Uli schaltete sich vermittelnd ein. Auch er schien eher bedrückt als beglückt von dem unerwarteten Sieg seiner Band zu sein.

„Ja, also ganz so ist es auch nicht. Elga hat uns ganz schön aus dem Konzept gebracht. Zum Glück für uns war das Publikum genauso ungebildet wie du", sagte er treuherzig. Er wandte sich wieder Elga zu, die tiefsinnig vor sich hinstarrte und nach dem liegenden Magog mit der Fußspitze stieß.

„Aber du lernst das noch“, meinte er zu Elga. „Du mußt eben üben, üben und nochmals üben.“

„Üben?“

„Na klar, üben, lernen, wenn du willst.“

„Lernen“, klang es voller Verachtung und Enttäuschung von Elgas Lippen.

„Was denkst du denn? Kein Meister fällt vom Himmel.“

„Das habe ich doch schon mal irgendwo gelesen“, sagte sie übelgelaunt.

„Übung macht den Meister“, meinte Uli unverdrossen, obwohl Elga sich bereits abgewandt hatte und dem Eßzimmer zustrebte. Abrupt blieb sie stehen, drehte sich um und steuerte wie ein Torpedo auf den verdutzten Uli zu. Sie baute sich vor ihm auf und fauchte:

„Ich will dir mal was sagen, Uli: mit dem Beat und mir ist es aus. Aus, sage ich dir. Wenn ich mich anstrengen soll, dann kann ich ebensogut mein Abitur machen.“

Sie drehte sich auf dem Absatz um und ging nicht etwa ins Eßzimmer zurück, zu den belegten Brötchen mit Tee, nein, sie ging zur anderen Tür hinaus, die zum Korridor führte und von da schnurstracks in ihr Zimmer.

Eine ganze Stunde hielt ich es aus, dann ging ich ihr nach. Ich traute meinen Augen nicht.

Elga hatte ihre Schulbücher und Hefte vor sich ausgebreitet und machte sich eifrig Notizen.

„Ich habe viel nachzuholen“, sagte sie, ohne aufzublikken. „Bringst du mir ein Glas Tee und ein Brötchen her?“

Ich brachte es ihr.

„Zucker?“

„Drei Löffel.“

„Zitrone?“

„Ja, bitte.“

Leise verließ ich meine lernwütige kleine Schwester, und genauso leise lachte ich vor mich hin.

Ein Stein mehr oder weniger. Was macht es aus, wenn man glaubt, einen Sack voller Steine mit sich herumschleppen zu müssen.

Gewiß, um Elga brauchte ich mir keine Sorgen mehr zu machen, sie lernte auch weiterhin eifrig und schien für Extratouren keinen Sinn mehr zu haben.

Aber ...

Da waren Elisabeth und Bhabani. Immer öfter, immer länger hockten die beiden zusammen. Sie trafen sich nicht außerhalb unseres Hauses, sie waren nie allein, sie tauschten auch keine Zärtlichkeiten miteinander aus, abgesehen von den seligen Blicken. Und manchmal legte er wie absichtslos seine Hand auf die ihre. So lieb uns allen Bhaba war, für Elisabeth, die sensibelste von uns allen, würde es bald ein trauriges, sehr trauriges Erwachen geben. Norbert hatte mir verraten, daß Bhaba demnächst in seine Heimat zurück mußte. Elisabeth wußte noch nichts davon.

Mein weiterer Kummer war Juan mit Gog und Magog. Unsere Mutter fragte immer wieder an, ob die beiden Doggen nicht endlich verkauft wurden. Es sei höchste Zeit, wenn sie sich an ihren neuen Herrn gewöhnen sollten. Je älter sie wurden, um so schwerer würde es für die Tiere sein. Das verstand ich ja, aber nicht Juan.

„Wir haben doch Platz genug", pflegte er zu sagen, „und ich sorge doch für sie."

Ja, das tat er. Er brachte ihnen das Futter in den Zwinger, das Frau Laible zurechtmachte, und er spielte mit ihnen. Vorerst ging er ja noch nicht zur Schule.

Juan tat mir leid. Er war nun mal ein Hundenarr. Was konnten unsere Eltern da mitreden, die einige tausend Meilen von uns entfernt mit völlig anderen Problemen beschäftigt waren.

Mein nächster Stein war Hansjörg Helmrich, seines Zeichens mein Verlobter. Auch da stimmte nicht alles, ja vielleicht sogar überhaupt nichts.

Es war höchste Zeit, daß die Eltern heimkehrten. Mir wuchs meine Aufgabe über den Kopf, und ein ganz klein wenig Privatleben hätte ich auch ganz gerne gehabt.

Zum Beispiel wäre ich zu gerne einmal mit Hans-Jörg ausgegangen, ganz allein nur mit ihm. Und wenn es nur ins Kino oder ins Theater wäre. Noch schöner wäre natürlich ein Ausflug in seinem Wagen irgendwohin. Es gab hier so schöne Gegenden, zum Beispiel die Schwäbische Alb mit ihren Kalkfelsen, die aus dunklem Tannengrün hervorleuchten.

Ein Spaziergang mit ihm zusammen an der Donau entlang wäre auch nicht zu verachten .

Na ja, Träume einer einsamen Braut.

Der Abschied

Es war am frühen Morgen des Sonnabends, als Elisabeth, Bhabani, Norbert und Christine Au zum Schilaufen nach Oberstdorf fuhren. Sonntagmittag wollten sie zurück sein, denn am Abend mußte Bhaba noch mit dem Zug nach Stuttgart zum Flughafen weiterfahren.

Der Schiausflug war also für Bhabani zugleich ein Abschied von Deutschland, von Europa und von Elisabeth.

Am Sonnabendnachmittag kam Hansjörg. Die anderen Kinder waren ausnahmsweise mal in ihren Zimmern und mit sich selbst beschäftigt. So saß ich, welch eine Seligkeit, allein mit Hansjörg am warmen Kamin.

Wann hatten wir je so gemütlich und allein zusammengesessen? Ich nutzte die Gelegenheit und erzählte ihm die bittersüße Liebesgeschichte von Elisabeth und Bhabani und auch, daß er uns schon morgen verlassen müsse.

Das Holz knisterte im Kamin, draußen tanzten nach warmem Frühlingsahnen wieder die Schneeflocken. Drinnen war es halbdunkel. Uns genügte der flackernde Schein der Holzscheite. Und doch war es nicht so dunkel, daß ich nicht den Ausdruck in Hansjörgs Augen erkannt hätte, mit dem er mich die ganze Zeit, während ich erzählte, beobachtete. Je länger ich sprach, um so mehr zog sich mein Herz bei diesem forschenden Blick zusammen. Ohne es zu wollen, spürte ich eine innere Abwehr wachsen. Und dann kam es, wie aus der Pistole geschossen:

„Es tut dir doch auch leid?"

„Was meinst du?"

„Nun, daß Bhabani wegfährt."

„Natürlich tut es mir leid", erwiderte ich vielleicht etwas zu heftig. „Wir mögen ihn eben."

„Wir?"

„Was soll das heißen?" fuhr ich hitzig auf. Natürlich wußte ich, was er meinte, aber ich hatte geglaubt, ihm mit meiner Erzählung deutlich genug demonstriert zu haben, für wen Bhabani sich interessierte. Es gab doch für Hansjörg nicht den geringsten Grund, Bhabani als Rivalen anzusehen.

Leider hatte ich mich geirrt. Hansjörg war entschlossen, den Othello zu spielen. Nun denn, der Streit kann beginnen! Es wäre ja auch zu schön gewesen, noch eine halbe Stunde länger gemütlich am Kamin zu sitzen, leise plaudernd oder gar zärtlich, wie es sich für Jungverlobte eigentlich von selbst verstehen sollte.

Der Streit fand nicht statt. Stimmengewirr im Korridor ließ uns aufhorchen. Die Tür wurde aufgerissen, und herein spazierte Elga, gefolgt von Juan und vier Doggen, Juanita mit gräßlich verschmiertem Gesicht, Bert mit dem streitsüchtigen Ronny, beide mit Boxhandschuhen bewehrt.

Hansjörg erblicken und sich in Boxstellung bringen war eins. Natürlich sollte Hansjörg den Schiedsrichter spielen, natürlich sollte er ihre verbesserte Technik bewundern. Hansjörg gehörte doch ihnen, nicht wahr? Verlobt mit Cäcilie? Na klar, das wissen wir doch. Cäcilie gehört in die Küche, wo alle Hausfrauen, Mütter und Mutterstelle vertretenden Schwestern hingehören.

Juan, wie sollte es anders sein, flegelte sich mit seinen vier Lieblingen vor dem Kamin, und Elga hob ihr Double

Juanita auf die Arme und schrie vor Begeisterung über deren Kriegsbemalung.

Vor soviel plötzlichem Wirbel wußte ich kaum, wohin ich zuerst schauen sollte.

„Juanita", sagte ich streng, obwohl es mir schwerfiel, „wo hast du die Schminke her, die in deinem Gesicht ist?"

„Aus deiner Schublade", krähte sie vergnügt, „es ist aber noch mehr drin."

„Das beruhigt mich ungemein. Marsch, ins Bad."

Mit viel Geschrei und Gelächter und Elgas Hilfe brachten wir unser Mini-Mannequin ins Bad. Auch sonst hatte ich an diesem Abend alle Hände voll zu tun, meine Geschwisterschar zu versorgen. Mit Hansjörg zu streiten, war mir leider nicht beschieden. Schade.

Beim Abschied versprach er (nicht mir, sondern den beiden künftigen Boxweltmeistern) morgen nachmittag zum Kaffee zu kommen. Und weg war er. Traurig stand ich am Fenster und blickte ihm nach, aber es blieben nur die Scheinwerfer seines Wagens. In ihrem Schein sah ich die Schneeflocken tanzen, hörte noch einmal das Aufheulen des Motors, und dann wandte ich mich ab und starrte in den Kamin, in dem die letzten Flammen züngelten.

Sonntagmittag kamen die Ausflügler aus Oberstdorf zurück, braungebrannt und sommersprossig, zwei grundverschiedene Paare. Die einen tiefbetrübt: Elisabeth und Bhabani, die anderen heiter und gelöst: Christine und Norbert.

Die letzteren verfügten sich in die Ecke der Wohnhalle, wo der Musikschrank stand, und legten Platten auf. Neuerwerbungen der Kunstrichtung Cool Jazz. Hingerissen lauschten sie den Klängen neuartiger Instrumentierung. Durch die bunten Scheiben des großen Fensters zauberte die Sonne gelbe, grüne, blaue und rote Flecke auf Wände und Möbel und auch auf Christines Nase, die so komisch dunkelblau gefärbt schien, dann wieder rot oder grün, je nachdem, wie sie ihren Oberkörper im Rhythmus der Musik bewegte. Norbert war es wohl auch aufgefallen, denn er grinste von einem Ohr zum anderen, sagte jedoch kein Wort, und so erntete er von Christine ein verliebtes Lächeln. Die Sonne verschwand, in der Halle herrschte Halbdunkel.

Unterdessen saßen Elisabeth und Bhabani in der anderen Ecke wie weiland Hänsel und Gretel, die sich im tiefen, dunklen Wald verlaufen hatten und händchenhaltend wisperndeweise und tieftraurig in die Augen blickten.

Mir selbst war elend zumute, einfach hundeelend. Draußen heulte der Sturm, die Scheite im Kamin qualmten, statt zu brennen, und Hansjörg hätte schon längst da sein müssen.

Die Uhr tickte lauter als sonst, und ich spürte dieses Ticken in meinem schmerzenden Kopf und mit allen Fasern meiner Nerven.

Wo bleibt er nur? Warum kommt er nicht? Was habe ich eigentlich falsch gemacht? Wie behandelt man einen schwierigen Verlobten? Sollte ich an eine Zeitschrift schreiben, „Dr. Brand" oder „Frau Charlotte" befragen?

Ich hatte große Lust, einfach aus dem Hause zu laufen, mitten in den Sturm hinaus, der nassen Schnee und eisigen Regen durcheinanderwirbelte. Nur nicht länger warten, nur nicht diese traurigen Gesichter von Bhaba und Elisabeth sehen und dazu die Urwaldtrommel hören müssen.

Aber da pfiff der Wasserkessel in der Küche, und wie auf Kommando stürzte Bert herein, warf seine nassen Fausthandschuhe von sich und brüllte wie ein Löwe:

„Cäcilie, wann gibt es endlich Kaffee?"

Ich rannte an ihm vorbei in die Küche, um den pfeifenden Kessel zu beruhigen. Bert folgte mir auf den Fersen und jammerte mir immer wieder vor, wie hungrig er sei.

„Wann kriege ich endlich ..."

„Bald."

„Was heißt bald? Ich verhungere."

„Du wirst es abwarten können."

Die Küchenuhr zeigte zehn Minuten nach vier. Sie ging wahrscheinlich vor, denn aus dem Eßzimmer klangen vier

Schläge herüber, von der altmodischen Standuhr, die dort stand. Hansjörg war seit etwa einer Stunde überfällig. Sonntags pflegte er immer gegen drei Uhr zu erscheinen.

Ich brühte den Kaffee auf und machte für die Jüngsten Kakao. Dann trug ich die Kannen ins Eßzimmer, in dem der Tisch bereits gedeckt war. Elga legte ihr Buch weg.

„Ich glaube", sagte sie, „wir werden anfangen müssen. Bhaba hat nicht mehr viel Zeit."

Schweren Herzens sah ich das ein. Also schickte ich Bert los, die Pärchen aus der Halle zu holen. Mitten auf den schön gedeckten Tisch stellte ich die selbstgemachte Torte, die Hansjörg so gern aß. Zufällig bevorzugte sie auch Bhabani. Und ausgerechnet jetzt kam Hansjörg nicht, und Bhaba aß auch mehr aus Höflichkeit, als er sah, wie Elisabeth nur an der Torte herumstocherte, statt einen kräftigen Bissen zu sich zu nehmen. Aber den anderen schmeckte es, und das entschädigte mich für die Mühe, die ich damit gehabt hatte.

Wenn doch nur Hansjörg anrufen würde. Wenigstens anrufen könnte er ja wirklich. Nach dem Kaffee sortierte ich das Geschirr in der Küche und stellte es zurecht zum Abwaschen, als Bhabani hereinkam.

„Ich muß mich jetzt verabschieden, Cäcilie", er nahm meine beiden Hände. „Ich werde euch nie vergessen."

„Kommst du zurück, Bhaba?"

„Ich weiß es nicht." Er sah sehr, sehr traurig aus. Ganz fest drückte er meine Hände.

„Sei lieb zu Elisabeth", sagte er gepreßt, als hielte er nur mit größter Anstrengung die Tränen zurück. „Sie braucht es jetzt ganz besonders."

Wie feucht doch seine großen, dunklen Augen glänzten.

Von Rührung überwältigt, umarmte ich ihn spontan und drückte ihm einen Kuß auf seine haselnußbraune Wange. Und auch Bhabani umarmte mich und gab mir einen herzlichen Kuß auf meine Wange., Eine einsame Träne blieb daran hängen.

Ich schluckte bewegt und wäre auch gern in Tränen ausgebrochen, doch da riß mich eine feindliche und doch so heißgeliebte Stimme aus meiner trüben Abschiedsstimmung.

„Wie ich sehe, bin ich doch noch zu früh gekommen. Ich wollte wirklich nicht stören."

Hansjörgs Stimme triefte vor Hohn und Zorn. Erschrokken wandte ich mich nach ihm um und war zutiefst verstört von dem bitterbösen Funkeln seiner graugrünen Augen. Ich wollte etwas erwidern, etwas Trotziges, mindestens genauso Empörtes, doch dazu kam ich nicht mehr. Er machte auf dem Absatz kehrt und knallte die Küchentür hinter sich zu, daß wir beide wie ertappte Ehebrecher zusammenzuckten.

„So etwas", stieß ich hervor, meiner Stimme kaum mächtig.

„Das tut mir leid", sagte Bhabani und wirkte genauso verstört wie ich. „Aber das bringe ich wieder in Ordnung", versicherte er mir. „Wie kann er dich nur ..."

„Laß nur." Ich winkte müde ab. „Er wird sich schon beruhigen."

Ich war durchaus nicht sicher, daß sich Hansjörg so schnell beruhigen würde, und außerdem war ich ehrlich empört über seinen Auftritt. Es tat mir unendlich leid, daß Bhabani, der uns heute verließ, einen so schlechten Eindruck von uns mitnehmen sollte. Das hatte er nicht verdient für seine stets gleichbleibende Zuneigung und Freundschaft.

Bhabani ging aus der Küche hinaus, und ich beendete meine Arbeit mit zitternden Händen. Tränen der Wut nahmen mir die Sicht, da war es auch kein Wunder, daß das Teeglas beim Abtrocknen zerbrach und die Splitter tief in meinen linken Handballen drangen.

Es war schrecklich, wieviel Blut kam und wie schnell es herausfloß. Ich versuchte, mit der anderen Hand gegen die Wunde zu drücken und auf diese Weise das Blut aufzuhalten, aber es sickerte durch und tropfte auf den Fußboden. Und bis ich den Verbandskasten fand und mir notdürftig einen Verband anlegte, war die frischgeputzte Küche voller Blut und die Binde auch schon wieder. Noch zweimal mußte ich den Verband erneuern, bis er halbwegs ordentlich aussah.

Dann machte ich mich daran, die Blutspuren vom Fußboden und den Küchenborden zu entfernen.

Ich war überzeugt, daß Hansjörg nach diesem Auftritt zorngeladen aus dem Haus gelaufen war. So hätte ich beinahe die blaue Vase fallen lassen und noch mehr Scherben verursacht, als ich sie in Vaters Arbeitszimmer brachte.

Vor dem großen Fenster mit den weißen Tüllgardinen stand Hansjörg im vertrauten Tête-à-tête mit Christine und wisperte eindringlich auf sie ein. Was er da sagte, verstand ich nicht. Aber das Ganze wirkte sehr vertraulich. Mein armes, geplagtes Herz geriet ganz durcheinander. Es wußte nicht, ob es schneller schlagen oder lieber ganz damit aufhören sollte.

Dann kam Christines Antwort viel lauter und deutlicher, und so verstand ich die Worte, ohne den Sinn zu erfassen:

„Ich weiß nicht, Hansjörg, ob das fair gegen sie ist."

„Ach was. Sie hat es nicht anders verdient", sagte Hansjörg wegwerfend und deutlich genug, daß mir die Röte in die Wangen stieg.

Ich hüstelte vernehmlich und stellte die Vase auf den runden Klubtisch. Mit einiger Genugtuung stellte ich fest, wie sie auseinanderfuhren. Bevor sie jedoch etwas sagen konnten, lief ich hinaus auf den halbdunklen Korridor und Norbert in die Arme.

„Weißt du, wo Christine steckt?"

Ich ergriff seinen Arm und schob ihn vor mir her in die Wohnhalle.

„Nein", sagte ich, „du bringst doch jetzt Bhabani zum Bahnhof?"

„Natürlich. Ich wollte Christine fragen, ob sie mitfährt."

„Ich würde sie hierlassen", sagte ich, so ruhig ich konnte. „Sie ist sicher müde von eurer Schitour. Elisabeth fährt doch mit."

„Ja, vielleicht hast du recht. Sag ihr, daß ich gleich zurück bin."

Er ging hinaus zu Bhabani und Elisabeth und den anderen, und ich atmete auf. Warum sollte auch noch Norberts Herz durcheinandergeraten?

Juan auf der Flucht

Herr Winkelmann und Frau. Ein nettes Ehepaar. Beide bereits silberhaarig, gutgenährt und beide Hundenarren.

Das konnte ich unschwer erkennen, als sie vor dem Zwinger standen und begeistert die Doggen musterten. Vor allem den Nachwuchs, denn um diesen ging es ihnen.

„Gog und Magog heißen sie? Wunderbar", freute sich Herr Winkelmann. „Mein Freund in London, Doktor ... na, wie heißt er noch? Ist ja auch egal, hat auch zwei, die so heißen. Zwar sind es keine gefleckten Doggen, sondern die anderen, na, Sie wissen schon ... Die Namen können bleiben. Ich werde sie nicht umtaufen, nicht wahr, Frieda?"

„Nein, wozu?"

Wenn Herr Winkelmann sprach, mußte alles schweigen und sich in Geduld üben. Auch Frau Winkelmann, sie lächelte ein leises, weises Lächeln, das sie sehr verjüngte.

Wir gingen ins Haus und besprachen alles Weitere. Verzeihung: Herr Winkelmann sprach, doch gelang es mir, zwischen zwei Atemzügen des netten Herrn den Preis für die beiden Doggen zu nennen. Er akzeptierte ihn, ohne mit der Wimper zu zucken, wie man so schön zu sagen pflegt. Den Preis hatte uns unsere Mama im vorletzten Brief bereits mitgeteilt. Er war mir sehr hoch erschienen. Anscheinend kannte sie sich da besser aus als ich. Ich übergab den neuen Besitzern schweigend die Papiere: Ahnenpaß, Impfscheine und so weiter. Ich klärte sie, nachdem Herrn Winkelmanns Redefluß doch mal versiegt war, über die Eßgewohnheiten unserer Lieblinge auf, versicherte, daß sie durchaus und absolut stubenrein waren und sich auch an der Leine führen ließen. Und nahm reinen Herzens den Scheck in Empfang.

Warum sollte ich erwähnen, daß sie nicht „bei Fuß" zu gehen gelernt hatten, vielmehr an der Leine zogen, was die Leine hielt, und daß Juan diesen Umstand dazu ausnutzte, sich und seinen Schlitten von ihnen ziehen zu lassen.

Sie würden es schon früh genug merken und konnten auch ein wenig ihre eigene Kunst der Hundedressur unter Beweis stellen.

Wir plauderten noch bei Tee und Gebäck und fanden uns immer sympathischer. Her Winkelmann kannte unzählige Tieranekdoten.

Schon polterte ein weiterer Stein von meinem schweren Herzen, aber ich hatte die Rechnung ohne Juan gemacht. Ich hatte ihn einfach vergessen.

Wir begaben uns zurück zum Zwinger. Herr und Frau Winkelmann stritten sich, wer die Hunde an die Leine nehmen und zum wartenden Auto führen dürfe. Es dämmerte bereits. Dicke, nasse Schneeflocken fielen leise aus tiefhängenden Wolken, und Gog und Magog hatten sich in ein Nichts aufgelöst.

Cäsar und Cleopatra kläfften uns aufgeregt entgegen. Wir starrten in den leeren Zwinger der beiden jungen Hunde wie auf die Mattscheibe des Fernsehapparates, in der Hoffnung, das nächste Bild würde sie uns wieder zeigen. Leider war der Zwinger keine Mattscheibe.

Ich gab nicht auf. Systematisch durchsuchte ich den übersichtlichen Raum, hob ihre Decken und Matten hoch, auf denen sie zu schlafen pflegten, ebenso ihre Futter- und Wassernäpfe. Nichts zu machen. Ich pfiff das Signal „Üb immer Treu und Redlichkeit", auf das unsere Hunde sofort zu reagieren pflegten, weil sie dann ein gefüllter Freßnapf erwartete. Nichts. Nur Cäsar und Cleopatra reagierten mit hungrigem Gebell.

Ihr Nachwuchs blieb verschwunden. Über den verschneiten Rasen tänzelte eine kleine, verschneite Gestalt auf uns zu, ein Püppchen namens Juanita mit schneefeuchten Fausthandschuhen und roter Stupsnase. Ich lief ihr entgegen.

„Hast du Juan gesehen?"

„Wen?" fragte sie und blickte treuherzig, aber ängstlich zu mir auf.

„Du hast mich doch verstanden. Also, wo ist er?"

„Weiß nicht."

Sie wand sich wie ein Regenwurm. Ich packte sie an den Schultern.

„Hör mal gut zu, Juanita, du hast ihn doch gerade gesehen, mit Gog und Magog, nicht wahr?"

„Nein", rief sie trotzig, und als sie in meine zornigen Augen geblickt hatte, schmollte sie: „Juan hat gesagt, ich soll sagen, ich hab' ihn nicht gesehen."

„Na, schön."

Herr Winkelmann lachte, und Frau Winkelmann sagte: „So ein Schlingel."

Ich ließ nicht locker.

„Juan hat dir bestimmt gesagt, wohin er mit den Hunden wollte."

„Und dem Schlitten", sagte Juanita wichtig.

„Also?"

„Ich sage nichts."

„Gut. Dann kriegst du keinen Pudding. Ich meine . . ."

Der Schnee fiel von ihren Fäustlingen, als Juanita damit gedankenvoll gegen das Gitter des Zwingers schlug.

„Also, ich soll nicht sagen, daß er zur Oma nach Blaubeuren will."

Immer aufgeregter sprang sie von einem Fuß auf den anderen.

„Kriege ich Karamellpudding?"

„Ja."

„Mit Himbeersaft? Viel Himbeersaft?"

„Ja, ja. Sag mir aber schnell, in welcher Richtung er davongefahren ist."

„Na, da durchs Tor."

Damit war die Angelegenheit für sie erledigt und sie strebte hüpfend dem Haus zu.

Nach Blaubeuren. Was stellte sich wohl ein Sechsjähriger vor, wie er per Hundeschlitten nach Blaubeuren kam? Es waren ja nur sechzehn Kilometer.

„Wir müssen ihn suchen", sagte ich und meinte natürlich nicht die Winkelmanns. Also verabschiedete ich mich hastig von ihnen und versprach, sie anzurufen, sobald die Hunde wieder da waren. Mit gemischten Gefühlen dachte ich an den Scheck, den sie mir bereits ausgehändigt hatten und der wohlverwahrt in Vaters Schreibtischschublade lag.

In der Halle traf ich auf Elga. Sie kam mir zwar ganz verändert vor, aber ich forschte nicht nach dem Grund, sondern erzählte ihr in fliegender Hast von Juans neuestem Streich.

„Kannst du mir sagen", rief ich atemlos, „ob er überhaupt eine Ahnung hat, in welcher Richtung Blaubeuren liegt?"

„Sicher. Wir waren oft genug da." Sie zog ihre schwarze Perücke vom Kopf und warf sie achtlos auf den Sessel.

„Aber doch per Auto oder mit dem Zug", rief ich ungehalten.

„Im vorigen Jahr zum Beispiel", sagte sie geduldig, „machten wir eine Schiwanderung Richtung Blaubeuren, über Ehrenstein bis Herrlingen. Den Rest bis Blaubeuren sind wir dann mit dem Bus gefahren. Zurück auch."

„Da war Juan fünf Jahre alt. Das wird er sich nicht gemerkt haben."

„Den ganzen Weg nicht. Aber bis Ehrenstein sicher, weil es nur etwa fünf Kilometer sind und wir doch erst vor vier Wochen dort waren. Warte, ich ziehe mir nur den Anorak an."

Elga eilte hinaus, und ich sah die „Zweitfrisur" auf dem Sessel liegen, wie ein Mop ohne Stiel. Plötzlich wußte ich, weshalb sie mir vorhin so fremd vorgekommen war.

Das schrille Läuten des Telefons schreckte mich auf. Mit

dem Vorgefühl weiteren Unglücks stürzte ich auf den Apparat zu. Ich preßte den Hörer ans Ohr und schrie viel zu aufgeregt: „Ja?"

Eine fremde Stimme (oder hatte ich sie schon einmal gehört) fragte: „Fräulein Cäcilie?"

„Ja. Wer ..."

„Bitte, kommen Sie um einundzwanzig Uhr ins Café Gindele, letzter Raum, wenn Sie Ihren Verlobten sehen wollen." Klack.

„Hallo! Hallo?"

Aufgelegt. Unverschämtheit. Warum regte mich dieser Anruf nur so auf? Vielleicht war ich auch nur wegen Juan so aufgeregt?

Elga stürmte herein, mit einem Arm im Anorak.

„Wer war es denn?"

„Ich weiß es nicht. Ich soll um neun Uhr im Café Gindele sein."

Unwillkürlich glitt mein Blick zur Armbanduhr. Gar nicht daran zu denken. Ich mußte Juan suchen. Es war zwar noch lange nicht neun Uhr, aber wer weiß, wie lange die Suche dauern würde. Wer weiß, wie wir ihn antreffen würden, falls wir ihn überhaupt fanden.

Vielleicht mußten wir die Polizei einschalten. Vielleicht ... Wer weiß ...

Wenn ich nur wüßte, an wen mich diese rauhe Stimme erinnert hatte. Ronny und Bert stürmten herein, mit Cäsar und Cleopatra am Halsband.

„Los, Cäcilie, mach schon", drängten sie. Für sie war es eine abenteuerliche Abwechslung. „Wir holen inzwischen die Schier."

Elga hatte zu ihren schwarzen Schihosen den weißen Anorak angezogen und schlug nun den langen roten gestrickten Schal um ihren Hals.

Und wieder läutete das Telefon, und wieder zuckte ich zusammen. Diesmal war Elga schneller am Apparat. Sie erstrahlte wie immer, wenn ihr Lieblingsbruder Norbert zu hören war.

„Gib ihn mir mal", drängte ich viel zu laut und aufgeregt.

„Norbert, wo bist du jetzt?"

„In der Frauenstraße", erwiderte er im Gegensatz zu mir ganz ruhig, viel zu ruhig für mich. „Dieser langweilige Diskussionsabend ist noch immer nicht zu Ende. Wo ist Christine? Ist sie bei euch? Hat sie angerufen?"

„Ich weiß nicht, wo sie ist. Sie hat auch nicht angerufen. Hör mal, wir müssen Juan suchen. Das erkläre ich dir alles später. Aber ja, unterbrich mich nicht. Vorhin hat jemand angerufen und mich für neun Uhr ins Café Grindele bestellt. Ja, ins alte. Wegen Hansjörg. Das klingt irgendwie unwahrscheinlich. Hat sich einer von euch einen Scherz erlaubt? Wir haben jetzt wirklich andere Sorgen."

Norbert beteuerte, er wisse von nichts. „Aber was ist mit Juan?"

Ich erzählte es ihm in Stichworten. „Wir müssen uns beeilen."

„Gut. Ich gehe dann bei Gindele vorbei und sehe mal nach", sagte er. „So schnell ich kann, komme ich nach Hause. Ihr werdet Juan schon finden."

Hätte ich ihn nur nicht ins Gindele geschickt. Aber woher sollte ich ahnen . . .?

Bert kam mit dem Vorschlag an, das Auto zu nehmen. Er war für die Bequemlichkeit. Es paßte ihm nicht, in dieser Dunkelheit und bei diesem Schneegestöber Berge zu besteigen oder auch nur hinabzugleiten auf den Schiern, auf denen er doch Meister war. Dabei waren diese Berge nur lächerliche Hügel.

„Quatsch", sagte Ronny, der lieber seine Beine als sein Gehirn anstrengte. „Juan fährt bestimmt querfeldein mit dem Schlitten. Wie sollen wir ihm da mit dem Wagen folgen?"

„Nicht so quatschig wie du meinst", konterte Bert. „Wir könnten ihm den Weg abschneiden, auch wenn wir rundherum fahren müßten."

Daran war etwas Wahres. Nur wußten wir leider nicht,

wo Juan die befahrbare Straße überqueren würde. Vielleicht würde er sie überhaupt meiden. Er konnte durchaus quer durch den Wald fahren. Bis Ehrenstein. Bei der zunehmenden Dunkelheit mußte er sich unbedingt verirren. Das konnte einem Erwachsenen passieren bei dem Schnee, der alle Wege zudeckte.

Wir beschlossen, den Wagen nicht zu nehmen.

„Aber Cäsar und Cleopatra nehmen wir mit. Los, macht schon", drängte Elga. Trotzdem hatte sie noch Zeit, sich genau im Spiegel zu betrachten. Als sie auf der Garderobe meine Fuchspelzmütze sah, die ich gerade aufsetzen wollte, bettelte sie mir auch noch diese ab. Sie kleidete sie auch wirklich gut. Dafür durfte ich ihre weiße Pudelmütze aufsetzen.

Draußen zitterte ich vor Angst um Juan und vor Kälte. Die Schneeflocken fielen immer dichter. Die drei hatten ihre Schier angeschnallt; ich mußte es ihnen gleichtun.

Wennt das nur gutging. Ich konnte doch noch gar nicht richtig Schi laufen. Aber darüber wollte ich später nachdenken. Elisabeth gab uns noch gute Ratschläge mit auf den Weg. Sie blieb mit Juanita zu Hause. Es konnte ja sein, daß Juan von selbst inzwischen wieder heimfand.

Hoffentlich war er noch nicht bis zum Wald gelangt. Ihn dort zu finden, schien mir unmöglich. Gog und Magog konnten dann auch nicht mehr helfen. Unwillkürlich dachte ich an Filmhunde und wie klug diese doch immer waren, viel klüger als Menschen. Tatsächlich aber gehorchten sie nur den Befehlen, die sie in mühevoller Geduld erlernt hatten. Sie gehorchten Juan, wenn er sie vor den Schlitten spannte und hü und hott sagte. Doch wenn er ihnen den Befehl „Nach Hause" geben würde, konnten sie ihn dann verstehen und wissen, wohin es ging? Ich war nicht sicher. Sie waren erst sechs Monate alt und ebenso verspielt wie Juan.

„Wir nehmen den Weg über den oberen Kuhberg, an der Hochschule vorbei und dann hinten den Berg hinunter, Richtung Söflingen", bestimmte Elga.

Bis zur Hochschule gab es Wege mit Neonbeleuchtung. Mehr oder weniger keuchend und schwitzend kamen wir oben an. Vor uns breitete sich undurchsichtige Finsternis aus. Nur gegenüber, auf dem Eselsberg, schimmerten eine Menge winziger Lichter herüber. Nur unseren Weg beleuchteten sie nicht. Und da hinunter sollten wir aufs Geratewohl. Bei Tageslicht war uns das Gelände durchaus vertraut, aber jetzt? Mir sank der Mut. Dort finden wir niemals unseren Ausreißer. Wenn wir wenigstens eine Taschenlampe hätten.

Hatte ich laut gesprochen?

„Ich habe eine“, rief mir Bert zu.

Ich amete auf. Aber da meinte er auch schon:

„Soll ich sie schnell holen?“

„Holen?“

„Na ja, dabei habe ich sie nicht. Ich weiß auch nicht genau, wo sie liegt. Aber ich werde sie schon finden.“

Bevor ich noch etwas sagen konnte, machte Bert eine elegante Wendung auf seinen Brettern und glitt hinunter, Richtung Heimat.

Plötzlich spürte ich mein Herz gegen die Rippen donnern, vor Sorge um Juan.

„Himmel“, ich konnte meine Erregung nicht mehr meistern. „Es wird immer später, und wir vertrödeln die Zeit. Wer weiß, was Juan alles zustoßen kann. Ronny, du bleibst hier und wartest auf Bert. Elga und ich fahren die ‚Breite‘ runter. Wir nehmen Cleopatra mit, und Cäsar bleibt bei dir.

Vielleicht finden sich die Hunde, wenn wir es nicht tun.“

„Nun heul nicht“, rief Elga und kraxelte weiter, mitten in die Düsternis hinein. „Wir müssen die Ruhe bewahren. Wenn die Jungens sagen: ‚Cäsar, such Cleopatra‘, dann sollst du mal sehen, wie sie uns finden.“

„Das ist meine kleinste Sorge“, sagte ich, „aber Juan, er ist so klein . . .“

„Ja, ja“, rief sie ungeduldig, „er ist klein, aber gar nicht so dumm. Außerdem hat er Gog und Magog bei sich, und wenn ihn unterwegs Leute sehen, werden sie das komische Gespann bestimmt anhalten und fragen, woher er kommt und wohin er will."

„Wenn er in bewohntes Gebiet kommt. Da hinunter", ich zeigte in die undurchdringliche Finsternis, „verirrt sich kaum jemand um diese Zeit. Wenn Juan dann noch nach links abbiegt und in den Wald hineinfährt, findet ihn niemand, auch wir nicht. Vielleicht bei Tage, und da wird es zu spät sein."

Mir liefen die Tränen die kalten Wangen herab. Ich wischte mit dem nassen Handschuh darüber.

„Wer wird denn so schwarzsehen." Elgas Stimme klang ärgerlich. „Du bist genauso pessimistisch veranlagt wie Elisabeth."

Sie glitt elegant vor mir her auf dem Weg, der sich vorläufig noch nicht stark neigte. Anfangs erkannte ich ihren weißen Anorak noch, und ihr Kopf mit meiner Pelzmütze wirkte von hinten enorm groß. Cleopatra empfand wohl allein etwas Spaßiges an der Eskapade. Immer wieder sprang sie vor mir her. Na, und da lag ich auch schon. Cleopatra fand das herrlich und umbellte mich wie toll. Immerhin gelang es mir, allein wieder auf die Beine zu kommen. Ich war eben keine Schikanone. Enttäuscht wandte sich die Hundebestie von mir ab, als es nichts mehr zur Erheiterung gab.

Elga war schon ein ganzes Stück hinabgeglitten. Ich sah sie kaum mehr.

Das Schneetreiben ließ nach. So brauchte ich wenigstens nicht ständig die Brille nachzuputzen.

Es war gut, daß Elisabeth zu Hause geblieben war. Frau Laible pflegte um sieben Uhr abends zu gehen. Im Geist sah ich die verweinte Elisabeth vor mir, wie sie in der großen Wohnhalle am Kamin saß, allein mit ihrem Liebeskummer. Ob sie Juans Verschwinden von ihrem Schmerz um Bhabani ablenkte? Ich mußte zugeben, daß es nicht gerade die richtige Ablenkung war.

Was wohl Hansjörg machte? Wahrscheinlich würde er

nunmehr die Verlobung auflösen. Er war ja jeglichen Erklärungen ausgewichen.

Wahrscheinlich kam ihm dieser Vorwand gerade recht, so wie er mich in den letzten Wochen behandelt hatte. Christine Au war eben eine Schönheit. Schon einmal hatte ich Grund gehabt, auf sie eifersüchtig zu sein. Nur hatte ich damals Glück gehabt, daß sich Christine für Norbert entschied. Wie innig sie zusammen am Fenster gestanden hatten, am letzten Sonntag.

„Cäcilie!"

„Ja, ich komme schon."

Eigentlich machte Schifahren Spaß, wenn man es konnte. Im Augenblick glitt ich ganz leicht bergab, immer darauf bedacht, nicht in zu großes Tempo zu geraten.

Warum war das Leben nur so kompliziert. Meine Gedanken wanderten sprunghaft von einer Misere zur anderen. Himmel! Was war das? Schon wieder lag ich im Schnee. Vor lauter Grübelei war ich vom Wege gekommen und in eine Mulde gerutscht.

Der Knöchel schmerzte so stark, daß ich erst nach einigen Versuchen wieder auftreten konnte, und auch dann nur, weil ich mich dazu mit zusammengebissenen Zähnen zwang.

Welch ein Schmerz. Ob er gebrochen ist?

„Cäcilie, wo bleibst du?"

Vorsichtig setzte ich die Schier auf den Weg und balancierte, mit den Schistöcken immer wieder bremsend, wie eine verhinderte Seiltänzerin vorwärts.

Bis auf Elga, die ich kaum wahrnahm, keine Menschenseele weit und breit. Wo sollten wir nun Juan suchen? Vor mir glitzerte Schnee, über mir hingen drohende Wolken. Und sehr weit unten glitzerten auch noch die Straßenlampen.

„Juan!" So laut ich konnte, schrie ich den Namen in die naßkalte Winterluft hinaus. Wie ein Echo hörte ich auch Elga nach Juan rufen. Wir verhielten, um eventuell auch den geringsten Laut aufzunehmen. Nichts.

„Cleopatra, paß auf. Du bist doch ein kluger Hund. Such Juan. Hörst du? Such Juan. Nun mach schon. Lassie hätte das spielend bewältigt."

Sie sah mir gespannt auf den Mund, dann schnüffelte sie in der Luft und blieb bei mir, schweifwedelnd und harmlos im Schnee wühlend.

Auch Elga rief wieder. Von weitem quietschte die Straßenbahn. Lastwagen rumpelten irgendwo weit unten.

Im Schnee war keine Spur zu sehen. Auch wenn Juan hier vorbeigekommen sein sollte, die dicken, feuchten Schneeflocken hätten längst die Spur verwischt.

Plötzlich horchte ich auf. War da nicht irgendwo zu meinen Füßen eine piepsende Stimme zu hören? Es mußte rechts sein, wo, wie ich wußte, ein Graben entlang der Straße verlief. Im gleichen Moment bellte auch Cleopatra freudig auf und verschwand in der Dunkelheit. Ich holte Elga ein, und gemeinsam versuchten wir, dem Hundegebell auf der Spur zu bleiben. Da bellten doch wahrhaftig noch andere Hunde. Hatten wir Juan gefunden?

„Cäcilie! Elga!"

Wir stoppten, und Elga wandte sich um. Ich selbst wollte das Gleichgewicht nicht schon wieder verlieren. Bert und Ronny kamen den Berg heruntergesaust. Bert blinkte mit der Taschenlampe.

„Gut, daß ihr da seid." Ich pfiff nach Cäsar und rief ihm eindringlich zu:

„Cäsar, such Juan. Such, such, lauf!"

Ach, du meine Güte. Cäsar verstand ja sofort, denn Juan war sein Liebling, aber was half das uns? Er sauste los in die Dunkelheit, genau wie Cleopatra, und ward nicht mehr gesehen.

Ratlos sahen wir uns an.

„Sie müssen hier irgendwo stecken", sagte ich endlich. „Seid doch mal still."

Wir hielten den Atem an und lauschten angestrengt. Aber wir hörten nichts, rein gar nichts.

Wieder riefen wir Juan und dann nacheinander alle vier Doggennamen.

„Hat da nicht jemand gebellt?"

Wieder rutschten wir auf unseren Schiern ins Ungewisse. Ich immer weit zurückbleibend, sozusagen als Nachhut. Auf einmal machte mein Herz einen Sprung. Ganz deutlich hörte ich rechts von mir, wie aus der Unterwelt kommend, ein piepsendes:

„Cäcilie."

Bremsen, Ausrutschen und Stürzen geschah im Bruchteil einer Sekunde. Schon umringten mich vier Kälber. Nein, es waren unsere Edeldoggen. Statt mir aufzuhelfen, stießen sie mich so energisch, als wollten sie sagen, man legt sich doch nicht in den Schnee, wenn man ein Kind retten will. Und was da im Graben neben mir krabbelte (ich konnte nicht genau erkennen, ob unter oder neben dem Schlitten), mußte, wenn mich nicht alles täuschte, Juan sein.

Der übrige Suchtrupp war schon eine halbe Meile weiter unten und nur durch die aufblinkende Taschenlampe und gelegentliche Rufe auszumachen.

„Juan", keuchte ich und wälzte mich, die Schier immer noch an den Füßen, auf den Bauch, um ihn zu erreichen.

„Cäcilie", klang es kläglich zurück. Dann gab es einen Ruck, und Juan war bei mir und schmiegte sich wie ein verlorenes Kätzchen an mich. Seine eiskalten kleinen Hände tasteten mein Gesicht ab.

„Ach, Juan . . ." sagte ich gerührt und voller Freude.

„Ich bin da reingerutscht", sagte er und zeigte ins Ungewisse. „Und . . ."

Umständlich löste ich die Schier von den Stiefeln und tastete nach dem Schlitten. Ich faßte ihn und zog und zog, aber er hatte sich in irgend etwas verklemmt. Auch die beiden „Ziehdoggen" zerrten an dem Schlitten, an den sie noch immer angeschirrt waren, allerdings in entgegengesetzter Richtung. Ihnen war es egal, nur loskommen wollten sie. Aber auch ihre Kräfte reichten nicht aus.

„Wo hast du deine Handschuhe?“ fragte ich.

„Ich habe keine.“

Also zog ich meine aus und stülpte sie ihm über seine winzigen Fäuste. „Oh, sind die warm“, freute er sich.

Ich tastete die Leinen ab, an denen die Hunde angebunden waren, und hakte sie los. Sofort sprangen die Doggen ins Dunkle hinaus und wälzten sich, vor Freude bellend, im Schnee. Dann versuchte ich, schon heftig schwitzend, den Schlitten loszubekommen. Es dauerte eine Weile, bis ich ihn befreit hatte. Wovon eigentlich, wußte ich nicht. Vielleicht war es die Sprungfeder einer alten Matratze, die verbotenerweise hier herumlag.

Auch der übrige Suchtrupp war auf uns aufmerksam geworden, und alle riefen nach uns. Ich brüllte zurück, so laut ich konnte, doch Juan riß an meinem Ärmel und sagte ganz ängstlich:

„Laß sie doch, Cäcilie. Die wollen mich bloß nach Hause mitnehmen.“

„Natürlich. Was denn sonst?“

„Ich will aber nicht.“

„Was? Du willst nicht? Bei diesem Wetter und dieser Kälte?“

„Ich will nicht!“ Sein Abenteuer hatte ihn noch immer nicht kleinmütig gemacht. „Ich bringe Gog und Magog zu Großmutter.“

„Du kommst jetzt nach Hause“, sagte ich energisch.

„Aber ich will nicht“, wimmerte er. Viel Energie war nicht mehr in seiner Stimme.

„Nun laß das Weinen“, sagte ich, „die Winkelmanns sind ja weg, und morgen werden wir weitersehen.“

„Ist das wahr? Sind sie auch wirklich weg? Großes Ehrenwort?“

Irgendwie fanden wir nach Hause zurück, und ich steckte Juan sofort ins Bett. Elisabeth brachte ihm heißen Pfefferminztee und eine Wärmflasche. Juanita opferte ihm sogar großmütig entsagend den winzigen Rest ihres Karamelpuddings. Alles war eitel Freude.

Mein nächster Weg aus Juans Kinderzimmer war in Vaters Arbeitszimmer. Energisch schrieb ich auf einen Briefumschlag Winkelmanns Adresse. Eine Karte legte ich hinein, auf der nur einige kurze, erklärende Sätze standen. Mit einem Seufzer der Erleichterung fügte ich den schönen Scheck bei, klebte den Umschlag zu und eine Briefmarke darauf. Dann lief ich ohne Mantel und Mütze zum nächsten Briefkasten.

Juan hatte recht: wo zwei Doggen leben konnten, war auch noch für zwei weitere Platz. Sollten sich doch unsere Eltern darum kümmern. Sie machten es sich zu leicht mit der Kindererziehung. Juan hatte ein großes Herz, und das hatte er nun mal an seine Hunde verloren. Es genügte, wenn zwei Familienmitglieder Liebeskummer hatten: Elisabeth und ich. Daß auch Norbert davon nicht verschont geblieben war, wußte ich ja noch nicht. Der Abend war aber auch noch nicht zu Ende gegangen.

Liebeskummer allenthalben

Unsere Freude darüber, daß wir Juan so schnell gefunden hatten, verwandelte sich allmählich in Besorgnis um Norbert, der noch immer nicht da war, obwohl die Uhr längst Mitternacht geschlagen hatte.

Elga hockte in ihrem langen, rosa Nachtgewand in dem tiefen, blauen Sessel neben meinem Bett und zitterte. Ob mehr vor Kälte, oder mehr vor Angst um Norbert, wußte sie wohl selbst nicht.

Mir ging es kaum besser. Dabei saß ich zusammengekauert im Bett und hatte mir fest die Daunendecke um die Beine gewickelt. Eine andere Decke lag zu Füßen des Bettes.

„Willst du nicht doch die Decke umnehmen?" fragte ich zum hundertsten Male. „Du erkältest dich."

„Das ist mir gleichgültig, wenn Norbert nicht kommt", bockte sie.

„Irgendwie kommt mir die Situation bekannt vor", stammelte ich, mühsam meine Erregung zurückhaltend.

„Mir auch", seufzte Elga abgrundtief. „Das war genau vor sieben Monaten, als sich die beiden vor dem Münster geprügelt haben, bis die Ambulanz kam. Weißt du noch?"

„Ja." Ich hatte plötzlich Atembeschwerden, und überhaupt war mir ahnungsvoll zumute. „Aber ich verstehe nicht — warum sollten sie sich diesmal ... Nein, es muß etwas anderes sein."

In diesem Moment sah ich das Bild vor mir wie eine Fatamorgana, das sich mir am Sonntagnachmittag im Herrenzimmer eingeprägt hatte: Hansjörg mit Christine dicht beieinander am Fenster stehend und geheimnisvoll — oder intim? — wispernd. Und eine heiße Welle der Enttäuschung, der Eifersucht und des Mitleids für Norbert stieg in mir auf und drohte mich zu überschwemmen. Ich zerrte an der schützenden Decke, deren Wärme ich nicht mehr zu ertragen glaubte.

„Rufst du bei Hansjörg an?" fragte Elga mit großen, übernächtigten Augen.

„Ich? — Jetzt?"

„Na, hör mal, du bist doch seine Braut."

„Was hat das damit ..." ich stockte und setzte leise hinzu: „... vielleicht nicht mehr."

Auf einmal sprangen wir beide gleichzeitig auf. Ein Schlüssel hatte sich im Schloß der Haustür gedreht. Barfuß, wie wir waren, liefen wir in die Halle. Und da stand Norbert. Zerrauft wie ein Kater im März, doch wütend wie ein gereizter Stier in der Kampfarena von Madrid.

„Einen feinen Verlobten hast du", schleuderte er mir entgegen.

„Was ist passiert?" fragte Elga hellwach.

Ich sah ihre nackten Füße und schauderte fröstelnd zusammen.

„Geh ins Bett, Elga", befahl ich, selbst erschrocken über meine Heftigkeit. „Geh sofort ins Bett. Du holst dir den Tod."

Warum starrten sie mich nur so an? Voller Bitterkeit wandte ich mich zur Tür, rannte den dunklen Korridor entlang in mein Zimmer und suchte Schutz in meinem warmen Bett. Doch ich fror auch da; ich fror und fror und wußte, daß Hansjörg mir weh getan, ja mich zutiefst verletzt haben mußte, mich und Norbert.

Ich zog das Kissen über meinen Kopf, als könnte es mich abschirmen gegen den Schmerz, der auf mich zukam, unvermeidlich, unentrinnbar, und hörte trotz dieser Pein die Stimmen im Korridor, zuerst Norberts, dann Elgas Tür zuschlagen. Endlich war alles still, totenstill, und ich weinte mich in den Schlaf.

Am nächsten Morgen erzählte mir Elga alles in der Küche, während ich die Brote strich und belegte: Wurst für Bert, Käse für Ronny, Gurken für Elga und Honig für Elisabeth und die Kleinen.

Ich erfuhr es also von ihr und nicht von Norbert, der sich nicht blicken ließ. Aber auch von Elga wollte ich das nicht hören, was ich bereits zu wissen glaubte.

Mit besorgter Miene half sie mir beim Zubereiten des Frühstücks und war so eifrig dabei, die Milch zu wärmen und den Kaffee zu brühen, wie selten. Dabei spürte ich nur zu deutlich, wie sie mich von der Seite musterte.

Sie war lieb und besorgt, meine kleine Schwester, aber diese Besorgnis trieb mir nur die Tränen in die Augen, und das mochte ich nicht. Niemand, nicht einmal Elga, sollte sehen, wie ich litt. Ohne sich in ihrer Beschäftigung zu unterbrechen, erzählte sie verbittert, als sei es ihr selbst geschehen, wie Norbert das Café betreten hatte, wie er mit suchendem Blick von einem Raum zum anderen ging und dann im letzten Raum links, am letzten Tisch, sie endlich entdeckte: Hansjörg, meinen Verlobten, und Christine, Norberts Verlobte. Eng beieinander sitzend. Sogar seinen Arm hatte er um ihre schmalen Schultern gelegt, dieser Unhold.

Unmißverständlich dieses Tête-à-tête. Und dann Christine, wie sie aufgesprungen war, als plötzlich Norbert vor ihr stand, wie sie errötet war mit dem sonst so porzellanblassen Gesicht und den großen, kindlichen Augen. Und dann zu stottern, zu erklären versuchte.

Ich konnte mir Norbert gut vorstellen, wie er seine Beherrschung verlor, so daß er und Hansjörg aus dem Café gewiesen werden mußten. Aber vor dem alten Caféhaus waren sie erst richtig aneinandergeraten.

Polizei war plötzlich da. Sie mußten mit auf die Wache. Ein Wunder, daß sie dann doch noch nach Hause durften.

„Mit Christine ist es nun aus", sagte Elga ohne Bedauern.

„Armer Norbert", seufzte ich und versuchte, nur noch an das Nächstliegende zu denken. Und das war die Versorgung meiner Geschwister, die pünktlich zur Schule mußten.

Unwillkürlich glitten meine Gedanken zurück zu Juan und dem Scheck, den ich gestern abend zurückgeschickt hatte. Wenigstens er sollte nicht getrennt werden von dem, was er am meisten liebte. Auch wenn ich mir die Entrüstung unserer Eltern darüber lebhaft vorstellen konnte. Sie sollten nur kommen und mir Vorwürfe machen.

Ich hatte es satt, ihnen jeden Stein aus dem Weg zu räumen. Einige kleine Kieselsteinchen durften sie ruhig selbst beiseite schaffen. Schließlich haben sie ja acht Kinder in die Welt gesetzt. Sie machten es sich mit der Verantwortung allzu leicht.

Und überhaupt konzentrierte sich mein aufgestauter Unmut immer mehr auf unsere ständig abwesenden Eltern, die sich auch die Kindererziehung viel zu leicht machten. Einfach nur Briefe mit Anweisungen schicken, die verkappten Befehlen glichen. Natürlich mit der steten Versicherung, wie sehr wir ihnen fehlten. Wie billig! Und wie einfach sie es sich machten!

Ich schleuderte das nasse Geschirrtuch auf die Anrichte und blickte böse dem Postboten entgegen, der von seinem Rad stieg und den Gartenweg heraufkam.

Ein dicker Luftpostbrief unserer lieben Eltern. Ich erkannte Mutters klare, schöne Handschrift und warf den Brief ungeöffnet auf Vaters Schreibtisch.

Warum sollte ich es eilig haben, ihn zu öffnen? Sie würden ja doch nur fragen, ob die Hunde verkauft seien und ob wir den Preis bekommen hätten. Dann würden neue Anweisungen und Befehle folgen und wieder die Versicherung ihrer Liebe.

Nein, jetzt nicht. Vielleicht später, vielleicht morgen.

Elisabeth, die als erste von der Schule zurückkam, öffnete den Brief und las ihn laut vor. Ich hielt mir die Ohren zu. Also, was habe ich gesagt? Dieselben lieben Worte, die wir auswendig wußten und die mir ganz und gar nicht halfen, die täglichen Probleme zu lösen. Doch auf einmal stand Elisabeth dicht neben mir und schrie mir etwas ins Ohr. Dann rüttelte sie mich aufgeregt an der Schulter.

„Hör mal, Cäcilie, nun hör doch mal zu. Bitte", drängte sie. „Mutti schreibt: ‚Hoffentlich habt Ihr Gog und Magog noch nicht verkauft.' Was sagst du jetzt?"

Meine Arme sanken herab. „Was sagst du da?"

„Ja, und weiter: ‚Es wird höchste Zeit, sie zur Dressur anzumelden. In vier Wochen sind wir bei Euch, dann bringen wir sie hin. Sicher wird Juan nichts dagegen haben, wenn seine beiden Lieblinge etwas lernen. Sie sollen, falls sie sich dazu eignen, zu Rennen abgerichtet werden. Später wollen wir sie zu internationalen Hunderennen mitnehmen ... "

„Das ist ja toll", rief Elga, die gerade hereingekommen war.

Ich riß Juan freudestrahlend in die Arme und drehte ihn im Kreis herum, bis er rief: „Aufhören, Cäcilie, ich kann nicht mehr."

Das war nicht nur für Juan eine Freudenbotschaft. Auch wir anderen merkten plötzlich, wie sehr wir an den beiden Tieren hingen.

Ein warmer Sonnenstrahl fiel in die allgemeine Liebeskummerstimmung, die uns wie eine ansteckende Krankheit gepackt hatte.

Es war nach dem Abendessen. Frau Laible war gerade gegangen, und ehe ich mich zu den anderen in die Wohnhalle setzte, wollte ich noch eine ganz persönliche Angelegenheit ins reine bringen. Jemand hatte in meinem Zimmer die Heizung angedreht. Es war drückend heiß. Ich öffnete das Fenster und beugte mich hinaus, um die Fensterläden zu schließen, aber der Sturm riß sie mir immer wieder aus den Händen.

Es war der erste Frühjahrssturm und noch dazu Föhn mit der ungewohnt warmen Luft, die den Frühling ahnen läßt. Eine Wolke schwarzer Vögel zog krächzend über unser Haus hinweg und der Donau zu, ins Dunkel der beginnenden Nacht, dorthin, wo vereinzelt Lichter aufflammten und Glocken den Abend einläuteten. Ganz unten fuhr der Zug nach Friedrichshafen vorbei.

Fernweh und Frühlingsahnen. Ich schwankte zwischen Verzicht und leiser Hoffnung. Aber dann übermannte mich die Wehmut, die Verzweiflung, als ich den Verlobungsring abstreifte und ihn sorgfältig in Seidenpapier wickelte. Und während ich die Adresse von Hansjörg auf den Briefumschlag schrieb, fielen auch schon ein paar Tränen, doch entschlossen steckte ich den Ring hinein. Ich machte mir auch nichts daraus, daß die Briefmarken ganz schief aufgeklebt waren.

Energisch putzte ich mir die Nase, zog den Mantel an und lief hinaus in den Vorfrühlingssturm. Ich ließ mir das Haar zerzausen und kämpfte verbissen um meinen Mantel, der so gerne davongeflogen wäre.

Erst am Briefkasten zauderte ich etwas und schluckte noch einmal alle Bitterkeit hinunter. Zwischen meinen Fingern spürte ich den Ring im Umschlag und warf schließlich den Brief doch hinein.

Es war so hell in der Wohnhalle, daß ich mir die Hand vor die Augen halten mußte, und es summte wie auf einer

Blumenwiese. Bert kam mir entgegen und nahm mir den Mantel ab.

Er war der Kavalier in unserer Familie. Ronny turnte auf dem Teppich herum und rief mir entgegen:

„Wir haben beschlossen, Gog und Magog das Laufen beizubringen."

Ich tat verwundert.

„Ich dachte, sie können es schon."

Elga kicherte und machte Platz auf der Couch.

„Komm, Cäcilie, setz dich zu mir."

„Nein, zu mir", rief Juanita, lief mir entgegen und zog mich am Rock zum Kamin hin, wo wie immer nur Platz für Tiere und den jüngsten Nachwuchs war. Ich wußte wirklich nicht, wo ich da noch meinen Fuß hinstellen sollte, ohne eine der vier schwarz-weißen Bestien zu treten.

Ronny kam von seinem Kopfstand wieder auf den Teppich zurück und schrie über die summende Meute hinweg:

„Wir haben folgendes beschlossen. Nun setz dich schon hin, Cäcilie, du machst mich nervös."

„Nur nicht frech werden", drohte Elga. Ich quetschte mich an Bert vorbei, der gerade die richtige Lage auf dem Bauch gefunden hatte, um ungestört in seinem Buch zu schmökern. Dann hielt ich mich an Ronnys Beinen fest, die er zur Abwechslung als lebende Kerze zur Decke streckte, und stieß an den kleinen Tisch, an dem Elisabeth saß und versuchte, einen Brief nach dem fernen Indien zu schreiben. Über Norberts Füße stolpernd, kam ich endlich bei Elga an. Im Schlepptau hatte ich Juanita, die sich sogleich auf meinem Schoß häuslich niederließ.

„Also, was habt ihr beschlossen?"

Ronny ließ seine Beine herunter und setzte sich ziemsich manierlich auf den Teppich.

„Wir wollen Vati und Mutti überraschen und im Garten mit den Hunden Rennen veranstalten."

Gespannt blickten alle auf mich.

„Im Garten", sagte ich langsam, „na ja. Der Garten ist zwar nicht gerade klein, aber ..."

„Für den Anfang reicht das bestimmt", meinte Ronny zuversichtlich.

„Und wie wollt ihr sie dazu bringen?"

„Das ist doch ganz einfach." Norbert legte bedächtig seinen Schnellhefter beiseite und putzte seine Brille. „Vor allem brauchen wir eine lange Schnur. An das eine Ende binden wir einen Knochen ..."

„Pah, einen Knochen", rief Bert. „Danach dreht sich heutzutage kein Hund mehr um."

„Der soll ja auch nicht für dich sein, Vielfraß", sagte Ronny liebenswürdig wie immer.

„Wie nennst du mich? Sag das noch mal, wenn du dich traust."

Bert wälzte sich von der Bauchlage auf halbe Rückenlage.

„Ruhe." Elga stand auf. „Fangt bloß nicht wieder an, euch zu prügeln."

„Ich finde, Bert hat recht", sagte ich. „Eine Wurst ist fürs erste ein besserer Anreiz."

Bert grinste von einem Ohr zum anderen und wälzte sich zurück auf den Bauch.

Wir diskutierten noch hin und her und beschlossen endlich abzuwarten, bis das Wetter besser war und wir hinausgehen und die richtige Methode an Ort und Stelle ausprobieren konnten.

Am nächsten Morgen und an den folgenden Tagen regnete und stürmte es derart, daß mir die Kinder schon leid taten, wenn sie morgens zur Schule mußten. Ich richtete einen „Taxidienst" ein. Mit anderen Worten, ich fuhr sie zur Schule und holte sie wieder ab. Und da fast jeder zu einer anderen Zeit dort sein mußte und dann wieder Schulschluß hatte, war mein Vormittag vollkommen ausgefüllt. Zum Leidwesen Frau Laibles, die noch mehr arbeiten mußte als sonst. Aber die gute Seele beklagte sich nicht, ja sie schimpfte nicht einmal wie sonst, und das war wiederum, so glaubten wir, ein schlechtes Zeichen.

Juan widmete sich mehr denn je seinen beiden Hunden

und versuchte, ihnen das Einmaleins der guten Hundesitten beizubringen.

„Gib Pfötchen", war das erste, was auf dem Programm stand. Sie begriffen das schnell und fanden es so spaßig, daß sie neuerdings ständig ihre Riesentatzen hinhielten. Zumeist, wenn wir nicht darauf gefaßt waren. Sie lernten apportieren und schnappten sich alles, was heruntergefallen war oder einfach in Reichweite ihrer starken Gebisse lag. All das brachten sie Juan, ihrem Herrn und Meister. Aber das, was sie in der Küche aufschnappten, brachten sie ihm nicht, sofern ihre starken Zähne damit fertig wurden.

Als ich von meiner Zubringer-Autotour wieder einmal zurückkam, lagen in meinem Zimmer ein dicker Rosenstrauß und ein Brief. Ein kleines Päckchen, wahrscheinlich einen Ring enthaltend, lag auch noch dabei. Ich unterdrückte meine Freude, so schwer es mir fiel, riß das Fenster auf und feuerte den Blumenstrauß hinaus. Den Brief trug ich energischen Schrittes zum Kamin und überantwortete ihn den Flammen. Das Päckchen hielt ich abwägend in der Hand und warf es, auf einmal wütend werdend, in die Ecke. Gog und Magog, die kindlichen Großhunde, waren mit einem Satz hinterher und schnappten danach, aber das Päckchen war schon für einen einzigen Hund viel zu klein. Sie knurrten sich an und fletschten die Zähne, als ginge es um einen saftigen Braten. Vielleicht spürten sie auch, so glaubte ich in meiner blühenden Phantasie, daß an dem Verlobungsring, der wahrscheinlich darin steckte, ein gebrochenes Herz hing.

Wie dem auch sei: Gog ging als Sieger aus dem Kampf hervor. Dicht gefolgt von Magog, machte er sich mit seiner Beute daran, um seinen Herrn, Juan den Kleinen, zu suchen.

„Na, wenn schon. Ist mir auch egal, was daraus wird", rief ich hinter ihnen her und warf grimmig die Tür zu. Hansjörg war für mich erledigt, auch wenn mir das Herz dabei brach.

Irgendwie wollte an diesem Abend keine richtige Stimmung aufkommen. Die Kleinen und Kleinsten maulten über das Wetter, das ihnen nicht erlaubte, endlich mit den Hunden Wettrennen zu veranstalten, und Elisabeth war nicht aus ihrem Zimmer zu locken. Sie schrieb Briefe. Man hätte meinen können, sie sei unter die Schriftsteller gegangen. Sie schrieb und schrieb sich die Finger wund, und das meiste davon wanderte in den Papierkorb. Trotzdem brachte sie es fertig, Bhabani jeden Abend einen Brief zu schicken. Ich wette, diese enthielten nie mehr als eine knappe Seite.

„Nicht, daß ich neugierig wäre", sagte Elga und fixierte ihre Zwillingsschwester, die nun doch aufgetaucht war. Elisabeth zwängte sich zwischen den Hunden und den Kleinsten hindurch zum Kamin, immer den übervollen Papierkorb vor sich herbalancierend. „Aber so viel schön beschriebenes Papier einfach ins Feuer zu werfen, finde ich Vergeudung der Arbeits- und Geisteskraft. Daraus ließe sich bestimmt ein Roman machen."

Elisabeth verzog angewidert das Gesicht und schüttete unverdrossen den Inhalt ins aufflackernde Feuer. Sogar die Hunde zogen ihre Pfoten zurück ob der Glut, die den Blättern entströmte.

„Wo nur Norbert bleibt?" sagte ich, um Elga abzulenken. Sie eilte zum Fenster und versuchte, durch die undurchdringliche, nasse Finsternis etwas zu erspähen.

„Ich glaube, da kommt jemand", sagte sie schließlich und mit ahnungsvoller Enttäuschung: „Es sieht aus, als sei er nicht allein."

Mein Nacken versteifte sich. Wäre ich eine Katze, so hätten sich gewiß meine Haare gesträubt, und bestimmt hätte ich einen Buckel gemacht und wäre fauchend in Abwehrstellung gegangen. So aber saß ich nur steif da und hypnotisierte die Eingangstür.

Sie kamen herein in ihren nassen Mänteln und schmutzigen Schuhen. Mit triefenden Schirmen blinzelten sie vergnügt ins ungewohnte Lampenlicht: Norbert und seine ungetreue Christine.

„Also, das ist doch ... das ist einfach zu viel", knurrte ich, warf Norberts Socken in den Flickkorb zurück und sprang vom Sessel. Stolz erhobenen Hauptes marschierte ich zur Korridortür.

„Cäcilie!" Eine schmale Hand faßte mich am Ärmel und versuchte, meinen Fluchtversuch zu vereiteln. Zornig blickte ich in Christines leuchtendblaue Augen und konnte nicht umhin, ihr herrlich blondes Haar zu bewundern.

„Ich verzeih' dir ja", sagte Christine atemlos, „ja, wirklich, ich verzeihe dir."

„Was sagst du da?" Mein Mund blieb offenstehen, und ich kam mir vor wie eine Geisteskranke, die zu früh entlassen worden war. Christine nickte immer und immer wieder mit strahlendem Lächeln.

„Du mir?" stammelte ich endlich.

„Ja, natürlich", sagte der Engel Blauauge. Oder sollte ich sie Goldkäppchen nennen, wie Norbert, wenn er mit ihr allein zu sein glaubte?

„Du hast mir doch Norbert auf den Hals geschickt, statt selbst zu kommen", maulte sie.

Sie wandte sich nach ihm um und streichelte seine unrasierte Wange.

„So, so ..." hauchte ich und wankte zurück über die Rükken meiner lieben Haustiere und Geschwister zu meinem Sessel. „Auf diese Idee bin ich noch gar nicht gekommen."

Ich fühlte mich völlig vernichtet und am Boden zerstört. Erst jetzt merkte ich die ungewohnte Stille, die mich umgab. Alle, auch die Kleinsten, staunten mich an.

„Was ist los mit euch? Was starrt ihr mich so an?" fuhr ich sie an wie ein gereizter Stier. Christine hätte es nicht einmal nötig gehabt, das signalrote Kleid anzuhaben.

Verstört blickten die Kleineren weg und versuchten, ihre diversen Beschäftigungen wiederaufzunehmen.

„Was wolltet ihr denn von mir?" schmetterte ich Christine entgegen, nachdem sich meine Lähmung verflüchtigt hatte. „Wozu, frage ich dich, Christine Au, habt ihr mich dort hinbestellt?"

Nun war es doch wohl an der Zeit, daß auch ihr das Lachen verging, hoffte ich. Weit gefehlt. Sie kam auf mich zu, ohne über die liegende und hockende Familie zu stolpern, legte mir wie einer Schwerkranken den Arm um die Schulter und sagte sanft:

„Das weiß ich auch nicht. Das war Hansjörgs Idee. Er sagte mir nur, er wolle dich überraschen. Womit? Ja, ehrlich, ich weiß es nicht."

Sie wandte sich Norbert zu: „Als du dann plötzlich vor uns standest, hatte ich keine Gelegenheit mehr, dir etwas zu erklären. Du bist doch gleich auf Hansjörg zu ... na, lassen wir das."

Norbert war also besänftigt. Er hatte seine Christine wieder. Und ohne jeden Makel. Nicht nur Norbert, auch ich glaubte ihr. O ja, ich glaubte ihr. Vielleicht hatte sie einige Kleinigkeiten verschwiegen, aber im großen und ganzen ... Leider war damit mein Problem nicht gelöst. Nicht im positiven Sinne.

Ich brauchte Christine nur anzuschauen. Sie war eine Schönheit wie aus dem Bilderbuch. Was war ich schon dagegen, mit meinem Braunhaar und der Brille auf der Nase. Es war für mich sonnenklar: Hansjörg liebte Christine.

Daher seine angebliche Eifersucht. Daher der Vorwand, sich mit Christine im Café zu treffen, um ihr schönzutun. Gleichzeitig sollte ich hinkommen und sie in dieser vertrauten Zweisamkeit sehen. Damit blieb ihm jede Erklärung, so glaubte der clevere Herr Rechtsanwalt, erspart. So wie er mich kannte, wäre er mich ohne Schwierigkeiten, ohne zermürbende Auseinandersetzungen, ohne Kampf losgeworden.

Dummerweise war seine Rechnung nicht aufgegangen. Nicht ich, sondern Norbert war erschienen und hatte ihm eine Tracht Prügel beschert.

Na schön, so einfach war es wohl nicht. Immerhin ist Hansjörg einen Kopf größer als Norbert und nicht gerade der schwächste. Also haben sie sich redlich geschlagen, und jeder hat seinen Teil abbekommen.

Wenn seine Rechnung auch sonst nicht aufgegangen war, so lag es einzig an Christine, die nun einmal Norbert liebte und nicht ihn. Der andere Posten in seiner Rechnung stimmte allerdings: er war mich los.

Daß er mir Blumen schickte, nachdem es mit Christine nicht geklappt hatte, fand ich haarsträubend. Sein stockfinsterer Charakter war mir nun klar. Jetzt wußte ich ja, daß er nichts wert war, warum nur wollte es mein Herz nicht zur Kenntnis nehmen?

Oh, das dumme Herz. Immer, wenn der Briefträger kam, klopfte es rasend bis in den Hals hinauf. Aber es kam nichts mehr von Hansjörg. Keine Blumen mehr, kein Brief, kein Telefonanruf. Überhaupt nichts.

So endete eine große Liebe, schrieb ich in mein Tagebuch.

Hunde, wollt ihr endlich rennen . . .

Am Sonntag war ein Wetter zum Verlieben. Zwar war der Rasen noch naß, aber die Sonne gab sich redliche Mühe, diverse Pfützen zu trocknen, und die Außentemperatur war auf fünfzehn Grad gestiegen.

Juan und Ronny waren am ausgelassensten. Sie konnten es kaum erwarten, hinauszukommen.

„Cäcilie, hast du die Wurst?" fragte Bert.

„Welche Wurst, Bert? Du hast doch gerade . . ."

„Ach —" Bert wurde rot bis unter die Haarwurzeln. „Doch nicht für mich. Wir wollen mit den Rennen anfangen."

„Im Garten etwa? Der Rasen ist doch noch naß."

„Ach was, den Hunden macht das nichts aus."

„Nein, aber dem Rasen", sagte ich und brachte es doch nicht übers Herz, es ihnen zu verbieten. Sie hatten sich schon so lange darauf gefreut. Ich holte eine Wurst aus dem Kühlschrank und reichte sie ihm.

„Habt ihr die Schnur?"

„Ja." Bert eilte hinaus. Na, das Rennen wollte ich mir auch ansehen. Zusammen mit Norbert hatten die Jungen die Rennstrecke von der Toreinfahrt bis zum Teich abgesteckt. Jetzt, da die Sträucher noch keine Blätter und die Beete noch keine Blumen hatten, war das eine durchgehende Strecke von etwa vierzig Metern. Nicht viel für diese großen Tiere.

Es gab noch einige kleine Hindernisse.

„Juan und Juanita, ihr räumt die Steine weg, die da im Wege herumliegen."

„Warum wir? Das könnt auch ihr machen, Bert und du."

„Nun macht schon", befahl Ronny.

Die Kleinsten schleppten also die schweren Steine weg. Elga rollte inzwischen die Schnur auf, um die Länge auszumessen. Die Schnur reichte gerade bis zu einem Drittel des Weges. Ich lief also ins Haus, neue Schnur zu besorgen.

Frau Laible stand in der Küche vor ihren dampfenden Kochtöpfen und rang die Arme.

„Wenn nur eure Eltern bald kommen würden. Wer weiß, was ihr noch alles anstellt."

Die Schnur gab sie mir trotzdem. Aber auch diese reichte nicht aus. Erst als wir etwa vier Knoten geknüpft hatten, war sie lang genug. Norbert band Gog und Magog an die Torsprossen, und Elga mußte ausgerechnet vor den empfindlichen Nasen der Hunde die Schnur um die Wurst binden. Gog und Magog jaulten. Vorsorglicherweise hatten sie noch nichts zu fressen bekommen und waren mit Recht empört.

Als Elga dann die Wurst fallen ließ und die Schnur abwickelnd rückwärts davonging, wäre es den beiden Hungerleidern fast geglückt, den begehrten Leckerbissen zu erwischen.

„Zieh die Wurst weg", schrie ihr Bert unnötigerweise zu. Nun konnte es losgehen. Elga stand am Teich mit dem Schnurende.

„Sobald ich ‚fertig, los' sage, fängst du an, die Schnur

aufzuwickeln", sagte Norbert zu Elga. Sie nickte erwartungsvoll.

„Aber schnell muß es gehen", ermahnte er sie.

„Ja, ja, nun fangt schon an."

Das klappte dann auch wie am Schnürchen. Juan hielt Gog an der Leine, und Juanita hatte Magog. Norbert schrie:

„Fertig, los!"

Die Kleinsten lösten die Leinen vom Halsband, und die Hunde stürzten sich auf die Wurst. Ehe Elga mit dem Aufrollen beginnen konnte, war die Wurst bereits zerteilt und verzehrt. Die Hunde leckten ihre Mäuler und äugten nach mehr.

Ein Glück, daß wir noch mehr Wurst im Kühlschrank hatten.

„Du mußt einen viel größeren Abstand halten zwischen den Tieren und der Wurst, und bei ‚Los' mußt du unbedingt anfangen die Schnur aufzuwickeln", rief ich der betroffen dreinblickenden Elga zu. „Also, noch einmal."

Diesmal erreichten sie die Wurst fünf Sekunden später.

„Nur nicht nervös werden", rief Frau Laible aus dem Fenster. Auch sie hatte plötzlich Rennfieber gepackt. „Wartet mal." Sie brachte eine geöffnete Dose mit Knackwürsten heraus. Nach der dritten Dose war unser Vorrat an Knackwürsten verbraucht.

„Habt ihr nicht irgendwo noch eine Wurst? Eine einzige, winzige."

Wir begaben uns auf die Suche nach einer Wurst. Im Kühlschrank war wirklich keine mehr, in der Tiefkühltruhe auch nicht, im Vorratsschrank auch nicht, aber im Keller fand sich noch ein Stück angebissene ... Mein Blick fiel auf Bert, und er wurde auch prompt rot wie die untergehende Sonne.

„Jetzt drehe ich aber die Schnur auf", sagte Norbert selbstgefällig. Außer ihm hatten wir alle es bereits einmal versucht. „Ihr seid alle viel zu langsam. Ihr könnt nicht schnell genug schalten, das ist es."

Na schön, wir waren eben zu langsam. Und tatsächlich, diesmal hatte ich das Kommando „Fertig, los". Die Kleinen ließen die Tiere los, und Norbert wickelte und wickelte, und plötzlich konnte er nicht mehr weiterwickeln, weil sich die Schnur an einem Strauch verfangen hatte. Er zerrte und zerrte an der Schnur, bis sie riß. Genauer gesagt, der eine Knoten hatte sich gelöst. Wie dem auch sei, es war ohnehin vergebens: Gog und Magog waren bis obenhin satt. Nicht einmal einen schiefen Blick riskierten sie auf die unter dem Strauch liegende Schinkenwurst, ein kläglicher Rest fürs Abendessen, das noch nicht stattgefunden hatte. Gelangweilt trotteten die Hunde zu ihrem Zwinger und fielen über ihre gefüllten Wassernäpfe her.

Bert jammerte am lautesten. „Unsere schöne Wurst. Wovon sollen wir nun satt werden?"

„Von Käse", sagte Frau Laible roh. Sie wußte genau, daß Bert nur im äußersten Notfall Käse akzeptierte.

Es gab dann Rühreier. Die Wurst dachten wir uns dazu. Norbert schlug nach dem kärglichen Mahl vor, erst einmal Schnuraufwickeln zu üben. Außer ihm bekam jeder ein Knäuel in die Hand gedrückt. Unser Ältester sagte wieder einmal: „Fertig, los", und wie wild wickelten wir Schnüre auf. Er stoppte die Zeit mit der Uhr. Bert war am langsamsten.

Ich erwähnte ja schon, daß Bert der Phlegmatiker in unserer Familie war, dafür aber Köpfchen hatte. Wir merkten in unserem Eifer gar nicht, daß er von der Bildfläche verschwunden war. Auf einmal kam er mit einem großen Tablett aus der Küche zurück.

„So", sagte er gemütlich. „Jetzt kann es noch einmal von vorne losgehen." Und dann zeigte uns Bert, was so ein Kolumbus vom Kuhberg alles zuwege bringt. Er drehte seine Schnur um das Tablett, und es ging tatsächlich viel schneller. Wir brauchten das gar nicht erst zu testen. Unsere Doggen lagen wie üblich vor dem Kamin. Mit Kennermiene verfolgten sie sein Tun. Gerade als Bert die Schnur aufgewickelt hatte und sich triumphierend umblickte, sperrten Gog und Magog den Rachen auf zu einem herzhaften Gähnen.

Ich legte mein Schnurknäuel zu den anderen auf den Tisch und rieb meine strapazierten Hände. Dabei näherte ich mich dem Fenster und schaute in die Dämmerung hinaus. Auf einmal vernahm ich Motorengebrumm, das sich schnell unserem Gartentor näherte. Ich spürte, wie meine Hände feucht wurden und mein Atem versagte. Dieses Geräusch hätte ich aus hundert anderen herausgehört. Mein Blut schoß mir in den Kopf. Von Panik ergriffen, blickte ich mich um.

Ronny lief ans Fenster und meldete in meine Richtung:

„Ein schwarzer Mercedes-Sportwagen naht mit Brausen."

„Quatschkopf", sagte Elisabeth. Sie blickte an mir vorbei, ziemlich verkrampft. Ich fühlte, daß sie mich beobachteten. Ich riß mich von meiner Erstarrung los und rannte zur Korridortür und von dort in mein Zimmer. In fliegender Hast riß ich den Mantel aus dem Schrank und zog ihn unterwegs an. Schnell durch die Küche in den Gemüsegarten, über die hintere Stiege hinauf zur rückwärtigen Straße.

Keuchend kam ich oben an. Kalter Wind blies mir ins Gesicht und wirbelte mein Haar durcheinander. Die Hände wurden mir klamm vor Kälte. Handschuhe hatte ich nicht mitgenommen. Aber ich eilte weiter, immer weiter, den Berg hinauf, fort von zu Hause, fort von Hansjörg, der sich auf einmal besonnen hatte, oder?

Nein, ich wollte ihn nicht mehr sehen. Lieber blieb ich die ganze Nacht hier draußen und erfror dabei, ehe ich ihm noch einmal begegnen wollte. Solange ich ihn noch liebte, hatte ich einfach nicht die Kraft, ihm gelassen gegenüberzutreten. Vielleicht später, viel später erst.

Vor mir ragten die düsteren Gebäude der Hochschule auf, in deren Fenstern hier und da Licht brannte. Ich lief weiter, den Bergrücken entlang, auf dem ein Weg entlangführte bis zum Wald. Ein Wunder, daß mich der Sturm nicht hinwegriß. Ich stemmte mich gegen ihn an und kämpfte mich trotzig vorwärts bis zum Wald. Erst unter den Bäumen kam ich zur Besinnung und lehnte mich an den nächsten Stamm. Mein Atem ging schwer und stoßweise. Ich blies in die starren Hände. Allmählich wurde ich ruhiger und nahm auch die Geräusche des Waldes wahr. Und je länger ich dort stand, um so deutlicher wurde ich mir meiner Einsamkeit in diesem dunklen, undurchdringlichen Wald bewußt. Bei jedem Geräusch fuhr ich zusammen, und es gab so viele Geräusche wie fallende Blätter, knackende Zweige und so weiter. Irgend etwas huschte über meine Beine, etwas flog über meinen Kopf hinweg.

Immer stärker übermannte mich die Angst und ein Gefühl der Verlassenheit. Diese Einsamkeit rings um mich her, mit den unsichtbaren, aber hörbaren Lebewesen des Waldes. Wer weiß, vielleicht versteckte sich da einer, der nur auf mich gewartet hatte, um mich zu überfallen und niederzuschlagen. In panischer Hast rannte ich den Weg zurück. Nur heraus aus dem verhexten Wald, nur weg von diesem einsamsten aller Bergrücken.

Zurück ging es viel schneller, wohl weil der Weg bald bergab führte. Erst in der Nähe der Stiege, die in unseren Gemüsegarten führte, hielt ich an. Dort hatte ich keine Angst mehr, dort brannten Straßenleuchten, dort kannte ich mich aus. Düster starrte ich auf das Dach unseres Hauses. Mehr als dieses Dach sah ich von meinem Beobachtungsposten leider nicht. Natürlich sah ich auch nicht, ob Hansjörgs Wagen noch da war. Ich wußte nicht einmal, ob ich eine Stunde oder länger fortgewesen war. Mein Zeitgefühl war mir völlig abhanden gekommen. In der Nähe jaulte ein ausgesperrter Hund. Irgendwie fühlte ich mich mit ihm verwandt.

Plötzlich hörte ich jemand rufen. Ich lauschte. Hatte ich mich getäuscht? Da, schon wieder, diesmal näher. Tatsächlich:

„Cäcilie!"

Da kam sie auch schon die Stiege herauf, blickte sich suchend um. Ich versuchte, im Schatten der Straßenbeleuchtung zu bleiben, und rührte mich nicht vom Fleck.

„Cäcilie."

Elga kam auf mich zu, nahm meinen Arm. „Er ist weg." Sie wollte mich mit sich ziehen. „Du kannst zurückkommen. Er war rührend", sagte sie.

„Ich will nichts hören."

„Sei doch nicht so bockig. Das alles war ein Mißverständnis."

„Nein."

Ich blieb stehen und stemmte mich gegen ihren Arm. „Laß mich los."

„Ach was. Komm schon. Du frierst doch."

„In meinem Herzen friere ich noch viel mehr", entfuhr es mir, und dann schimpfte ich wütend: „Ich komme nur mit, wenn ihr mir versprecht, in meiner Gegenwart seinen Namen nicht mehr zu nennen."

„Gut, gut." Wie zu einer Kranken sprach sie, und ich trottete mit und war froh, wieder im warmen Haus zu sein.

Sie waren alle rührend zu mir. Elisabeth brachte heißen Tee, und Elga verscheuchte die Hunde vom Kaminplatz und brachte ein Kissen an.

„Da setz dich hin und wärme dich auf. Du darfst uns doch nicht krank werden."

Bert opferte mir seinen letzten Kaugummi, und Juanita, die Schmeichelkatze, legte ihren Kopf auf meinen Schoß und wollte unbedingt Märchen hören, sonst ginge sie nicht ins Bett.

Ach ja, es war doch schön zu Hause und auch wärmer als im Wald in einer Februarnacht. Der Tee und die hellen Flammen des Kaminfeuers erwärmten mich, und ich verfiel in eine wohlige Müdigkeit, als sich auf einmal Juan an mich drängte:

„Guck mal, Cäcilie, das hat mir Hansjörg aus Frankfurt mitgebracht."

Eifrig hielt er mir eine gefleckte Dogge aus Stoff entgegen, die unseren lebenden zum Verwechseln ähnlich sah.

„Ja, denk dir, er war in Frankfurt", sagte Elisabeth.

„Ich will nichts wissen", fuhr ich auf. „Laßt gefälligst das Thema fallen."

„Wie du willst", sagte Elisabeth. „Ich dachte nur, es würde dich interessieren ... warum ..."

„Nichts interessiert mich, was mit Rechtsanwalt Helmrich zusammenhängt. Wenn ihr mich hier nicht wieder vertreiben wollt, so richtet euch bitte danach."

„Schon gut, schon gut."

Warum redete ich gegen mein Gefühl? Ich stützte meinen Kopf in beide Hände und betrachtete düster die zukkenden Flammen. Gog und Magog drängelten sich vorsichtig näher und stießen mich in die Seite, als wollten sie sagen, ‚nun mach mal ein wenig Platz'; aber ich rührte mich nicht und kraulte sie nur zur Versöhnung hinter den Ohren.

Natürlich hätte ich gern gewußt, warum Hansjörg so lange fortgeblieben war. Aber eigentlich wußte ich es jetzt bereits. Er war verreist, er reiste ja öfter mal geschäftlich.

Aber er hätte vorher anrufen können, haderte ich. Elga flüsterte Elisabeth etwas zu. Es war lauter, als wenn sie normal gesprochen hätte. Es hatte sich wie das Zischen einer Schlange angehört.

„Er hat ihr alles im Brief erklärt. Auch das mit dem Rendezvous im Café mit Christine."

„Wie ich sie kenne, hat sie den Brief gar nicht gelesen", flüsterte Elisabeth nicht minder laut.

„Ruhe!" zischte ich zurück.

„Warum? Du kannst uns doch nicht verbieten, uns im Flüsterton zu unterhalten."

Warum quälten sie mich so? Natürlich konnte ich es ihnen nicht verbieten. Im Grunde genommen mußte ich mich zusammennehmen und als Älteste und Elternvertretung ein gutes Beispiel in allen Lebenslagen abgeben. Ich hörte sie verhalten kichern. Juanita, deren Kopf auf einem

Kissen neben meinen Knien lag, hob ihre kindlichen Augen zu mir auf und tröstete mich: „Mach dir nichts daraus, Cäcilie. Er fährt ja morgen wieder zurück nach Frankfurt."

„Aber nur für zwei Tage", rief Bert eifrig.

Die Älteren lachten nun ganz deutlich.

Ich schob Juanita sanft beiseite und erhob mich.

„Hab dich doch nicht so", rief sogar Ronny. „Norbert hat sich auch mit ihm vertragen, trotz des Kinnhakens und seines losen Zahnes. Sogar zum Zahnarzt hat er deswegen gemußt."

„Das ist seine Sache." Ich glättete meinen Rock.

„Los, Juan, Juanita, marsch, ins Bad und dann ins Bett. Höchste Zeit für euch."

Die Kleinen maulten wie immer. Aber diesmal hatte ich keine Geduld mit ihnen und scheuchte sie unbarmherzig auf. Ich konnte mich selbst nicht leiden. Aber das Böse in mir war stärker.

Hinter mir sagte Elga zu Elisabeth in seltsam gedämpftem und mitleidigem Ton:

„Hast du es auch bemerkt, wie blaß und schmal er geworden ist?"

Ich drehte mich nach ihr um und sah in ihre großen, kummervoll blickenden Augen, in denen der Schalk saß. Mit einem Griff zerrte ich Juanita vom Boden und eilte mit ihr hinaus.

So eine Bande, wie sie mich quälten.

Zwei Tage vergingen und ein dritter, und Hansjörg ließ sich nicht blicken. Warum kam er nicht? Ich wagte niemanden zu fragen.

Das Wetter wurde schöner, und so konnten wir nachmittags Hunderennen veranstalten. Mit der Zeit bekamen wir es auch heraus, wie wir mit einem Maximum an Geschwindigkeit die Schnur aufwickeln und mit einem Minimum an Wurstzipfeln auskommen konnten. Denn Frau Laible hatte eine noch bessere Idee als Bert. Großherzig, wie sie manchmal sein konnte, opferte sie ihre Wäscheleine, die auf einem hölzernen Wickler aufgewickelt war. Der Wickler war von der einen Seite mit einem Handgriff und von der anderen mit einer Art Kurbel bestückt. So ging das Wikkeln enorm schnell.

Norbert war eines Tages von einer genialen Idee befallen, die uns noch einigen Kummer bereiten sollte. Am Sonnabend, einem schönen Vorfrühlingstage, sagte er während des Mittagessens, es sei an der Zeit, eine neue, längere Rennstrecke zu suchen und abzustecken. Er wisse auch schon wo.

Juan meinte, wir könnten zur „Breite", dort, wo ich Schi laufen gelernt hatte. Aber Bert meinte mit Recht, da ginge es ja bergauf und bergab, und wir brauchten eine verhältnismäßig gerade Strecke.

„Ich weiß eine", wiederholte Norbert, „an der Donau."

„Da sind doch Anlagen und Spazierwege."

„Nein, weiter draußen, Richtung Donautal."

Wir ließen uns überreden, packten das Nötige zusammen und nahmen nicht nur die beiden jüngsten, sondern alle vier Hunde mit.

Tatsächlich fanden wir nach einigem Suchen den idealen Platz. Wir steckten die Rennstrecke ab und kümmerten uns nicht um die paar Zuschauer. Diesmal hielten wir Ältesten am Start die vier Hunde, je einen. Für die Kleinsten wäre es zu anstrengend gewesen, denn die Doggen zogen und zerrten an den Leinen wie nie zuvor. Wir hatten ihnen aber auch seit über zwölf Stunden nichts zu essen gegeben.

Am Ende der Strecke stand Bert bereit mit dem Ende der Wäscheleine und dem Wäscheleinenwickler. Juan durfte das Startzeichen geben.

„Achtung, fertig, los!"

O weh, da hatten wir etwas angerichtet. Vier Riesenhundeleiber drängten sich zu einem Knäuel zusammen, mit den schwarzen Nasen dem einzigen Wurstzipfel nach und behinderten sich gegenseitig im Laufen. Aus der Zuschauermenge erscholl vielstimmiges Gelächter, wie in einem Fußballstadion. Wo nur so viel Menschen auf einmal herkamen? Bestürzt brachen wir das Experiment ab. So ging das also nicht. Mit vier Doggen auf einmal waren wir noch nie gestartet. Von allen Seiten erteilten uns wildfremde Menschen Ratschläge. Die einen feixten, machten dumme Witze auf unsere Kosten, und im Nu waren ein paar Dutzend Leute neben und zwischen uns. Gruppen bildeten sich und diskutierten erregt. Ein Wunder, daß nicht auch noch Wetten abgeschlossen wurden.

„So geht das nicht", sagte ich zu Norbert. „Vielleicht sollten es vier Köder sein?"

„Schon recht", mischte sich ein Fremder ein. „Wie aber wollen Sie Ihren Hunden beibringen, nach dem richtigen Köder zu rennen?"

„So eine dumme Frage", rief ein anderer. „Jeder kriegt natürlich seinen vor die Nase gelegt."

Die Diskussion ging ohne uns weiter. Es war nichts zu machen, auch wenn wir gewollt hätten. Die Leute wichen nicht von unserer Startbahn, ja, sie trampelten unseren Hunden bereits auf die Pfoten, und wir mußten befürchten, daß mal eine unserer gutmütigen Doggen in ihrem Schmerz zubiß.

„So ein Quatsch", sagte Bert, der sich zu mir durchgedrängelt hatte. „Wer soll denn die vier Schnüre aufwickeln."

„Das ist technisch ganz unmöglich", fand auch Norbert, und Elisabeth liebte es sowieso nicht, sich vor fremden Leuten zu produzieren. Unauffällig verließen wir den übervölkerten Platz. Noch von weitem hörten wir die Stimmen der Hunderennfanatiker. Sie hatten noch gar nicht bemerkt, daß wir nicht mehr unter ihnen waren.

„Wir müssen uns einen anderen Platz aussuchen", sagte Bert. „Einen ruhigen, wo nicht so viele Spaziergänger sind."

Sonntag früh ging es bereits wieder hinunter zur Donau, beladen mit Wäscheleine, anderen Schnüren und einer Menge Wurst in Dosen. Wieder waren alle vier Doggen dabei. Wie würden sich diesmal Cäsar und Cleopatra anstellen? Mit den beiden hatten wir noch keine Rennen veranstaltet. Eigentlich müßte es gehen. Sie waren kaum fünf Jahre alt. Für Hunde also im besten Alter. Vielleicht etwas zu alt, um mit Dressuren anzufangen.

„Sie sind intelligent und gesund", sagte Norbert. „Es kann nichts schiefgehen."

Wir wanderten an der Donau entlang, in Richtung Wiblingen. Dort gab es genug Wald und Wege, die kaum begangen wurden. Es dauerte trotzdem noch ziemlich lange, bis wir den richtigen Platz gefunden hatten. Weit und breit entdeckten wir keine Menschenseele. Der Boden war nicht gerade ideal. Er bestand aus Lehm, Stein und Grasbüscheln mit viel Unterholz und auch Bäumen. So gut es ging, machten wir uns alle an die Arbeit und hatten bald die gröbsten Unebenheiten beiseite geschafft. Die Pfützen konnten wir leider nicht beseitigen. Es gab auch keinen Platz weit und breit, der nicht diverse Pfützen aufwies.

Unruhig tänzelnd und hin und wieder jaulend beobachteten die Hunde unser Tun. Sie waren je an einen Baum gebunden. Gog und Magog durften als erste starten. Unsere beiden Kleinsten, Juan und Juanita, sollten sie von den Leinen lassen bei dem bekannten Schlachtruf: „Achtung, fertig, los!"

Norbert gehörte heute zu den Schnuraufwicklern. Das Kommando wurde gegeben, die Kinder ließen die Rennsportler los, und die Champions legten sich, gelangweilt gähnend, ins nasse Gras.

Norbert wickelte und wickelte und hatte erst die Lage erfaßt, als die Wurstzipfel bei ihm gelandet waren.

„Habt ihr Töne?" schimpfte Elga, und wir anderen schlossen uns an.

„Wer hat die Hunde gefüttert?" wetterte Norbert.

„Ja, wer hat die Hunde gefüttert?"

Alle blickten auf Juan, aber standhaft blickte er uns an und schüttelte entschieden den Kopf. „Nein, wirklich nicht. Ich nicht."

„Wahrscheinlich lagen die Köder zu weit weg von ihnen und waren auch zu klein, um als Anreiz zu dienen", sagte ich schließlich.

„Wenn wir ihnen ganze Würste auf einmal anbieten, ist das Spiel bald zu Ende", sagte Bert.

Er hatte recht, und trotzdem, wir banden eine ganze Knackwurst an. Zuvor fuchtelten wir mit der Wurst vor den Nasen unserer Vierbeiner herum, bis sie immer wieder danach schnappten und langsam zu knurren begannen. Denn was wir taten, war die reinste Tierquälerei.

Doch es hatte sich gelohnt. Die Tiere liefen. Gog war schneller als Magog, genau um eine Nasenlänge. Er erwischte am Ende die Wurst. Magog bekam zur Belohnung auch eine. Dann kamen die Senioren dran. Auch mit ihnen ging alles reibungslos. Doch da siegte einmal Cäsar und einmal Cleopatra. Es war nicht festzustellen, wer von ihnen besser lief.

„So", rief ich endlich. „Jetzt starten alle vier zusammen. Wir haben noch zwei kleine Würstchen. Gog und Cäsar laufen hinter einer Wurst her, und Magog und Cleopatra hinter der anderen. Norbert hatte eine Schnur zum Wikkeln, und ich eine. Wir waren sehr aufgeregt und hofften nur, daß die Hunde nicht den verkehrten Würsten nachliefen.

„Das gibt ein Durcheinander", freute sich Ronny.

„Du, unke mal nicht", sagte Bert, „es ist ein ernsthaftes Wettrennen."

„Jawohl!" riefen auch die anderen.

Wir waren aufgeregt wie unsere Sprinter, denen das Rennen immer Freude machte.

„Fertig, los!"

Ein herrlicher Anblick, wie die vier kraftvoll gebauten Doggen davonstoben. Vor Aufregung wickelten wir die Schnüre nicht mehr, sondern zogen sie nur zu uns heran und ließen die Enden einfach auf den Boden fallen. Wir mußten uns mächtig beeilen.

Und da, auf einmal geschah es, womit wir nicht im

Traum gerechnet hätten. Etwas, was uns noch manche schlaflose Nacht bescheren sollte.

Zwei dunkle Schatten schossen aus dem Wald auf unsere Lichtung heraus, direkt von der Seite. Dicht vor den Nasen unserer Doggen schnappten sie sich die beiden Würste und rannten mit fliegenden Ohren und Ruten weiter, in den Wald hinein.

Unsere Doggen stutzten nur einen Moment, schlugen einen Haken und hetzten ihren Rivalen und Würsten hinterher, daß die Lehmbrocken flogen und das Wasser in Fontänen hochspritzte. Das war eine Hetzjagd.

Auch wir begriffen die Lage und rannten prompt hinterher, mitten hinein in den Wald, durch dickstes Gestrüpp, in die Tümpel und auch manchmal direkt gegen Bäume, die nicht rechtzeitig ausweichen wollten. So manche Beule hatten wir auf Stirn und Knie. Das Blut floß in Strömen, behauptete später unser Ronny, der am geschicktesten den Widrigkeiten des Waldes auswich.

Eine kleine Lichtung tat sich auf, und da sahen wir sie. Die Keilerei war in vollem Gange. Vier Doggen gegen zwei Schäferhunde. Die Jungen spornten mit Schlachtrufen ihre Lieblinge an, aber uns Mädchen wurde es doch unheimlich zumute. Da flogen die Fetzen, genauer gesagt die Felle. Da wurde geknurrt, gebellt, gebissen.

Plötzlich rannten die beiden dunklen Räuber davon, dicht an mir vorbei. Mit eingezogenen Ruten und jaulend ergriffen sie die Flucht. Schnell fingen wir unsere vier Helden ein und ließen sie auch nicht mehr los, sosehr sie zogen und zerrten. Sie fühlten sich moralisch durchaus im Recht, und außerdem war das Spiel so schön gewesen. Vier gegen zwei. Pfui, schämt euch. Sie schämten sich nicht, sie bellten. Lauthin schallte ihr Siegesgeheul.

Der Montag kam, der Dienstag und noch einige Tage dazu. Dann kam nicht etwa Hansjörg, aber ein Brief von ihm. Ich las ihn auch diesmal nicht. Ich brachte es einfach in meiner Dickköpfigkeit nicht übers Herz, aber auf den

Poststempel warf ich einen kühnen Blick. Und der sagte mir, daß der Brief aus Frankfurt kam. Also war Hansjörg noch in Frankfurt. Also war er nicht für zwei Tage hingefahren, denn es war wieder eine ganze Woche vergangen. Wer weiß, was er in Frankfurt trieb. Es gab noch mehr blonde Mädchen, die bildhübsch waren.

Meine Sehnsucht nach dem ungetreuen Bräutigam wuchs täglich, ja stündlich, und war kaum mehr auszuhalten. Aber wen ging das etwas an, außer mir? Ich aß kaum und wurde immer dünner, und schlafen konnte ich auch nicht mehr richtig.

Vielleicht sollte ich seinen nächsten Brief doch lesen? Diesen hatte ich wie den ersten vernichtet. Leider kam kein Brief mehr von Hansjörg. Als dann doch ein Brief kam, war er nicht von ihm, sondern vom Gericht. Ich konnte es nicht fassen: es war eine Vorladung wegen Tierquälerei.

Wir sollten Tiere gequält haben? Trotz dieser ungeheuren Anschuldigung, die doch nur ein Mißverständnis sein konnte, war uns nicht ganz wohl in unserer Haut.

„Und ausgerechnet jetzt ist Hansjörg nicht da", sagte Elga ahnungsvoll.

Immer wieder lasen wir die Anklageschrift. Darin war die Rede von einer Horde Jugendlicher (das waren wir!), die eine Meute wilder Doggen auf zwei friedliche, kleine Schäferhunde losgelassen hatten.

„Also, das ist stark", rief ich empört.

„Das soll man uns erst einmal beweisen", sagte Norbert.

„Der Ankläger muß doch mindestens zwei Zeugen haben."

„Habt ihr jemand gesehen?" fragte Bert.

Wir hatten nicht. Wir waren mit unseren Spielen so beschäftigt gewesen, daß uns ein eventueller Beobachter völlig entgangen wäre. Elisabeth sagte zu alledem nichts. Sie saß verängstigt in ihrem Sessel und biß sich die Knöchel wund. Wir sollten vor Gericht. Der Schreck saß uns in den Knochen und ließ uns in der folgenden Nacht nicht ruhig schlafen. Sogar Bert hatte keinen Appetit mehr.

Alle vier Zwillingspaare, so gingen wir geschlossen vor die Schranken des Gerichts, mit gutem Gewissen und rasendem Herzklopfen.

„Man kann uns doch nicht ..."

„Wieso? Was haben wir denn verbro ..."

„Wir haben sie doch nicht gerufen. Sie sind doch selber gekommen. Sie haben doch die Würste gestohlen." So redeten wir uns Mut zu.

Und dann kam, was wir nicht für möglich gehalten hatten und glauben konnten: ein Mann, der uns völlig fremd war, und zwei Zeugen, die uns ebenso fremd waren. Sie wiederholten übereinstimmend, daß unsere vier Doggen nicht an der Leine waren, was im Wald sowieso verboten sei. Sie hätten zwei dressierte, wertvolle Schäferhunde angefallen und übel zugerichtet, wobei wir dem üblen Spiel tatenlos zugesehen haben sollen.

„Habt ihr Zeugen, die das Gegenteil beweisen könnten?"

„Ihr seid miteinander verwandt und außerdem alle miteinander angeklagt."

„Ich auch?" fragte Juanita erwartungsvoll. Da mußte sogar der gestrenge Staatsanwalt lächeln.

Recht hin, Recht her. Der Richter war kein Hellseher. Er hielt sich an die Paragraphen. Das Urteil traf uns hart. Unsere Erziehungsberechtigten mußten eine hohe Summe zahlen. Da Norbert und ich volljährig waren, konnten wir statt dessen eine Haftstrafe verbüßen. Was sollten wir unseren Eltern berichten?

Bedrückt saßen wir am Abend am trauten Kamin und ließen die Köpfe hängen. Die Hunde waren im Zwinger eingesperrt und lärmten ob der ungehörigen Behandlung. Es war ihre Zeit, wo sie am Kamin zu liegen pflegten.

„Was sollen wir machen?" klagte Elisabeth, die an diesem Abend nicht einmal den Versuch machte, einen Brief ins ferne Indien an Bhabani zu schicken.

„Wir müssen heute noch per Eilpost an unsere Eltern schreiben", sagte ich.

„Willst du es ihnen mitteilen?"

„Ich?" Bei dem Gedanken allein überlief mich ein Frösteln.

„Wer sonst? Du bist unsere Vizemutti", sagte Ronny.

„Natürlich", sagte ich resigniert.

„Also schreibst du?"

„Was soll ich denn schreiben?" Mir war zum Heulen zumute. Wenn ich nur wüßte, woher wir das viele Geld nehmen könnten, ohne es vom elterlichen Konto abzuheben, dann wären wir um die Beichte vielleicht herumgekommen.

„Ich habe es", sagte Ronny, der nicht so klug wie Bert aber dafür sehr praktisch denken konnte. „Du und Norbert, ihr geht ins Gefängnis und sitzt die Zeit einfach ab. Dann sparen wir die Kosten."

„Au ja", sagte Bert mit sonnigem Gemüt. „Wir bringen euch auch jeden Tag ein feines Mittagessen, eure Lieblingsspeisen. Frau Laible wird das schon machen."

„Wie rührend."

Voller Grauen betrachtete ich meine liebevolle Geschwisterschar, die Norbert und mich so einfach ans Messer liefern wollte. Ich sah dunkle Verliese vor mir, ein feuchtes Strohlager, Ratten, die über meine nackten Füße sprangen und an meinen großen Zehen nagten, wenn ich schlafen wollte. Bevor ich in Ohnmacht fallen konnte, hörte ich das bekannte Geräusch des sich nahenden Mercedes. Ich wankte zwar angeschlagen, aber noch mit einiger Würde und schon wieder mit viel Herzklopfen auf mein Zimmer. Zweimal drehte ich den Schlüssel im Schloß herum.

Und doch war ich erleichtert wie schon lange nicht mehr. Hansjörg war wieder da. Hätte ich doch nur nicht diesen Dickschädel, ich wäre ihm entgegengeeilt, um mich an seiner starken, mittelbreiten Männerbrust auszuweinen.

Statt dessen saß ich auf meinem Bett und wartete, wartete und wartete. Wie lange doch zwei Stunden werden können. Natürlich konnte ich mir denken, daß sie ihm von der Hundetragödie berichteten, aber ich war doch maßlos enttäuscht, als dann nur Elga kam.

Sie sagte, die Luft sei wieder rein, ich könne zurückkommen.

Er ist weg? Ziemlich deprimiert verzog ich mich in die Küche und brühte ein Glas Tee auf. Na, so was. Einfach weg, ohne auch nur den leisesten Versuch zu machen, mich zu sehen. Ich wankte in mein Zimmer zurück und heulte meinen Kummer in die Kissen hinein, bis sie ganz durchweicht waren.

Beim Frühstück rief mir Juanita freudestrahlend zu:

„Du, Cäcilie, Hansjörg will eine Bereifung auslegen."

„Was will er?"

Elga lachte: „Berufung einlegen", sagte sie. „Ja, stell dir vor. Er will sogar Zeugen für uns suchen und einen neuen Termin für uns erwirken."

Ich kaute am trockenen Brötchen. Elisabeth goß mir Kaffee ein und meinte, ich sähe blaß aus und meine Augen seien viel zu rot, um schön zu sein. Und überhaupt habe es keinen Zweck, aus Liebe zu weinen. Welcher Mann sei das schon wert?

„Sie hat seit drei Tagen keinen Brief von Bhabani bekommen", sagte Elga erklärend. Ich hörte mit halbem Ohr hin.

„Alles schön und gut", sagte ich aus meinen Gedanken heraus. „Woher will er denn Zeugen nehmen?" Ich hatte ganz vergessen, daß ich über Hansjörg nicht sprechen wollte, gleichgültig, was er tat oder sagte.

„Und woher hat dieser Scheermich, oder wie er heißt, die beiden Zeugen her?" fragte Elisabeth.

„Das weiß ich auch nicht, aber wir können ihm nicht widerlegen, daß die Zeugen keine echten sind. Es besteht durchaus die Möglichkeit, daß sie uns von irgendwoher beobachtet haben."

„Wenn sie das wirklich getan haben, wüßten sie auch,

daß ihre Aussagen falsch sind", sagte Elga. „Solche Art von Zeugen könnten wir vielleicht auch..."

„Na, na, so einfach ist das auch nicht", sagte ich und hoffte im stillen, es möge doch so einfach wie möglich sein.

„Mit falschen Zeugen wollen wir erst gar nicht anfangen. Dann gehe ich schon lieber als Märtyrerin ins Gefängnis. Aber gesetzt den Fall, wir fänden echte Zeugen, so ist noch lange nicht gesagt, daß sie vor Gericht gehen, um für uns auszusagen. Die meisten Menschen wollen mit Gerichten nichts zu tun haben. Versteht ihr also, daß es so gut wie unmöglich ist, Zeugen für uns zu finden? Und überhaupt: hat jemand von euch auch nur eine einzige Menschenseele außer uns dort gesehen?"

Wieder ließen die Kinder die Köpfe hängen. Nur Juan, der noch in einer anderen Welt lebte, fragte, ob er schon vom Tisch aufstehen dürfe. Als ich nickte, erhob er sich eilig und lief schnurstracks zu seinen Lieblingen in den Zwinger.

„Wir könnten froh sein, meint Hansjörg, daß sie uns die Doggen nicht weggenommen haben", sagte Ronny.

„Ach nein, auch das noch. Wir sind wohl die reinsten Verbrecher?" rief ich verbittert.

„Sie dürfen nicht ohne Leine im Wald herumlaufen."

„Wir waren mit ihnen auf einer großen Lichtung, und die Doggen waren unter unserer Aufsicht und haben trainiert. Wären die Schäferhunde nicht gekommen, um ihnen die Würste vor der Nase wegzuschnappen, wären unsere Hunde nicht in den Wald gerannt."

„Stimmt, aber beweise das mal", sagte Norbert.

„Auch Helmrich wird das nicht beweisen können", sagte ich feindselig. „Die Berufung hat gar keinen Zweck und bereitet uns nur noch mehr Unkosten."

„Wieso?" fragte Elga.

„Ganz einfach: Wenn wir auch dieses Mal verlieren, müssen wir auch die zusätzlichen Gerichtskosten noch bezahlen."

„O weh."

„Das kann man wohl sagen."

„Warten wir ab", sagte Norbert.

„Ja, ich denke auch, wir sollten abwarten", sagte Elisabeth, und Elga rief spontan: „Ich vertraue Hansjörg."

„Dann vertraue mal schön."

Mir schmeckte auch heute das Frühstück nicht. Draußen regnete es, und die Wolken hingen zum Greifen tief.

Ich saß in meinem Zimmer vor dem Spiegel und gefiel mir mal wieder gar nicht. Mein Haar sah strähnig aus, die Nase rot, die Wangen weiß, der helle Pulli hatte am Hals einen dunklen Rand, und meine Fingernägel waren zu lang.

Angewidert ging ich ins Badezimmer und ließ heißes Wasser in die Wanne laufen. Eine Stunde lang lag ich faul im heißen Bad, wusch dann meine Haare, drehte sie auf große Lockenwickler, cremte mein Gesicht ganz dick ein und zog mir frische Wäsche an. Ich fühlte mich wohler und glaubte, den Tiefpunkt überschritten zu haben. Und ausgerechnet jetzt klopfte es an meiner Tür. Ich wollte schon „Herein" rufen, als mir einfiel, daß meine Geschwister leider nie anzuklopfen pflegten, wenn sie mich aufsuchten. Also fragte ich: „Wer ist da?"

„Könnte ich dich endlich einmal sprechen?"

Hansjörg. An meiner Tür. Zum erstenmal nach über zwei Wochen. Nein, noch länger ... Und ausgerechnet jetzt ...

Der Spiegel warf mir ein Bild zu, daß ich vor Ärger die Augen zukniff.

„Tut mir leid", sagte ich endlich.

„Sei doch nicht so störrisch, Cäcilie."

„Es geht nicht."

„Hat man so etwas schon erlebt", schimpfte er. „Wenn du schon nicht mit mir als deinem Zukünftigen reden willst, dann doch hoffentlich als eurem Rechtsbeistand."

Ich mußte niesen.

„Was sagst du?" fragte er.

„Nichts. Ich habe ..."

„Also, mach schon auf."

„Es geht nicht. Ist Norbert nicht da?"

„Nein, außer den Kleinen und Frau Laible ist niemand im Haus. Es sei denn, du hast anderen Besuch bei dir."

Oh, das hätte er nicht sagen dürfen.

„So eine Unverschämtheit", wetterte ich los. „Muß ich mich von dir ständig verdächtigen und beleidigen lassen? Ausgerechnet von dir. D u hast es nötig. Ha!"

„Schon gut. Nun laß doch diese alten Geschichten. Ich muß gleich wieder weg. Also?"

„Nein, ich kann nicht."

Ich lauschte. Nichts war mehr zu hören. Dann schlug von weitem krachend eine Tür zu. Ich lief zum Fenster: Hansjörg setzte sich in seinen Wagen und fuhr los.

Nervös zupfte ich an den Fransen der Tischdecke. Wenn ich jetzt nur nicht alles verdorben habe, stöhnte ich. Wahrscheinlich wird er jetzt keine Berufung für uns einlegen. Wahrscheinlich habe ich ihn jetzt so vergrämt, daß er ein für allemal genug von uns Grünewalds hat.

Keine Berufung, das bedeutete für uns einige hundert Mark Geldstrafe. Arme Eltern. Ihr Konto schrumpfte zusammen. Erst im letzten Brief ermahnten sie uns (mich) zur Sparsamkeit. Dabei gab ich für mich persönlich beinahe gar nichts aus. Nur Norberts Taschengeld reichte nie.

Und dieses Mal war ich, ich allein schuld. Immer heftiger zerrte ich an den Fransen der Tischdecke. Wenn er doch nur nicht auch auf die andern wütend sein wollte.

Meinetwegen braucht er mich nicht zu heiraten. Ich werde es schon überstehen, schluchzte ich trocken auf. Er soll mich auch gar nicht mehr mögen. Mich nie wieder ansehen mit seinen unergründlichen blaugraugrünen Augen, aber die Berufung soll er einlegen, den Prozeß soll er noch einmal für uns führen.

Auf einmal war ich fest davon überzeugt, daß er es schaffen würde, uns da herauszupauken oder wenigstens die Strafe zu mindern.

Warum mußte ich ausgerechnet jetzt die Lockenwickler im Haar haben und das Gesicht voller Creme? Die Welt verschwor sich gegen mich. Welche Sünden hatte ich begangen, daß ich sie so büßen mußte? Eine Deckenfranse hatte sich in meinen langen Fingernagel verklemmt. Ich zerrte, um loszukommen, und da lag sie, die Blumenvase, und breitete ihren wässerigen Inhalt auf der polierten Tischplatte aus.

Erstens kommt es, zweitens anders, drittens als man denkt

Diesen Tag werde ich nie vergessen. Er wird in die Geschichte meiner Familie eingehen, wie ... ja, wie eine Geburt, oder eine Taufe, oder eine Hochzeit.

Der Tag des Gerichts, wie es Bert pathetisch nannte. Nur Norbert und ich waren diesmal in Vertretung unserer Geschwisterschar vor Gericht erschienen. In dem hellen, kahlen Saal saßen wir nun vor dem Richter. Aber wir hatten Hansjörg und, was ich immer noch nicht glauben wollte, zwei Zeugen.

Nur, das war der Haken, von den beiden Zeugen würde nur der eine erscheinen. Mit dem anderen durften wir wohl kaum rechnen. Es handelte sich um einen alten Mann, der Hansjörg zwar versichert hatte, alles genau beobachtet zu haben. Aber vor Gericht erscheinen? Nein und nochmals nein.

„Ich bin so alt geworden", war seine ständige Redensart, „aber mit dem Gericht habe ich noch nie zu tun gehabt, und dabei bleibt es. Was glauben Sie denn, ich bin ein unbescholtener Büger."

Hansjörg hatte sich die Lippen wund geredet. Er sprach von Bürgerpflicht, von armen, elternlosen Kindern, die für etwas büßen sollten, das sie nie begangen hatten. Der Alte blieb stur und zuckte bedauernd mit den Achseln.

Übrigens war das auch der Anlaß gewesen, weshalb er

mich hatte sprechen wollen, damals, als die Lockenwickler meinen Kopf zierten und ich ihm demzufolge meinen Anblick ersparen mußte. Jemand von uns sollte versuchen, den alten Mann geneigter zu machen, ihn zu rühren. Und ausgerechnet an diesem so wichtigen Tag war die gesamte Grünewaldbrut ausgeflogen, bis auf die mißglückte Braut Cäcilie.

Der Alte soll zwar eine Vorladung vom Gericht erhalten haben. Ob diese aber genügte, seinen Starrsinn zu brechen? Wieder einmal knetete ich meine Hände, die kalt und feucht waren. Norbert nahm ständig seine Brille ab, putzte sie umständlich, setzte sie wieder auf, nahm sie wieder ab, putzte sie wieder, setzte ... siehe oben.

Die Anklage wurde verlesen, der Staatsanwalt, ein sehr junger, gutaussehender Mann, sprach dann so anklagend, daß wir beide immer kleiner wurden und den begreiflichen Wunsch verspürten, unter die Bank zu kriechen, um für die neugierig zuschauenden Hausfrauen und Rentner unsichtbar zu werden. Wir glaubten beinahe selbst, was er mit so beredten Worten über uns auszusagen wußte. Die Zeugen des Anklägers grinsten leise vor sich hin, doch Hansjörg hörte sich alles mit erstaunlicher Gelassenheit an.

Ich hätte so gern ein wenig geweint, aber damit hätte ich uns nicht geholfen. Kürzlich hatte dieses Mittel auch versagt. Es sah hoffnungslos aus, und unser zweiter Zeuge war nicht erschienen. Der erste, das wußten wir, saß draußen auf der Bank und wartete auf seinen Auftritt.

Und dann kam endlich Rechtsanwalt Hansjörg Helmrich zu Wort. Er breitete unsere Familiengeschichte vor dem hohen Gericht aus, wie ich sie noch nie gehört hatte. Eine Zuhörerin fing an zu schluchzen. Er sprach von meiner Jugend, ja, von meiner (!), und von der Verantwortung, die auf meinen jungen Schultern lastete und mich fast erdrückte. Er sang ein Loblied auf mich, zählte alle Arbeiten auf, die ich ganz allein für meine Geschwister verrichtete, auch die, die eigentlich Frau Laible zufielen. Was machte das schon aus! Ich hörte mit wachsendem Staunen und glühenden Wangen zu und bewunderte grenzenlos diese Cäcilie, die ich nicht kannte. So gern ich es gewesen wäre, ich war es nicht.

Ganz bestimmt nicht. Ich hob die Hand wie in der Schule und wollte protestieren. Da traf mich sein Blick; meine Hand sank herab, und Norbert drückte mich auf die Bank zurück.

In den Zuschauerbänken schien eine Schnupfenepidemie ausgebrochen zu sein. Hoffentlich hatten auch alle Taschentücher bei sich. Immer öfter schneuzte sich jemand. Man hörte beifälliges Murmeln wie: „die Ärmste" und: „ob sie sie zur Adoption freigeben?"

Mich? fragte ich mich besorgt. Doch wohl nicht. Aber auch Juan und Juanita geben wir nicht her. Was würden unsere Eltern sagen?

Unser Zeuge Nummer eins kam zu Wort. Es war ein junger, sommersprossiger Mann, Mitte Zwanzig, nicht vorbestraft, wie er behauptete. Er blickte hoffnungsvoll zu uns herüber. Als er mich gesehen hatte, wandte er sich mit enttäuschter Miene ab. Ich fürchtete bereits, er würde nichts für uns Positives aussagen, aber seine Aussage übertraf unsere Erwartungen bei weitem. Er muß uns von Anfang an beobachtet haben, denn er erwähnte Einzelheiten, die mir längst entfallen waren. Und dann kam die Hauptsache: er kannte den Ankläger und dessen Hunde und konnte bestätigen, daß diese seit eh und je im Wald herumstreunten, ohne Begleiter, ohne Leine, und daß der Mann auch schon eine Geldstrafe dafür erhalten hatte. Die beiden Zeugen waren seine Kegelbrüder und an diesem Vormittag in Wiblingen zum Frühschoppen. Sie hatten also nichts gesehen.

Der zweite Zeuge wurde aufgerufen. Eine Weile war es still wie in einer Kirche. Ich war sicher, daß jeder im Saal hörte, wie mein Herz klopfte. Und dann geschah das, was ich den zweitschönsten Augenblick dieses Tages nennen möchte. Der alte Mann, gestützt auf einen Krückstock, im schwarzglänzenden Sonntagsanzug, weißgestärktem Oberhemd und hochglanzpolierten klobigen Wanderschuhen, kam hereinspaziert.

Was soll ich noch viel berichten? Er bestätigte die Aussagen des ersten Zeugen, erklärte auch genau, von wo aus er uns beobachtet hatte, und lobte unsere Doggen, von denen er gern auch eine besessen hätte.

„Nur sind diese Viecher zu gefräßig für unsereins", sagte er.

Dann kam die Wartezeit, nachdem sich das Gericht zur Beratung zurückgezogen hatte. Eine endlos lange Zeit. Und diese Angst, die anstrengend und nervenaufreibend war. Ich saß mit gesenktem Kopf und starrte auf meine Schuhspitzen.

Sie kamen zurück. Wir standen auf. Der Richter sprach. Was er alles sagte, weiß ich nicht mehr. Ich verstand nur: Freispruch — Freispruch für uns.

Freispruch!

Der Saal leerte sich, wie nach einer Vorstellung im Kino. Hansjörg kam auf mich zu und — ich weiß selbst nicht mehr, wie es geschah: auf einmal hatte ich meine Arme um seinen Hals geschlungen, und auch die seinen hielten mich umschlungen, als wollten sie mich nie wieder freigeben.

Liebesgeflüster mit Frühlingsduft

Es kommt auch in Ulm vor, daß schon Anfang März die Sonne so warm scheint wie normalerweise im Mai oder Juni.

Einen solchen Sonnabend hatten wir hinter uns, und genauso warm und sonnig versprach der Sonntag zu werden. Die Knospen an den Kirschbäumen und Berberitzen wurden zusehends dicker, und die Forsythie gar wollte bereits aufblühen. Unsere Schwarzdrosseln schmetterten morgens und abends ihre Lieder von der Fernsehantenne, daß es eine Lust war zu leben.

„Cäcilie", sagte Hansjörg um zehn Uhr morgens am Telefon. „Mach dich hübsch, wir fahren heute ins Grüne. Wir zwei ganz allein. Bereite deine große Sippschaft vorsichtig, aber energisch darauf vor. Ich will endlich einmal mit meiner Braut einige Stunden allein sein. Keine Widerrede. In einer Stunde hole ich dich ab. Wir essen irgendwo in einem abgelegenen Gasthof auf der Alb."

Um mir auch wirklich die Möglichkeit zum Widerspruch zu nehmen, legte er vorsichtshalber den Hörer auf. Aufgescheucht lief ich zurück in die Küche zu meinem Sonntagsbraten und hatte rotglühende Ohren.

In einer Stunde — wie sollte ich das schaffen? Die Kinder waren nicht im Hause, und Frau Laible hatte ihren freien Tag. Ach ja, Norbert war da. Er amüsierte sich im Fotolabor im Keller mit dem Entwickeln oder Vergrößern seiner künstlerischen Fotoexperimente. Juan spielte draußen mit den Hunden. Elga war mit Juanita ... ja, wo waren sie nur? Sie waren zusammen weggegangen, das hatte ich gesehen, und daß sie zum Mittagessen zurück sein wollten, das wußte ich aus Erfahrung. Elisabeth war bei ihrer Freundin Anni. Anni wohnte nicht weit von hier und war notfalls telefonisch zu erreichen. Bert und Ronny hatten sich verdrückt, ohne Kommentar. Der Hunger würde sie zu gegebener Zeit zurückbringen. Aber ...

In einer Stunde? Wenn wenigstens Elga oder Elisabeth da wären. Ich schälte die Kartoffeln, hastig, unaufmerksam und, na klar, ein Wunder, daß der Finger nicht gleich ganz ab war. Die Wunde blutete natürlich wie ein kleiner Springbrunnen.

„Fein", schimpfte ich, „fängt ja gut an."

„Was fängt gut an? Oh — was hast du dir angetan, du Ärmste?" Unbemerkt von mir war Christine durch die Küchentür eingetreten.

„Wo hast du das Verbandszeug?" fragte sie.

Ich sagte es ihr, und sie legte mir einen Verband an wie eine gelernte Krankenpflegerin. Der wunde Daumen war nun um ein Vielfaches dicker und behinderte mich andauernd.

Ich erzählte ihr von meinen Ausflugsabsichten und davon, wie unmöglich es für mich war, sie zu verwirklichen. Doch Christine erbot sich sogleich, für mich einzuspringen.

„Selbstverständlich mußt du mit Hansjörg fahren", sagte sie eifrig. „Höchste Zeit, daß ihr euch auch mal unter vier Augen aussprecht. Immer die gesammelte Familie um sich herum, das kann ja den besten Bräutigam vergrämen."

Wie sie lachte. Eine wahre Wonne, sie anzusehen. Verwundert merkte ich, daß ich bei ihrem Anblick keinerlei Eifersucht mehr verspürte und ihre Schönheit ohne bittere Gefühle genießen konnte. Ja, ich freute mich aufrichtig, sie eines Tages zur Schwägerin zu bekommen.

„Das Essen werde ich fertigmachen. Du kannst dich auf mich verlassen. Ich freue mich schon, Norberts Augen zu sehen, wenn ich ihm sein Mittagessen serviere. Er soll mich ruhig mal in voller Aktion als Hausfrau bewundern. Und auf die Kleinen passe ich auch auf. Norbert wollte heute sowieso nicht weggehen."

„Wolltest du ihm denn nicht beim Entwickeln helfen?" fragte ich sie.

Christine zögerte mit gefurchter Stirn, griff aber dann entschlossen nach meiner Schürze und band sie sich um.

„Vielleicht ein wenig, aber du kannst dich auf mich verlassen. Es wird schon schiefgehen." Sie lachte und schob mich aus der Küche.

Kaum war ich in meine beige lange Hose geschlüpft, hatte den blauweißen Rollkragenpulli übergezogen und war mit einem Ärmel in der rehbraunen Lederjacke, da hörte ich bereits den Sport-Mercedes. So schnell hatte ich selten mein Haar gekämmt. Noch ein blaues Band um den Kopf. Das macht sich immer gut, sagte ich mir, die Haare flattern nicht so ins Gesicht, da stand Hansjörg vor meiner Tür.

„Na also", freute er sich, „dann können wir . . ."

„Tschüs, Christine. Grüß die Kinder. Toi, toi . . .", und was man so alles sagt, wenn man weg will und ein schlechtes Gewissen hat. Ich war froh, daß meine Geschwisterschar noch nicht zurück war. Womöglich ...

Nicht daran denken, Cäcilie. Aber wenn man vom Teufel spricht (in meinem Falle denkt): bis auf Norbert waren sie alle um Hansjörgs schwarzglänzenden Schlitten versammelt. Juan kletterte gerade hinein. Juanita saß als Kühlerfigur vorn und baumelte übermütig mit den dünnen Beinchen. Bert und Ronny begutachteten das Vehikel, als hätten sie es noch nie gesehen. Meine beiden ältesten Schwestern standen dabei und machten dumme Bemerkungen.

„Was soll das?“ herrschte ich sie an. „Juan, willst du sofort da herauskommen?“

„Ich will auch mit“, piepste er.

„Woher weißt du, daß wir wegfahren?“ fragte ich.

„Hansjörg hat es gesagt.“ Er saß im Wagen und hielt das Steuerrad fest, als sei er entschlossen, es nicht so bald wieder loszulassen.

„Und wer macht unser Mittagessen?“ grollte Bert hinter mir. „Ihr wollt einfach wegfahren, und wir sollen inzwischen verhungern.“

„Unsinn, Christine vertritt mich heute. Und nun trollt euch. Wir nehmen euch diesmal bestimmt nicht mit. Schluß jetzt.“

Es war furchtbar, weil sie mir leid taten. Bei dem schönen Wetter mußten sie zu Hause bleiben. Vielleicht wäre es doch besser, gemeinsam zu Hause Mittag zu essen und dann in unserem Familienauto alle zusammen ins Grüne zu fahren. Hansjörg schien meine Gedanken gespürt zu haben. Energisch nahm er meinen Arm, öffnete den rechten Wagenschlag und beförderte mich hinein.

„Seid ausnahmsweise einmal nett zu eurer Schwester Cäcilie und laßt sie allein. Nächsten Sonntag fahren wir dafür alle zusammen. Das verspreche ich euch“, sagte er.

Endlich schalteten sich Elga und Elisabeth ein. Elga nahm Juanita von ihrem luftigen Sitz, und Elisabeth zog Juan aus dem Auto. Sie wünschten uns eine schöne Spazierfahrt und zogen ab. Die letzten Wolken am strahlenden Himmel verzogen sich am Horizont.

Endlich allein. Allein mit Hansjörg. Wie lange schon träumte ich davon. Und nun, da mein Traum Wirklichkeit wurde, konnte ich es nicht fassen.

Vergnügt pfiff er vor sich hin. Wie leicht er die Kurven nahm, wie elegant er den anderen Wagen auswich, an Kreuzungen bremste. Er war ein wunderbarer Fahrer.

„Wie gelöst dein Gesicht wirkt", sagte ich, „so habe ich dich noch nie gesehen."

„Ich war noch nie so glücklich, glaube ich", sagte er und warf mir einen strahlenden Blick zu.

Wir fuhren über Geislingen in Richtung Wiesensteig. Irgendwo in einem der Dörfer hielt er vor einem Gasthaus. Ich glaube, es hieß „Zum Hirschen".

„Hier gibt es die besten Forellen, die du dir wünschen kannst", verhieß er munter, „. . . und einen Wein . . ."

„Wein?"

„Na ja, ein Viertel oder ein Achtel wird nichts schaden."

Es war ein ausgezeichnetes Mahl und ein vorzüglich saurer Württemberger. Wenn sauer lustig macht, so war es wohl der Wein, der mich so lustig machte. Hansjörg übrigens auch. Er bog von der Straße ab in einen Weg, der höher und immer höher hinaufführte. Bis der Weg zu schmal wurde, und wir aussteigen mußten. Den Rest bis zum Gipfel erklommen wir zu Fuß.

„Droben steht die Kapelle . . ."

Vor der Kapelle eine Bank im Sonnenschein. Wir begutachteten die Bank, sahen uns an und schlenderten an ihr vorbei, noch weiter hinauf. Hand in Hand.

„Da oben haben wir eine noch bessere Aussicht", sagte Hansjörg. Und eine Bank war auch da. Sie hielt einen Baum aufrecht, oder lehnte sich an ihn. Das war nicht genau festzustellen. Ermattet setzten wir uns hin. Es war angenehm, sich in Hansjörgs Arme zu schmiegen.

„So habe ich es mir schon lange gewünscht", raunte mir Hansjörg ins Ohr und küßte mich zärtlich. „Von Anfang an wußte ich, daß wir zusammengehören", schnurrte er verliebt.

„Übertreibe nicht", warnte ich ihn und biß ihn ins Ohrläppchen. „Ich weiß sehr gut, wie schön Christine ist."

„Christine? Wer ist das?"

„Hansjörg, bitte!"

Er lachte, ich lachte ungewollt mit, und wieder umarmte er mich stürmisch.

„Das ist es ja", sagte er, „wir sollten nie über andere reden, wenn wir mal allein sind. Es geschieht selten genug, und ich meine, wir haben genug eigene Probleme zu besprechen."

„Welche Probleme?" fragte ich neugierig.

„Na, zum Beispiel, wann wir endlich heiraten?"

Es wurde mir seltsam weich ums Herz. Am liebsten hätte ich ein paar Freudentränen vergossen. Statt dessen sagte ich:

„Das hat doch wohl noch Zeit." Ich hätte mich ohrfeigen können. Was für ein feindlicher Geist steckte in mir, der immer das sagte, was ich nicht sagen wollte?

„Wieso? Worauf wollen wir warten? Und außerdem will ich gar nicht mehr lange warten. Wer weiß, wen dein Bruder nächstens mit ins Haus bringt. Dann bin ich dich endgültig los. Nein, nein, lieber in den sauren Apfel beißen." Wie nett er lachen konnte.

„Aber ich erklärte dir doch, daß Bhaba und Elisabeth ..."

„Pssst." Behutsam legte er mir seine Zeigefinger auf die Lippen.

„Ja, ja, ich glaube dir ja. Aber du mußt mich verstehen", sagte er ernst. „An jenem Abend am Kamin, du und ich ganz allein. Ich war so froh. Ja, richtig glücklich."

Er hielt zwar immer noch seinen Arm um meine Schulter, aber sein Blick verriet, daß er ein anderes Bild vor sich sah. Nicht das liebliche Tal zu seinen Füßen und auch nicht mich, oder doch nicht mich, wie ich neben ihm saß, sondern uns beide damals im Dämmerschein beim Kaminfeuer.

„... und statt eines längst fälligen Liebesgeflüsters", sagte er, „erzählst du mir lang und breit die Geschichte von Bhabani und Elisabeth. Die ganze schöne, wertvolle Zeit vergeudest du mit deinen Gedanken an Bhaba, na ja, und Elisabeth. Kannst du Dummchen nicht begreifen", er hob mein Kinn und sah mir forschend in die Augen, „... daß ich erst ungeduldig, allmählich zornig und zum Schluß eifersüchtig, ja, rasend eifersüchtig wurde?"

„Ich wollte dir doch nur erklären, daß ..."

Er küßte mich auf die Nasenspitze.

„... daß du keinen Grund zur Eifers ..."

Er küßte mich auf den Mund.

Als er mich endlich losließ, wurden seine Augen dunkel und streng und seine Stimme energisch: „Hör mal gut zu, Cäcilie: nie wieder, hörst du?, nie wieder will ich über Bhabani und ähnliche Herren auch nur ein Wort von dir hören. Es stimmt, ich bin eifersüchtig, auch auf deine Gedanken, die sich mit einem anderen Mann beschäftigen."

Ich protestierte schwach, als er meine rechte Hand hob und mich nachsprechen ließ: „Ich verspreche es dir, bei allem, was mir lieb und wert ist."

Dann lachten wir beide erlöst auf. Vor uns lag friedlich das weitgestreckte Tal, umrahmt von grünen Bergen und weißschimmernden Kalkfelsen. Ein Bach rauschte, den wir nicht sehen konnten, und die Vögel zwitscherten in Vorfreude auf kommende warme Tage. Wenn der Wind gerade eine Ruhepause einlegte, fühlten wir die wärmenden Strahlen der Sonne. Eine Gruppe wandernder Jungen stapfte singend den Berg zu uns herauf. „Das Wandern ist des Müllers Lust ..." schmetterten sie, als sie an uns vorbeizogen. Die Drossel über uns verstummte vor Neid.

„Diesen schönen Tag werde ich in meinem Kalender rot anstreichen", sagte ich.

Ich war ja nicht abergläubisch, aber vielleicht hätte ich es nicht so überschwenglich sagen sollen. Es passierte auch nichts wirklich Schlimmes danach, nur daß eine weitere Jugendgruppe bei uns ankam. Auch sie sang aus voller

Kehle. Dabei benutzten die jungen Burschen melodische Zupfinstrumente und leere Blecheimer, Mutters Waschbrett und Topfdeckel, die sie rhythmisch aneinanderschlugen und dabei Yeah, Yeah schrien. Genau vor unserer Bank hielten sie an, fünf Langmähnen mit wallenden Rauschebärten. Aus fünf rauhen Kehlen drangen englische Worte, oder was sie dafür hielten, dabei wanden sie sich in Zuckungen, hieben auf ihre Blecheimer, daß uns das Trommelfell zu platzen drohte, und blickten uns so gebannt an, als suchten sie in unseren Gesichtern Anerkennung und mitfühlende Nächstenliebe.

Ich fühlte mich verpflichtet, etwas für sie zu tun, und klatschte in die Hände, so rhythmisch, wie ich glaubte, daß sie es erwarteten.

„Laß das", brüllte mir Hansjörg ins Ohr, weil eine andere Verständigung nicht möglich war. „Wir müssen den schönen Platz räumen. Es bleibt uns nichts anderes übrig."

Ja, wir mußten, weil wir überleben wollten und weil uns der Anblick der Berge und Felsen mehr begeisterte als die strähnigen Mähnen und die wilden Urgesänge.

Trotz unseres unfreiwilligen Rückzuges und trotz des rauhen Windes, der auf einmal durch unsere Kleidung pfiff, war ich überzeugt, daß das der schönste Tag meines bisherigen Lebens war. Dies galt auch dann noch, als es zu regnen und kurz darauf zu hageln begann und der Hagel mit spitzen Nadeln unsere Gesichter traf, bis wir endlich mit brennenden Wangen und völlig durchnäßt den rettenden Wagen erreichten.

In Geislingen schien wieder die Sonne. Ich blickte zurück und sah noch einmal die weißschimmernden Kalkfelsen zwischen dem dunklen Grün der Wälder. Als wir in Ulm ankamen, verschwand die Sonne hinter einer dunklen Wolke mit silbrigem Rand.

„Gute Nacht, Cäcilie. Es war der schönste Tag . . ." sagte Hansjörg und nahm mich zum letzten Male heute in die Arme. So zärtlich war er noch nie, fand ich jedenfalls.

Elisabeth machte mir Sorgen. Wenn sie nur nicht so verschlossen gewesen wäre, nur ein wenig mitteilsamer. Nun gut, eigentlich sollte ich mich nicht um sie sorgen. Sie wirkte viel ruhiger und auch ausgeglichener. Und doch, das war nicht normal, sie lernte einfach zu viel.

„Das kann nicht gutgehen, Elisabeth. Du wirst es merken, wenn du plötzlich zusammenbrichst."

„Ach was, mach dir meinetwegen keine Gedanken."

„Und ob." Ich versuchte, meiner Stimme einen strengen Unterton zu entlocken. „In der Schule lernst du bereits Englisch und Französisch und Latein. Von den vielen anderen Fächern ganz zu schweigen. Und zu Hause, ganz privat, auch noch Spanisch und Portugiesisch."

Elisabeth seufzte und lächelte entwaffnend:

„Bald auch noch Sanskrit", sagte sie. Offensichtlich amüsierte sie sich über mein verdutztes Gesicht.

„Sanskrit? Und woher willst du die Lehrbücher dafür nehmen?"

„Habe ich schon bestellt. Übrigens macht Anni mit, da wird es nicht so langweilig."

„Und wozu der Aufwand? Ich meine, wozu so viele Sprachen?"

Elisabeth sah mich mit ihren großen, leuchtenden Augen an, als überlege sie, ob sie es mir sagen sollte. Endlich entschied sie sich dafür: „Ich habe vor, Stewardeß zu werden."

Sie lächelte genau wie Mona Lisa im Louvre.

„Dazu braucht man Sanskrit?"

Sie wandte sich ab und starrte zum Fenster hinaus. Schade, ich hätte gern ihr Gesicht weiter beobachtet.

„Nun, das nicht gerade", sagte sie. „Vielleicht gehe ich auch für zwei Jahre als Entwicklungshelferin irgendwohin."

„Zum Beispiel nach Indien", sagte ich. „Aber da kommst du, glaube ich, mit der englischen Sprache besser zurecht."

„Schon möglich", räumte sie ein und warf den Kopf zurück wie ein Fohlen, so daß einige Haarsträhnen die Augen freigaben.

„Nehmen wir an, ich lerne es als Hobby."

„Und um Bhabani zu imponieren", sagte Elga, die unbemerkt eingetreten war und sich in den nächsten Sessel warf, daß es krachte.

„Vielleicht auch das", sagte Elisabeth unerschütterlich höflich. Dabei wußten wir, daß sie kaum noch an ihn schrieb. Vielleicht auch überhaupt nicht mehr. Die Tage der überfüllten Papierkörbe waren vorbei. Was war geschehen?

Statt dessen dudelte der Plattenspieler in ihrem Zimmer oder in der Wohnhalle, je nachdem, wo sie sich gerade aufhielt, mit einer ihrer Sprachplatten. Unwillkürlich lernten wir anderen mit.

„Stell doch endlich diese langweilige Stimme ab", schimpfte Elga, „sonst fühle ich mich gezwungen, meine Koffer zu packen und nach Lissabon zu reisen. Ich weiß wirklich nicht, was unsere Eltern dazu sagen werden, wenn sie am Sonntag kommen und ihr Sonnenschein Elga nicht hier ist."

„Ich komme mit, Sonnenschein", erbot sich Ronny. Na, und da waren die beiden Jüngsten auch nicht mehr zu halten.

„Wo ihr hingeht, da wollen wir auch hin. Was ist Lissabon?" fragte Juanita.

„Nichts zum Essen", sagte Bert.

„Was ist denn in euch gefahren?" fragte ich dazwischen.

„Das weißt du nicht? Hast du deine Ohren mit Watte verstopft?" fragte Ronny, und Elga meinte:

„Ob ich will oder nicht, ich kann bestimmt schon perfekt Portugiesisch. Und wozu, frage ich dich, wenn in Ulm nur deutsch und schwäbisch gesprochen wird?"

„Also auf nach Portugal", sagte Norbert und klappte sein dickes Buch zu.

„Spanisch kann ich auch schon ganz gut", meinte Bert. „Wie wär's mit Sevilla?"

Er blickte uns beifallheischend an. „Aus Versehen hätte ich beinahe meinen Aufsatz für morgen über Gastarbeiter in der Bundesrepublik in Spanisch geschrieben. Ja, wirklich. Erst auf der dritten Seite habe ich es gemerkt und mußte alle drei Seiten noch einmal schreiben."

Das war zuviel. Grollend klemmte Elisabeth ihre Schallplatten unter den Arm und verzog sich in ihr Zimmer.

Juanita zählte es an ihren Knöpfen ab. Sie drängte sich wie ein verlorenes Kätzchen an mich.

„Sag die Wahrheit, Cäcilie, kommen Vati und Mammi nächsten Sonntag bestimmt?"

„Das ist doch selbstverständlich", sagte ich in einem Ton, der jeden Zweifel ausschloß. „Sie werden doch zu eurem Geburtstag kommen. Das haben sie vor der Abreise versprochen und auch geschrieben."

„Auch im letzten Brief?"

„Ja, auch im letzten Brief."

Ich durfte ihr doch die Freude nicht nehmen, so skeptisch ich auch war. Sie hatten zwar geschrieben, daß sie am 17. März zu Hause sein wollten, und genau an diesem Tag werden unsere beiden Jüngsten sechs Jahre alt. Leider stand auch im letzten Brief, daß sie die Rückreise von Brasilien über Kolumbien nach Hawaii und Formosa führen würde. Dann war noch so ganz nebenbei von Kalkutta und Karatschi die Rede.

Ich tröstete mich damit, daß ja heutzutage Düsenmaschinen sehr schnell fliegen. Es erhob sich nur die Frage, wo überall sie ihre Reise unterbrechen würden.

„Wann haben die Eltern den letzten Brief geschrieben?" fragte ich Elga.

„Das kann ich dir genau sagen", kam die prompte Antwort. „Vor etwa sechs Wochen laut Poststempel."

„Zeig mal her." Sie nahm den Brief aus der Schatulle, in der wir alle Briefe, Postkarten und Telegramme unserer Eltern aufzubewahren pflegten, und reichte ihn mir.

Der Stempel stammte einwandfrei aus Bogota. Er war ziemlich verwischt, aber doch noch erkennbar. Also waren sie bereits unterwegs. Ob sie es auch schafften?

Mit jedem Tag wurden wir ungeduldiger.

„Wenigstens eine Ansichtskarte hätten sie uns zwischendurch schicken können", maulte Ronny. Am Donnerstag, drei Tage vor ihrer versprochenen Ankunft, kam die Karte, per Luftpost, mit lieben Grüßen aus Taipeh (!).

„Wo liegt Taipeh, Cäcilie?"

Sollte ich Juanita sagen, daß das Formosas Hauptstadt ist? Ihre großen, klaren Augen glänzten mich so erwartungsvoll an. Widerwillig quetschte ich heraus: „Formosa."

„Formosa? Was ist das? Ist das noch weit?"

„Ja, sehr. Aber die Düsenflugzeuge sind sehr schnell."

Juanita rutschte vom Stuhl. Sie stieß ihren Zwillingsbruder an. „Komm, Juan, laß die Hunde."

Resolut zog sie ihn am Arm hoch, und gemeinsam liefen sie in Vaters Arbeitszimmer zum großen Globus. Wir anderen folgten ihnen beklommen. Juan und Juanita drehten eifrig die große Kugel, und ich zeigte ihnen, wo Formosa liegt.

„Und wo wohnen wir?"

„Da."

„Das ist aber sehr weit", jammerte Juanita. „Nicht wahr, Cäcilie, es ist noch sehr weit?"

„Ja . . ."

„Die Karte ist vor einem Monat abgeschickt worden", rief Elga triumphierend in unsere bedrückte Stimmung hinein. „Sie sind sicher schon längst weitergeflogen."

„Hoffentlich", murmelte ich. „Wenn sie so langsam fliegen wie die Karte . . ."

Immerhin war es eine Luftpostkarte. Sie war sehr lange unterwegs gewesen. Am Freitag kam wieder eine farbenprächtige Ansichtskarte an. Diesmal aus Kalkutta.

„Na also. Sie nähern sich mit Brausen", sagte Elga und verzog ihr Gesicht, als hätte sie eine Zitrone verspeist.

Kaum zwei Tage bis Sonntag, den siebzehnten. Am Sonnabend warteten wir alle gespannt auf den Briefträger. Als er kam, rannten wir ihm entgegen. Bert war, o Wunder, als erster bei ihm und schwenkte die Karte wie eine Trophäe, als er zu uns zurückkam.

„Zeig mal her, woher kommt sie diesmal?"

„Aus Karatschi", schrie er. „Sie wollen sich dort nur zwei Tage aufhalten." Er führte einen wilden Indianertanz auf, in den die Jüngsten einfielen. Wir staunten nicht schlecht über Berts ungewohnten Temperamentsausbruch.

„Nur zwei lächerliche Tage wollen sie dort bleiben", rief er, sang er in den höchsten Quietschtönen und tiefsten Baßtönen. Ja, und morgen war Geburtstag.

Seit einer Woche stand unser Haushalt kopf. Diesmal waren alle miteinander am Großputz beteiligt, die Kleinsten am eifrigsten. Ihre Spielkisten waren so aufgeräumt wie noch nie. Die beiden Hundezwinger glänzten vor Sauberkeit, und die gesamte Doggenfamilie war frischgeschrubbt und gestriegelt, so daß ihr Fell nur so glänzte und die schwarzen Flecke auf weißem Grund wie frischgestrichen wirkten. Aber sie fühlten sich in ihrer ungewohnten glanzvollen Sauberkeit ganz und gar nicht wohl. Die Gerüche, die ein Hundeherz höher schlagen lassen, waren unauffindbar verloren.

Langausgestreckt, mit den mächtigen, prächtigen Köpfen auf den Vorderpfoten, starrten uns vier Paar Hundeaugen tiefempört und anklagend an.

Auch das Backen der drei Riesentorten, je eine für jedes der beiden Geburtstagskinder und eine für die saumseligen Eltern, die sie bestimmt nie zu sehen bekommen würden, war eine Gemeinschaftsarbeit der Geschwister Grünewald.

Wir Älteren hatten bereits alle ein Geschenk für die Kleinen, schön in buntes Papier gewickelt und mit Seidenschleifen versehen.

Und von den lieben Eltern eine lächerliche Ansichtskarte.

„Man sollte sich von solchen Eltern scheiden lassen", sagte Elga am Sonnabend verbittert. Wir saßen zusammen am Abendbrottisch und hatten keinen Appetit. Sogar Bert stocherte mit der Gabel lustlos in den Rühreiern herum und gab sich jedesmal einen sichtbaren Ruck, bevor er einen Bissen zum Munde führte. Er sah überhaupt ziemlich blaß aus.

„Daß Kinder ihre Eltern immer lieber haben als Eltern ihre Kinder", philosophierte er düster vor sich hin.

„Nicht immer", sagte Norbert. „Es soll auch andere geben."

„Wirklich?" sagte Bert und stopfte sich heroisch eine Gabel voll Rührei in den Mund.

Auf einmal klingelte es Sturm. Wie elektrisiert sprangen wir von unseren Stühlen. Bert verschluckte sich und mußte husten. Aufgeschreckten Kaninchen gleich drängten wir zur Tür des Eßzimmers hinaus in die Wohnhalle und zur Eingangstür.

Es waren nicht die Eltern. Es war Hansjörg. Außer mir waren alle enttäuscht und zeigten es ihm. Dabei war er so lieb und hatte die Hände voller Geschenke für die Kleinen. Er entschuldigte sich, daß er am Sonntag nicht kommen könne. Sein Vater wolle ihn dringend nach Friedrichshafen mitnehmen.

Wieder klingelte es Sturm und wieder rannten wir zur Tür. Diesmal war es Christine, die sich nach den letzten Meldungen erkundigen wollte. Kommen sie? Kommen sie nicht? Morgen bestimmt nicht mehr. Es sei denn, daß ein Wunder geschieht. Wir glaubten nicht mehr an Wunder. Nicht einmal unsere Kleinsten glaubten mehr daran. Oh, wie verbittert wir waren. Wir setzten uns um den Kamin und knirschten mit den Zähnen. Wie verlassene Waisenkinder kamen wir uns alle miteinander vor. Gerade wollten wir ein gemeinsames Weinen anstimmen, die Tränen saßen uns schon ganz locker unter den Lidern, als es zum drittenmal an diesem Abend klingelte. Erst wollten wir nicht mehr so recht an die Tür. Endlich schlich sich Juanita hin. Es war bereits neun Uhr abends. Wer konnte es um diese Zeit schon sein?

Es war ein netter junger Mann, der den Glücksboten spielte und uns ein Telegramm entgegenhielt. Ein Telegramm? D a s Telegramm. Ich las es laut vor, und alle lauschten gespannt:

„Holt uns Sonntag, 17., ab. Echterdingen, 11.30 Uhr. Bringt Juan und Juanita mit. Haben Überraschung. In Liebe — Eltern."

Hurra! Wie sie auf einmal alle durcheinanderschrien, Luftsprünge vollführten und Purzelbäume schlugen und sich gegenseitig in die Arme fielen, bis die Hunde zu knurren anfingen, weil sie bestimmt glaubten, in ein Irrenhaus oder eine Schulklasse ohne Lehrer hineingeraten zu sein.

Vor Freude konnten wir kaum schlafen. Schon um halb vier Uhr stand ich auf und mußte erstaunt feststellen, daß auch in Norberts Zimmer Licht brannte und er hin und her ging.

Nicht lange darauf erschien Elga und dann Ronny und Bert. Die Jungens holten den Familienwagen aus der Garage und polierten ihn auf Hochglanz. Inzwischen machte ich in der Küche einen Picknickkorb zum Mitnehmen zurecht. Um sechs Uhr frühstückten wir bereits. Nur Elisabeth war noch nicht dabei. Wir waren bereits mit dem Essen fertig, als sie im Bademantel ins Eßzimmer kam und uns gähnend guten Morgen wünschte.

„Was ist mit dir los, Elisabeth? In ein paar Minuten starten wir", riefen wir ihr entgegen.

Wieder gähnte sie hinter der erhobenen Hand. Man hatte das Gefühl, es sei nur eine Verlegenheitsgeste. Ich wußte nicht, warum ich das dachte.

„Ich fahre nicht mit", sagte sie. „Ich will mit Anni nach Biberach fahren. Lore hat angerufen, sie habe Lehrbücher über Sanskrit. Sie sollen zwar alt und verstaubt sein, Familienerbstücke vom Großvater, der mal in Indien gelebt haben soll. Wir möchten sie uns ansehen."

„Und unsere Eltern? Freust du dich denn gar nicht?"

Sie zuckte die Schultern, eine Geste, die nicht zu ihr paßte. „Doch, natürlich. Bis ihr zurück seid, bin ich auch wieder zu Hause. Und die paar Stunden später", sagte sie, „machen auch nichts mehr aus. Sie waren ja drei Monate weg. Meistens sind sie noch länger unterwegs."

Ich wußte nicht warum, aber Elisabeths Augen kamen mir so traurig vor. Was war nur los mit ihr? Wenn sie sich doch nur einmal aussprechen würde. Sie wurde mir immer mehr ein Rätsel mit sieben Siegeln. Dabei wußte ich, daß sie auch Elga nicht ins Vertrauen zog.

Die Hunde wurden versorgt und sollten im Zwinger bleiben. Ronny war zu Frau Laible gelaufen, um ihr Bescheid zu sagen. Sie wollte gegen zehn Uhr kommen, aufräumen und nach den Tieren sehen.

„Hast du ihr gesagt, sie möchte Blumen besorgen?" fragte ich ihn.

„Ja, ja, sie schickt Otto zur Gärtnerei", sagte Ronny ungeduldig. Er verstand nicht, was das mit den Blumen bedeuten sollte. Reine Energieverschwendung, es schaut ja doch niemand hin.

Frisch gewaschen, glatt gekämmt, mit weißen Kragen und sauberen Fingernägeln kletterten wir in die Familienkutsche. Viel zu früh fuhren wir ab. Draußen war es kalt, dichte Nebelschleier lagen auf Büschen und in den Bäumen. In den Tälern, durch die wir fahren mußten, war es am schlimmsten. Oft betrug die Sicht kaum einen Meter. Wären wir eine Stunde später gefahren, hätten wir es leichter gehabt. Trotzdem kamen wir bereits vor zehn Uhr in Echterdingen an. Mehr als anderthalb Stunden mußten wir warten. Eine Ewigkeit, wenn man voller Ungeduld ist. Wir parkten den Wagen, sahen uns den Flugplatz an und begutachteten die ankommenden und abfliegenden Maschinen. Für die Jungens war das natürlich ein Erlebnis.

„Weiß einer von euch, mit welchem Flugzeug sie kommen?" fragte Bert nach einer Weile.

Ratlos sahen wir uns an. „Keine Ahnung. Sie schrieben nur elf Uhr dreißig."

Woher kamen sie? Direkt aus Karatschi?

„Bestimmt haben sie noch anderswo Zwischenstation gemacht."

Wie doch die Minuten schlichen! Bert bekam Hunger. Darauf meldeten die anderen ebenfalls, ihr Magen sei leer. Wir setzten uns alle zurück in den Wagen und machten uns über den Picknickkorb her. Es mochte so um elf Uhr herum gewesen sein. Seit sechs Uhr morgens hatten wir nichts gegessen. Ich konnte nicht so schnell auspakken und die Brote mit gekochten Eiern verteilen, wie sie mir aus der Hand gerissen wurden. Die freudige Erwartung hatte alle hungrig gemacht.

Da rief plötzlich Bert in höchster Aufregung:

„Na klar, so mußte es ja kommen."

Juan kaute gerade an seinem Ei und hatte Sommersprossen aus Eigelb. Juanitas Mund und umliegende Gebiete waren braun vom Kakao aus der Thermosflasche, Ronny verschluckte sich an der Banane und konnte nicht mehr aufhören zu husten. Gleichzeitig hatte sich auch Elga am Apfel verschluckt, als wie aus dem Boden gestampft unsere lieben, langentbehrten Eltern vor uns auftauchten.

„Wo bleibt ihr nur?" rief unsere Mutter mit tränenfeuchten Augen durch das heruntergekurbelte Fenster. „Ist das eure vielbeschriebene Sehnsucht nach uns? Das ganze Flugplatzgelände haben wir schon nach euch abgesucht."

Die Autotüren sprangen auf. Juanita krabbelte als erste mit Schokoladenfingern aus dem Wagen und hopste aufgeregt in die ausgebreiteten mütterlichen Arme. Es gab ein Hallo, ein Umarmen und Küssen. Leute blieben stehen, lachten und schüttelten den Kopf. Ganz plötzlich erstarrte ich und konnte mich nicht rühren. Das durfte doch nicht wahr sein. Seit wann gab es in unserem nüchternen Land eine Fata Morgana? Ich faßte mich an den Kopf und sagte mir, daß es wohl zu viel war, das frühe Aufstehen, die Fahrt hierher durch zeitweiligen Nebel, die Erwartung und jetzt die Freude.

Aber er stand da und verschwand nicht. Er stand da und

lächelte. Und da drang Vaters Stimme an meine Ohren. Strahlend, als sei es allein sein Verdienst, sagte er:

„Schaut mal her, wen ich euch mitgebracht habe."

Ja, er war es. Bhabani. Unser Bhabani, unser lieber guter... Und Elisabeth war nicht dabei. Welche Enttäuschung für ihn und für sie. Aber im nächsten Moment zuckte ich zusammen und dachte genau das Gegenteil, als ich verstört Elga zuflüsterte:

„Welch ein Glück, daß Elisabeth nicht hier ist", denn hinter ihm tauchte ein bildhübsches indisches Mädchen auf.

„Meine Braut", stellte Bhabani ganz skrupellos, ohne Hemmungen und ohne eine Spur von schlechtem Gewissen vor. Mir wurde eiskalt vor Kummer um Elisabeth. Wie konnte er nur, nach so kurzer Zeit... Zugegeben, sie war sehr hübsch, und rein äußerlich betrachtet, paßten sie gut zueinander.

„Wir wollen einen Tag in Stuttgart bleiben", sagte Bhaba in meine trüben Gedanken hinein, als sei alles in bester Ordnung.

„Kommt ihr nicht mit nach Ulm?" fragte Ronny.

„Nein, leider, dazu haben wir keine Zeit. Morgen fliegen wir weiter nach London. Aber vielleicht trifft es sich auf dem Rückflug."

„In einem Jahr", sagte die junge Dame lachend und in gutem Deutsch. „Wir wollen in England zusammen studieren", sagte sie nicht ohne Stolz und blickte zu Bhabani auf.

Es war eigenartig, die beiden zu beobachten. Ganz anders als Bhaba mit Elisabeth, die sich bei jeder Gelegenheit tief in die Augen schauten und dabei die ganze Umwelt vergaßen. Nein, bei diesen beiden schien es, als seien sie Geschwister oder ein altes, aneinander gewöhntes Ehepaar. Er behandelte seine Braut wie einen Besitz, den man hat und über den man nicht spricht.

„Ich habe etwas für Elisabeth mitgebracht", sagte er zwanglos und übergab Norbert ein umfangreiches, schweres Paket. „Bücher. Lehrbücher über Sanskrit, aus dem Englischen. Aus dem Deutschen fand ich leider keine."

„Sie wird schon zurechtkommen", sagte ich.

„Ja, ich glaube schon. Und einige Romane und Gedichte sind dabei, unter anderem von unserem Mr. Tagore."

Bhabani war sehr herzlich, eigentlich so wie immer, seit wir ihn kannten. Auch seine Braut war von dieser Herzlichkeit. Warum konnte ich nicht genauso herzlich sein? Ich sah Elga an. Auch in ihren Augen war so etwas wie Trauer und ihr Lächeln nicht so bereit wie sonst. Nur die Jüngeren und Norbert schienen alles in Ordnung zu finden.

Inzwischen bedrängte Juanita ihre Mutter.

„Was habt ihr uns mitgebracht? Na, sag schon, Mammi."

„Warte ab. Wir fahren gleich hin."

„Hinfahren? Habt ihr es nicht bei eurem Gepäck?"

„Nein." Mutter lächelte.

„Och", schmollte Juanita. „Ich dachte, ihr bringt uns etwas von der Reise mit."

Bert gab zu bedenken, daß in Stuttgart sonntags die Läden geschlossen seien, doch die Eltern lächelten weiter, wie Mandarine im alten China gelächelt haben mochten.

Wir verabschiedeten uns von Bhaba sowie seiner schönen Braut und zwängten uns in das Familienauto. Vater setzte sich wie selbstverständlich ans Steuer. Von nun an war er wieder der Boß.

„Wo habt ihr euer großes Gepäck?" fragte ich verwundert, weil sie nur zwei mittelkleine Koffer bei sich hatten.

„Das ist schon unterwegs nach Ulm", sagte Vater und fand, daß es im alten Germany doch am schönsten sei. Wir kamen in Stuttgart an. Die Eltern hatten beschlossen, zuerst einmal zum Mittagessen zu gehen. Leider klappte es mit dem Parken nicht, und als es endlich klappte, hatten wir es sehr weit bis zu dem Gasthaus, das Vater vorschwebte. Wir kamen uns wie eine Schulklasse mit ihren Lehrern vor. Und als endlich zwei große Tische zusammengestellt wurden, fragte Vater gutgelaunt, ob er für uns Mengenrabatt bekommen könne. Wir schämten uns sehr, aber Mutter lachte.

Juan und Juanita schwankten zwischen Hoffnung und Enttäuschung. Warum, so fragten sie immer wieder, sollten sie so unbedingt mit zum Flughafen kommen, wenn die Eltern doch keine Überraschung für sie hatten? Dabei stand im Telegramm ganz deutlich zu lesen, daß es eine Überraschung geben würde. Nicht einmal auf Eltern ist Verlaß, schmollten sie.

„So, und nun fahren wir in die Wilhelma", sagte Vater nach dem Essen so richtig gönnerhaft.

„Zu den wilden Tieren?" rief Juan entzückt. Er war der einzige, der sich wirklich freute.

Wir fuhren zur Wilhelma, und Elga fragte mich:

„Verstehst du das?"

Nein, ich verstand es nicht. Ein Ausflug zur Wilhelma war ja sehr schön, überhaupt für Kinder, aber was sollte das jetzt? Die Eltern waren gerade von einer Weltreise zurückgekehrt, waren doch sicher reisemüde und mußten doch wenigstens ein bißchen neugierig auf ihr Zuhause sein. Und das war nun mal in Ulm und nicht in Stuttgart.

Vielleicht glaubten sie, uns eine besondere Freude damit zu bereiten, da wir ja doch kaum aus unserer kleinen Welt herauskamen. Vielleicht hatten sie wirklich richtig kalkuliert, denn Juan und auch Juanita waren begeistert von den Tieren. Auch wir Älteren fanden Geschmack daran und fühlten uns sehr wohl beim Beobachten der Affen und des sonstigen exotischen Getiers. Wir merkten kaum, daß Vater uns abhanden gekommen war, bis Mutter beunruhigt meinte, er könnte doch endlich zurückkommen. Hoffentlich gebe es keine Komplikationen. Was meinte sie damit?

Aber da kam er anspaziert, über das ganze Gesicht strahlend wie die aufgehende Sonne. Auch Mutter strahlte plötzlich, und ich fand, daß sie beide wohl ein sehr glückliches Paar sein mußten. Komischer Gedanke, gerade jetzt.

„Kommt mal alle mit", forderte er uns auf. Im Gänsemarsch marschierten wir hinter ihm her. Die Kleinsten zuerst. Die Größten bildeten den Abschluß. Und da waren wir nun in einem großen, fast kahlen Raum, in dem es sehr, sehr streng nach wilden Tieren roch. Und ein uns fremder, freundlicher Mann reichte Vater zwei winzige, junge Pinseläffchen mit Halsband und einer leichten Kette zum Festhalten.

Unsere Jüngsten schrien entzückt, als jedes einen davon in die Arme gedrückt bekam und sich die kleinen, lebenden Knäuel mit ihren langen, dünnen Armen an sie festklammerten.

„Haltet sie fest", warnte Vater, „sonst springen sie euch davon."

Doch ich glaubte nicht, daß sie das wollten. Sie ergriffen von den beiden Kindern genauso Besitz wie diese von ihnen.

„Und für euch haben wir auch etwas Lebendiges, Nettes mitgebracht", sagte Vater gutgelaunt wieder mit dieser Gönnermiene. Und ehe ich es mir versah, hatte ich einen kleinen, höchst lebendigen Alligator im Arm. Ja, er war sogar lebendig.

„Laß ihn nicht fallen", sagte Mutter und lachte wie über einen gelungenen Scherz. Sie ähnelte in diesem Augenblick sehr ihrem Sohn Ronny, wenn er etwas ausgeheckt hatte.

„Nun kommt", rief sie, „höchste Zeit, daß wir nach Ulm fahren."

„Wir sollen die Viecher mitnehmen?" fragte ich schokkiert.

„Ja, was denn sonst? Sie gehören euch doch. Wir hatten sie vorausgeschickt, damit sie in Ruhe ihre Quarantänezeit durchmachen konnten. Schon vor einer Woche war die Zeit um, und Herr Siebert war so freundlich, sich ihrer so lange anzunehmen."

„Ihr habt sie aus Brasilien mitgebracht?"

„Nicht ganz", sagte Mutter, „aber aus Südamerika."

„Typisch für unsere Eltern", lachte Elga und streichelte den in meinen Armen zappelnden Alligator.

„Wenn der mal erwachsen ist — na, prost Mahlzeit."

„Der wird mindestens sechs Meter lang", prophezeite Bert.

„Sagen wir vier", sagte Vater gemütvoll. „Was meint ihr, ob er sich nicht gut machen wird in unserem Teich?"

„Wenn der nicht überläuft", sagte Norbert mit gefurchter Stirn. „Der Teich, meine ich."

Die gesamte Arche Noah wurde in den Wagen gestopft, und so schaukelten wir gen Ulm. Die Äffchen wurden immer lebhafter. Sie turnten und hopsten über unsere Köpfe hinweg und verhedderten ihre Ketten, daß sie kaum mehr zu entwirren waren. Mein Alligator klappte seinen Rachen auf und zu, und ich konnte nicht dahinterkommen, ob er zu wenig Luft bekam oder Hunger hatte oder auch nur ein Angstbeißer war wie manche Hunde.

„Er wird Durst haben", sagte Bert.

„Da ist noch Kakao in der Thermosflasche", sagte Juanita und versuchte, an den Picknickkorb zu gelangen, bis unser Wagen wie eine Luftschaukel schwankte.

„Sitz doch endlich still", sagte Ronny und zerrte sie zurück. „So ein Quatsch, Kakao für einen Alligator. Der will schwimmen, aber nicht im Kakao."

„Hoffentlich bringen wir ihn lebend bis Ulm", sagte ich und war ehrlich besorgt, weil das Tier sich immer ungebärdiger benahm.

„Halte nur die Kette fest", riet mir Mutter. Das Urwaldtier hatte auch ein kleines Halsband um seinen Leib geschlungen und eine dünne Kette daran, wie die beiden Äffchen.

Immer wieder strahlte uns Mutter an wie der leibhaftige Sonnenschein. „Wie schön, wieder zu Hause zu sein", rief sie immer wieder, seufzte es, flüsterte es und drückte uns abwechselnd an sich, soweit es in der Enge des Wagens möglich war. Norbert saß vorn beim Vater und hatte Juan auf seinem Schoß. Und eines der Pinseläffchen war auf Juans Schoß, wenn es nicht gerade in der Gegend herumturnte.

Vater lachte immer wieder ohne ersichtlichen Grund,

auch wenn eines der Äffchen auf seiner Schulter landete und sich an seinem Kopf festhielt, so daß er die Sicht verlor und der Wagen zu schlingern begann wie ein Seemann nach einer Zechtour in St. Pauli. Wir Kinder wurden schreckensbleich bei solchen Gelegenheiten und zerrten hastig die kleinen, munteren Gesellen von Vaters Kopf weg. Aber unsere Mutter hatte die Ruhe weg. Sie freute sich weiter und meinte nur, wir würden noch den Berghang hinunterpurzeln, als sei die Aussicht darauf ein besonderer Spaß.

Hatten die beiden vor gar nichts Angst?

Es war bereits dämmerig, als wir endlich in die Toreinfahrt einbogen und Elisabeth und Frau Laible und alle vier Doggen uns entgegeneilten.

Unter Lebensgefahr und mit viel Geschrei entleerte sich die überfüllte Arche Noah. Ein Wunder, das ich bis heute nicht begreife: wir alle kamen beinahe unverletzt heraus.

Die Pinseläffchen über, zwischen und unter uns, ihre Ketten hoffnungslos an unseren Füßen und Armen verheddert, und Juan und Juanita, die ihrer Lieblinge immer wieder habhaft werden wollten. Und dann Bert, der beim Aussteigen stolperte und die armen Tierchen fast unter sich begraben hätte, wäre Elisabeth nicht herbeigeeilt, um sie mit geübtem Griff vor dem Zermalmtwerden zu retten.

Ich sah es ihr an, daß sie einige Übung darin haben mußte, mit Urwaldtieren umzugehen. Ja, sie war wohl dergleichen Souverniers von ihren Eltern gewöhnt.

Nicht so jedoch Frau Laible, die beinahe ohnmächtig geworden wäre, als ich ihr den kleinen Baby-Alligator an ihre mütterliche Brust drückte. Mit einem Schrei des Entsetzens ließ sie das arme Tier los. Ich fing es gerade noch auf, bevor es auf den Steinfliesen zerschellte. Ronny und Bert nahmen das geplagte Wesen mit in ihr Bad und ließen es in ihrer Wanne schwimmen. Dort zeigte denn auch der Gast aus Südamerika, was ein guter Schwimmer ist. Frau Laible hatte sich schnell von ihrem Schrecken erholt und gab der Meinung Ausdruck, der Alligator gehöre in die

Waschküche. Mit großem Gefolge wurde der verschreckte Schwimmkünstler hinuntertransportiert, und, das muß ich Ronny und Bert lassen, sie gaben sich große Mühe, es dem Fremdling gemütlich zu machen. Sie schleppten einen alten Waschzuber herbei, den sie mit Wasser füllten. Dann lehnten sie ein breites Brett daran, so daß der Alligator allein ins Wasser und auch wieder hinaus konnte, wann immer er wollte. Auch sonst kümmerten sie sich den ganzen Abend um ihn. Ich verließ sie jedoch bald wieder und kam gerade oben an, als Norbert das Bücherpaket hereinbrachte und es Elisabeth übergab.

Sie schien nicht besonders überrascht. Sie sagte nur:

„Danke, ich dachte schon, er habe es vergessen."

Sie wandte sich ab und trug das Paket in ihr Zimmer. Irgend etwas bewog mich, ihr nachzugehen.

„Wußtest du denn, daß Bhabani in Stuttgart sein würde?" fragte ich sie.

Elisabeth nestelte an dem Paket herum und schien nicht antworten zu wollen. Ich überlegte gerade, ob ich meine Frage wiederholen sollte, als sie sagte:

„Ich wußte es, aber ich war nicht sicher, ob er mit den Eltern gleichzeitig ... Oh, sieh mal!"

Begeistert hielt sie mir einen Gedichtband entgegen. Der Umschlag des kleinen, handlichen Buches war aus wundervoll geschnitztem Elfenbein, die Blätter bedruckt mit kunstvollen Buchstaben und mit einmalig schönen Bildern versehen. Aber einen Fehler hatte das Buch doch, einen ganz großen: die Buchstaben waren nicht zu entziffern, es sei denn, man verstand Sanskrit.

Ich reichte ihr das Buch zurück und sah erstaunt, daß sie plötzlich dunkelrot im Gesicht wurde. Sie drehte den Kopf zur Seite, um mich nicht ansehen zu müssen, und ihre Worte überstürzten sich, als sie fragte:

„Hast du seine Braut gesehen?"

Ich riß die Augen auf. Was hatte sie da gesagt? Sie wußte? Das war doch nicht möglich. Sicher hat eines der Kinder ... Aber wann?

„Du weißt —?"

„Natürlich. Er hat es mir bereits vor seiner Abreise gesagt."

„Vor — seiner ... Aber du hast nie ... ich meine, du hast ..."

So unbeholfen hatte ich wohl selten gestottert. Es war mir nicht möglich, mich so schnell zu fassen.

„Ach", sagte sie von oben herab, „du meinst, wegen der vielen Briefe, die ich ihm geschrieben habe?"

„Ja", hauchte ich. „Er hat dir doch anfangs auch jeden Tag ..."

Sie beugte sich über die ausgepackten Bücher und blätterte emsig darin, als suche sie etwas Bestimmtes. Mich konnte sie nicht täuschen. Sie war ganz einfach verlegen. Sie wollte sich endlich aussprechen, aber dies fiel ihr doch sehr schwer. Ich setzte mich an ihren kleinen Toilettentisch und blickte in den Spiegel, in dem ich sie gut und doch nicht zu aufdringlich beobachten konnte.

Und endlich fing sie an:

„Weißt du, er ist schon seit seiner Kindheit mit ihr verlobt. Die beiden Eltern haben das arrangiert. Das ist dort in vielen Familien noch so Sitte. Er ist natürlich sehr modern eingestellt, aber die Tradition, weißt du, die ist doch stärker. Na ja, er hat es ..." Sie unterbrach sich und beugte tief ihren Kopf über ein aufgeschlagenes Buch. Dann gab sie sich sichtlich einen Ruck und fuhr fort:

„Also, er hat es mir überlassen zu entscheiden, ob — na ja ... Kurz und gut, ich habe ihm geschrieben, daß es doch besser sei, er bliebe bei ihr. Ich würde das schon überstehen. Na ja", verteidigte sie sich. „Es ist nun mal so, ich bin viel zu jung, und er ist doch in einem ganz anderen Traditionsbewußtsein erzogen worden. Ich glaube nicht, daß ich mich den Gepflogenheiten seiner Familie unterordnen könnte. Wir sind nun mal anders, verstehst du? Wenn er hiergeblieben wäre, hier in Europa, wäre das wohl etwas anderes. Aber auf die Dauer will er nicht hierbleiben. Er gehört nach Hause, sagte er. Man braucht ihn dort, sagte er. Ich sollte hinfahren. Wir würden eine eigene, moderne Wohnung haben. Er sagte noch sehr viel, was so schön und vernünftig klang, aber ich spürte den Zweifel heraus. Ja, ich glaube, er zweifelte selbst an dem, was er sagte. Auf die Dauer wäre das nicht gut gewesen. Sie paßt bestimmt besser zu ihm. Ist sie so schön wie auf dem Foto?"

„Auf welchem Foto?"

Elisabeth kramte in ihrer Schublade. „Hier."

Ja, das war sie. Auf einmal wurde es mir ganz leicht ums Herz. Meine kleine Schwester. Wie klug sie war.

„Ich schrieb im letzten Brief, er sollte uns besuchen und seine Braut mitbringen", sagte sie und hatte ganz klare Augen, ohne eine Spur von Trauer.

„Das hast du ihm geschrieben?"

Ich umarmte sie und gab ihr einen Kuß auf die glühende Wange. Doch als sie das Foto in der Hand hielt und es noch einmal betrachtete, zitterte die kleine, schmale Hand, und Elisabeth versteckte schnell das Foto in der Schublade.

„Sie ist wirklich schön, nicht wahr?" sagte sie. „Ich glaube, wir könnten gute Freundinnen werden."

„Das glaube ich auch."

Irgendwie fand ich eine Ähnlichkeit zwischen den beiden jungen Mädchen. Beide wirkten ruhig, zurückhaltend und liebenswürdig. So aus vollem, tiefstem Herzen liebenswürdig. Ja, sie ähnelten einander sehr.

Hansjörg kann es nicht lassen

Eigentlich hatten wir uns schnell an die Anwesenheit unserer Eltern gewöhnt, und eigentlich war mehr oder weniger alles beim alten geblieben. Wir sahen die beiden fast nur zu den gemeinsamen Mahlzeiten.

In der übrigen Zeit saß Vater gewöhnlich in seinem Arbeitszimmer, zu dem wir keinen Zutritt hatten, und schrieb. Was er nur so viel zu schreiben habe, fragten wir ihn manchmal, und er meinte lächelnd, daß er uns damit die nötigen Brötchen verschaffe.

Unsere Mutter konnten wir vorwiegend im Keller finden, in dem kleinen Fotolabor, wo sie die mitgebrachten Filme entwickelte und im Nebenraum seltene Käfer, Schmetterlinge und Pflanzen präparierte oder auch nur auf weiße Tafeln aufspießte, ihre Personalien darunterschrieb und sie unter Glas brachte.

Norbert half ihr eifrig dabei, vor allem beim Entwickeln der Filme. Manchmal durften wir diese ansehen. Leider waren die Filme für uns uninteressant und vor allem für die Jüngsten so langweilig, daß sie regelmäßig dabei einschliefen. Aber ich will nicht ungerecht sein, sie waren nicht nur von wissenschaftlichem Wert, ab und zu gab es seltene und schöne Pflanzen darauf zu bewundern, auch vielfach vergrößerte Würmer, die wie aus Urzeiten wirkten, aber oft auch ganz gewöhnliche Mistkäfer. Na ja, jedem Tierchen sein Pläsierchen.

Auch Bert half gern im Keller die Würmer sortieren. Nur Ronny machte sich überhaupt nichts daraus, und die Kleinsten hatten keinen Zutritt zu den geheiligten Kellerräumen.

Obwohl die Eltern so beschäftigt waren, wurde das Leben für mich durch ihre bloße Anwesenheit schon erheblich leichter.

Ich brauchte zum Beispiel nicht mehr so viel zu flicken und zu stopfen. Was kaputt war, wurde einfach fortgeworfen und durch Neues ersetzt. Nur Knöpfe durfte ich weiterhin emsig annähen. Meine Geschwister hatten eine enorme Meisterschaft darin entwickelt. Knöpfe abzureißen und die besten davon zu verlieren. Trotzdem durfte ich, o Seligkeit, täglich zwei und mehr Stunden Klavier üben. Und was am schönsten war, ich brauchte keine Entscheidungen für meine Geschwister mehr zu treffen. Die Verantwortung für sie lag nicht mehr zentnerschwer auf meinen schmalen Schultern, wenn ich das so sagen darf.

Alles in allem: es war doch schön, daß die Eltern wieder zu Hause waren.

Und dann kam Hansjörg. So freudig erregt hatte ich ihn noch nicht erlebt.

„Cäcilie, wir können heiraten."

„Wieso? Was ist passiert?"

„Ich habe ein Haus gefunden, einen Bungalow in Neu-Ulm. Fast neu. Ich kann ihn günstig kaufen. Mein Vater gibt mir siebzig Prozent der Kaufsumme. Was sagst du dazu? Vielleicht muß ich eine kleine Hypothek aufnehmen. Vielleicht, ich weiß es noch nicht."

Ungestüm drückte er mich an sich. „Es wird dir bestimmt gefallen", jubelte er, „wir fahren gleich hin."

Zufällig kam Vater herein und erkundigte sich höflich nach der Ursache des Kraches, den wir machten. Glückstrahlend erzählten wir es ihm. Er ließ sich von unserer Begeisterung anstecken, doch von der Hypothek wollte er nichts wissen. Schließlich sei ich seine langentbehrte Tochter und ihm sehr wohl eine Mitgift wert. Und dann fiel mir ein, daß ich bei Eheschließung ja von einer Versicherung eine Summe für die Aussteuer bekommen würde.

Es war doch herrlich zu leben. Schon allein wegen der Forsythien, die im Garten blühten, und auch wegen der Veilchen und Schneeglöckchen und wegen der weißen Wolken, die gleich aufgeblasenen Segeln und riesigem Seifenschaum unter blauem Himmel dahinzogen.

Wir fuhren im hellen Sonnenschein über die Brücke ins bayrische Neu-Ulm hinüber, dann in eine Siedlung von Ein- und Zweifamilienhäusern in frühlingsfrischen Gärten mit hauseigenen Schwarzdrosseln, Grünfinken und Spatzen, die eifrig lärmten.

Unvermittelt hielt Hansjörg an. Wir stiegen aus, und er zeigte mir das Grundstück. Ein großer Rasen voller Krokusse. Im Hintergrund ein weißes Haus mit rotem Walmdach, breite Fenster, die viel Licht hereinließen, und eine dicke Blutbuche vor dem Haus, die wie ein Wächter das

Haus überragte und mit ihren langen, noch recht kahlen Ästen unser zukünftiges Heim schützte.

„Komm", sagte Hansjörg ungeduldig. Er schloß das weiße schmiedeeiserne Tor auf. Auf roten Steinfliesen gingen wir dem Haus entgegen. Die Haustür war aus Glas und wurde von einem Gitter geschützt, das genau nach dem gleichen Entwurf wie das Tor gestaltet war.

„Das Haus ist fast neu", sagte Hansjörg, „der Besitzer mußte nach Pakistan für einige Jahre und weiß noch nicht, ob er jemals nach Deutschland zurückkommen wird. Er ist Reiseschriftsteller, ein unruhiges Blut, wollte eigentlich heiraten, und so braucht er das Haus nicht mehr. Ich erzähle dir ein andermal mehr von ihm.

Ist es nicht schön geräumig?"

„Ja, sehr schön geräumig", gab ich zu. „Paßt für eine große Familie. Aber, ich weiß nicht, auch wenn dein Vater und euer Butler Fritz bei uns wohnen werden, ist es immer noch sehr geräumig", sagte ich und krauste meine Nase bei dem Gedanken, das alles in Ordnung halten zu müssen.

Hansjörg kam vom Fenster zurück und sah mich erstaunt an.

„Wie kommst du darauf, daß Vater zu uns zieht?"

„Etwa nicht?"

„Bestimmt nicht. Er liebt seine Freiheit viel zu sehr. Warum, meinst du, hat er nicht wieder geheiratet?"

„Aber für uns allein . . ."

„Liebling." Behutsam nahm er mich in die Arme. „Wir werden Kinder haben, nicht wahr? Viele Kinder."

„Jedes Jahr ein Zwillingspärchen. So denkst du dir das wohl?" fragte ich ahnungsvoll.

„Das wäre am besten", sagte Hansjörg mit leuchtenden Augen.

„Meinst du das im Ernst?"

„Aber ja", sagte er etwas atemlos und sah mich an, als könnte er nicht verstehen, warum ich nicht in einen Freudentaumel ausbreche.

„Weißt du, was das für mich bedeutet?“ fragte ich ihn. Und als er mich nur fragend ansah, meinte ich:

„Das bedeutet für mich nichts anderes, als vom Regen in die Traufe zu kommen.“

„Aber Cäcilie.“

„Was, aber Cäcilie? Hast du eine Ahnung, welche Arbeit und welche Verantwortung und überhaupt . . .“

Ich sah es ihm an, es war zwecklos, es ihm zu erklären. Er verstand mich nicht. Da war ich doch kaum den Pflichten meiner Geschwister gegenüber einigermaßen enthoben, sollte ich mich schon auf neue, ähnliche Pflichten vorbereiten.

Natürlich liebte ich meine Geschwister, und genauso natürlich wollte ich Kinder haben. Vielleicht zwei im ganzen, eines nach dem anderen. Meinetwegen auch drei.

Da gab es doch ein Buch „Im Dutzend billiger“, hatte sich Hansjörg das als Leitbild für seine zukünftige Familie vorgestellt? Den ganzen Tag über würde er im Büro bei seinem Vater sitzen oder auf Geschäftsreisen sein, und ich durfte inzwischen zu Hause bleiben und Kinder kriegen. Jedes Jahr ein Zwillingspärchen, bis das Dutzend voll war. Und weil es so schön war, vielleicht anschließend das nächste Dutzend. Der eine sammelt Briefmarken oder Bierdeckel, der andere eben Kinder.

Ich seufzte abgrundtief.

Hansjörg hockte sich auf die Fensterbank und wirkte tief gekränkt.

„Ich dachte, du liebst Kinder“, sagte er.

„Und ich dachte nicht, daß du der größte Kindskopf bist“, sagte ich und lehnte meine Stirn an seine.

„Weißt du“, schwärmte er, „das gefällt mir ja so an dir, wie du deine Geschwister betreust, wie du mit ihnen fertig wirst, wie du sie umsorgst und . . .“

„Hör auf, bitte.“

„Stimmt aber. Wo findest du heute noch ein junges Mädchen, das so aufopfernd . . .“

„Bitte, Hansjörg, du sollst aufhören.“

„Sieh mal", er küßte mich auf die Nase, „ich war immer allein zu Hause, überhaupt keine Geschwister. Als dann auch noch meine Mutter starb, wuchs ich bei Vater und Fritz auf. Du weißt ja, Fritz ist noch einige Jahre älter als Vater. Er ist sehr anhänglich und bemuttert mich, wie er es nur kann, aber die richtige heimische Atmosphäre wie bei einer Frau und vielen Kindern, so wie zum Beispiel bei euch, das bringt er einfach nicht fertig."

„Und du meinst, zwei Kinder und eine Frau schafften das auch nicht?"

Hansjörg lachte, aber es war kein frohes Lachen.

„Lassen wir das Thema vorläufig fallen. Meinst du, wir könnten im Mai heiraten?"

Wir einigten uns auf Mitte Mai. Der Waffenstillstand war wiederhergestellt, nicht aber der vollständige Frieden. Eine Weile fuhren wir still und in uns gekehrt nach Ulm zurück. Ich dachte an unsere gemeinsame Zukunft und versuchte, meiner Panikstimmung nicht zu erliegen. Eigentlich verstand ich ihn und liebte ihn gerade deswegen sogar noch mehr. Er hatte sich noch nie so offenbart wie vorhin, mir noch nie von seiner inneren Einsamkeit erzählt. Ja, eigentlich war ich ihm doch sehr nahe und kam mir immer egoistischer und beinahe schlecht vor. Ja, warum sollten wir nicht viele Kinder haben? Sie kamen ja nicht alle auf einmal! Immer mehr entkrampfte sich mein Inneres, und ich war bereit, ihm viele, viele Kinder zu versprechen, als er das Schweigen brach und mich fragte:

„Hast du mir nichts zu berichten?"

„Zu berichten? Was zum Beispiel?"

„Gib mir bitte die Zigaretten aus dem rechten Fach, direkt vor dir", sagte er.

Ich nahm eine Zigarette aus der Packung, steckte sie ihm in den Mund und gab ihm Feuer.

„Ihr habt doch letzten Sonntag eure Eltern abgeholt."

„Ja, und? Das weißt du doch."

Er starrte auf den Straßenverkehr vor uns. Die Ampel zeigte auf Rot. Er nahm einen Zug aus seiner Zigarette.

„Ja — und weiter?“ drängte er.

„Was weiter?“ Ich wußte wirklich nicht, was er bezwekken wollte und warum er diesen lauernden Ton angeschlagen hatte. Ich sagte aufs Geratewohl:

„Sie brachten die Pinseläffchen mit und den Baby-Alligator. Hat dir das keiner erzählt?“ Ich verstand ihn einfach nicht, aber dieser Unterton war mir nicht neu und machte mich unruhig.

„Du warst doch Dienstag abend bei uns“, sagte ich.

„Eben“, sagte er, „eben. Ich war bei euch. Elga und Ronny und Bert erzählten mir eine Menge, aber von dir weiß ich noch nichts.“

Verwundert stellte ich fest, daß sich sein Gesicht verfinstert hatte und die Falte zwischen den Augenbrauen immer mehr hervortrat.

Was sollte das nun wieder? Nun wurde auch ich ärgerlich.

„Was soll ich dir da noch erzählen“, entfuhr es mir bereits schärfer, als ich wollte, „so interessant war es nun auch wieder nicht.“

„Wirklich?“

Ich platzte bald vor Unbehagen. Ein Kombiwagen vor uns bremste plötzlich scharf, so daß auch Hansjörg scharf bremsen mußte und ich unsanft nach vorn flog. Er nahm keine Notiz davon. Zwischen den Zähnen preßte er hervor:

„Na, dann will ich es dir sagen: ihr habt auf dem Flughafen auch euren lieben Bhabani getroffen. Das war doch eine Sensation für euch, wie mir Elga versicherte. Warum erwähnst du es mit keinem Wort?“

„Geht das schon wieder los?“ schimpfte ich, nun sehr verärgert. Er reagierte nicht darauf, sondern fuhr im gleichen aufreizenden Ton fort:

„Du mußt doch einen Grund haben, es mir zu verschweigen.“

„Allerdings“, zischte ich wütend und dachte an den schönen Vorfrühlingstag vor etwa drei Wochen. An die Bank hoch oben auf einer der Albhöhen, an die weißschimmernden Kalkfelsen zwischen dunklen Tannen und Fichten. Und an mein Versprechen, das ich ihm hatte geben müssen, nie wieder den Namen Bhabani zu erwähnen.

Ich fühlte mich im Recht, und je mehr ich mich im Recht fühlte, um so ärgerlicher wurde ich auf Hansjörg, der so inkonsequent war, wie es nur ein eifersüchtiger Mann sein konnte. So ein Dussel, schimpfte ich innerlich.

„Fahr mich nach Hause", fuhr ich ihn an, „ich habe genug von dir." Dann machte ich den Mund zu und sagte gar nichts mehr, bis wir angelangt waren.

Mit böser Miene kletterte ich aus dem Wagen und sagte kaum hörbar: „Gute Nacht."

Er hatte es mir doch selbst verboten, hämmerte es immer wieder in meinem Kopf. Er kann es doch nicht vergessen haben. Er muß es doch wissen. Wir haben es oft genug durchgekaut, daß Elisabeth und nicht ich ...

Ja, aber ich war zum Flughafen mitgefahren, und nicht Elisabeth. Was half es mir, daß ich nicht wissen konnte, daß Bhaba dort sein würde. Und wenn schon ...

Ach, es hatte keinen Zweck. Niedergeschlagen schlich ich auf mein Zimmer. Wie dicht beieinander doch Freude und Leid liegen. Ich kam mir unverstanden und sehr, sehr verlassen vor.

Mutter kam zu mir herein und wollte wissen, wie mir der Bungalow gefiel.

„Gut", sagte ich, „sehr gut und sehr geräumig für viele, viele Zwillinge. Aber was nützt das? Hansjörg liebt mich nicht, weißt du? Er liebt mich nicht. Ständig sucht er Streit. Er bricht den Streit immer dann vom Zaun, wenn ich ihn am wenigsten erwarte."

Ich erhob mich wie das Leiden selbst und schritt zum Fenster. Die Forsythien blühten immer noch und die Veilchen auch, und die Schwarzdrosseln sangen ihr Abendlied. Auch die Spatzen waren noch zu hören, doch hinten am Horizont bewegten sich dunkle, sehr dunkle Wolken auf uns zu und erschreckten mich zutiefst.

„Aus der Hochzeit wird nichts", sagte ich in den Garten hinein. Die Drossel sang nicht mehr. Irgend etwas hatte sie aufgeschreckt, und häßlich schimpfend flog sie davon.

Mutter antwortete nicht. Als ich mich zu ihr umwandte, war das Zimmer leer. Sie war hinausgegangen, ohne daß ich es gemerkt hatte.

Auf dem Weg zur Küche hörte ich sie in der Wohnhalle telefonieren. Sie sprach sehr erregt. Die Worte verstand ich nicht.

Sicher hatte auch sie ihre Sorgen, dachte ich und setzte Teewasser auf. Vielleicht half mir ein Glas starker Tee über meine Misere hinweg.

Der Tee half nicht, zwei Stück Torte, die mir Mutter aufnötigte, halfen nicht und die Schlagsahne half auch nicht. Niedergeschlagener als zuvor zog ich die weiße Wolljacke an und ging in den Garten hinaus zum Teich, um den einsamen Alligator zu besuchen. Ich brauchte jemanden, der genauso einsam war, wie ich mich gerade fühlte.

Wir hatten ihm ein Haus am Ufer des Teiches gebaut und waren gespannt gewesen, ob er da hineinkriechen würde. Natürlich hatten wir Köder hineingetan, um ihn hineinzulocken. Er hatte es bald begriffen. Wie ein Hofhund besaß er ein Halsband und eine lange Kette daran, die an seinem Haus fest verankert war. So konnte er sich ziemlich frei bewegen und doch nicht abhanden kommen. Er lag gerne wie ein schwimmender Baumstamm im Wasser, obwohl es doch noch ziemlich kalt war. Als Nachtquartier gewährten wir ihm doch die warme Waschküche.

Als er mich sah, schoß er wie ein Torpedo aus dem Wasser heraus ans Ufer. Ich streichelte seinen schuppigen Leib. Es schien ihm zu gefallen. Mit Schaudern jedoch dachte ich daran, wie er und seinesgleichen sich im erwachsenen Zustand wohl verhalten würden.

Juan, der Tierfreund, war da zuversichtlicher. Ja, er freute sich schon darauf und konnte es kaum abwarten, daß sein Freund drei bis vier Meter maß. Er meinte, dann könnte er den Alligator als U-Boot benutzen und darauf durch den Teich reiten. Na, dann prost!

Auf einmal regte sich etwas hinter mir. Ich zuckte zusammen und fuhr herum. Und da stand er vor mir, der Mann, der mir so viel Kummer bereitete. Wortlos nahm er mich in seine Arme, streichelte mein Haar, küßte meine Augen und raunte mir beschwörend ins Ohr:

„Kannst du mir noch einmal verzeihen?" Dabei machte er ein Gesicht wie ein kleiner Schuljunge. „Ich bin nun mal so wahnsinnig eifersüchtig. Ich kann es mir wirklich nicht erklären ..."

„Auf mich bist du eifersüchtig?"

„Auf wen denn sonst? Ich kann mir einfach ein Leben ohne dich nicht mehr vorstellen. Verstehst du das?"

„Aber Bhaba war doch ..."

„Pst, nicht, bitte", flüsterte er zärtlich.

„Schon gut." Ich schmiegte mich in seinen Arm, konnte mir aber dann doch nicht verkneifen zu sagen:

„Du hast es mir bereits damals auf der Alb verboten, seinen Namen zu nennen. Ich mußte es dir versprechen, bei allem, was mir heilig ist."

Hansjörg lockerte seine Umarmung.

„Willst du damit sagen, daß du deshalb nichts ..."

„Weshalb denn sonst?" unterbrach ich ihn.

An meinem linken Fuß entlang streifte etwas Feuchtes, Rauhes. Der kleine Alligator aus Amerika schien sich doch recht einsam zu fühlen.

Das Hochzeitskleid

Nun stand es endgültig fest: am fünfzehnten Mai wollten wir heiraten. Eine hektische Betriebsamkeit begann, von der niemand in der Familie und auch etliche Außenstehende nicht verschont blieben.

Da war das Problem mit den Möbeln. Unser weiträumiger Bungalow mußte doch möbliert werden. Aber wie?

Ich war für Stilmöbel, die nie unmodern werden und solide und romantisch zugleich wirken. Hansjörg wollte die Einrichtung gerne aus Glas und Stahl und nur, wenn es sich nicht umgehen ließ, auch ein wenig Holz an den Möbeln gelten lassen.

Unsere Jüngsten, Juan und Juanita, erboten sich, die Kinderzimmer auszustatten. Juan war für Affenkäfige und Hundezwinger, und es war schwer ihm klarzumachen, daß diese Dinge nicht unbedingt in die Wohnung gehören. „Tiere sind auch Menschen", jammerte Juan kläglich und verstand die Welt nicht mehr.

Juanita hingegen wünschte ein Karussell im Kinderzimmer und eine Luftschaukel und eine Rutschbahn. Sie wollte nicht begreifen, daß ein Riesenrad wie das im Wiener Prater keinen Platz darin hatte. Es könnte doch ein ganz kleines sein, meinte sie immer wieder. Außerdem wollte sie überall Spiegel, damit sie, wie einst Elga, Mannequin spielen konnte. Auch dabei fiel es uns schwer, sie davon zu überzeugen, daß das Kinderzimmer nicht für sie gedacht war und die kommenden Babys möglicherweise für Mannequins nichts übrig hatten. Um sie nicht ganz der Resignation zu überlassen, meinte Hansjörg, daß es sich vielleicht mit einem Karussell machen ließe, natürlich nur, wenn sich Juanita bereit erklären würde, als künftige Tante auf ihre Nichten und Neffen aufzupassen.

„Aber ich darf doch auch Karussell fahren?" wollte sie genau wissen. „Sicher, wenn du nicht vergißt, auf die Kleinen aufzupassen."

Nach langen Debatten mit meinem künftigen Mustergatten einigten wir uns auf ein Wohnzimmer mit Stilmöbeln, ein modernes Eßzimmer in Schwarz-Weiß: weiße Möbel, schwarze Wände, auf ein Herrenzimmer in Chrom und Glas mit ganz wenig Holz dazwischen. Das Musikzimmer richtete meine Mutter ein. Es war das schönste Zimmer im ganzen Haus und sehr romantisch. Und — ja, meine Küche durfte ich mir einrichten, wie ich wollte, und wie Mutter wollte und wie Elga wollte, und wie ... nein, Elisabeth hatte keine Meinung. Sie war die einzige, die eigene Probleme wälzte. Aber dafür half Christine mit diversen Prospekten aus, die „himmlisch" und „entzückend" waren.

Es verging kaum ein Tag, an dem wir nicht auf große Fahrt gingen: nach München, nach Stuttgart oder aber auch nur in die Stadt, um die vielen, vielen Kleinigkeiten, wie Teppiche, Lampen, Putzeimer und Vasen und Bettwäsche und Pfannen und noch viel mehr auszusuchen und zu kaufen. Es war sehr aufregend und sehr anstrengend für uns alle. Mutter jammerte, daß sie diese Freuden wohl noch öfter genießen würde bei drei weiteren Töchtern.

Und dann endlich, fast hätten wir es vergessen, kam die Sprache auf das Brautkleid.

„Das Brautkleid näht Frau Schäuffele", bestimmte Mutter und duldete keinen Widerspruch. „Frau Schäuffele hat zehn Jahre als Schneiderin in Paris gearbeitet, und sie hat mir das schönste Sommerkleid genäht, das ich je besessen habe", erklärte sie ihren Entschluß. „Und außerdem habe ich es ihr versprochen, daß meine Töchter die Hochzeitskleider nur von ihr genäht bekommen."

Da außer Mutter niemand von der Existenz dieser Frau gewußt hatte, fragte ich mit gemischten Gefühlen:

„Wann war das? Ich meine, wann hast du sie zuletzt gesehen?"

„Wann? Ja, wann ...?" Mutter sann mit gefurchter Stirn. „Gustav, wann hat mir Frau Schäuffele, du weißt doch, die Steuersekretärswitwe Irma Schäuffele, wann hat sie mir das entzückende Sommerkleid mit den rosa und gelben Blümchen ..."

„Ja, du meine Güte ..." Vater zupfte sich verlegen am linken Ohrläppchen. „War das nicht im Frühjahr 1948?"

„Das ist ja toll", sagte Mutter und lachte anerkennend, „dein Gedächtnis ist enorm."

Vater lächelte geschmeichelt. Wir suchten in alten Notizbüchern nach Frau Schäuffeles Telefonnummer. Wir fanden sie auch in irgendeiner Schublade ganz hinten, weil bei uns selten etwas weggeworfen wurde, höchstens aus

Versehen. Aber was half sie uns? Die Telefonnummer stimmte nicht mehr. Also entschlossen wir uns hinzufahren. Die Straße war noch vorhanden. Das Haus nicht. Statt des altehrwürdigen Fischerhauses stand ein neuer, nüchterner Bau da, und Frau Schäuffele fanden wir nicht darin, denn in dem Haus waren nur Büros und Lagerräume. Niemand kannte dort Frau Schäuffele, die Schneiderin aus Paris. Norbert kam auf die Idee, bei der polizeilichen Meldestelle nachzufragen, und dort hatten wir auch Glück.

Die Dame, hieß es, sei vor etwa zehn Jahren nach Unteruhldingen am Bodensee verzogen. Ob sie da noch wohnte, wußte natürlich niemand.

„Worin soll sie nur zur Trauung gehen?" jammerte meine Mutter und meinte mich damit. „Wir müssen sie finden, unbedingt. Morgen ist Samstag, da fahren wir alle zusammen nach Unteruhldingen. Das wird ein schöner Ausflug."

„Morgen müssen wir zur Schule", meldeten sich unsere Jungen.

„Na schön, dann am Sonntag, ganz früh."

Wir freuten uns auf den Ausflug. Ich hatte den Bodensee noch nie gesehen.

Also wurde der Familienwagen mal wieder auf Hochglanz poliert, wofür die Männer zuständig waren. Angefangen mit Vater bis zu Juan arbeiteten sie an dem Vehikel herum. Die weiblichen Grünewalds beschäftigten sich mit den leiblichen Genüssen, die man mitnehmen wollte. Nur ich durfte weiterhin mit Hansjörg zusammen die Läden unsicher machen und nach versteckten Schätzen suchen, die wir unserer zukünftigen Wohnung einverleiben wollten.

Sonntag früh kündigte sich bereits ein wunderbarer Frühlingstag an. So hell und warm und freundlich. Ein Bodenseewetter, wie man es sich nicht besser wünschen konnte. Ich weiß wirklich nicht, warum wir alle uns in den Familienwagen zwängten. Er war zwar geräumig, aber immerhin waren wir zehn Personen. Hansjörg und Christine, die eigentlich auch schon mehr oder weniger zur Familie gehörten, fuhren nicht einmal mit.

Erst in Ravensburg kam ich auf die kluge Feststellung, daß ich auch noch den Sportwagen hätte mitnehmen können. Es war genau zu der Zeit, wo wir es vor Hitze nicht mehr aushalten konnten. Vater wurde energisch aufgefordert anzuhalten, damit wir das Verdeck heruntermachen konnten. Was aber bei Juan und Juanita zu einem Protestgeschrei im Duett führte. Die Ursache ihres Geschreis fand Vater schnell heraus. Sie hieß schlicht und einfach: Pinseläffchen.

Wie es die beiden bis dahin geheimhalten konnten, war einfach eine Meisterleistung. Die Tierchen hatten sich unverständlicherweise ganz still verhalten. Unsere beiden Jüngsten saßen vorn bei den Eltern und hielten die ganze Zeit über die Anoraks geschlossen, obwohl Mutter oft sagte, sie sollten sie endlich ausziehen, da es doch viel zu warm sei. Aber nein, alle beide litten lieber unter der Hitze, als ihr Geheimnis preiszugeben. Und ihre beiden Lieblinge fühlten sich anscheinend in der stickigen Wärme der Anoraks besonders geborgen.

Doch als wir Ravensburg durchquerten und die Hitze in unserem Brutkasten immer unerträglicher wurde, beschlossen wir, in einer ruhigen Straße anzuhalten und das Verdeck zurückzuschlagen. Und das war das Stichwort für die Kinder. Sie protestierten lauthals, als sei die frische Luft eine Zumutung für sie und sie müßten gleich zu Eis erstarren.

„Was habt ihr denn? Wir kommen um vor Hitze, und ihr steckt in euren warmen Anoraks und wollt keine frische Luft haben."

Und dann hatte Vater die Eingebung. Plötzlich faßte er nach Juans Reißverschluß, und bevor mein kleiner Bruder wußte, wie ihm geschah, riß er ihn auf und sagte:

„Zeig mal her."

Na ja, da half kein Sträuben mehr. Juan schrie wie am Spieß, und Juanita kroch in sich zusammen, als erwarte sie Schläge oder ein Erdbeben. Aber es war zu spät. Der Reißverschluß war kaum zu einem Drittel geöffnet, und heraus schoß das Köpfchen des kleinen Pinselaffen, der sichtlich erleichtert nach Luft schnappte und uns alle treuherzig und schnatternd musterte.

„Laß du mal deinen auch heraus, Juanita", sagte Mutter, „die armen Tiere ersticken ja."

Da war also ans Herunterklappen des Verdecks nicht mehr zu denken, zumal die Äffchen zwar ihre Halsbänder, aber keine Ketten zum Festhalten hatten. Und so mußten wir weiter unter der zunehmenden Hitze bis Unteruhldingen leiden.

Der Bodensee lag vor uns wie ein dunkler Spiegel. Die großen weißen Schiffe und die Segelboote erweckten in uns Sehnsüchte nach Sommerferien, Schwimmen, faul in der Sonne liegen, bis sich die Haut schält.

Nach einigem Suchen und Fragen fanden wir Frau Schäuffeles Adresse und hofften nun inbrünstig, daß sie nicht in den letzten zehn Jahren weitergezogen war, irgendwo ins Unbekannte oder gar ins Ausland, wo sie nie und nimmermehr mein Brautkleid hätte nähen können. Aber wir hatten Glück, sie war da. Rundlich und fröhlich, eine Frau in den besten Jahren, wie man so schön sagt, empfing sie uns und konnte sich nicht genug wundern über die zahlreiche Familie Grünewald.

Am meisten jedoch freute sie sich über das Wiedersehen mit unserer Mutter, mit der sie so manche Erinnerung an schlechtere Zeiten verband. Und so war es wohl kein Wunder, daß von einem Brautkleid vorerst nicht die Rede war, sondern von Lebensmittelmarken und Scheinen und Abschnitten, auf die man Kohle und Stoffe bekam, wenn überhaupt, und dann sprachen sie von der Währungsreform und den vierzig Mark, die sie alle danach hatten, und keinen Pfennig mehr.

Endlich wurde es Elga zu dumm, und nach einigen Ansätzen gelang es ihr, Mutter das Stichwort zuzuflüstern: Brautkleid nähen.

„Ach ja“, sagte Mutter, wie aus einem Traum erwachend, „meine Älteste heiratet, und ich hatte es doch Ihnen damals versprochen, daß meine Töchter ihre Brautkleider ...“

„Sooo —?“ wunderte sich Frau Schäuffele und konnte sich nicht erinnern. Immer wieder schüttelte sie den Kopf, bis sie endlich ausrief: „Ja — stimmt“ und herzlich lachte.

„Das isch aber liäb von Ihna, daß Sie daran noch denke. Nur, ja, wie soll ich dees sage, also, i näh schoo lang nimmer. Wissetse, i leb halt von meiner Rente und vom Fremdenverkehr. Mei Schweschter und i, mir hänt des Häusle hier, un da vermieten mir halt die Zimmer in dene Sommermonat. Des langt ons allerweil.“

Ob sich Mutter nicht doch geirrt hatte, als sie uns erzählte, Frau Schäuffele sei zehn Jahre in Paris gewesen? Ihr heimatlicher Dialekt ließ nicht darauf schließen. Mutter machte ein langes Gesicht, und ich kam zu der Überzeugung, nunmehr auf mein Brautkleid verzichten zu müssen, zumal es ja nur noch zwei Wochen bis zur Hochzeit war. Doch die Schneidermeisterin aus Paris war noch nicht zu Ende mit ihrer wohlgesetzten Rede, und so schloß sie damit, daß sie in unserem Falle natürlich eine Ausnahme machen wolle.

Ein allgemeines Aufatmen ging durch das freundliche, kleine Wohnzimmer mit den noch nicht blühenden Geranientöpfen auf den Fenstersimsen. Modejournale wurden hervorgeholt und abgestaubt, die Tischdecke zurückgeschlagen, damit alles auf den Tisch ausgebreitet werden konnte. Die Jungen und Vater machten gelangweilte Gesichter.

„Wie wäre es“, sagte da die gute Frau Schäuffele, „wenn die Herren inzwischen unseren alten Kahn nehmen täten und ä bißle hinausrudre würden? Dees Wetter isch ja so schee und der Bodensee so ruhig.“

Na, das ließen sich die Herren, angefangen bei Vater bis zu Juan, nicht zweimal sagen. Fritzle wurde gerufen, ein Bub von zehn Jahren, der den Gästen das Boot zeigen sollte.

Mutter und Frau Schäuffele einigten sich bald, welches Kleid genäht werden sollte, und dann durfte auch ich es sehen. Es war ja sehr schön. Auf Mutters Geschmack konnte ich mich verlassen: fast nur aus Spitze, mit Schleppe und langem Schleier. Ganz altmodisch. Ich fand es himmlisch.

Es stellte sich heraus, daß Mutter vor einigen Jahren Spitze aus Brüssel mitgebracht hatte. Sie wollte sie herschicken. Es wurde dann noch ein schöner Tag. Wir besichtigten die Pfahlbauten und durften gebührend staunen, wie in vorgeschichtlicher Zeit die Menschen hier am, genauer im Bodensee, und noch genauer auf und über dem Bodensee gelebt hatten.

Noch zweimal mußte ich nach Unteruhldingen fahren. Das eine Mal fuhr mich Hansjörg hin. Wir hatten uns darauf gefreut, anschließend eine Bootsfahrt machen zu können. Es wurde nichts daraus, weil es regnete und stürmte und der Bodensee wie ein überkochender Wassertopf aussah. Außer den Dampfern durfte kein Boot hinaus.

Und dann kam die Katastrophe, oder wie soll ich es nennen, als uns Frau Schäuffeles Brief erreichte, in dem sie uns ihre Krankheit und ihr hohes Fieber mitteilte. Die Schrift sah auch danach aus. Genauso, als sei der Brief im Bett von einer fiebergeschwächten zitterigen Hand geschrieben worden. Mir sank der Mut. Nur noch eine knappe Woche bis zur Hochzeit. Wo sollten wir in so kurzer Zeit eine neue Schneiderin finden? Und das kostbare Kleid, das beinahe fertig war, was würde daraus werden?

„Ich schaffe es noch“, schrieb Frau Schäuffele. „Morgen oder spätestens übermorgen stehe ich auf, auch wenn der Doktor es verboten hat.“

„Nein“, sagte ich und legte resigniert den Brief auf den Tisch. „Ich will Frau Schäuffele nicht auf dem Gewissen haben. Sie soll liegenbleiben, wenn der Arzt es so will.“

Weiß der Himmel, wie schwer es mir fiel, das zu sagen

und auf mein Brautkleid zu verzichten, aber ich wollte keine Ehe beginnen mit einer so großen Schuld.

„Wieso Schuld?" fragte Hansjörg, wie nur ein Mann fragen kann.

„Aber ich bitte dich, überlege doch mal. Sie schrieb etwas von einer doppelseitigen Lungenentzündung."

„Na, und?"

„Aber Hansjörg, sie ist nicht mehr die Jüngste. Wenn sie zu früh aufsteht und dann zusammenbricht und vielleicht sogar . . ."

Ich brachte es nicht über die Lippen, das Wort „stirbt". Es wäre zu entsetzlich. Nein, nein, lieber kein weißes, wallendes Gewand aus Brüsseler Spitze und Tüll.

Und doch warteten wir alle fieberhaft auf einen Brief, eine Karte oder gar einen Anruf aus Unteruhldingen.

„Wir kaufen dir hier ein fertiges Kleid", sagte Vater tröstend. „Das können wir immer noch einen Tag vor der Hochzeit."

„Nein, wir fliegen nach Paris, wenn bis morgen noch nichts entschieden sein sollte", sagte Mutter energisch. „Mache dir nur keine Sorgen, du sollst das schönste Brautkleid bekommen, das es gibt."

„Ist das nicht ein bißchen umständlich?" wagte ich einzuwenden. Hansjörg wollte mit mir nach München, um das Brautkleid zu kaufen. Er kannte dort eine alte Freundin, die eine Boutique leitet. Sehr schick, sagte er, und ich glaube, er meinte die Freundin.

Am Sonnabend war also die Hochzeit. Am Donnerstag, zwei Tage vorher, kam das Telegramm: „Hochzeitskleid fertig. Bitte abholen. Eventuelle Änderungen möglich. Frau Schäuffele."

„Hurra", schrien meine Geschwister durcheinander, die Hunde kläfften, und die Affen sprangen auf die Gardinenstangen vor Schreck über den Lärm. So freuten sie sich alle, nur ich blieb innerlich merkwürdigerweise fast unbeteiligt.

„Du mußt sofort fahren", bestürmten sie mich.

„Und wer kommt mit?"

„Ich muß gleich zur Schule", sagte Bert, und die anderen schlossen sich an.

„Diesmal mußt du schon allein fahren", sagte Mutter. „Es ist auch besser so. Da redet dir niemand drein, wenn du an deinem Kleid noch etwas ändern lassen möchtest."

Ich fand das sehr großzügig, nachdem Mutter ganz allein mit Frau Schäuffele das Modell ausgesucht hatte. Hansjörg war auch mal wieder nicht aufzutreiben. So nahm ich schweren Herzens den Sportwagen aus der Garage und fuhr mit vielen guten Wünschen Richtung Bodensee. Hoffentlich verirrte ich mich nicht. Beim ersten Mal hatte ich nicht auf die Fahrroute geachtet, weil Vater am Steuer saß, und beim zweiten Mal war Hansjörg der Wagenlenker und ich die verliebte Braut, die nur ihn und die schöne Landschaft bewunderte.

„Es ist ganz leicht zu finden", waren Vaters tröstende Worte. „Du fährst bis Friedrichshafen und dann rechts runter am See entlang über Meersburg bis Unteruhldingen. Kann gar nicht schiefgehen. Überall gibt es Hinweisschilder."

Nö, überhaupt. Was soll schon schiefgehen? Hinter Biberach fing es bereits an. Da stand die erste Hinweistafel, groß und breit und starrte mir entgegen, als wollte sie mich verhöhnen. „Umleitung" stand nur darauf und Namen von Orten, die mir nichts sagten. Trotzdem dachte ich mir noch nichts Schlimmes bei der ersten Umleitung. Statt auf einer asphaltierten Autostraße fuhr ich nunmehr über Schlaglöcher und legte beim Spritzen Wasserpfützen trocken, wobei mich diverse Wandervögel mit Ausdrükken bedachten, die nicht druckreif sind. Als Ausgleich für diese Unbill kam ich durch idyllische Dörfer und an Teichen mit Enten und Gänsen vorbei.

Weshalb es mir nicht ein einziges Mal passiert ist, eines dieser Haustierchen unter die Räder zu kriegen, weiß ich heute noch nicht. Aber irgendwie gelang es ihnen immer wieder, wenn auch schimpfend und wild mit den Flügeln schlagen davonzuflatten. Nur die Hunde, die träge in der Sonne lagen, machten sich nichts aus meinem schnittigen Sportwagen. Wie oft ich da plötzlich bremsen mußte, weiß ich nicht mehr. Jedenfalls steht fest, daß ich mich trotzdem mit dem Wagen nie überschlagen habe.

Eigenartigerweise gelang es mir, mich immer wieder durchzufragen und nach und nach dem Bodenseegebiet zu nähern. Nach etwa fünf Stunden — es war bereits vier Uhr nachmittags geworden — kam ich erschöpft und erhitzt in Unteruhldingen an. Vater hatte von einer Fahrt gesprochen, die höchstens drei Stunden dauern würde.

„Mit einem Sportwagen und allein, ohne jegliche Ablenkung durch Geschwister und Verlobte und andere Pinselaffen, solltest du es in zwei Stunden schaffen. Aber es ist nicht gut, so zu rasen. Also, laß dir Zeit."

Blaß und mit zitterigen Händen empfing mich Frau Schäuffele tapfer lächelnd und versicherte mir immer wieder, wie schön das Kleid geworden sei und welches große Opfer sie gebracht habe. Ich zog das kostbare Stück an, und sie fiel von einem Entzücken in das andere. Mir wurde es richtig peinlich zumal ich fand, daß die linke Falte dort nichts zu suchen hatte, wo sie saß. Die Taille war zu eng, denn ich wagte kaum zu atmen, damit die Naht nicht riß. Auch der Ausschnitt wirkte ziemlich unsymmetrisch.

Sollte ich der geplagten Frau diese Fehler zeigen, die sie anscheinend nicht sah, oder sollte ich dankbar sein für ihr Opfer? Dafür, daß sie das Kleid überhaupt zustande gebracht hatte, und mir über solche Kleinigkeiten nicht Kopf zerbrechen?

Mir wurde allmählich heiß vor Unentschlossenheit. Ich betrachtete im Spiegel abwechselnd das verunglückte Kleid und das schmal und blaß gewordene Gesicht der Meisterin, die zehn Jahre lang in Paris genäht und Großes geleistet haben soll, wie Mutter immer wieder versichert hatte.

Nur nicht undankbar sein, Cäcilie, ermahnte ich mich.

Aber was soll ich Mutter sagen? So etwas sieht sie bestimmt sofort, und Hansjörg? Ob er das auch bemerkte? Doch endlich sagte Frau Schäuffele zu meiner grenzenlosen Erleichterung:

„Ich glaube, der Ausschnitt ist ein wenig schief."

Sie legte ihren Kopf auf ihre linke Schulter und betrachtete kritisch ihr Werk. Dann auf einmal lachte sie entschuldigend:

„Das werden wir gleich haben."

Mit einem gekonnten Ruck riß sie die Schulternaht auf und steckte sie neu zusammen. Tatsächlich gelang es ihr dadurch, den Ausschnitt zu verbessern, aber doch nicht ganz. Es war nicht mehr zu leugnen, der Ausschnitt war verschnitten.

„Jetzt stecken wir einen Blumenstrauß darauf, und dann sieht es keiner mehr", beschwichtigte sie mich.

Ob sie auch die Falte sehen würde, die da einfach nicht hingehörte? Ich wartete, bis sie mit dem Ausschnitt fertig war, und sagte es ihr sehr schüchtern und heftig errötend. In Anbetracht ihres heroischen Arbeitseifers trotz der kaum überstandenen Krankheit.

„Ach, die", sagte sie mit einem Schmollmund. „Na ja, das werden wir auch gleich haben."

Irgendwie brachte sie es fertig, das Kleid dann doch noch so zu ändern, daß ich es mit der gebührenden Vorsicht anziehen konnte. Inzwischen war es acht Uhr abends geworden, als ich mich mit vielen Dankesworten verabschiedete. Ihre Schwester, die im Laufe des Abends gekommen war, hatte mich zum Abendessen eingeladen und, weil ich wegen der späten Stunde ablehnen wollte, gesagt, sie habe eigens für mich Bodenseefelchen zubereitet und echten einheimischen Wein dazu kaltgestellt. Da konnte ich nicht widerstehen und aß mit viel Appetit die Felchen, doch vom Wein wagte ich nur ein wenig zu kosten. Es war wohl dieses ungewohnte Glas Wein, das mich so beschwingt machte, daß ich anfangs keine Angst vor der nächtlichen Rückfahrt empfand. Bis Friedrichshafen ging auch alles gut. Aber wenige Kilometer dahinter fing es schon an. Ich weiß nicht, was den Straßenbauarbeitern in diesen wenigen Stunden wohl eingefallen sein mochte und ob sie das nur getan haben, um mich zu ärgern.

Alle paar Meter beinahe war eine Umleitung. Bald wußte ich beim besten Willen nicht mehr, wo ich mich befand und wie ich weiterzufahren hatte. Weit und breit kein Dorf, kein Mensch. Links und rechts vor mir Wälder, dunkle Wälder, und über mir Wolken, die nicht den Schimmer eines Sternes hindurchließen. Was blieb mir da weiter übrig, als aufs Geratewohl weiterzufahren. An jeder Kreuzung, an jedem Schild, das ich erkennen konnte, blieb ich stehen, stieg aus, auch wenn es mir in der Dunkelheit und Einsamkeit unheimlich war, und studierte die Buchstaben beim kurzen Aufflackern eines Streichholzes. Ich dankte Gott, daß ich wenigstens eine Schachtel Streichhölzer bei mir hatte, die mir Frau Schäuffeles Schwester vorsorglich in die Manteltasche gesteckt hat. Aber die Ortsnamen sagten mir nichts. Und kein einziges Auto kam mir entgegen. Nicht ein Auto oder Mortorradfahrer überholte mich. Weit und breit kein Mensch, als sei ich auf einem unbekannten Planeten.

Endlich kam ich aus dem Wald heraus. So weit ich sehen konnte, erstreckten sich Wiesen oder Felder links und rechts des Weges, doch kein Licht, das auf ein Haus oder gar ein Dorf schließen lassen würde. Ich fuhr weiter, was blieb mir schon übrig. Vielleicht fuhr ich wieder zurück zum Bodensee, vielleicht auch in ganz anderer Richtung. Aber irgendwann mußte doch wohl ein Dorf auftauchen.

Auf einmal erfaßte mein Scheinwerfer eine menschliche Gestalt.

Es war ein Mann, der mitten im Wege stand und mit seinen Armen herumfuchtelte. Ich bremste scharf, um ihn nicht umzufahren, und schon sprang er mit ein paar Sätzen an meinen Wagen heran. Ich kurbelte das Fenster herunter, und er steckte seinen struppigen Kopf herein, so daß ich vor Schreck zurückfuhr. Der Geruch allzuvielen

Alkoholgenusses schlug mir entgegen, und schon riß der Mann den Wagenschlag auf und wollte einsteigen. Dabei lallte und gluckste er in der Art von Betrunkenen. Ich hörte nur Worte heraus wie:

„Hübsche Puppe, so allein, muß ich beschützen", und dazwischen häßliche Flüche und Ausdrücke, die mir das Blut in den Adern gefrieren ließen. Vor Aufregung oder aus reinem Selbsterhaltungstrieb drückte ich auf das Gaspedal, und mein Wagen schoß nach vorn. Im Rückspiegel sah ich, wie der Mann taumelte, aber nicht stürzte, und wie er mir mit der Faust drohte. Ich nahm den Fuß nicht mehr vom Gaspedal herunter, und schon hatte die Finsternis diese unheimliche Gestalt verschlungen.

Als die Gefahr vorbei war, spürte ich erst, wie ich zitterte. Ich glaubte anhalten zu müssen, bevor ich auf einen der Bäume auffuhr. Aber die Angst saß mir noch so sehr im Nacken, daß ich trotz Schlaglöchern und Steinen mit Höchstgeschwindigkeit weiterraste, auch wenn mein Kopf öfter mal gegen das Verdeck stieß, bis ich endlich ein Dorf erreichte und dann ein Gasthaus, aus dem mir lärmende Stimmen entgegenschlugen. Es handelte sich um einen Männergesangverein, der hier tagte. Noch immer zitternd setzte ich mich mit weichen Knien an einen freien Tisch und bestellte ein Glas Tee mit Zitrone. Mir war es egal, ob mich alle anstarrten oder nicht. Es war ja ganz natürlich zu dieser nächtlichen Stunde und in einem Dorf, in dem sich alle kannten, und abseits der üblichen Autostraße.

„Sie habe sich wohl verfranst, Fräulein? Wo wollet Sie denn naa?"

„Nach Ulm."

„Dees isch nemme weit. Wo kommet Sie denn her?"

Ich mußte dem Wirt Rede und Antwort stehen wie einem Kriminalbeamten, und alle Leute in der Wirtsstube hörten mit mehr oder weniger offenen Mündern zu. Es waren nette Menschen. Alle wollten mir behilflich sein, und jeder erzählte mir, wie ich nunmehr auf dem schnellsten Wege nach Ulm gelangen könne. Doch jeder hatte eine andere

Meinung. Mit der Zeit bildeten sich aber zwei Parteien, die sich immer lauter und immer heftiger stritten. Ich befürchtete bereits eine Schlägerei und schlich mich zur Theke, wo ich die ängstlich dreinschauende Wirtin fragte, ob ich mal telefonieren dürfe. Ich durfte und hatte auch bald meine Mutter am Apparat. Welch eine Wohltat, ihre Stimme zu hören.

„Wir sind schon alle außer uns vor Angst um dich", rief sie aufgeregt. „Hansjörg ist auch hier. Wo bist du? Wie heißt der Ort?"

Ich erklärte es ihr, und die Wirtin raunte mir zu: „Nicht weit von Laupheim."

Hansjörg kam an den Apparat und versicherte mir, daß er in einer halben Stunde da sein werde. Ich solle unbedingt auf ihn warten. Beruhigt und doch erschöpft wankte ich auf meinen Platz zurück. Die Streithähne hatten sich zum Glück wieder beruhigt und riefen nach weiteren Flaschen Bier. Dann stimmten sie ein Volkslied an, denn schließlich waren sie ja ein Gesangverein und kein Schlägerverein. Es wurde noch ganz lustig, und die Zeit verflog schnell, bis Hansjörg kam.

Mir wurde es ganz leicht zumute bei seinem Anblick. Und wie besorgt und lieb er mich musterte. Wie wohl mir seine Nähe tat. Alle Ängste waren wie weggewischt.

„Ich fahre voraus, und du folgst mir im kurzen Abstand, damit ich dich nicht wieder verliere", sagte er zärtlich und küßte mich, bevor ich in meinen Wagen stieg.

„Paß schön auf meine Schlußlichter auf", sagte er noch durch das Fenster.

Diese Fahrt werde ich wohl nie vergessen. Wie sicher Hansjörg fuhr. Wie genau er wußte, wo er einzubiegen hatte, ohne sich von irgendwelchen Umleitungen beirren zu lassen. Ich glaube, es gab überhaupt keine Umleitungen mehr, seit er vor mir herfuhr, und einen Augenblick lang glaubte ich ernstlich, daß die Straßenarbeiter diese Schilder eigens für mich aufgestellt hatten, um mich irrezuführen, oder?

Ja, oder um mir deutlich zu machen, wie sehr ich Hansjörg liebte und brauchte. Um mir deutlich zu machen, daß eigentlich Hansjörg immer zur Stelle war, seit wir uns zum erstenmal begegnet waren, wenn ich in unangenehme oder ausweglose Situationen geriet. Schon damals im Omnibus bei unserer ersten Begegnung zwischen Böfingen und Ulm, als ich meinen störrischen Regenschirm wegwerfen mußte und sich die Leute darüber und noch über anderes aufregten, hatte er meine Partei ergriffen. Und dann, als ich hinfiel und die Straßenbahn keine fünf Zentimeter von meiner linken Hand entfernt anhielt und er mich aufhob und sicher über die Straße geleitete. Und nicht zuletzt, als Norbert und ich beinahe im Gefängnis gelandet wären wegen falscher Zeugenaussagen, als unsere Hunde mit den fremden Schäferhunden aneinandergeraten waren.

„Ja, Hansjörg", flüsterte ich, „übermorgen werde ich deine Frau, und dann wirst du immer mein Beschützer sein, und ich will auch viele Kinder haben, die alle deine Augen haben, die aussehen wie verschwiegene Waldseen, umgeben von hohen, dunklen Fichten.

ENDE